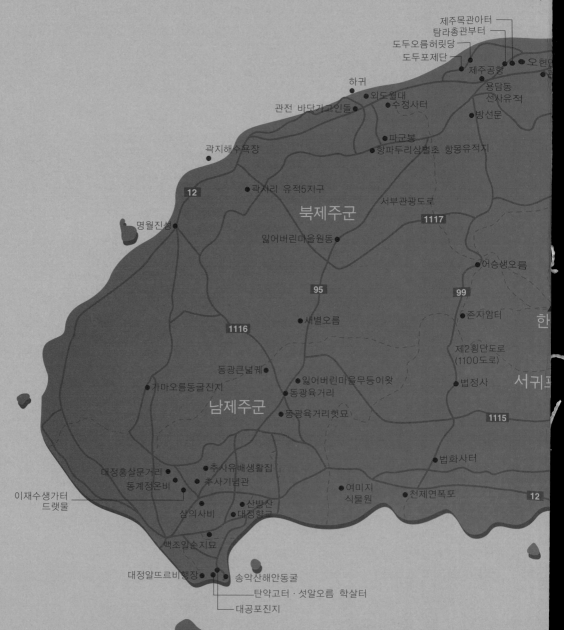

화북포구, 비석거

사라봉
국립제주박물
동자복미륵
서자복미륵

제주목관아터
탐라종관부터
도두오름허릿당
도두포제단
제주공항
오현
용담동
선사유적
방선문

하귀
외도월대
수정사터

관전 바닷가고인돌
파군봉
항파두리삼별초 항몽유적지

곽지해수욕장

곽지리 유적5지구
북제주군
서부관광도로
1117
12

어승생오름

명월진성
잃어버린마을원동

95
99

존자암터

한

1116
새별오름

제2횡단도로
(1100도로)
서귀

동광큰넓궤
잃어버린마을무등이왓
법정사

가마오름동굴진지
동광육거리
남제주군
동광육거리헛묘
1115

법화사터

대정홍살문거리
추사유배생활집
대정향교
대정향교
동계정온비
추사기념관
여미지
식물원
천제연폭포
12

이재수생가터
드랫물

삼의사비
산방산
대정향교

백조일손지묘

대정알뜨르비행장
송악산해안동굴

탄약고터·섯알오름 학살터

대공포진지

원당사터

삼양동마을유적, 고인돌

연북정

제주항일기념관

조천만세동산

김녕서문하르방당

조천엉장매코지, 비석거리

옥사부생종묘비

함덕백사장

북촌 바위그늘집자리

12

북촌초등학교

김녕서련관관공덕비

북제주군

함덕애도동지비

세화 · 하도해안도로

조천공동묘지

낙선동성터

세화주재소터

목시물굴

제주해녀항일운동기념탑

동제원터

송담천

와흘본향당

16

화천사오석불

송담본향당

다랑쉬오름

강창보추모비

일출봉 · 식산봉 · 우도

제주시

성산일출봉터진목

97

동부관광도로

흔인지

연혼포

1118

남제주군

11

제1횡단도로

표선백사장

16

정방폭포소남머리

제주

역사

기행

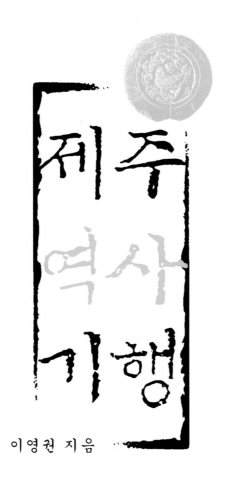

제주 역사 기행

이영권 지음

한겨레신문사

변방의 시선으로 새롭게 만나는 제주도

아직까지 제주도에 한 번도 가보지 않으신 분은 많지 않을 겁니다. 신혼여행, 대학 졸업여행, 아니 요즘은 고등학생들까지 수학여행지로 제주도를 선택할 정도니까요.

무엇 때문일까요? 자연경관 때문입니다. 확실히 한반도와는 다른 이국적 풍광이 있지요. 하지만 그것만으로 제주 여행을 마무리지었다면 껍데기만을 본 것입니다. 실속 있는 기행이라면 삶을 보아야 합니다. 제주도에는 다른 자연환경만큼이나 독특한 제주 사람들의 삶이 있습니다. 이걸 보아야 진짜 의미 있는 기행이랄 수 있습니다.

하지만 "어떻게?"라고 묻겠지요. 장기 체류하지 않고서는 삶을 이해하기란 쉽지 않습니다. 그렇다고 해서 방법이 없는 건 아닙니다. 제주 사람들이 살아온 행적, 바로 역사를 보는 겁니다.

제주 역사라? 특이하게 생긴 돌하르방 등을 보긴 했는데, 경복궁이나 석굴암처럼 뭐 좀 거창하게 내세울 건 없지 않느냐고 말씀하실 분도 계실지 모르겠습니다. 그러나 사람 사는 땅엔 어디에나 역사가 있고, 모든 역사는 소중한 것이지요. 특히 제주도의 역사는 더욱 그렇습니다. 교과서로 배운 중앙의 역사, 지배자의 역사와는 전혀 다른, 아니 어쩌면 그걸 완전히 뒤집어버릴 변방의 역사, 민중의 역사를 보여줄 수 있기 때문입니다. 그 동안 우린 이런 걸 거의 경험하지 못했지요. 오로지 국가주의에 충실한 역사만을 배워 온 게 사실입니다. 왕과 귀족, 제도와 명령만이 있을 뿐, 웃고 울며 삶을 만들어가던 서민들의 구체적 생활은 없다는 말이지요.

제주의 역사는 이걸 채워줄 겁니다. 변방의 시선은 중앙집권적 국가주의 역사를 뒤집어 보여줄 겁니다.

우리 역사에서 권력자가 처음 나타난 건 기원전 10세기 청동기문화부터라고 배워왔죠. 맞습니다. 하지만 여러분이 살고 있는 모든 곳이 다 그러했을까요? 아닙니다. 그건 최초의 시점을 이야기한 것이지요. 1등의 관점에서 말입니다. 1등이 아닌 대다수 지역은 그보다는 많이 늦었을 겁니다. 우린 이렇게 1등도 아니면서 1등의 역사만을 공부해온 겁니다.

제주도에 청동기 문화가 유입된 건 기원전 6세기 정도로 추정됩니다. 고인돌이 제작된 시점도 다른 지역에 비해 많이 늦습니다. 중앙의 역사와는 상당히 다릅니다. 고려시대 삼별초만 해도 그래요. 국가주의적 가치관으로 보면 분명 삼별초는 영웅적 항쟁입니다. 하지만 제주 사람들의 처지에선 삼별초가 재앙이었다는 말입니다. 제주 사람들에겐 고려도 몽골도 모두 똑같은 외세에 불과했던 것이죠. 조선의 유교문화도 제주도에서는 뒤집어 보아야 합니다. 제주의 무속신앙은 조선 양반의 가부장 이데올로기를 통렬하게 비웃어버립니다. 제주에 온 지방관들에 대한 평가도 달라져야 합니다. 그들에게 제주는 그저 좌천의 자리였을 뿐입니다. 현대사의 4·3항쟁도 역시 새로운 시선이 필요합니다.

그렇습니다. 변방의 시선으로 한국사를 바라보면 그 동안 보지 못했던 걸 보게 됩니다. 바로 그들의 삶을 볼 수 있기 때문이지요. 범생이의 국가주의 시선이 아니라 바로 평범한 우리들의 눈길이 그 속에 들어 있는 까닭입니다.

이 책은 제주도 여행 안내서입니다. 하지만 관광지나 소개하는 뻔한 책은 아닙니다. 제주 역사를, 더불어 그를 통해 한국의 역사를 뒤집어 볼 수 있는 그런 의미 있는 기행을 위해 준비된 책입니다.

선사시대부터 4·3이라는 현대사에 이르기까지 모두 열두 테마로 구성했습니다. 순서대로 기행을 떠난다면 제주 역사 전체를 경험할 수 있습니다. 관심 있는 테마 하나를 잡아 길을 떠나는 것도 괜찮을 겁니다. 주제마다 하루 일정으로 소화할 수 있도록 짜 놓았습니다.

원고를 넘기면서 꼭 기억하고 싶은 사람들이 있습니다. 귀한 그림과 사진을 제공해 주신 강요배 화백님, 김기삼 작가님, 벗 강정효, 그리고 제주시와 제주사정립사업추진협의회 관계자들께 감사를 드립니다. 그리고 처음 이 일에 동기를 부여해준 이지훈 선배님, 출판으로 이끌어준 강남규, 양한권 선배님, 조악한 원고를 예쁘게 다듬어주신 한겨레신문사 출판부 여러 일꾼들께도 머리 숙여 고마움을 전합니다.

2004년 봄
이영권

1 선사시대 제주 사람들은 어떻게 살았을까

❶ 북촌 바위그늘 집자리
❷ 삼양동 마을 유적
❸ 삼양동 고인돌
❹ 국립제주박물관
❺ 관전동 바닷가 고인돌
❻ 곽지리 유적 5지구
❼ 용담동 선사유적

북촌 바위그늘 유적지에서 용담동 고인돌까지

본토와 멀리 떨어진 섬이라는 자연환경 조건은 제주의 선사문화를 일반적인 역사 상식이 통용되지 않게 만들었다. 중앙의 역사에 길들여진 틀을 벗고 보면 제주의 선사문화 기행은 새로운 맛을 선사할 것이다.

교과서 밖의 제주 선사문화

'신석기 시대: 농경시작, 정착생활, 빗살무늬토기 제작'

'청동기 시대: 잉여생산, 계급발생, 권력자 등장, 고인돌 제작'

졸지 않고 고등학교 국사시간을 보냈다면 이 정도 상식은 알 것이다. 그러나 제주도의 경우는 다르다. 교과서 상식이 적용되질 않는다. 신석기 시대에 와서도 여전히 채집생활이 주를 이뤘다. 아직 농경단계에 들어서지 못했던 것이다. 제주도 신석기인들은 정착생활이 아닌 이동생활을 하고 있었다.

또한 제주도에서는 변변한 청동제 유물조차 발견되지 않고 있다. 따라서 권력자가 등장한 시기를 군이 청동기 시대라고 보기 어렵다. 제주도의 고인돌 역시 청동기 시대보다 후대의 것으로 추정된다. 이것 역시 육지의 선사문화와는 다른 특징이다.

본토와 멀리 떨어진 섬이라는 자연환경 조건이 이러한 차이를 낳은 것으로 보인다. 그러다 보니 제주의 선사문화 기행은 어쩌면 혼란만을 초래할 수도 있다. 하지만 거꾸로 새로운 맛을 볼 수 있는 기회도 된다. 중앙의 역사에 무의식적으로 길들여진 그 틀을 벗어버리기만 한다면 말이다.

선사시대 답사는 구석기 유적지부터 찾아 떠나는 것이 순서다. 제주의 선사시대 역시 그렇지만, 이 기행은 신석기 시대부터 시작된다. 구석기 시대의 제주도가 독자적 역사 단위로서 의미가 없기 때문이다.

그 시절 제주도는 섬이 아니었다. 한반도뿐만 아니라 일본과 중국까지 연결된 대륙의 일부였다. 제주도가 섬으로 분리된 건 겨우 1만 년 전, 신석기 시대가 막 시작되려던 때의 일이다. 먹이를 찾

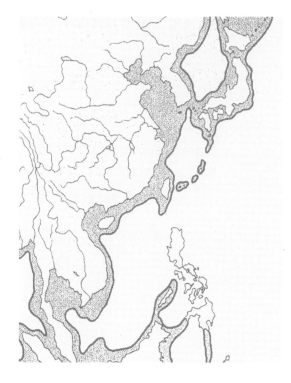

1~2만 년 전 한반도 주변 지형도
당시 제주도는 한반도뿐만 아니라 중국과 일본까지 연결된 대륙의 일부였으니 구석기 문화의 국적을 따지는 것은 우스운 일이다.

아 옮겨다니는 구석기인의 하루 이동거리가 보통 50㎞는 되었다고 하니, 제주도의 독자적 구석기 문화를 말하는 것은 별 의미가 없다. 하루는 제주도에서 잠을 자고 다음날은 일본 열도에서 사냥을 하며 또 며칠 후에는 한반도에서 열매를 따먹고, 또 한 달 뒤에는 황하 근처에서 휴식을 취할 수 있었던 게 당시의 상황이었다. 물론 그 시절엔 섬도, 반도도, 황하도 아니었겠지만 말이다. 때문에 애국심에 들뜬 사람들의 구석기 연구 열기와는 달리 구석기 문화의 국적을 따지는 것은 사실 웃기는 일이다.

북촌 바위그늘 유적지

단순 암기식의 교육 현실에서 그래도 국사 과목에 조금 흥미가 있는 사람이었다면 한국 신석기 시대 편년이 기원전 6천 년 정도임을 기억할 수 있을 것이다. 그런데 최근 이 편년을 좀 더 올릴 수 있는 유적지가 발견되었다. 바로 기원전 1만 년에서 6천 년 정도로 추정되는 제주도 고산리 유적지이다. 그래서 2002년 개정 출판된 국사 교과서에는 고산리가 우리나라에서 가장 오래된 신석기 시대 유적지로, 사진까지 등장했다.

그러니 고산리를 먼저 답사해야 한다. 제주도 가장 서쪽 끝 차귀도 맞은편이라 찾기도 쉽다. 그런데 이 기행에서는 생략했다. 황당하지 않게 하기 위해서이다. 그곳에 가보면 아무것도 없다. 발굴이 끝난 현장에서는 농민들의 애간장만 태우며 자라는 밭작물들만 볼 수 있을 뿐이다. 수거된 유물은 모두 박물관으로 옮겨 갔고 현장은 마치 아무 일도 없었다는 듯 흔적조차 없다. 이런 비판 여론 때문에 안내판 하나가 최근에 설치되었다.

대신 박물관에서 고산리를 흠뻑 느껴보도록 하자. 고산리에서 출토된 유물들이 박물관에 보기 좋게 전시되어 있다. 때문에 고산리에 가서 배추포기만 보고 오는 것보다는 교육 효과가 더 클 것이다.

그래서 신석기 후기 흔적인 북촌 바위그늘 유적지(Rock Shelter), 속칭 '고두기 엉덕'을 먼저 찾아간다.

'엉' 혹은 '엉덕'은 제주의 고유어로서 화산으로 형성된 거대한 바위의 밑부분이 떨어져 나가 마치 깊지 않은 동굴과 비슷한 형상을 이룬 지형을 말한다.

찾아가는 길

제주시에서 출발, 동쪽 일주도로를 이용해 북촌에 다다르면 북촌리 복지회관이 나오고, 거기서 50m 더 가면 한사동 마을 입구 표지석을 만날 수 있다. 이 마을로 들어서거나 아니면 여기서 다시 약 20m 전방에 있는 이동통신 사무소 표지판을 따라 남쪽으로 난 좁은 골목길로 올라가면 쉽게 찾을 수 있다.

발굴 전 이곳에는 신석기 말기 유물에서부터 동네 청년들이 먹다버린 깨진 한일소주 병까지 층위별로 남아 있었다. 하지만 발굴이 끝난 지금은 신석기 유물을 하나도 찾아볼 수 없다. 역시 조금은 황당해진다. 본래 선사시대 답사가 다 그렇다. 여기서 출토된 유물 역시 박물관에 가야 볼 수 있다. 그럼에도 불구하고 이곳을 찾는 이유는 신석기인들이 생활했음직한 그럴듯한 공간을 볼 수 있기 때문이다.

이곳에서 출토된 가장 대표적인 유물은 삼각점렬문 토기, 이중구연 토기(겹아가리 토기), 골각기, 불에 탄 산야초 열매 등이다. 불에 타서 남은 물건이 곡식

북촌 고두기 엉덕
제주도 신석기인들이 생활했던 바위그늘 집자리.

이 아닌 산야초 열매인 게 매우 중요하다. 앞서 이야기했듯이 제주의 신석기 시대는 농경생활이 아니었고, 여전히 채집과 수렵이 주종을 이루었음을 보여주는 흔적이기 때문이다. 그러고 보면 이곳 고두기 엉덕은 신석기인들의 영구 거주지가 아니라 이동 생활 중 일시적으로 머물렀던 장소였음을 짐작할 수 있다.

동굴 바닥에서 출토된 조개껍질을 방사성 탄소연대측정법으로 검사한 결과 약 3천 년 전의 유적으로 판명되었다. 그 무렵이면 신석기 말기에 해당한다. 그때까지도 농경생활이 시작되지 못했다는 말이다. 이것은 제주도 토양이 농사짓기에 적합하지 않은 화산토양이라는 특성 때문일 것이다.

삼양동 마을 유적

신석기 시대 다음 단계(청동기, 초기 철기 시대)의 유적지로 삼양동 유적을 찾기에 앞서 남제주군 대정읍 상모리 유적지를 찾아가야 한다. 상모리 유적지는 기원전 600년경 제주도에 처음으로 청동기인들이 들어와 생활했던 흔적으로 추정되기 때문이다. 상모리 사람들이 남긴 유물 중에는 공렬(구멍무늬) 토기가 가장 유명한데, 이 토기는 나중에 탐라국 형성과 관계 깊은 용담동 무덤 유적에까지 확산되었기 때문에 더욱 중요한 의미를 갖는다.

그러나 상모리 역시 고산리 유적지처럼 현장에 찾아가도 눈으로 확인할 수 있는 게 없다. 단지 송악산에서 산방산으로 이어지는 아름다운 해안 경치만 구경하고 올 뿐이다. 예전에는 패총이나마 확인할 수 있었는데, 지금은 보호를 위해 큰 돌로 막아 놓아 볼 수가 없다. 그래서 500년을 건너 뛰어 탐라국 형성이 점차 준비되어 가던 시기의 거대

찾아가는 길
북촌 바위그늘 유적지와 제주시 사이에 있다. 북촌에서 제주시로 돌아오면서 삼양동에 이르러 발전소 가는 길로 접어들면 곧바로 볼 수 있다. 현재 선사 유적 공원이 조성되어 있어 쉽게 찾을 수 있다

삼양동 선사유적지 발굴현장
전체 약 3만 평 정도가 당시 마을터로 추정될 만큼 거대한 규모다.

한 마을 유적지인 삼양동으로 코스를 잡았다. 물론 박물관에 가서 상모리 출토 공렬무늬 토기를 꼭 확인하길 바란다.

삼양동 유적지는 1996년 토지구획 정리 사업을 하다가 유물이 다량으로 출토되면서 주목을 받게 된 곳으로 지금은 이곳에 선사유적 공원이 조성되어 있다. 기원전 300년 무렵부터 이곳에 거주하기 시작한 것으로 생각되나 중심 시기는 기원전 100년경으로 추정된다. 전체 약 3만 평 정도가 당시 마을 터로 추정되는데, 이 중 4천 평 정도가 현재 국가사적으로 지정돼 있다.

삼양동 선사유적 출토 유물

이곳에서 확인된 집자리만 하더라도 무려 236기나 된다. 거대한 규모이다. 긴 네모꼴도 있지만, 대부분은 중앙에 타원형의 작업 구멍이 있는 원형 집자리, 즉 소위 송국리식 집자리로 구성되어 있다. 아마도 금강유역에서 출발하여 영산강과 영암을 거쳐 제주지역으로 전파된 문화로 생각된다. 마을 규모가 상당한 걸로 봐서 대규모 인구 이동이 있었을 것이다. 집자리는 지름 6m 정도의 대형 주거지 1기에 12~15기의 소형 주거지가 둘러싸고 있는 형태이다. 특이하게도 단위 주거군을 이룬 것이다.

출토 유물 중 눈여겨 볼 만한 것은 '삼양동식 토기'라고 부르는 제주 고유의 토기이다. 이보다 조금 늦은 시기의 곽지리식 토기 및 고내리식 토기와 비교해 본다면 제주 고유 토기가 변화해 온 모습을 확인할 수 있다. 물론 이건 박물관에 가서 해야 할 과제이다.

그 외에 점토띠 토기가 있다. 재질로 보면 이것 역시 제주산이긴 하다. 그러나 제작 기법을 보면 외부의 한반도 영향을 강하게 받았음을 알 수 있다. 외부와 교역이 많았다는 이야기다. 옥으로 만든 링(옥환) 역시 교역의 산물이다. 뿐만 아니라 옥환의 출토는 권력자의 존재를 확인시켜주고 있다. 옥환 같은 고급 위신재는 권력의 상징이기 때문이다.

그런데 기원후 100년경 이 마을은 역사에서 사라져 버렸다. 불에 탄 흔적도 없이, 즉 유물이 고스란히 남아 있는 상태에서 폐허가 된 것이다. 도대체 무슨 일이 일어났던 걸까? 이곳에 살던 사람들은 모두 어디로 갔을까? 전염병이 마을을 휩쓸었던 것일까? 그게 아니라면 탐라국 건국의 핵심 세력인 용담동 사람들이 이들에게 압박을 가했던 것은 아닐까?

최근 제주도의 동쪽 마을인 종달리에서 삼양동의 것과 유사한 유물들이 발견되고 있다. 용담동 사람들에게 밀린 삼양동 사람들이 동쪽 종달리로 쫓겨갔다고 가정해 보는 건 지나친 상상일까? 어쨌거나 아직까지 이를 해명해 줄 단서는 나오지 않았다. 선사시대 답사는 이런 게 또한 매력이다. 머릿속으로 소설을 써보는 것 말이다.

삼양동 고인돌

찾아가는 길
삼양동 마을 유적지를 나와 일주도로 남쪽에 위치한 삼양초등학교를 찾아야 한다. 삼양초등학교 정문에서 남쪽 방향으로 약 200m 직진하면 오른쪽 감귤 처리 작업장 마당에 놓인 초라한 고인돌을 만날 수 있다.

만약 삼양동 사람들이 용담동 사람들에게 쫓겨 떠나갔다면 용담동의 권력체는 삼양동보다 월등한 것이라야 한다. 두 집단 간의 권력 비교는 가능할까? 선사시대 권력 비교는 그들이 조성해 놓은 건축물을 통해 간접적으로나마 확인해 볼 수 있다. 다행히 삼양동과 용담동 두 지역 모두에 고인돌이 남아 있다. 먼저 삼양동 고인돌을 찾아가 보자.

현장에 도착하고서도 주의를 집중하지 않으면 지나치기 쉽다. 그만큼 어찌 보면 초라한 모습이다. 상석의 길이가 219㎝, 용담동 6호 고인돌의 상석 길이가 315㎝인 점을 생각한다면 삼양동 권력이 용담동의 그것에 비해 상대적으로 약했음을 알 수 있다.

고인돌의 숫자만 비교해도 삼양동은 열세이다. 파괴된 고인돌이 많았다는 것을 감안해 보면 오늘날 남아 있는 것만으로 비교한다는 건 물론 문제가 있다. 하지만 오히려 용담동이 더 심하게 파괴되었을 소지가 많다. 더 많이 개발되어 있기 때문이다. 어쨌든 용담동에는 현재 약 9기, 삼양동에는 4기가 남아 있다.

집자리가 236기나 확인된, 결코 작지 않은 권력에도 불구하고 용담동 권력에 밀려날 수밖에 없었던 비운의 삼양동 권력자를 떠올려 볼

삼양동 고인돌
용담동 고인돌에 비해 규모가 매우 작다.

수 있다면, 그것만으로도 이곳을 찾은 의미는 충분할 것이다.

국립제주박물관

과거 우리나라 국립박물관은 대부분 관람객에게 불편한 전시구조를 가지고 있었다. 어두운 조명, 작은 글씨, 전문가만 알 수 있는 단어의 나열. 2001년 개관한 국립제주박물관도 예외는 아니었다. 전문 지식을 가진 사람들을 제외하고는 그저 쓱 지나가며 구경하고 나면 남는 게 없었다. 그러나 지금은 많이 달라졌다. 전시 기법부터 전시 내용까지 관람객에게 친절하게 다가간다. 그럼에도 관람객들은 준비를 하고 가야 한다. 그리고 욕심을 부리면 안 된다. 모든 것을 찬찬히, 꼼꼼히 보려고 하지 않는 것이 중요하다. 다리가 아프고, 골이 아프고, 분명 본 것이지만 제대로 소화되지 않을 수 있다. 한 번 방문할 때마다 관람 테마를 정하고, 사전에 조금이라도 공부한 다음, 가서는 그것만 집중적으로 보라. 기본 전시 공간만도 5개다. 선사실, 탐라실, 고려실, 탐라순력도실, 조선실이 그것이다. 최소 5회 이상은 찾아가야 한다. 다시 말하지만 한꺼번에 다 보려고 하지 마라. 한 번 갈 때 전시실 하나만 깊이 있게 살펴라.

이 답사에서는 선사 유적 전시실만을 집중적으로 보자. 특히 우리가 생략한 고산리 출토 화살촉, 북촌 바위그늘 출토 삼각점렬문 토기, 역시 생략했던 대정 상모리의 공렬(구멍무늬) 토기, 삼양동 출토 옥환, 그리고 삼양동, 곽지리, 고산리 토기의 비교, 제주시 산지항 출토 중국화폐, 종달리 출토 한국식 동검, 용담동 출토 항아리무덤, 용담리 출토 철제 장검만큼은 놓치지 말고 꼭 확인하고 와야 한다.

찾아가는 길

삼양동에서 제주시 방향으로 되돌아오다 보면 별도봉 앞에 초가지붕을 형상화한 국립제주박물관을 쉽게 찾을 수 있다.

그 중 특히 주목할 건 고산리 출토
유물들이다. 물론 '최초' 혹은 '최대'
등의 수식어에 현혹될 필요는 없지만
그래도 제주도가 선사시대 유적으로
내세울 수 있는 건 아무래도 한국 최고
(最古) 신석기 유적지라고 하는 고산
리이다. 그런 고산리였건만 현장답사
를 생략했으니 이곳에서 그 출토유물
만이라도 찬찬히 확인하는 것은 필수이다.

고산리 유적지 안내판
북제주군 고산리에서는 화살촉 등 신
석기 초기 유물이 다량 출토되었다.

제주도 고산리가 갑작스레 주목을 끈 것은 무슨 이유인가?

1,700여 점이나 발견된 화살촉 때문이다. 화살촉은 구석기 시대와는
확연히 달라진 도구이다. 도구의 변화는 인간 지혜의 발달에 따른 것
이기도 하지만 환경 변화를 빼고 설명하긴 어렵다.

영화에서 간간히 보던 빙하기와 맘모스, 그리고 맘모스를 때려잡던
원시인, 그의 손에는 둔탁한 돌도끼가 들려져 있었다. 그러나 2만 년
전부터 이런 장면은 점차 사라져 갔다. 빙하가 서서히 물러가고 그에
따라 해수면 상승, 기후 온난화라는 새로운 환경이 만들어지면서 이에
적응하지 못한 맘모스 등 거대 동물이 자취를 감췄던 것이다.

대신 여우, 토끼, 노루 같은 발빠른 짐승들이 들판을 뛰어다니게 되
었다. 그에 따라 사냥도구도 변해갈 수밖에 없었다. 묵직한 돌도끼 대
신 빠른 속도와 날카로움이 구비된 도구가 필요했던 것이다.

활과 화살촉의 발명. 이것은 빙하의 쇠퇴라는 변화된 환경이 던진
도전에 대한 인간의 응전이었다. 학자들은 구석기에서 신석기로 넘어
가는 이 시대를 굳이 구분하여 '중석기 시대'라고 칭한다. 혹은 작은

화살촉을 주로 사용했기 때문에 가늘 세(細)자를 써서 '세석기 시대'라고도 한다. 빙하가 완전히 물러가서 오늘날과 같은 자연환경이 된 약 1만 년 전이 바로 그 시기이다.

제주도 고산리는 바로 이 시기, 즉 구석기 시대가 끝나고 신석기 시대가 시작되던 1만 년 전의 유적지이다. 새시대의 출현을 보여주는 상징인 셈이다.

그런데 왜 한반도에서는 비슷한 시대의 유물이 출토되고 있지 않을까? 한반도에서는 중석기 시대 없이 바로 신석기로 전환했다는 말인가? 물론 아니다. 중석기 시대의 주인공은 드넓은 벌판을 무대로 발빠른 짐승들을 사냥하던 사람들이었다. 오늘날 학자들은 그 들판을 지금은 물에 잠긴 황해 바닥으로 추정하고 있다. 황해는 가장 깊어 봐야 수심이 고작 120m에 불과하다. 주의 깊게 살펴 본다면 앞으로 황해 바다에서는 화살촉 등이 다량으로 출토될 가능성이 있다. 제주도 고산리에서 나온 세석기들과 유사한 유물들 말이다.

아 참, 국립제주박물관을 포함해 전국 대부분의 박물관이 월요일에 휴관한다는 사실도 잊지 않길 바란다.

관전동 바닷가 고인돌

찾아가는 길
박물관에서 나와 시내를 통과한 후 서부 일주도로(12번 국도)를 타고 내달리면 외도 다리를 지나 하귀에 이르기 전에 관전동 시내버스 정류장이 나온다. 이 정류장에서 바닷가로 내려가면서 해안을 자세히 살펴보면 고인돌 비슷한 걸 볼 수 있다.

고인돌은 영어일까, 한자일까, 아니면 한글일까? 물론 한글이다. 고여 놓은 돌이라는 말이다. 유식하게 한자어로 쓰면 지석묘(支石墓)다. 지탱할 지(支)에 돌 석(石) 그리고 무덤 묘(墓)자를 쓴다. 즉 돌을 지탱하여 만든 무덤이라는 뜻이다.

그런데 고인돌과 지석묘는 엄격히 말해 다르다. 고인돌은 돌을 고여

놓았다고 하지만, 반드시 무덤은 아니다. 물론 대부분은 무덤이다. 그러나 간혹 제단으로 쓰인 고인돌도 있다.

관전동 바닷가 고인돌. 2001년에 발견된 이 고인돌은 인간이 의도적으로 조성한 고인돌인지, 아니면 자연이 만든 특이한 형상인지 정확히 밝혀진 바가 없다. 밀물 때면 잠겨버리는 고인돌, 설혹 인간이 만든 것이라고 해도 그 용도가 무덤이었던 것 같지는 않다. 그럼 제단이었을까, 해상안전을 기원하는?

어쨌든 현재까지는 아무것도 밝혀진 게 없다. 솔직히 나는 이것을 고인돌이라고 생각하지 않는다. 자연 형성물이라고 본다. 당구를 처음 배워서 푹 빠져 있을 때는 잠자리에 누워도 천장에 당구공이 오가는 것만 보인다고, 고인돌에 몰입한 어느 연구자의 과장된 판단이 아니었을까? 그래도 심심풀이 삼아 한 번 들려보길 바란다. 시원한 바닷바람

관전동 고인돌
밀물 때면 잠겨 버린다. 무덤이었는지 제단이었는지 그 용도가 수수께끼다.

도 쐴 겸. 화창한 날씨라면 제주의 푸른 바다가 답사의 여백을 채워줄
것이다.

곽지리 유적 5지구

선사 유적지 답사는 정말로 황당할 때가 많
다. 현장에 가 봐야 발굴이 끝난 후에는 아무것도 없는 경우가 많기 때
문이다. 따라서 전문가의 안내를 받지 않으면 밭에서 파릇파릇 자라는
양배추만 보고 오게 된다.

곽지리 유적 5지구 역시 세심하게 돌아봐야 답사의 맛을 찾을 수 있
는 곳이다. 문화유적 안내판 주변 밭에는 흙과 수많은 돌과 토기 파편
이 거의 같은 비율로 섞여 있다. 물론 과장이긴 하다.

토기 파편 한 조각씩 들고 자세히 살펴보라. 탐라국 전기시대에 유
행했던 소위 '곽지리식 토기'를 직접 느낄 수 있는 기회이다. 토기 파
편의 촉감으로 조금 전에 박물관에서 본 그 완형을 떠올려 보라. 입이
밖으로 넓게 벌어진 그 투박한 형태의 토기 말이다.

북제주군 애월읍 곽지리 일대는 1967년에 유물이 처음 발견되어
1979년부터 1992년까지 7개 지점에서 발굴이 이루어졌다. 그 중 특히
이곳 5지구는 50개체 분 이상의 완형 복원 가능한 곽지리식 토기가 발
견되어 주목을 끌었다.

곽지리식 토기는 어찌 보면 촌스럽다. 두께가 3~4cm나 될 정도로
두껍다. 게다가 태토도 매우 거칠다. 입이 밖으로 벌어진 게 안정감도
없다. 그만큼 초기 양식임을 말해 준다. 기원 무렵에서부터 기원후 600
년경에 해당되는 탐라국 전기의 토기인 것이다.

찾아가는 길

계속해서 서부 일주도로(12번 국도)
를 타고 가면 유명 관광지인 곽지 해
수욕장에 이른다. 유적지는 곽지 해
수욕장 반대편, 그러니까 일주도로
남쪽에 있다. 곽금초등학교를 지나자
마자 나오는 사거리에서 좌회전해서
약 500m 올라가면 배추를 심은 농
경지 앞에 서 있는 안내판을 찾을 수
있다.

이 시기라면 강력한 권력체인 탐라국이 용
담동에 형성되어 있을 때이다. 이런 점으로 미루
어 볼 때 당시 이곳 곽지리는 용담동 권력에 부속
된 토기 제작소 혹은 폐기장이었을 것으로 추정된
다. 엄청나게 많은 토기들이 한 장소에서 밀집되어
발견되기 때문이다.

이왕 곽지리식 토기를 확인하는 자리라면 더불어 여
기서 좀전에 박물관에서 본 탐라국 후기(600년~고려 초
기)의 토기 즉 '고내리식 토기'도 떠올려 보길 바란다. 곽지리식 토기
와 비교해 보는 것이다. 고내리식 토기는 확실히 세련되었다. 두께도
1.5cm 이하로 얇고 태토도 정선되어 표면이 매우 매끄럽다.

매끄러운 표면은 회전판 사용의 증거이다. 회전판 위에 토기를 놓고
돌리며 물손질했다는 말이다. 그만큼 진보한 것이다. 바닥도 달라졌
다. 곽지리식 토기는 바닥이 무척 두껍고 좁다. 반면 고내리의 것도 상
당히 얇고 넓고 납작해졌다. 입이 밖으로 많이 벌어지지 않은 것도 곽
지리식 토기와의 차이점이다. 그만큼 기술이 발달했다는 증거이다.

**곽지리식 토기(위)와
고내리식 토기(아래)**
탐라 전기와 후기를 대표하는 토기로
곽지리식 토기에 비해 고내리식 토기
가 훨씬 세련된 멋을 풍긴다.
(『耽羅, 歷史와 文化』 사진)

공항 주차장 고인돌

언제 조성된 것인지 정확
히 알 수는 없다. 다만 탐라국 수장들의 무덤일 것으
로 보아 기원 전후에서부터 기원후 600년까지로 추
정해 볼 뿐이다. 이 시점이라면 청동기 시대는 이미
지난 때이다. 여기서 고인돌은 청동기시대 유물이라는

교과서적 상식이 빗나간다. 한반도의 시대 구분으로는 이해하기 힘든 대목이다. 하지만 이게 변방 지역을 답사하는 새로운 맛일 수 있다. 아마 섬이라는 고립성 때문에 문화 전파가 늦어졌던 모양이다.

공항에서 한천까지의 이곳 용담동에는 이처럼 거대한 고인돌이 여럿 남아 있다. 거대하다고 해서 강화도에 있는 것들만큼 크지는 않다. 앞서 보았던 삼양동의 고인돌보다는 크다는 말이다. 그건 삼양동 권력보다 더 막강한 권력체가 이곳 용담동에 있었음을 의미하는 것이기도 하다.

어쨌거나 이곳에 널린 큰 고인돌들은 여기가 탐라국의 중심지였음을 말해 준다. 공항 활주로 주변의 광활한 토지, 지금은 활주로지만 당시에는 대규모 경작지였을 것이다. 그리고 주변에 있는 한천. 이 정도라면 고대 탐라국 중심지의 입지로서 충분했을 것이다. 최근 활주로 확장 공사로 인한 구제 발굴에서 탐라국 이전 시기인 신석기 유물마저 출토된 적이 있는데 이것을 보더라도 이곳이 선사인들의 주 활동무대였던 게 분명하다.

공항 고인돌에서 특히 눈여겨 볼 것은 덮개돌 위에 남아 있는 성혈과 치석 흔적이다. 성혈(性穴)은 여성의 성기 모양이 돌에 새겨진 걸 말한다. 다산(多産)과 풍요를 기원하는 선사인들의 신앙이 반영된 결과이다. 선사시대에 다산은 노동력 확보와 직결되는 것이었기에 그만큼 중요했다. 자식이 많아야 노동력을 확보할 수 있었고, 또 노동력이

공항 고인돌의 성혈과 치석 흔적
성혈은 다산과 풍요를 기원하는 선사인들의 의식이 반영된 것이고, 치석은 큰 돌을 잘라내기 위한 기초 작업의 흔적이다.

찾아가는 길
제주국제공항 주차장 출구 부근에 있어서 찾기가 수월하다. 물론 이 고인돌이 처음 발견된 곳은 현재의 자리가 아니다. 공항 활주로 공사로 인해 부득이 이곳으로 옮겨진 것이다.

확보되어야 풍요가 보장될 수 있었다. 고인돌에 새겨진 성혈은 죽은 권력자의 음덕에 기대어 풍요를 기원했던 마음의 표식이다.

치석(治石) 흔적으로 쉽게 확인할 수 있는 건 덮개돌 윗면에 한 줄로 난 홈이다. 큰 바위를 잘라내기 위한 기초작업의 흔적이다. 선사인들이 큰 바위를 자를 땐 먼저 일렬로 홈을 낸 후 거기에 바싹 마른 대추나무 쐐기를 박아 물을 끼얹는다. 마른나무가 물기를 머금어 팽창하게 되면, 큰 바위는 홈을 따라 쩍 벌어진다. 선사인들이라고 해서 미개인이라고만 생각해선 안 된다. 이렇게 돌을 잘라내는 걸 보면 생활의 지혜가 현대인들 못지 않았던 것 같다.

이곳의 고인돌은 애초엔 지금의 것보다 작은 크기로 계획되었던 것 같다. 상석 위에 난 일련의 홈이 처음의 계획선일 것이다. 그런데 계획이 변경되어 더 크게 재단되었다. 효성 지극한 아들이 아버지를 추모하는 마음에서 더 크게 만들려고 했던 것일까? 아니면 죽은 아버지의 무덤 조성을 기회로 자신의 권력을 강화하려 했던 것일까?

고인돌의 크기는 권력의 세기와 비례했을 것이고 축조된 고인돌은 망자보다 오히려 계승자의 권위를 높이는 데 이용되었을 것이다.

어쨌든 우리는 여기서 돌을 다루는 선사인들의 지혜 하나만큼은 확인할 수 있다.

용담동 고분 유적

찾아가는 길

공항에서 나와 구제주 방면으로 향하면, 공항 화물 터미널 앞에서 복원된 선사시대 움집을 만날 수 있다. 복원 움집 서쪽에 월성마을이 있는데, 월성마을 서쪽 끝 밭으로 들어가면 유적지 보존용 녹색 철담장을 볼 수 있다. 그 담장 안이 고분 유적지이다.

황당하겠지만 이곳 역시 지금은 유물 한 점 확인할 수 없는 선사 유적지이다. 그저 안내판과 철담장만을 볼 수 있을 뿐이다. 그럼에도 불구하고 이곳은 분명 찾아갈 만한 가치가 있는

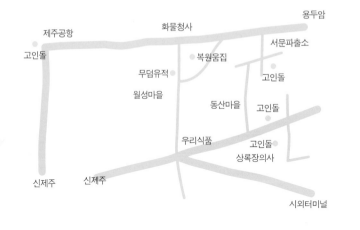

제주공항　화물청사　용두암
고인돌　복원움집　서문파출소
무덤유적　고인돌
월성마을　동산마을　고인돌
우리식품　고인돌
상록장의사
신제주　신제주
시외터미널

제주시 용담동 선사유적

용담동 무덤 유적 발굴현장
1984년 공항 확장 때문에 이주해 온
주민들이 집을 짓다 옹관을 발견하면
서 발굴이 시작되었다.
(『耽羅, 歷史 와 文化』 사진)

역사의 현장이다. 탐라국 권력의 실
체를 보여주는 철제 장검이 출토된
자리이기 때문이다.

세심하게 박물관을 둘러본 사람이라
면 문제의 그 철제 장검을 떠올릴 수
있을 것이다. 그 장검 하나만으로도
'권력' 을 느끼기엔 충분하다. 철제 장
검이 출토된 구체적인 위치는 어디쯤
될까?

비록 유물 하나 남아 있지 않은 현장이지만, 주의를 기울이면 일렬
로 박혀 있는 돌들을 볼 수 있을 것이다. 그 돌들은 중요한 구분선이
다. 발굴 당시 이 석렬(石列)을 기준으로 남쪽과 북쪽 구역에서 각각
차별성 있는 유물이 출토되었다.

남쪽 구역이 좀더 오래된 유적지로 보인다. 남쪽 구역에서는 고인돌
의 하부구조로 보이는 석
곽묘 3기가 확인되었고, 공
렬(구멍무늬) 토기가 출토
되었다. 이것은 남제주군
대정읍 상모리 문화가 이
곳까지 전파되었음을 의미
한다.

상모리 문화라면 공렬
토기로 대표되는 기원전
600년경의 제주도 최초 청

동기 문화가 아닌가. 그 문화가 서서히 확산되어 여기 용담동까지 전
해져 온 것이다. 그러므로 이곳의 남쪽 구역 유적은 탐라국 초기 혹은
그 이전의 흔적으로 짐작된다.

용담동 철제 장검과 옹관
(『耽羅, 歷史 와 文化』 사진)

　북쪽 구역 유적지는 남쪽보다 후대에 만들어졌을 것이다. 여기서는
곽지리식 토기와 유리구슬 제품, 6기의 옹관(항아리 관)과 1기의 석곽
묘가 확인되었다. 이 석곽묘 안에서 문제의 철제 장검 두 자루가 출토
된 것이다. 철제 무기를 가진 새로 유입된 집단이 남쪽 묘역 사람들을
정복하고 강력한 권력체, 즉 탐라국을 형성한 것으로 생각해 볼 수 있

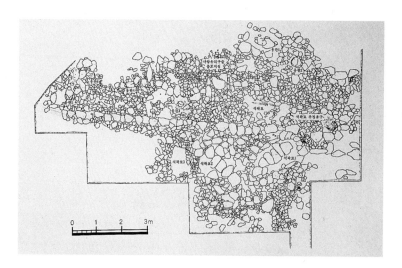

용담동 무덤 유적 실측도
(『耽羅, 歷史 와 文化』 사진)

다. 따라서 북쪽 유적지는 주도 집단의 교체 그리고 제법 어엿한 모습을 갖춘 탐라국의 출현을 말해 주는 현장이다.

이곳 유적지는 1984년에 처음 발굴되었다. 공항 확장 때문에 이주해 온 주민들이 집을 짓다가 옹관을 발견하면서 발굴이 시작된 것이다. 현재 철담장 북쪽에 위치한 주택의 야외 화장실 근처가 옹관 출토지이다.

출토 당시 이 집의 주인은 그 옹관을 화분으로 쓸까 생각했다고 한다. 다행히 옹관은 현재 박물관에서 볼 수 있다. 옹관은 생각보다 작다. 전남 나주 반남의 거대한 옹관과 비교하면 초라하게 보일지도 모른다. 하지만 모든 유물은 다 그 자체로 의미가 있다. 아담한 것, 그것이 제주의 아름다움이다.

용담동 복원 선사시대 움집

삼양동 고인돌과 비교해 볼 때 용담동 고인돌은 훨씬 크다. 삼양동보다 용담동 권력체가 더 크고 강했다는 의미이다. 그렇다면 이곳 용담동 공항 주변에는 삼양동 236기의 집자리보다 더 큰 규모의 마을이 존재했을 것이다. 한천의 물과 현재 공항 활주로로 쓰이는 넓은 경작지, 이 정도면 탐라국이라는 강력한 권력체를 지탱해 줄 경제적 조건으로 충분하다.

하지만 이곳에 삼양동을 능가하는 규모의 마을이 실재했는지의 여부를 직접 확인할 순 없다. 이곳은 제주 시내 중심가와 바로 연결된 주택가이다. 그러다 보니 건축행위가 빈번해서 삼양동처럼 본격적인 발굴조사를 할 수 없었다. 만약 공항이 들어서기 전에, 또 주택가가 조성되기 전에 제대로 발굴이 이뤄졌더라면 아마 이곳이 제주도 최대의 선

찾아가는 길
공항 화물청사 앞에 3기의 선사시대 움집이 복원되어 있다.

사 유적지로 각광받았을 것이다.

　공항 화물청사 앞의 선사시대 움집은 최근에 복원된 것이다. 교차로
공사 중 집자리 일부가 발견되면서 구제 발굴이 이뤄졌고, 발굴 조사
끝에 상징적으로 선사시대 움집 3채가 복원되었다.

　그런데 문제가 있다. 3채의 움집 중 오직 한 채만이 원형대로 복원되
었다는 점이다. 지상 가옥으로 복원된 것 중 규모가 작은 집이 그것이
다. 그러나 이 가옥마저도 원래의 위치에 복원된 건 아니다. 횡단보도
와 자전거 도로에 걸쳐서 녹색 페인트가 칠해진 곳, 그 지점이 본래 발
굴 당시 움집이 있던 자리이다. 물론 이 경우는 사정을 충분히 이해할
만하다. 도로가 뚫릴 판이라 어쩔 수 없었을 것이다. 게다가 본래의 자
리에 초록색 페인트로 표시까지 해두었으니 나름대로 최선을 다한 셈
이다.

　문제는 1.5배 확대하여 복원한 움집이다. 삼양동 유적지에 비추어
볼 때 이처럼 큰 것도 있었을 것이라는 가정으로 복원했다고 한다. 실

**용담동에 복원된
선사시대 움집**
3채 중에 원형대로 복원된 건 단 한
채뿐이다.

제 확인되지 않은 걸 복원한 것이다. 하지만 글쎄, 꼭 그렇게 해야 하는 건지는 모르겠다. 이럴 경우는 복원이 아니라 건축이라고 해야 하는 건 아닐까? '큰 것 콤플렉스' 혹은 번듯하게 보여주고 싶은 욕구가 앞선 건 아닐까? 과도하게 실증에만 매달리는 것도 잘못일 수 있지만, 가정만 가지고 복원한다는 것도 문제인 것 같다.

더 큰 문제는 복원된 '고상 가옥'이다. 2층집 말이다. 이것은 삼양동에서 발굴된 집자리를 그대로 본떠다가 이곳에 복원한 것이다. 이것역시 옳은 처사인지 모르겠다. 삼양동에 있었으니 당연히 용담동에도있었을 것이다? 글쎄, 그럴 가능성이 있다고 하더라도 현장에서 확인도 되지 않은 걸 복원한다는 게 옳은 일일까? 이런 일은 자칫 사람들에게 혼란을 줄 수도 있다.

1.5배 확대된 움집이나 확인되지 않은 고상 가옥보다는 차라리 용담동 고분 유적을 이곳에 재현해 놓는 게 좋지 않았을까. 100m도 채 떨어지지 않은 곳의 유적이니 오히려 이걸 복원하는 게 옳았을 것 같다. 권력의 무게를 느끼게 하던 철제 장검, 곽지리식 토기 형태의 옹관, 남쪽 구역과 북쪽 구역을 가로지르던 돌담, 뭐 이런 것들이 이곳에 복원되었어야 했던 게 아닐까. 아무리 생각해도 그렇게 하는 것이 삼양동과 구별되는 용담동 권력의 실체를 잘 보여줄 것만 같다.

찾아가는 길

공항 화물청사 앞 용담동 복원 선사시대 움집에서 시내 중심가 방향으로 200m 걸어가면 서문파출소 버스 정류장을 찾을 수 있다. 이곳에서 남쪽으로 난 골목길을 따라 마을로 들어가면서 3기의 고인돌을 만나게 된다. 그 중 용담동 6호 병풍식 고인돌은 마을을 통과한 다음 길을 건너 '상록장의사' 마당에서 볼 수 있다.

용담동 고인돌

공항 주차장 옆의 고인돌과 마찬가지로 정확한 연대는 알 수 없다. 다만 탐라국 수장들의 무덤으로 추정해 볼 뿐이다. 3기 중 마을 안의 고인돌은 공항 고인돌보다 성혈이 많다. 하지만 지금은 눈으로 확인하기 힘들게 됐다. 마을 아이들의 놀이터가 되자, 철제 담장을 높게 둘러버렸기 때문이다. 그럼에도 불구하고 확인하는 게 좋겠다. 담장 위에 올라서면 된다.

제주도식 고인돌
한반도에는 없는 특이한 형식이라 제주도식 고인돌이라고 부른다.

용담동 6호 고인돌은 상록 장의사 마당에 있다. 장의사 집 마당에 있는 걸 처음엔 찜찜하게 생각했는데 따지고 보면 그게 더 어울린다. 무덤과 장의사, 세월을 초월한 만남이다.

용담동 6호 고인돌이 주목을 받는 건 한반도 어디에서도 볼 수 없는 독특한 형식 때문이다. 그러다 보니 제주 역사를 소개하는 책의 표지로도 자주 등장한다. 쉽게 말해 제주도 선사시대의 간판스타인 셈이다. 그래서 아예 이걸 '제주도식 고인돌'이라고도 부른다.

형태는 11개의 지석을 둘러 위의 덮개돌을 받친 모양이다. 지석은 덮개돌 밑면의 굴곡에 맞춰 다듬어 받쳤다. 이런 모습 때문에 병풍식, 혹은 위석식이라고 부르기도 한다.

1959년 조사보고서에 의하면 바닥엔 자갈돌이 깔려 있었고, 그 주변을 석곽이 두르고 있었다고 한다. 그러나 현재에는 확인되지 않는다. 다만 곽지리식 토기 파편이 출토되고 있어 탐라국 시대의 유물임을 짐작케 할 뿐이다.

문헌 기록이 받쳐주지 않아 정확한 내력을 알 수 없다. 그래도 하나밖에 없고 워낙 특이한 형식이라 보존 가치가 높다. 하지만 그린벨트 해제에 따른 빈번한 건축 공사와 인근 도로의 차량 진동 때문에 이 고인돌은 위기에 처해 있다. 날이 갈수록 기울어져 가는 중이다. 안타깝다. 제주 역사의 간판스타가 이런 험한 꼴을 당하고 있으니.

용담동 6호 고인돌 길 건너에도 또 하나의 고인돌이 있다. 주택과 밭의 경계 담장에 바짝 붙어 있어 쉽게 찾기가 어렵다. 그래도 담장을 따라가며 꼭 확인하길 바란다. 이것 역시 특이한 형태의 고인돌이기 때문이다. 또 발굴 과정에서 재미있는 사연을 남긴 고인돌이기도 하다.

사연은 발굴이 있었던 1980년대 중반에서 시작된다. 덮개돌 밑에서 바닥을 긁던 대학생이 잠깐 목을 축이기 위해 밖으로 나와 물을 마시는 순간, 그 고인돌이 무너진 것이다. 그때 물을 마시라고 권한 사람은 발굴지 바로 옆집에 살던 사학과 여자 후배라고 한다. 생명의 은인인 셈이다. 그 둘의 관계가 나중에 어찌 되었는지는 잘 모르겠지만, 어쨌거나 그 날 구사일생으로 살아난 그 대학생은 현재 제주도 최고의 고고학자가 되어 있다.

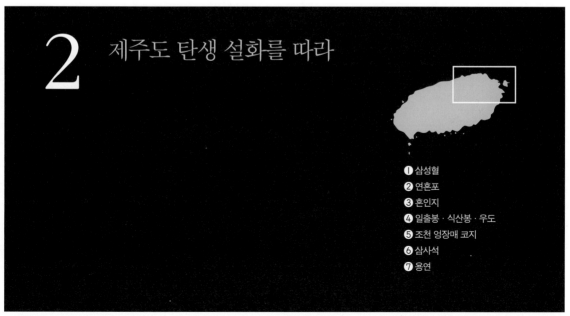

2 제주도 탄생 설화를 따라

1. 삼성혈
2. 연혼포
3. 혼인지
4. 일출봉 · 식산봉 · 우도
5. 조천 엉장매 코지
6. 삼사석
7. 용연

삼성혈에서 용연까지

한라산 아흔아홉 골, 일출봉의 아흔아홉 봉우리, 날개 잘린 아기 장수, 단 한 필이 부족했던 설문대 할망의 속옷감 …… 설화 속 이야기들은 이루지 못한 염원과 한, 지혜가 녹아 있는 제주 사람들의 삶이자 역사이다.

신화로 보는 제주의 탄생

사서(史書)나 유물·유적만이 역사를 구성하는 건 아니다. 때론 민중의 입으로 전해져 온 이야기가 오히려 역사의 실체에 더 가까울 수도 있다. 삶의 이야기가 진솔하게 남아 있기 때문이다.

신화 역시 그러하다. 그냥 보면 황당하게 여겨질지 모르지만 이 속엔 선조의 집단적 경험이 녹아 있다. 때문에 잘만 해석하면 훌륭한 사료로 활용될 수도 있다.

다행히 제주에는 신화가 많다. 무려 1만 8천 신들의 내력담이 남아 있을 정도이다. 게다가 더 놀라운 건 천지창조 신화까지 갖추고 있다는 점이다. '천지왕 본풀이'가 그것이다. 천지창조 신화는 세계적으로도 흔치 않다. 물론 한반도에는 거의 없다. 확실히 제주의 신화는 예사롭지 않다. 유물과 사서가 부족한 마당에 이는 축복이다.

천지창조 신화보다 한 차원 내려서면 제주섬 탄생 신화로 '설문대 할망 설화'가 있다. 그리고 제주 최초의 국가 형성과 관련해서는 소위 '고(高) · 양(梁) · 부(夫) 삼성신화'라는 게 있다. 제주섬의 탄생과 탐라국의 탄생, 답사를 시작하기 전에 먼저 이와 관련된 두 신화를 살짝 엿보기로 하자.

제주도 창조여신 설문대 할망은 옥황상제의 셋째 딸로 덩치가 어마어마했다. 그가 흙을 몇 번 날라 만든 것이 한라산이며, 이 흙을 나를 때 터진 치마 사이로 떨어진 흙덩이가 제주도 전역에 퍼져 있는 오름이다.

그녀는 한라산을 베개로 삼았으며 종종 서귀포 고군산에 엉덩이를 걸치고 서귀포 앞 바다 범섬에 다리를 걸쳐 물장구를 치곤 했다. 고군산 정상에 분화구가 패인 건 그녀의 엉덩이 때문이다.

그녀는 빨래를 할 때면 성산 일출봉을 빨래 바구니로 삼았으며, 그 앞의 우도를 빨래판으로 썼다. 일출봉 등산로 한 편에 보이는 겹쳐진 기암괴석은 그녀가 길쌈할 때 불을 밝혔던 등경돌이다.

본래 본 섬과 연결되어 있던 우도가 떨어져 나가 섬이 된 것도 설문대 할망의 소행 때문이다. 하루는 그녀가 한쪽 다리는 오조리 식산봉에, 또 한쪽 다리는 일출봉에 걸쳐놓고 오줌을 눴다. 그러자 그 오줌이 바다를 이루어 우도를 분리시켜 버렸던 것이다. 일출봉과 우도 사이에 거센 물살이 형성된 것도 그녀의 센 오줌발 때문이다.

그런데 이 설문대 할망에게는 고민이 하나 있었다. 옷이 한 벌뿐이라 매일 빨래하고 바느질을 해야만 했다. 그래서 그녀는 제주도민에게 속옷 하나를 지어주면 육지와 다리를 놓아주겠다고 약속했다. 그러나 이 약속은 결국 이루어지지 않았다. 설문대 할망의 속옷을 만드는 데 필요한 명주 100동을 마련하지 못했던 것이다. 도민들은 딱 한 동이 모자란 99동만을 겨우 모았을 뿐이다.

설문대 할망의 죽음에 관한 이야기는 두 갈래로 나뉜다. 먼저 한라산 물장올에 빠져 죽었다는 이야기가 있다. 키 자랑을 하던 그녀가 하루는 제주시에서 가장 깊다는 용연에 가서 그 깊이를 재어 보았다. 그랬더니 물은 겨우 발등에 닿을 정도밖에 되지 않았다. 그러자 이번에는 더 깊다고 하는 서귀포 서홍리 홍릿물에 들어갔다. 그곳은 무릎에 닿을 정도였다. 마지막으로 들어간 곳이 한라산 물장올인데 이 물장올은 밑이 터진 물이어서 설문대 할망도 나올 수가 없었다. 물장올은 예로부터 제주 사람들이 신성시하는 오름이다.

또 다른 이야기는 설문대 할망이 자신의 오백 아들(오백 장군)을 위해 죽을 쑤다가 그만 솥에 빠져 죽었다는 내용이다. 어머니의 육신을 먹게 된 아들들은 모두 슬퍼서 울다가 바위로 굳어져 현재 한라산 영실의 기암 괴석, 즉 오백 장군이 되었다. 그 중 어머니가 보이지 않음을 수상히 여겼던 막내 아들은 따로 차귀도 혹은 비양도에 바위로 굳었다고 한다.

『고려사』에 실린 소위 '삼성신화'는 다음과 같다.

탐라현은 전라도 남쪽 바다에 있다. 고기(古記)에 이르기를, 태초에 사람이 없더니 3신인(神人)이 땅에서 솟아났다. 한라산의 북녘 기슭에 구멍이 있어 모흥혈이라 하니, 이곳이 3신인이 난 곳이다. 맏이를 양을나(良乙那—후에 良은 梁으로 바뀜)라 하고, 다음을 고을나(高乙那)라 하고, 셋째를 부을나(夫乙那)라 했다. 3신인은 황량한 들판에서 사냥을 하여 가죽옷을 입고 고기를 먹으며 살았다.

하루는 자줏빛 흙으로 봉해진 나무함이 동쪽 바닷가로 떠밀려 오는 것을 보고 3신인이 다가가 이를 열었다. 그랬더니, 그 안에는 돌함이 있고, 곁에는 붉은 띠와 자줏빛 옷을 입은 사자(使者)가 있었다. 돌함 속에는 푸른 옷을 입은 처녀 세 사람과 송아지, 망아지 그리고 오곡의 씨가 있었다. 이에 사자가 "나는 일본국 사자입니다. 서쪽 바다에 있는 산에 신자(神子) 3인이 탄강하시고 나라를 열고자 하나 배필이 없어 어려움을 겪고 있다며, 일본국 왕은 저에게 명하여 자신의 3공주를 모시고 가라 하셨습니다. 그러한 즉 마땅히 배필을 삼아서 대업을 이루소서"라고 하였다. 그러고 나서 사자는 홀연히 구름을 타고 사라져 버렸다.

이에 3신인은 나이 차례에 따라 순서대로 장가를 들었다. 그러고 나서 그들은 활쏘기로 점을 쳐서 거처할 땅을 정했다. 그 결과 양을나가 거처하는 곳을 제1도, 고을나가 거처하는 곳을 제2도, 부을나가 거처하는 곳을 제3도라고 했다. 비로소 오곡 씨앗을 뿌리고 소와 말을 기르니 날로 살림이 풍부해졌다.

삼성혈三姓穴

신화에 의하면 삼성혈은 제주의 역사가 시작된 곳이다. 본관을 제주도로 하는 고 · 양 · 부 3 성씨의 시조 고을나 · 양을나 · 부을나가 이곳에 있는 3개의 구멍에서 솟아나왔다고 한다. '삼성혈'이라는 이름은 이 3성씨가 솟아 나온 구멍이라는 뜻에서 비롯되었다.

물론 황당한 이야기다. 3을나 이전에도 사람들은 살았다. 앞서의 기행에서 선사인들의 흔적을 실컷 보지 않았는가. 그렇다면 신화 속에 등장하는 제주의 첫 인간, '3을나'는 도대체 무엇일까?

찾아가는 길
민속자연사박물관 서쪽, 칼호텔 남쪽에 자리하고 있다. 길가는 사람 아무에게나 물어보아도 쉽게 찾을 수 있는 유명 관광지이다.

권력자다. 이 신화는 권력 발생에 대한 이야기를 하고 있는 것이다. 단군신화가 왜 나왔겠는가? 마찬가지다. 신화는 권력자가 자신의 권력을 정당화하기 위해 자신의 시조를 신성시하면서 만든 선전물이다. 따라서 신화 속의 시조는 탄생부터가 보통 인간과는 달라야 한다. 소위 '삼성신화'도 그렇게 해서 만들어진 탐라국 건국신화인 셈이다.

그런데 『고려사』에 기록되기 이전의 신화, 즉 원형의 탐라국 건국

삼성혈
고·양·부 3성씨의 시조가 이곳에 있는 3개의 구멍에서 솟아나왔다고 한다.

신화는 어떤 내용이었을까? 또 어떤 방식으로 전해져 왔을까? 인류 역사에서 권력체가 처음 등장할 때는 모두 제정일치 사회였다는 상식을 떠올리면 쉽게 풀린다. 대부분의 건국신화는 국가의례를 행할 때 제사장의 입을 통해 구송되던 사설이다. 물론 이때 구송되던 사설은 당연히 권력에 신성함을 부여하는 내용으로 짜여지게 된다. 그래서 설화가 아닌 신화가 된 것이다.

역사가 발전하면서 제사장은 정치권력과 분리되게 되었다. 전문적인 종교 지도자로 남게 된 것이다. 이것이 무당이다. 바로 이들 무당이 계속해서 건국신화를 구전시켜 왔다. 당굿을 통해서 말이다. 그러다가 어느 시점에서 건국신화는 문자로 정착하게 된다. 물론 이때에는 내용

윤색이 따른다. 윤색은 문자 기록 당시 권력층의 이해관계와 시대상황
이 적절히 반영되는 수준에서 이뤄진다.

결국 삼성신화도 기록 이전에는 당굿에서 쓰이던 서사무가였다는
말이다. 1786년(정조 10년) 제주 목사 이명준이 임금에게 올리던 장계
속에는 삼성시조에 대한, 다음의 글이 있다.

> 당초에는 사당을 세우고 향사한 일이 없었으며 다만 광양당이 있어 무당
> 들이 빌고 굿하는 장소였는데, 가정(嘉靖) 5년(중종 21년 즉 1526년)에 목사
> 이수동이 비로소 모흥혈 옆에 단을 쌓고 3을나의 자손으로 하여금 매년
> 중동(仲冬)에 제향을 올리게 하였습니다.

이 기록은 적어도 1526년까지는 삼성시조가 광양당에서 무속적 제
의로 모셔져 왔음을 말해 준다. 즉 본래 3을나신은 광양 당신과 같은
당신이었으며 지금 삼성혈에 있는 사당도 애초에는 굿을 하는 당이었
다는 말이다.

그러던 것이 이수동 목사 이후에 유교식 제의로 바뀌게 되었다. 유
교 이데올로기 보급을 통해 중앙집권을 강화하려던 조선 정부의 의도
가 관철된 것이다. 그에 따라 제주도의 토착세력은 점차 독자성을 잃
어갔다. 중앙 종속이 강화되면서 체제 내로 흡수되었던 것이다.

삼성혈이 본래 당굿을 행하던 장소였고, 삼성신화가 서사무가였다
고 말하면 아마 제주도의 고·양·부 어르신들은 펄쩍 뛸 것이다. 그
러나 흥분할 필요는 없다. 무당은 곧 제사장이지 않았던가. 최고 권력
자 말이다. 당굿 역시 본래는 국가적 제의였지 않은가.

그만한 일에 펄쩍 뛴다면 '삼성신화' 라는 명칭 대신 '탐라국 건국

신화'로 바꿔 불러야 한다는 주장을 접하면 아예 기절할지도 모르겠다. 몇 년 전부터 전경수 교수는 이 주장을 계속해 왔다. 국가 차원의 신화가 일개 가문 차원으로 축소되었다는 지적이다.

이 역시 중앙집권을 강화하던 조선 정부의 소행이라는 것이다. 지방 권력인 탐라국의 흔적을 말살하기 위해선 무엇보다 의식세계를 장악해야 했고 그 방법으로 탐라국 건국신화를 가문의 신화로 변용시켜 버렸다는 설명이다.

이때 탐라의 일부 토호세력은 이에 호응했다고 한다. 어차피 망한 탐라국보다 자기 가문의 영광만이라도 추구하는 게 유리했기 때문이다. 그래야 지역 내의 기득권만이라도 유지할 수 있다. 그 결과 의미 축소된 '삼성신화'가 정착될 수 있었다는 게 그의 주장이다. 그럴듯한 해석이다.

이곳에 오면 무엇보다 그 구멍을 확인하는 게 우선이다. 하지만 '관광'이 아니라 '역사기행'에 뜻을 둔 사람이라면 입구 오른편에 나란히 세워진 비석들도 살펴볼 만하다. 탐라의 독자성을 지운 뒤 그 대신 유교 이데올로기의 확산을 위해 힘썼던 몇몇 지방관들의 이름을 확인해 볼 수 있다.

유교식 제의로 처음 바꾸었던 이수동 목사 기념비가 먼저 눈에 띌 것이다. 제주 무속 파괴의 일인자 이형상 목사의 이름도 보인다. 또 양헌수의 비석도 있다. 양헌수가 누구인가? 1866년 병인양요 때 강화도 정족산성 전투에서 프랑스 군대를 물리친 일로 교과서에 실린 바로 그 양헌수다. 그가 제주 목사로 있었던 건 병인양요 직전이었다.

연혼포 延婚浦

연혼포는 고·양·부 3신인이 벽랑국(일본국)의 3공주를 맞이했다고 전해지는 곳이다.

탐라사회는 3공주를 맞이한 사건을 계기로 질적으로 비약한다. 3공주가 가져온 오곡과 가축은 수렵사회에서 농경사회로 전환하는 매개체를 상징한다. 선진 문물을 가지고 온 부족과 결합했다는 말이다. 마치 단군신화에서 환인과 곰으로 대표되는 두 부족의 결합을 보는 것 같다. 단군신화에서도 두 부족 간의 결합은 하나의 부족연맹체, 즉 국가의 탄생을 의미한다.

현재 이곳에는 앞면에 '延婚浦' 뒷면에 '三姓穴關聯遺蹟址' 라고 새겨진 비석이 하나 있다. 현재의 지명인 연혼포를 한자 뜻대로 해석해 보면 '결혼으로 이끌어들인 포구'가 된다.

하지만 본래부터 이 이름이 있었던 건 아니다. 처음엔 이 지역을 '열운이'라고 불렀는데, 여기에 결혼이라는 뜻을 담은 한자어가 포개지면서 연혼포가 된 것 같다.

또 3공주가 들어 있던 나무함이 발견된 장소는 '화성개' '화상개' 혹은 '쾌성개'라고 한다. 꽃으로 장식된 상자가 도착한 포구라 해서 '화상(花箱)개', 그리고 이것이 변용되어 '화성개'가 되었다는 설명과 3신인이 그 상자를 보고 쾌성을 질렀다고 해서 '쾌성개'가 되었다는 설명이 있다.

이와는 달리 3공주가 도착한 장소를 '황노알' 혹은 '황누알'이라고도 한다. '황노알'은 3공주가 '황금색 저녁 노을'이 물든 시간에 도착했다는 데서 붙여진 이름이라는 설이 있다. 하지만 그보다는 '신성한

찾아가는 길

남제주군 성산읍 온평리 마을 동쪽 해안에 있는데, 성산 일출봉에서 서귀포 방면으로 향하는 해안도로를 따라가면 찾을 수 있다.

물가'를 뜻하는 '누알'에서 왔다는 주장이 더욱 설득력 있어 보인다.

그런데 3공주로 상징되는 부족이 처음 제주에 도착한 데가 과연 이곳 연혼포가 맞긴 맞을까? 조선시대 역사서는 3공주가 도착한 곳을 그저 '동쪽 바닷가(東海濱)'라고만 기록하고 있을 뿐 '열운이'나 '연혼포'에 대해서는 전혀 언급이 없다.

'동쪽 바닷가'가 어째서 온평리 해안가로 낙점된 것일까?

현재의 온평리 해안가로 그 지점을 처음 명시한 책은 비교적 최근 저서인 1918년 김석익의 『탐라기년』이다. 반면 일부 『영주지』나 편찬자와 편찬연대 미상인 『편례초 編禮抄』에는 지금의 조천포 바닷가인 '금당(金塘)'을 3공주 도래지로 기록하고 있다. 분명 다른 기록이 존재하고 있는 것이다.

조천포 바닷가인 금당은 불로초를 구하러 온 진시황의 사자 서불이 도착한 곳으로 알려져 있다. 아마 이런 것들이 혼재된 상태로 구전된 결과이리라. 그리고 특별히 조천이 자주 거론되는 것은 조천 포구가 조선시대 내내 육지와 연결돼 있는 가장 주요한 포구였기 때문일

연혼포
고·양·부 3신인이 이곳에서 벽랑국(일본국)의 3공주를 맞이했다고 전해진다.

것이다.

그럼에도 불구하고 금당, 즉 조천에서는 아직까지 별다른 문제제기를 하지 않고 있다. 홍길동을 두고 전남 영광이나 충남 공주, 강원도 강릉이 연고권을 주장하며 다투는 모습이나, 논개를 두고 전북 장수와 경남 진주가 대립하는 모습과는 대조적이다. 아직까지는 '3공주 도래지'의 상품 가치가 별로 크지 않기 때문일까?

혼인지婚姻址, 婚姻池

혼인지는 삼성혈에서 솟아나온 고을나·양을나·부을나가 연혼포에 상륙한 3공주를 맞아 혼례를 올린 곳이다. 사실일까? 실제로 결혼을 했던 것일까? 아니다. 두 부족의 연합을 상징하는 화소일 뿐이다. 3공주도 사실은 3명의 여성을 말하는 게 아니다. 부족 간 결합에서 남성은 주도권을 장악한 부족을, 여성은 부차적 부족을 상징한다.

만약 3공주를 실제 여성이라고 우길 거라면, 우리 모두 곰의 외손이라는 단군신화도 사실로 받아들여야만 한다. 상징은 말 그대로 상징이다.

3공주의 국적이 일본이라고 기록된 것도 하나의 상징일 뿐이다. 이 신화가 문자로 기록될 당시 일본이 제주 사람들의 의식 속에 중요하게 각인되는 국가였음을 시사하는 것일 뿐, 탐라국 형성 시점에서 일본 부족과 결합했다는 걸 말하는 게 아니다. 그 당시에는 '일본'이라는 이름도 없었다.

혼인지는 연못이다. 암반 지대에 있는 500평 정도의 연못인데 여기

찾아가는 길
연혼포에서 서귀포 방면으로 400m 더 가면 오른쪽에 온평리 마을로 들어가는 길이 보인다. 마을길을 따라 800m 가면 온평초등학교 앞 삼거리가 나오는데, 이 삼거리에서 일주도로를 타고 오른쪽으로 약 30m쯤 가면 왼쪽에 혼인지 표지판과 함께 작은 길이 나 있다. 이 길을 따라 700m 쯤 더 가면 혼인지에 닿는다.

서 3신인이 결혼식을 앞두고 목욕재계했다고 한다. 물론 신화 속의 이야기다.

그런데 신화를 사실로 착각하는 몇몇 사람들은 실제 이곳에서 결혼식이 있었고 결혼한 그들이 한동안 이곳에서 살았다고 우긴다. 이 연못에서 동쪽으로 약 50m 지점에 있는 조그마한 용암 동굴이 그 증거라는 것이다.

물론 이 동굴은 선사시대의 집자리로 추정되고 있다. 그러나 그걸 그대로 신혼 살림방으로 받아들이는 건 아무래도 무리다. 신화와 고고학의 결합이라고? 글쎄, 신화를 그렇게 단선적으로 해석하다간 역사가 자칫 소설이 되기 쉽다.

아니, 때로는 혼인처럼 낭만적인 대목에서는 딱딱한 과학보다 넉넉한 상상력에 맡겨두는 것도 좋겠다. 그래야 답사 재미도 있지 않겠는가.

혼인지
이곳에서 3신인이 3공주와의 혼례를
앞두고 목욕재계했다고 한다.

일출봉, 식산봉, 우도

　　　　　　이미 식상한 관광지일 수도 있다. 하지만 테마를 갖고 가면 또 다르다. 설문대 할망의 황당한 이야기를 따라 그 냥 부담 없이 찾아가 보자.

　설문대 할망의 오줌발 때문에 떨어져 나간 우도, 그리고 오조리 식 산봉과 일출봉은 그녀가 '쉬야'를 하면서 다리를 걸쳤던 자리이다. 일 출봉을 빨래 바구니로, 우도를 빨래판으로 삼았다는 이야기도 있다.

성산 일출봉과 그 주변
설문대 할망의 신화와 제주해녀투쟁 의 역사가 살아숨쉬고 있다.(강정효 사진)

이런 이야기를 떠올리며 일출봉에 올라보자. 정상에 올라서면 우도와 식산봉이 모두 한눈에 보인다. 등산로 주변의 겹쳐진 기암 괴석도 볼 만하다. 설문대 할망이 길쌈을 할 때 불을 켰던 등경돌이기 때문이다.

　제주 사람들은 어째서 이처럼 거대한 여신을 만들어냈던 걸까? 흔 히 제주는 여다(女多)의 섬으로 묘사된다. 이것은 단순히 여성이 수적

찾아가는 길
워낙 유명한 관광지라 쉽게 찾을 수 있다. 일주도로(12번 국도) 동회선 을 따라 동쪽으로 가면 섬 동쪽 끝에 서 일출봉을 만날 수 있다. 이곳에서 우도와 식산봉은 눈으로 찾아볼 수 있다.

으로 많다는 뜻이 아니다. 제주 여성의 강인한 생활력을 의미하는 것이다. 위낙 척박했던 환경조건이라 여성들도 노동에 적극적으로 나설 수밖에 없었던 현실, 이것이 신화에 반영된 것이다. 이곳 일출봉 가까운 곳에 1932년 제주해녀항일투쟁의 현장이 있다. 무려 연인원 1만 7천 명이 참가했던 투쟁이다. 설문대 할망과 해녀 투쟁. 신화와 역사는 결코 멀리 떨어져 있는 게 아니다.

아 참, '할망'에 대해 한마디. 할망은 '할머니'의 제주어이다. 그러나 여기서의 할망은 힘없는 꼬부랑 노파를 말하는 게 아니다. 할망은 성인, 연장자, 창조의 에너지를 갖춘 여신을 뜻한다. 때문에 설문대 할망은 늙은이가 아니라 영적인 능력과 탁월한 지도력, 그리고 싱싱한 젊음을 갖춘 매력적인 여신을 의미한다.

조천 엉장매 코지

이곳은 설문대 할망이 육지와 연결하는 다리를 놓다가 중단한 곳이다. 물론 신화 속의 이야기다. '코지' 즉 곶(串)이라는 지명에서도 알 수 있듯이 여기는 바다를 향해 한껏 돌출해 있다. 이와 같은 지형 때문에 설화를 만든 사람들은 이곳을 육지와 연결하는 다리의 흔적으로 설정한 것 같다.

'엉장매'는 '엉성하게 형성된 뫼' 혹은 '엉이 있는 뫼'라는 뜻이다. '엉'은 제주말로 화산 암반의 밑이 떨어져 나가 형성된 작은 동굴 모양의 지형을 뜻한다. 실제 이곳에는 야트막한 동산(뫼)이 있고 그 앞에 바다로 뻗어나간 코지(곶)가 있다. 이 곳을 '관곶'이라고 부르는데 현재는 전투경찰의 해안초소가 자리잡고 있다. 조천 '관' 내에 속한

찾아가는 길
일출봉에서 제주시 방향으로 들어오다가 조천에 이르러 해안도로로 내려가야 한다. 바닷가에서 가장 북쪽 지역 즉, 바다를 향해 돌출한 지역이 엉장매 코지이다. 연북정에서는 조금 동쪽에 있으며 현재 전경 초소가 자리잡고 있다. 지명에 등장하는 코지는 곶(串)의 제주어이다.

제일 동쪽 끝의 곳이기 때문에 붙여진 이름으로 추정된다.

그런데 실제 제주섬에서 가장 북쪽 끝이 이곳일까? 아쉽게도 아니다. 조천의 엉장매 코지가 아니라 북제주군 구좌읍 김녕리 바닷가가 가장 북쪽에 위치해 있다. 그럼에도 불구하고 이곳 조천이 육지와 가장 가까운 지역인 것처럼 신화 속에 등장한 이유는 무엇일까?

그것은 조천이 조선시대 내내 화북 포구와 함께 육지와 연결하는 가장 중요한 포구였기 때문이다. 신화는 역사를 반영한다. 그리고 신화는 시대의 관심사 변천에 따라 덩달아 변화한다. 때문에 설문대 할망은 허구지만 우리는 허구를 통해 이곳 조천의 역사도 조금은 엿볼 수 있다.

또한 신화는 역사를 반영하기에 궁극적으로 현실을 뛰어넘지는 못한다. 제아무리 한라산을 만들고 368개의 오름을 만들었다고 하더라

조천 엉장매 코지
설문대 할망이 육지와 연결하는 다리를 놓다가 중단했다고 하는 조천 바닷가. 현실 생활에서의 좌절이 신화 속에 이렇게 표현되었다.

도 결국 육지와 다리 놓기에는 실패하고 말았다. 이미 형성된 한라산과 오름은 여신의 능력을 보여주는 소재로되, 아직 이루지 못한 염원, 즉 제주 사람들의 현실 속의 좌절은 창조의 여신마저도 외면하고 마는 과제로 형상화했다.

폐쇄된 섬은 고립이며 고립은 죽음을 뜻한다. 때문에 고대에서부터 제주 사람들은 끊임없이 거친 바다를 건너 풍요의 땅과 연결하고자 시도했다. 하지만 풍랑은 번번히 제주 사람들을 삼켜 버렸다. 그 험한 뱃길이 신화 속에서라도 '다리 놓기'를 시도하게 만든 것이다. 현실에서의 염원과 좌절이 신화를 통해 표현되었다는 말이다. 결국 신화는 현실을 뛰어넘지 못하고……

하지만 제주 사람들은 신화를 통해 현실 속의 좌절한 자신을 합리화하고 서로의 상처를 보듬으면서 고난의 삶을 이겨나갔다. 신화를 통해서라도 그렇게 다독여야만 했던 것이다.

삼사석

먼저 눈에 띄는 건 삼사석이 아니라 삼사석을 안내하는 커다란 표석이다. 안내 표석이 워낙 우람해서 자칫 삼사석으로 착각할 정도이다.

삼사석(三射石)이라는 게 뭔가? 한자를 풀어보면 활쏘기와 관계 있는 3개의 돌이라는 것을 짐작할 수 있다. 고·양·부 3신인이 벽랑국 공주와 혼인한 후 거처할 장소를 정하기 위해 각자 활을 쏘아 점을 쳤을 때, 그 화살이 박혔던 돌이다. 역시 신화 속의 이야기다. 하지만 예전에 이곳 화북동 주민들은 삼사석이 놓인 여기를 '살쏜디왓' 이라고

찾아가는 길
계속해서 제주시 방면으로 들어오다가 화북 주공아파트 단지 앞에 이르면 그 맞은편 일주도로(12번 국도) 변에 있는 삼사석을 볼 수 있다.

불렀다. 뭔가 있기는 있었던 곳 같다.

활을 쏘아 점을 쳐서 땅을 나눴다는 것은 권력이 강력하지 않았음을 뜻한다. 또한 권력 간에 쟁투도 그리 심하지 않았음을 의미한다. 그만한 사회경제적 조건이 성숙하지 않았다는 말이다.

이는 단군신화 등 북방계 신화와 비교할 때 확연히 다른 화소이다. 단군신화에서의 권력은 단일권력이다. 또 신성함도 하늘에서부터 부여되었다. 이것은 강한 수직적 위계구조의 상징이다. 사회경제적 조건이 이미 강력한 권력의 출현을 준비할 정도가 되었다는 이야기다.

반면 탐라국 건국신화에서는 권력이 셋으로 나눠져 있다. 신성함도 하늘이 아니라 땅에서 비롯된다. 3신인은 천손(天孫)이 아니라 땅에서 솟은 사람인 것이다. 게다가 3공주도 수평적 공간 개념으로 찾아온다. 어디에도 수직적으로 강요되는 구조가 없다.

혹자는 이걸 평화를 사랑하는 제주 사람들의 심성이 신화에 표출된 것이라고 한다. 그래, 그 애향심을 어찌 탓하랴. 하지만 애향심은 애향심이고 과학은 과학이다. 애향심 고취도 중요하겠지만 그 이전에 신화를 통해 역사를 읽는 게 우선이다.

뿌듯한 애향심을 심어줘야 할 신화의 그 화려함과는 달리 현장에서 확인할 수 있는 삼사석은 너무도 초라하다. 근처 밭에 있는 돌담과 구별하기 어려울 정도이다. 직경 55cm 내외의 현무암 2개가 화살 맞은 돌이라는 삼사석인데, 이건 정말 좀 심하다. 아무리 평범한 것이 위대하다고는 하지만 갖은 상상력을 동원해도 느낌이 오지 않는다. 게다가 최근 대규모 아파트가 들어서고 도로가 확장되면서 주변은 더욱 산만해졌다. 그래도 어찌겠는가. 애향심으로 자기 최면이라도 걸 수밖에. 명색이 지방기념물 4호라는데.

다음으로 삼사석을 보관한 석실이다. 이 석실은 제주 사람 양종창 (梁宗昌)이 1813년(순조 13년)에 화살 맞은 돌을 수습하여 이를 보관하기 위해 만들었다고 한다. 석실 좌우 기둥 판석에는 "삼신 유적이 세월이 오래되었으므로 남은 것을 거두어 이제 수습하여 석실에 합하였다 (三神遺蹟 歲久殘斂 今焉補葺 加以石室)"라고 새겨져 있으며 밑의 도리 판석에는 "가경계유 봄에 석실을 만들다(嘉慶癸酉春石室)"라고 쓰여 있다. 가경계유는 1813년에 해당된다.

그런데 옆에 세워진 안내판에는 양종창이 1735년(영조 8년)에 세웠다고 잘못 소개되어 있다. 양종창은 1767년(영조 43년)부터 1851년(철종 2년)까지 살았던 사람이기 때문이다. 1735년은 김정 목사가 삼사석 비를 세운 때인데 이를 혼돈하여 잘못 기록한 것으로 보인다.

마지막으로 삼사석 비(碑)이다. 비석 앞면에는 "옛날 모흥혈에서 활을 쏘아 맞은 돌이 남아 있으니 3신인들의 기이한 자취는 천추에 서로 빛날 것이다(毛興穴古 矢射石留 神人 異蹟 交映千秋)"라는 글귀가 새겨져 있고, 뒷면에는 "경오(庚午) 3월에 고한룡·고대길·고성전·고승훈 등이 고쳐 세웠다"라는 기록이 남아 있다. 경오(庚午)년은 1780년이거나 1930년인데 안내판에는 1930년으로 소개되어 있다. 이건 맞는 것 같다.

그렇다면 1930년 이전의 비석은 언제 누가 세웠으며, 또 지금은 어디로 간 걸까? 기록에 따르면 원래의 비

삼사석
화려한 신화와 달리 삼사석은 근처 돌담과 구별하기 어려울 정도로 초라하다.

석은 1735년(영조 11년)에 제주 목사 김정이 세운 것이라고 한다. 그리고 지금 남아 있는 글귀도 김정 목사가 남긴 것이라고 한다. 물론 그가 세웠던 비는 마모가 심해 교체되었으며 지금은 새로 세운 비 바로 앞에 묻혀 있다.

용연

용연
용은 비를 몰고 오는 영물이라 옛날에는 이곳에서 기우제를 올렸다.

용이 사는 연못이라 하여 용연이다. 용은 비를 몰고 오는 영물인지라 과거에는 이곳에서 기우제가 행해지기도 했다. 지금은 도시 한복판에 있는데다 하천의 일부가 복개되어 예전 같지 않다. 하지만 주변의 상록수 숲과 7~8m 높이의 병풍 기암은 짙은 녹색의 바닥 모를 깊이의 용연을 여전히 신비롭게 만든다.

이런 절경 때문에 조선시대 지방관들은 밤중에 배를 띄우고 주연을 열어 풍류를 즐기곤 했다. 제주 12대 절경 즉 '영주 12경' 중 하나인 '용연야범(龍淵夜帆)'이 바로 이곳의 밤 뱃놀이 경관이다.

현기영의 성장 소설 『지상에 숟가락 하나』에도 용연이 등장한다. 여기서의 용연은 동네 아이들의 중요한 놀이터이다. 역으로 아이들에겐 두려움의 대상이기도 했다. 해마다 익사 사고가 반복되었기 때문이다. 지금도 물 속 퍼런 곳을 쳐다보면 서늘한 냉기가 몸을 감아온다.

그런데 신화 속의 설문대 할망이 이 연못에 들어섰을 땐 고작해야

찾아가는 길
제주시 용두암에서 동쪽으로 약 200m 지점에 있다.

발등까지밖에 물이 차지 않았다고 한다. 무릎까지 올라오던 서귀포 서홍리 홍릿물도 그녀에겐 별게 아니었다. 하지만 한라산 물장올의 '창터진 물'은 그녀를 삼켜 영영 헤어나올 수 없게 만들어 버렸다. 이처럼 신화 속의 용연은 한라산의 물장올보다는 덜 신성한 장소로 표현되고 있다.

술에 취한 조선의 양반에서부터 물놀이하는 어린애들까지 들락거리던 연못이라서 신성함이 떨어진다고 생각했던 것일까? 아니면 오늘날 생활하수가 흘러드는 그저 그런 하천으로 전락할 것을 미리 알고 '겨우 발등에나 닿는' 수준이라고 격을 낮춘 건 아닐까?

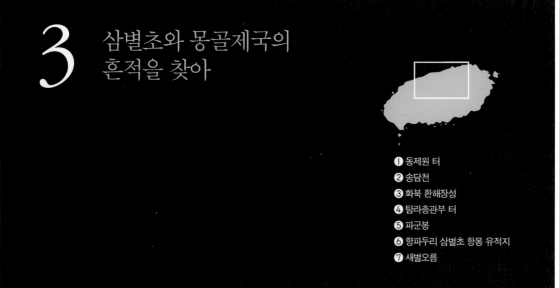

3 삼별초와 몽골제국의 흔적을 찾아

1 동제원 터
2 송담천
3 화북 환해장성
4 탐라총관부 터
5 파군봉
6 항파두리 삼별초 항몽 유적지
7 새별오름

동 제 원 터 에 서 새 별 오 름 까 지

외세의 농간 속에 반복된 탐라와 제주의 명칭 변경. 이것은 이래저래 주변의 두 외세 사이에서 시달렸던 제주 사람들의 아픔을 보여주는 하나의 상징이기도 하다. 탐라에게 고려와 몽골은 둘 다 외세일 뿐이었다.

'탐라' 가 '제주' 로 이름을 바꾼 까닭은?

'탐라' 는 제주의 옛 이름이다. 그건 다들 안다. 그런데 그 이름이 언제, 왜 바뀌었는지, 또 그 이름의 의미가 무엇인지에 대해서는 별로 들어보질 못했다. 하지만 이건 중요하다. 그 이름들 속에는 독립국 탐라를 둘러싼 세력 관계가 숨어 있기 때문이다.

탐라에서 제주로 이름이 바뀐 건 고려 때의 일이다. 정확한 연도는 알 수 없으나 고종 10년인 1223년경으로 추정하고 있다. 왜 바꿨을까? 이를 알기 위해서는 먼저 '탐라' 라는 말의 의미가 무엇인지 살펴봐야 한다.

글자 그대로 풀어보면 耽羅(탐라)는 즐길 탐, 벌릴 라로 구성되어 있다. 이게 도대체 무슨 뜻인지 모르겠다. 당연하다. 한자라고 해서 모두 뜻글자인 건 아니다. 뜻이 아니라 소리만 빌어 쓴 한자도 많다. '탐라' 의 경우도 그렇다. 고대의 제주를 일컫는 말로 탐라 외에 담라, 탐모라, 탐부라, 담모라, 탁라, 섭라 등이 사서에 등장하고 있다. 여기엔 공통점이 있다. 발음이 비슷하다는 점이다. 이건 '탐라'가 소리글자임을 보여주는 증거이다.

김석익도 『탐라기년』에서 "연암 박지원은 이르되 우리나라 방언에 도(島)를 섬이라 하고 국(國)을 나라(羅羅)라 하니 탐, 섭, 담 세 음은 모두 섬과 비슷하니 대저 도국(島國)이라 함이다"라고 하여 '탐라'는 곧 '섬나라'를 뜻하는 말이라고 하였다.

그렇다면 고려 고종 때부터 쓰였다는 '제주(濟州)'는 무슨 뜻인가? 원주, 상주, 경주, 전주, 나주 등의 예에서 보듯이 제주의 뒤에 붙은 주(州)는 큰 고을을 뜻한다. 중요한 행정구역이라는 말이다. 그리고 제(濟)는 '큰물을 건넌다'라는 뜻이다. 결국 '제주'는 한반도로부터 바다 건너 먼 지역에 있는 중요한 행정구역이라는 의미가 된다.

그렇다면 이제 '탐라'에서 '제주'로의 명칭 변화가 무슨 의미를 갖는지 짐작할 수 있을 것이다. 고려 전기에 독립국 탐라는 사라졌다. 고려의 한 지방으로 편입된 것이다. 명칭 변화는 바로 이걸 보여준다.

그런데 그 이후에도 제주도는 다시 '탐라'라는 이름을 회복한 적이 있다. 삼별초 항쟁이 끝나고 제주가 몽골의 직할지가 된 1273년 무렵부터이다. '탐라국초토사', '탐라총관부'라는 명칭에서 이를 확인할 수 있다.

왜 그랬을까? 몽골이 특별히 제주도를 어여삐 본 것일까? 그래서 그들은 탐라의 자주성을 옹호해 주었던 것일까? 아니다. 이것은 마치 1876년 개항 당시 일본이 우리에게 강요한 강화도 조약 제1관 "조선은 자주의 나라이며 일본국과 평등한 권리를 갖는다"라는 문구와 흡사하다. '조선의 자주권'을 운운한 것은 조선에 대한 청나라의 종주권을 부

정하려는 의도였다. 그걸 부정함으로써 일본은 조선 침략을 손쉽게 할
수 있었기 때문이다. 마찬가지다. 몽골도 고려로부터 탐라를 떼어내
자신들이 직접 지배하고자 했다. '탐라'라는 명칭이 잠시 회복되었던
건 바로 그 때문이다.

외세의 농간 속에 반복된 탐라와 제주의 명칭 변경, 이것은 이래저
래 주변의 두 외세 사이에서 시달렸던 제주 사람들의 아픔을 보여주는
하나의 상징이기도 하다. 탐라에게 고려와 몽골은 둘 다 외세일 뿐이
었다.

동제원 터

지금은 아무런 흔적도 남아 있지 않지만,
이곳은 삼별초 전투의 서막이 준비되던 현장이다. 삼별초 본군이 아
직 진도에 진을 치고 있을 때, 즉 본격적으로 삼별초 전쟁이 시작되기
전에, 이미 제주도에서는 고려 정부와 삼별초 간에 싸움이 벌어졌다.
소위 송담천 전투가 그것이다. 그 전투를 앞두고 삼별초 별동대장 이
문경의 군사가 진을 쳤던 장소가 바로 이곳 동제원 터다.

어째서 삼별초 전쟁이 시작되기 전부터 제주도가 소란했던 것일까?
지정학적 위치 때문이다. 장기 항전을 위해서는 삼별초의 근거지가 제
주도로 옮겨질 것이라는 건 삼별초뿐만이 아니라 고려 정부 역시 이미
판단하고 있었다.

고려 정부가 영암 부사 김수와 장군 고여림을 서둘러 제주에 파견했
던 건 바로 그 때문이다. 천여 명의 군사를 이끌고 들어온 김수와 고여
림이 제주에 와서 가장 먼저 취한 조치는 바닷가를 돌아가며 성을 쌓

찾아가는 길

국립제주박물관을 조금 지나면 오현
고등학교가 있는데 그 학교 맞은편
거로 마을 입구가 과거에 원(院)이
있었던 동제원 터다. 거로(巨老)마
을'이라고 새겨진 마을 표석을 기준
으로 삼으면 된다.

는 일이었다. 삼별초의 제주 진출을 차단하려는 의도에서였다.

하지만 삼별초에서도 고려 정부의 이러한 조치를 그냥 쳐다보고만 있지는 않았다. 제주도 확보야말로 그들 입장에선 명줄이 달린 일이었기 때문이다. 그래서 별동대장 이문경을 제주도로 보냈다. 서쪽 명월포로 상륙한 이문경은 제주성을 관통하지 않고 외곽으로 돌아 이쪽 동제원에 진을 쳤다. 삼별초가 진도에 자리를 잡은 지 불과 석 달 뒤인 1270년 11월의 일이다. 전투는 그때 바로 시작되었다.

동제원 터

지명 '동제원(東濟院)'은 조선시대 이곳에 있었던 원(院)에서 나온 듯하다. '원'이란 출장가는 관리들의 숙박소를 말한다. 이곳 동제원은 조선시대 중요 포구인 조천포와 화북포에서 그리 멀지 않은 곳에 위치해 있다. 아마 늦은 시간에 배로 도착한 관리들이 곧바로 제주읍성으로 들어가지 못할 때 하룻밤을 묵던 곳이 아닌가 싶다. '동쪽에서 건너오는 원'이라는 이름만 봐도 그렇다.

『신증동국여지승람』 등에는 "주 동쪽 9리에 있다. 남은 터가 있는데, 이문경이 군사를 거느리고 진을 쳤던 곳이다"라고 기록되어 있다.

송담천

이곳은 제주도에 온 삼별초가 처음으로 관군과 싸움을 벌였던 격전지이다. 물론 이 전투는 삼별초 본진에 의해 수행된 것은 아니다. 삼별초와 정부군 간의 본격적인 전쟁보다 약 2년

찾아가는 길
동제원 터 약 10m 전에 있는 하천이다. 제주교육대학교와 오현고등학교 사이에 있다.

반 가량 앞서 일어난 전초전일 뿐이다.

하지만 이 전투의 의의는 매우 크다. 누가 제주도를 장악하느냐에 따라 삼별초 항쟁이 장기 지구전이 될 것인지, 아니면 단순 반란으로 곧 진압되고 말 것인지 결정할 수 있는 전투였기 때문이다.

삼별초가 진도로 내려가 용장성을 구축하고 통치 기반을 다져감에 따라, 고려 정부는 상당히 긴장하고 있었다. 삼별초는 이미 단순한 반란군이 아니었다. 왕족인 승화후 온을 새로운 왕으로 추대하고 자신들이야말로 진정한 고려 정부임을 천명했을 정도로 위세가 대단했기 때문이다. 게다가 제주도마저 삼별초의 손으로 넘어갈 경우, 그들의 저항 기반은 더욱 탄탄해질 것이므로 고려 정부는 염려하지 않을 수 없었다. 고려 정부도 제주도의 지정학적 가치를 잘 알고 있었다.

고려 정부의 김수와 고여림이 제주도에 들어온 건 1270년 9월 중순경으로 확인되고 있다. 삼별초가 진도에 진을 친 지 겨우 한달밖에 안

송담천
삼별초와 정부군 간에 전초전이 벌어졌던 격전지.

되던 시점이었다. 삼별초 별동대장 이문경이 들어온 것은 11월의 일이다. 그만큼 고려 정부와 삼별초 양측에게 제주도는 시급히 확보해야 할 요충지였던 것이다.

서쪽 명월포에 도착한 이문경 부대는 제주성을 관통하지 않고 외곽을 돌아 동제원에 진을 쳤다. 그리고는 곧바로 공격을 개시하였다. 격전지는 동제원에서 불과 10m 서쪽에 있는 하천이다. 아마 하천을 경계로 공방전이 벌어졌던 모양이다.

일진일퇴의 싸움 끝에 이문경 부대는 결국 정부군을 전멸시켰다. 이후 사태 수습을 마친 이문경 부대는 더 동쪽에 있는 조천포로 나가 그곳에 진을 쳤다. 제주읍성을 거치지 않고 돌아간 점이나, 전투 후에도 읍성을 피하여 조천에 진을 쳤던 점을 보면 삼별초는 제주 사람들을 상당히 의식했던 모양이다. 현지인에게 폐를 끼치지 않는 게 승전의 비결임을 알았던 것 같다.

기록마다 조금씩 차이는 있으나, 당시 정부군은 대략 천 명 정도로 추정된다. 반면 삼별초 이문경 군대의 수는 전혀 기록되어 있지 않다. 하지만 치열한 접전 끝에 정부군을 전멸시켰다는 점으로 미루어 서로 비슷한 규모였을 것으로 생각된다.

하지만 꼭 그런 것만은 아닐 수도 있다. 관군측은 이 전투의 패인을 탐라 토착민의 비협조와 삼별초에 대한 지원으로 기록하고 있다. 이 점을 미루어 생각해 보면 오히려 삼별초가 적은 숫자임에도 불구하고 민심을 얻어 승리한 것일 수도 있다.

송담천은 현재 별도천, 혹은 화북천으로 불리는데, 이것은 주변 별도봉과 화북 마을의 이름에서 기인한 것이다. 그 외에 베린내, 무드내, 무두천 등으로 불리기도 한다.

혹자는 『신증동국여지승람』에 동제원이 주 동쪽 9리, 송담천이 주 동쪽 13리에 있다고 쓰여 있는 점을 들어, 송담천은 현재의 화북천이 아니라 조금 더 동쪽에 있는 삼양의 삼수천(민속박물관 옆)이라고 주장하기도 한다. 그러나 실제 삼수천까지의 거리를 재보면 너무 멀다. 게다가 이원진의 『탐라지』에는 화북천이 주 동쪽 13리에 있다고 기록되어 있기 때문에 송담천을 현재의 화북천으로 보는 것이 옳다.

이곳은 내가 초등학교 시절에 해마다 봄소풍 가던 장소였다. 또 한때 승려생활을 했던 시인 고은이 수도하던 원명사가 있는 곳이기도 하다. 수건돌리기 하던 아이들이 정신없이 뱅뱅 돌던 그 자리, 새벽 목탁소리가 울림 크게 번져가던 그 허공, 바로 여기가 제주도를 장악하기 위해 삼별초와 정부군이 처절한 전투를 벌였던 곳이라는 걸, 김밥에만 정신 팔려 있던 나는 전혀 알지 못했다.

화북 환해장성

찾아가는 길

동제원 터, 송담천이 있는 마을이 화북이다. 송담천을 지나면서 보이는 마을 어디에서나 바닷가로 내려가면 바다를 두른 환해장성을 만날 수 있다. 그러나 현재는 대부분 허물어졌기 때문에 가장 보존 상태가 좋은 화북 포구 동쪽을 찾는 것이 좋다. 화북마을 중심의 큰 도로를 따라 포구로 내려간 뒤, 오른쪽(동쪽)으로 조금 가면 복원해 놓은 화북연대를 볼 수 있고 이곳에 올라 동쪽 바다를 보면 바로 코앞에 해안선을 따라 길게 이어진 환해장성을 확인할 수 있다.

환해장성은 말 그대로 바다를 따라 섬을 빙 두른 긴 성이다. 기록에 의하면 그 길이가 300리, 즉 120㎞였다고 한다. 이 정도면 제주도 전체 해안선 길이의 절반에 가깝다. 아마 절벽을 제외하고 배가 닿기 쉬운 곳이라면 모두 성벽을 쌓았던 것 같다.

애초에 환해장성은 삼별초의 진입을 사전에 차단하려던 고려 정부에 의해 축조되기 시작했다. 그 시기는 1270년 9월경으로 추정된다. 왜냐하면 고여림의 군대가 축조를 시작했다는데, 고여림이 제주에 온 게 대략 그 무렵이기 때문이다. 그러나 고여림이 삼별초 별장 이문경에게 패하여 전사한 것이 그 해 11월이므로, 환해장성 300리가 모두

고여림의 정부군에 의해 축조되었다고 보기는 어렵다. 단 두 달 동안 완성되기에는 길이가 만만치 않다.

고여림 이후 제주를 장악한 삼별초군도 이 성을 쌓은 것 같다. 역으로 고려군을 막기 위한 것이었다. 그 후 왜구에게 시달리던 조선시대 제주 사람들도 지속적으로 이 성벽을 축조했다. 그것은 개항기까지 이어졌다. 『탐라기년』에는 이양선 출몰 때문에 헌종 11년(1845년)에 환해장성을 수리해 쌓았다는 기사가 나온다.

현재 환해장성의 흔적을 확인할 수 있는 지역으로는 이곳 화북말고도 애월, 고내, 북촌, 동복, 함덕, 평대, 신산, 태흥, 일과 등을 들 수 있다. 물론 번듯하게 제대로 남아 있는 것은 거의 찾아보기 힘들다. 그나마 이곳 화북의 환해장성이 제일 나은 편이다. 상대적으로 보존 상태가 괜찮은 편이고 다른 해안의 것보다 길이가 길게 남아 있다.

화북 환해장성
무분별하게 개설되는 해안관광도로 때문에 그나마 보존 상태가 좋은 환해장성의 운명도 불투명하다.

하지만 이것도 언제 사라질지 알 수 없다. 최근 무분별하게 개설되는 해안관광도로 때문이다. 다행히 아직은 해안도로가 이곳 화북 마을을 지나진 않았다. 하지만 제주도의 바닷가 마을 거의 전부가 해안도로 개설에 미쳐 있는 현실이고 보면, 이곳 화북 환해장성의 운명도 어찌될지 모르겠다. 문화적 감수성이라고는 손톱만치도 없으면서 그저

눈앞의 경제성, 선거에서의 표만 의식하는 몰상식한 행정이 두렵기만
하다.

탐라총관부 터

삼별초 항쟁을 진압한 뒤 몽골제국은 제주
도를 자신의 직할령으로 삼고 직접 몽골의 관리를 파견하였다. 이후
제주도는 100년 동안이나 몽골제국의 직접적인 지배를 받게 되었다.
탐라총관부는 바로 그 100년 동안 제주를 통치하던 몽골의 관청이다.

탐라총관부는 교과서를 통해 우리에게 익숙한 이름이지만 사실은
100년 동안 여러 차례 이름이 바뀌었다. 탐라국초토사, 탐라국군민도
달노화적총관부, 탐라국안무사, 탐라총관부, 탐라군민만호부가 그것
이다. 그런데 여기에는 공통점이 있다. 바로 '탐라'이다. 별것 아닌 것
같지만 이는 중요한 단서다.

한때 잠시 '제주'라는 이름이 복구된 적도 있었다. 충렬왕 20년(1294
년) 일본 정벌에 집착하던 원의 세조가 죽었을 때였다. 그가 죽자 일본
정벌 계획은 폐기되었다. 그에 따라 일본 원정의 전초기지인 '탐라'의
가치도 그만큼 떨어졌다. 그 기회에 고려가 '제주'를 돌려달라고 원에
요청했던 것이다. 그 요청이 받아들여져 '탐라'는 다시 '제주'가 되어
고려의 지배 속에 들어올 수 있었다.

하지만 곧바로 6년 뒤인 충렬왕 26년(1300년)에 원이 탐라총관부를
설치함으로써 제주도는 다시 원의 직할지가 되었다. 이번엔 일본 원정
보다 탐라목장에 대한 경영 강화를 위한 조처였다. 그리고 이후에는
계속 '탐라'를 고집했다. 물론 독립국 탐라는 아니다.

찾아가는 길
정확한 위치를 알 수 없기 때문에 연
구자에 따라 서로 다른 지점을 비정하
고 있다. 여기서는 현재 표석이 세워
진 제주북초등학교 뒤가 옳다고 가정
하고 이곳을 찾아간다. 구제주 한복판
관덕정 북쪽에는 제주북초등학교가
있다. 이 학교의 북쪽 도로변에 우체
국 택배 서비스 건물이 있는데 그 앞
에 표석이 있다.

그렇다면 제주도를 실질적으로 통제했던 이들 원의 관청은 어디에 있었을까? 사실 정확한 기록은 없다. 단지 『신증동국여지승람』에 "제주성 북쪽 해안에 옛 관청의 흔적이 남아 있는데 그것이 아닌가 싶다. 하지만 고증할 순 없다(州城北海岸 有古官府遺址 疑卽其地 然不可考)"라는 기록만 있다. 아마도 이걸 근거로 제주읍성 북쪽 현재 북초등학교 뒤편에 그 표석을 세운 것 같다.

제주시에서 펴낸 『제주시의 옛터』에는 용담 2동 고두생이 즉 사대부고 서쪽을 탐라총관부 자리로 비정해 놓고 있다.

파군봉

파군봉(破軍峰), '군대를 격파한 봉우리' 라는 뜻이다. 이름만으로도 사연을 간직하고 있다는 것을 짐작할 수 있는 오름이다. 본래 이름은 바구니를 엎어놓은 모양이라 하여 '바굼지오름' 이다. 어떤 사람은 박쥐와 닮았다는 데서 '바굼지' 라는 이름이 붙었다고도 한다. 현재의 명칭 '파군봉' 은 아마 옛 이름 '바굼지' 와 발음이 유사하면서도 역사를 담은 한자어를 선택한 결과로 보인다.

산 자체의 높이는 50m 가 채 안 되고 산책로가 잘 나 있어 누구나 쉽게 오를 수 있다.

이곳에서 항파두성까지는 2.5km에 불과하다. 이걸 보면 이곳이 삼별초군의 전초기지였다는 이야기가 거짓은 아닌 것 같다. 전해오는 말에 따르면 삼별초 전쟁중에 이곳 파군봉 전투 역시 항파두성 전투 못지않게 치열하였다고 한다. 명월포로 상륙한 좌군의 공격에 이어 함덕포로 상륙한 중군 김방경 부대의 협공이 가해지면서 삼별초군은 이곳을

찾아가는 길
제주시에서 서회선 일주도로로 진행하다가 하귀1리 마을회관이 나오면 바로 그 옆으로 난 길을 따라 남쪽으로 약 700m 들어가면 나온다. 북제주군 농촌지도소 뒷산이 바로 그곳이다. 표지석은 동쪽에 있으나 오르기는 경사가 완만한 서쪽이 편하다.

포기하고 항파두성으로 밀려들어갔다고 한다. 그리곤 이내 항파두성도 점령되고 말았다. 정상에 오르면 소나무 가지 사이로 바다가 가까이 눈에 잡힌다. 이곳에 서서 삼별초 병사가 되어 해안선을 향해 점점 다가오고 있는 여몽 연합군을 상상해 보는 것도 재미있겠다.

항파두리성

진도를 빼앗긴 삼별초가 원종 12년(1271년)에 제주도로 들어와 자리를 틀었던 곳이다. 그리고 2년 후인 원종 14년(1273년), 여몽 연합군에 의해 최후를 맞았던 비극의 장소이다. 본래는 외성과 내성의 2중 구조로 이루어졌다고 하는데, 지금은 토성으로 된 외성 일부만 복원되어 있다. 외성은 약 15리(6㎞), 내성은 둘레가 약 700m 정도였다고 한다.

현재 이곳은 사적지로 지정되어 깔끔하게 관리되고 있다. 순의문을 들어서면 항몽순의비가 정면에 있고 왼쪽에는 전시관이 있다. 그런데 정작 이곳 순의문 안은 굳이 들어가지 않아도 된다. 볼 게 별로 없기 때문이다. 순의문부터가 마음에 안 든다. 제주의 특성이라곤 전혀 없는 대한민국 스탠더드 충혼사당 정문 모양이다. 국립묘지건 현충사건 다 똑같다.

당연하다. 왜? 국가 이데올로기 고양 차원에서 만들었기 때문이다. 관제 냄새가 풀풀 난다. 기둥은 소위 '육영수 색'이라는 미색이다. 과거 대한민국 모든 동사무소 건물에 칠했던 그 색깔 말이다. 박정희 대통령의 안사람이던 육영수가 제일 좋아했던 색이라고 한다. 아무리 그래도 그렇지, 촌동네 마을회관까지 온통 그 색깔 하나로 페인트 칠을

찾아가는 길

파군봉에서 다시 일주도로로 나와 서쪽으로 약 100m 정도 가면 표지판이 있다. 표지판을 따라 좌회전하여 곧장 올라가면 쉽게 찾을 수 있다. 또 제주시에서 출발할 경우에는 서부 중산간도로(16번 국도)를 따라 서쪽으로 가면 된다. 광령 마을을 지나면 표지판이 나오는데, 이곳 표지판이 있는 사거리에서 좌회전 하면 된다.

해댔으니, 독재는 정치권력에서만 드러나는 게 아니다. 국민들의 미적 감각까지도 지배한다.

그렇다면 이게 박정희 시절에 정비된 것인가? 맞다. 그것도 아주 졸속으로 추진되었다. 군사정권의 허약한 정당성을 보완하기 위해 역사 속의 훌륭한 무인들을 끌어내다 보니, 제대로 된 발굴조차 시도하지 않고 사적지 정비를 강행했던 것이다. 그 바람에 많은 유물들이 작살나버렸다는 뒷이야기도 들려온다.

삼별초 군인들의 자주적인 기개가 천황주의자 박정희에 의해 농락당했던 것이다. 사실 박정희에게 중요했던 건 삼별초가 아니라 자신의 군사정권이었다. 삼별초는 단지 군사정권 유지를 위한 도구에 불과했다. 이곳이 정비된 시기는 1977~1978년이었다. 왜 하필이면 그때였

항파두성
그나마 자연 계곡 해자가 당시의 모습을 실감나게 전해 주고 있다.
(강정효 사진)

을까? 그 시기는 바로 유신체제가 자신의 모순을 감당하지 못하고 파국으로 치달아가던 무렵이었다. 국민들의 반발이 거세질수록 박정희는 이를 무마하고 자신의 군사독재를 합리화하려고 매달렸다. 그 무렵 이와 같은 상징물이 많이 건설된 건 그 때문이다.

토성의 길이는 본래 약 6㎞ 가량이었다고 하는데 현재는 980m 정도만 복원되어 있다. 하지만 이것도 크게 관심가질 만하지 못하다. 원형에 충실했다고 보기 어렵기 때문이다. 그저 성벽 위의 잔디가 좋으니 올라가 쉬기는 좋다. 전해지는 말에 따르면 이곳 위에 올라서면 바다가 한눈에 들어온다고 했는데, 지금은 나무가 앞을 막아서인지, 동태를 살피기에는 역부족이다. 또 성벽 위에 재를 뿌려놓고 말을 달려 먼지를 일으켜서 삼별초 군사가 많은 것처럼 위장했다는 말도 있다.

순의문 안쪽이나 복원된 토성보다 오히려 주의 깊게 볼 곳은 외성 밖 남쪽과 서쪽 계곡이다. 성의 입지를 확인할 수 있기 때문이다. 이 계곡은 외성의 해자(垓字) 역할을 했다. '해자' 란 성벽에 적이 접근하지 못하도록 성벽 밖을 따라 깊게 파서 물을 채워넣었던 인공 연못을 말한다. 인공 연못을 파지 않고 자연 계곡을 해자로 활용한 성의 입지가 그럴듯하다. 국가주의 이데올로기가 묻어나는 박제화된 복원지보다 오히려 자연 계곡 해자가 당시의 모습을 더욱 실감나게 전해 주는 것 같다. 이것이 항파두성만의 특징이기도 하다.

다음 장소로 이동하기 전에 생각해 볼 만한 문제 하나. 도대체 항파두리가 무슨 뜻일까? 불행히도 지금까지 정확히 알려진 바는 없다.

오창명은 '항' 을 항아리로, '두리' 를 둥근 것으로, '바두리' 를 둥근 테로 보고 '항파두리성' 이란 '항아리의 테두리처럼 둥근 성' 이라고 해석하였다. 그럴듯하다.

유홍준 교수의 한국문화유산답사회에서 펴낸 책에서는 아무런 근거 제시도 없이 '철 옹성을 뜻하는 제주말'이라고 하였다. 그런데 여기에 동의하는 사람은 없는 것 같다.

반면 '항'을 당시 진압군 장수였던 홍다구의 '홍'으로, '바두'를 장군·영웅·장수를 뜻하는 몽골어 '바투'에서 나온 말로 해석하는 사람도 있다. 즉 '홍다구 장군이 진압한 성'이라는 말이다. 역사성 있는 해석이다. 외세의 이름이 묻어 있다고 해서 기분 나빠할 건 아니다. 과거는 그냥 과거로 봐야 한다.

항파두리 삼별초 항몽유적지

장수물 · 옹성물 · 구시물

항파두리성 주변에는 삼별초 전쟁과 관련된 이야기를 간직한 곳이 많다. 대표적인 것이 땅에서 솟는 샘물이다.

장수물은 김통정 장군의 발자국으로 인해 패인 바위에서 솟아났다는 샘물이다. 그가 여몽 연합군에게 밀려 성을 빠져나가던 당시 성담을 훌쩍 뛰어넘었는데, 그때 그의 발이 바위에 박혀 자국이 남았다는 것이다. 그 자국에서 솟는 물, 그것이 장수물이라고 한다.

지금도 바위 틈에서 나오는 장수물은 마르지 않고 흐른다. 유명한 물이라면 으레 붙는 소문, 즉 어떤 가뭄에도 마르지 않고, 또 이 물을 마시면 장수하고, 또 어떤 병도 다 고치고 등등 이런 이야기 역시 빠지지 않는다. 옹성물과 구시물도 마찬가지다.

하지만 지금은 '음용수로는 부적절하니 마시지 말라'는 행정 당국의 안내문이 전설의 신비함을 비웃고 있다. 어찌하랴, 인간이 저지른 죄 때문인 것을, 어찌 그 물을 탓하리오.

옹성물은 극락사 경내에 있다. 삼별초 주둔 당시 장교들이 먹었던 물이라고 한다. 성 밖에 위치해 있지만 아마도 성 안으로 끌어들이는 장치가 있었던 모양이다. 샘터 주변을 둘러싼 돌담은 예의 고즈넉한 정취를 남긴다. 그러나 가까이 가보면 주변의 물소리와는 달리 정작 샘터는 말라 있다. 의도적으로 물길을 돌린 것 같다.

구시물은 당시 병사들이 마셨던 물이라고 한다. 샘터 주변의 돌담이 예쁘다. 하지만 과거와는 달리 옛 맛을 모두 잃어버린 것 같다.

살 맞은 돌

박정희식으로 정비된 아래쪽의 항몽 유적지와는 달리 좁은 길을 따라 걸으며 답사의 맛을 느낄 수 있는 장소이다. 어설프게 사람의 손이 간 것보다는 투박하니 그대로 있는 게 훨씬 낫다.

살 맞은 돌은 삼별초 병사들이 훈련할 때 과녁으로 사용했다는 바위이다. 커다란 현무암 바위에 구멍이 몇 군데 뚫려 있다. 남쪽 극락봉에서 이쪽을 향해 활을 쏘았다는 것이다. 설마 무식하게 돌에 대고 화살을 쏘았을라고. 아마 바위를 뚫을 정도로 삼별초의 전투력이 강했음을, 아니 강하길 바랐던 백성들의 마음을 보여주는 전설일 것이다.

실제 구멍을 자세히 보면 인공적인 것은 아닌 듯하다. 용암이 흐르던 도중에 나뭇가지를 덮치고 그 나뭇가지가 타서 녹아버리자 그냥 구멍을 남긴 채 굳어버

살맞은 돌
백성들은 바위를 뚫을 정도로 삼별초의 군사력이 강하기를 바랐다.

린 바위 같다. 하지만 50여 년 전만 해도 구멍 안에 화살이 남아 있어 동네 아이들이 그걸 꺼내서 엿 바꿔먹었다는 말이 전해온다. 그야말로 믿거나 말거나다. 전설을 너무 과학적으로 해체시킬 필요는 없을 것 같다. 그냥 이대로 재미있지 않은가.

새별오름

말굽형 분화구가 여럿 겹쳐 봉우리가 5개나 되는 오름이다. 5개의 봉우리가 마치 별처럼 보인다고 해서 샛별이란 이름이 붙었다고 한다.

정상에 올라서면 주변의 목장 초원지대가 시원하게 들어온다. 멀리 비양도는 『어린왕자』에 나오는, 코끼리를 삼킨 보아 구렁이 모습으로 가만히 놓여 있다. 그지없이 평온한 광경이다.

그러나 역사 속의 이곳은 결코 평온한 장소가 아니다. 이 일대는 '칼과 방패가 바다를 뒤덮고 간과 뇌가 땅을 가렸다'던 '목호의 난' 당시

찾아가는 길
제주시에서 서부산업도로를 따라 가다보면 그린 리조트가 나오는데 그 북쪽에 있는 커다란 오름이 새별오름이다. 최근에는 정월대보름 들불축제 장으로 활용되고 있어서 쉽게 찾을 수 있다.

의 일대 격전장이었다. 원나라가 이미 망한 뒤인 공민왕 23년(1374년)에 있었던 일이다.

반원 자주정책을 폈던 공민왕은 이전에도 제주도 탈환을 위해 몇 차례 군사를 파견했다. 그러나 제주에 살던 원나라 목호들이 워낙 강력하게 반발해 거듭 실패로 끝났다. 본격적인 전쟁이 시작된 건 명나라의 개입과 말(馬) 때문이었다. 공민왕 23년(1374년) 명은 탐라에 있는 원나라의 말 2천 필을 고려에 요구했다. 고려 입장에서는 이를 집행할 수밖에 없었다. 그러나 탐라의 목호들은 강하게 저항했다. 원나라의 원수인 명에게 결코 말을 내줄 수 없다는 것이었다. 그렇게 계속 버티다가 결국 내놓은 말은 고작 300필.

이에 공민왕은 탐라 공략을 결정하고 전함 314척, 정예병 2만 5,605명을 최영에게 주어 본격적인 목호 토벌을 명령했다. 전쟁은 이렇게 시작되었다. 토벌에 나선 고려군의 병력은 결코 적은 규모가 아니다. 이후 명나라를 치러 가던 요동 정벌군 3만 8,830명과 비교해 보면 그 규모를 짐작하고도 남는다.

물론 탐라 토벌은 명을 견제하려는 의도도 포함된 원정이었다. 명은 탐라가 원의 직속령이었기 때문에 탐라의 귀속권은 고려가 아니라 원을 멸망시킨 명에게 있다고 주장했다. 고려 입장에서는 명의 이러한 욕심을 차단하기 위해서라도 서둘러 탐라를 장악할 필요가 있었던 것이다.

최영이 이끌고 온 2만 5천 토벌군의 상륙을 저지하기 위해 목호의 기병 3천이 집결했던 곳, 그곳이 바로 여기 새별오름 위에서 바라다보이는 비양도 앞 벌판이다. 토벌군은 처음에는 상륙조차 힘들었다. 11척 배에 나눠 탄 선발대가 모두 목호의 기병에게 죽임을 당했을 정도였다.

이에 초조해진 최영은 동요하던 토벌군 병사 몇을 현장에서 처형했다. 최영의 불호령에 놀란 토벌군은 그때서야 비로소 과감하게 상륙을 시도했다. 그리고는 이내 처절한 전투가 전개되었다.

어름비, 밝은오름, 금악, 새별오름 방면으로 전투는 확대되어 갔다. 이곳 새별오름에서 비양도 앞까지 펼쳐진 벌판이 이에 해당하는 장소이다. 팽팽하던 균형은 이내 목호의 패배로 귀착되었다. 여기서 밀린 목호는 서귀포시 서홍동, 예례동 쪽으로 쫓겨갔다. 그쪽에는 그들의 정신적 지주이자 근거지인 법화사가 있었다. 하지만 이후에도 계속 퇴각할 수밖에 없었다. 그러다가 결국 목호는 서귀포 앞 범섬에서 최후를 맞는다.

이 전쟁의 승리로 고려는 원나라 세력을 완전히 우리 땅에서 몰아내게 되었다. 탐라 역시 이 전쟁을 계기로 100년 간의 몽골 지배를 끝장낼 수 있었다. 그러나 탐라인의 입장에서 목호의 난을 다시 볼 때, 단순히 원나라 세력 축출이라는 한 가지 해석만을 고집할 순 없다. 100년 동안 탐라와 몽골을 이어주는 연결 고리가 너무나 많이 생겼기 때문이다.

기록에는 삼별초 패배 후 1,400명 혹은 1,700명 정도의 몽골군이 제주에 주둔했던 것으로 나와 있다. 무려 100년 지배였다. 그 기간 동안 몽골군과 탐라 여인 사이에 혼인이 이뤄졌던 건 당연한 일이다.

게다가 그들은 선진적인 목마 기술을 전해 주던 사람들이었다. 처음에는 반감이 심했을지 모르나 나중엔 오히려 고려 정부보다 선호했을 가능성이 크다. 실속이 많았기 때문이다. 실제 혼인으로 인해 생긴 반(半) 몽골 탐라인의 존재가 많았던 모양이다. 『고려사』에는 곡겁대, 몽

고대, 탑사발도 같은 이름의 탐라인이 등장하는데 아마 이들은 탐라와 몽골의 혼혈인일 것이다. 이들의 존재가 '목호의 난' 해석을 복잡하게 한다.

　2만 5천 명이 넘는 대규모 토벌군이 동원되었던 것도 순수 몽골인들만을 토벌 대상으로 설정한 게 아니었음을 말해 준다. 단 3일 만에 끝난 삼별초 전투와는 달리 한달을 끌었던 것도 목호가 단지 몽골인들만이 아님을 시사한다. 당시 전투 목격담을 기록한 하담의 글에 있는 "우리 동족 아닌 것이 섞여 갑인(甲寅)의 변을 불러들였다"라는 구절도 목호의 난의 한 단면을 보여준다. '우리 동족 아닌 것이 섞여' 라는 말을 뒤집어 보면, 실상은 우리 동족 내에서 전투가 진행되었다는 말이 된다.

　물론 이런 해석은 국가 이데올로기와 곧바로 충돌한다. 박정희가 조

목호의 난 당시 격전이 벌어졌던 새별오름 주변 들판

성해 놓은 제주 항몽 유적지 기념관에는 목호의 난 진압이 아주 숭고하게 묘사되어 있다. 조국 땅에서 외세를 몰아낸 자주성의 상징으로 말이다. 틀린 말은 아니다. 중앙의 관점에서 보면 그렇다.

하지만 이를 제주 사람의 눈으로 보면 전혀 다르다. 이를 단순히 반란으로 해석하면 곤란하다. 오늘날과 같은 정도의 강력한 민족의식, 국가관이 그때는 없었다. 특히 지방분권의 고려시대를 오늘날의 민족주의 관점으로 보는 건 문제다. 역사는 그 시대, 그 지역 사람의 눈으로 볼 수 있어야 한다. 그렇게 볼 때 제주 사람에게 최영은 민족의 영웅이 아니라 학살의 책임자이며, 목호의 난은 4·3 이전에 외지 권력에 의해 저질러진 최대의 희생 사건일 수 있다.

새별오름은 둔중한 듯하면서도 부드러운 곡선이 일품이다. 게다가 주변 경관은 매우 아름답다. 조용한 목장지대라 그지없이 평온하다. 그런데 요새는 무척 시끄러워졌다. 아주 난리다. 정월 대보름 들불축제의 장소로 쓰이게 되면서부터이다. 물론 이 축제는 상당히 성공적이라는 평가를 받고 있다. 지역 경제 발전을 위해서 좋은 일이다.

하지만 떼거리로 몰려다니며 질러대는 인간의 소음이 600여 년 전 이곳의 역사를 묻어버리는 것 같아 아쉽다. 들불축제와 대학살, 어울리지 않는다. 새별오름이 전쟁을 기억하며 반성하는 공간으로, 평화를 기원하는 공간으로 그렇게 남았으면 좋겠다.

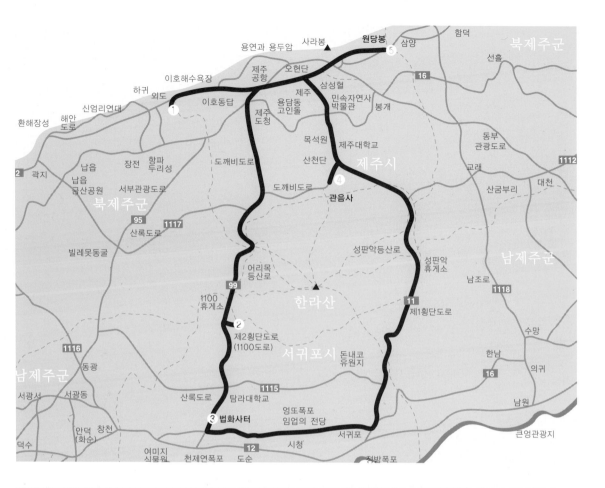

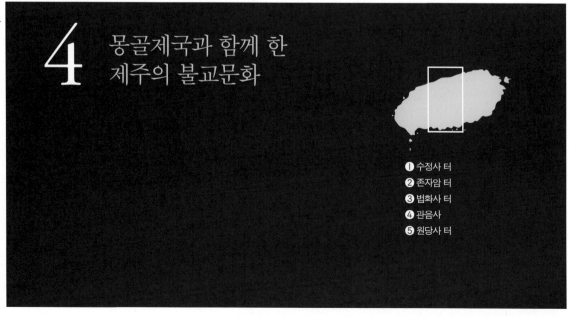

4 몽골제국과 함께 한
제주의 불교문화

1 수정사 터
2 존자암 터
3 법화사 터
4 관음사
5 원당사 터

수정사 터에서 원당사 터까지

제주의 불교문화를 이해하려면 먼저 무속신앙을 알아야 한다. 불교의 외피만 걸쳤을 뿐, 그 중심에는 무속이 자리해 있다. 본존불 앞에서 무당이 굿판을 벌일 정도다.

절(寺)에서 웬 굿?

내가 근무하는 학교는 제주시 중심지에서 매우 가깝다. 그래도 주변에 민가가 거의 없어 비교적 호젓한 편이다. 그런데 이 학교에 온 첫해 어느 날, 수업을 하다가 어디선가 울려오는 요상한 소리를 듣게 되었다. '꽹꽹꽹꽹' 하는 타악기 소리였다. 풍물의 쇠소리 같긴 한데 가락이 전혀 다르다. 뭘까?

점심시간을 이용해 그때까지도 계속 울리던 소리를 따라가 보았다. 사찰이었다. 절 입구 간판엔 '대한불교○○종 ○○암'이라고 쓰여 있었다. 순간 혼란스러워진 머릿속. 그 쇠소린 무당의 굿소리임이 분명했다. 그런데 그 현장이 사찰이라니. '절(寺)에서 웬 굿?'

바로 이거다. 제주도는 풍광뿐만 아니라 문화도 한반도와는 많이 다르다. 불교문화를 섭렵해야 한국의 전통문화를 이해할 수 있다고들 하지만, 제주도는 그보다 먼저 무속신앙을 알아야 한다. 불교의 외피만 걸쳤을 뿐, 그 중심엔 계속해서 무속이 자리해 왔다. 대웅전 뒤의 산신각, 칠성각 수준이 아니다. 본존불 바로 앞에서 무당이 굿판을 벌일 정도다.

동네 할머니들께 종교가 뭐냐고 물으면 대부분 '불교'라고 답한다. 그러나 이걸 오해하면 안된다. 그들이 말하는 불교는 사실 무속과 별로 먼 거리에 있지 않다. 그들의 눈에는 스님이나 심방(무당을 일컫는 제주어)이 크게 다르지 않다. 하긴 아무려면 어떠랴. 삶에 지친 민초들의 가슴을 쓸어줄 수만 있다면 산신각의 스님이건, 대웅전의 심방이건 뭐가 문제랴.

왜 그랬던 걸까? 왜 한반도와는 달리 불교가 번성하지 못하고 무속에 밀렸던 걸까? 물론 번창했던 때도 있었다. 고려시대 몽골 지배기에는 제주의 불교도 전성기였다. 그러나 조선시대에 와서는 너무도 맥없이 쇠퇴해갔다. 그러다가 조선 후기엔 아예 '사찰도 불상도 승려도 없는' 암흑기를 맞는다. 이건 단지 억불정책만으로는 설명하기 어렵다. 불교 전파 자체가 한반도와는 많이 달랐기 때문이다. 제주의 불교는 제주를 지배했던 몽골제국과 운명을 같이 했다. 몽골제국의 힘에 따라 명멸해간 것이다.

물론 최근엔 한반도 이상으로 불교가 강세를 띠고 있다. '심방불교'도 많이 축소되었다. 사찰 하나 없던 조선 후기에 비하면 대단한 변화다. 하지만 역사가 그리 오래진 않다. 비구니 안봉려관 스님이 다시 불교를 전파한 1908년 이후의 일이다. 이래저래 제주도는 특이한 문화가 많다. 한국 전통문화의 공통분모라고 여겨지는 불교마저 독특하니 말이다.

수정사 터 水精寺址

제주의 사찰 기행을 떠나면서 육지부의 거대 사찰을 생각했다간 실망하기 쉽다. 세월의 무게를 실은 고건축도 없고 유명한 탑이나 불상도 없기 때문이다. 제주 3대 사찰 중의 하나였다는 수정사 터를 찾으면 그 실망은 극에 달한다. 현재 이곳에는 아무런 흔적도 남아 있지 않다. 조선 초기에 노비 숫자만 해도 130명에 달했다던 수정사는 이제 그 이름만 역사책에 전할 뿐이다.

수정사 창건에 관한 정확한 기록은 남아 있지 않다. 김석익은 『탐라기년』(1918년)에서 충렬왕 26년(1300년) 원나라 기황후의 발원으로 만들어졌다고 했지만, 이는 맞지 않다. 1300년이라면 아직 기황후가 태어나지도 않은 시기이다.

기황후 발원설은 김상헌의 『남사록』(1601년)에도 나온다. 관련이 있긴 있는 모양이다. 그러나 기황후를 끌어들이려면 어쨌거나 시기를 바로잡아야 한다. 공녀로 끌려갔던 그녀가 제2황후로 등극한 것이 1340년 무렵이므로 수정사는 그 이후에 창건된 것으로 봐야 한다.

고려 중기 이전에 창건된 것으로 보는 견해도 있다. 발굴 결과 11세기의 고려청자 파편이 몇 점 출토되었기 때문이다. 그러나 이것만으로 단정짓는 것은 무리다. 어쨌든 몽골의 제주 지배 이후에 제주 불교가 번창했던 점을 생각한다면, 수정사도 몽골 지배 시기에 와서야 제대로 된 사찰로서의 기능을 다했던 것 같다.

수정사에 대한 역사기록은 『태종실록』의 태종 8년(1408년) 기사가 대표적이다. 당시 130명이던 노비를 30명으로 줄였다는 내용이다. 몽골 지배 시기에 번창했던 수정사가 조선시대로 넘어오면서 쇠퇴하는

찾아가는 길

제주시에서 서쪽 일주도로(12번 국도)를 이용 외도천을 넘으면 외도초등학교가 나오는데, 여기서 학교 서쪽 길을 따라 약 300m 남쪽으로 직진하면 현장에 이른다. 하지만 불행히도 사찰의 흔적은 남아 있지 않다. 다만 유적지 안내판과 아스팔트 위에 칠해진 초록색 페인트만이 이곳이 수정사 터임을 말해준다. 과거 사찰의 중심지에는 제주성지교회라는 다른 종교의 신전이 들어서 있다. 그나마 다행인 건 주변 '흥미트' 앞의 현대판 수정사에 옛 수정사의 주춧돌들이 비록 몇 기일지언정 남아 있다는 점이다.

모습이다.

김상헌의 『남사록』에 인용된 충암 김정(金淨)의
『제주풍토록』(중종 15년, 1520년)에는 "원나라 시대
의 유물로서 우뚝 높이 서서 홀로 남아 있는 것은
오직 도근천의 수정사뿐"이라는 구절이 남아 있다.
또 김정이 「도근천 수정사 중수근문」(1521년)을 썼
다는 기록이 있다. 이런 점으로 미루어 볼 때 수정
사는 몽골 지배 시기에 세워졌고 이후 1521년경에
새롭게 중창되었음이 분명하다.

또 김상헌의 『남사록』(1601년)에는 "날이 저물어 투숙할 곳을 찾다
가 도근천에 절이 있다는 말을 듣고 이에 이르렀지만 초가 두어 칸이
바람과 비를 가리지 못할 정도였다. 게다가 거기에 있는 중들은 모두
처자를 거느리고 있었으며 집도 누추하여 들어갈 수 없었다"라는 구절
과 "이미 폐가가 되어, 비가 새는 초가 몇 칸만이 남아 있고, 안에는 두
구의 큰 불상이 있는데 이는 중국에서 온 것이라고 한다"라는 구절이
있다. 이것을 보면 불과 80년 전에 중창되었던 수정사가 1601년 무렵
에는 거의 폐가에 가까울 정도가 되었음을 알 수 있다.

1653년에 만들어진 이원진의 『탐라지』에도 수정사는 등장한다. 하
지만 앞의 기록을 생각한다면 이미 폐찰과 다름없었을 것이다. 이후
1694년 이익태 목사는 "폐사된 도근천 근처의 절에서 재료를 실어다
가 연무정을 수리케 하였다"라는 기록을 『지영록』에 남기고 있다.

결국 역사기록을 종합해 보면 수정사는 몽골 지배 시기인 고려 말에
창건되어 번영을 누리다가, 조선 초기에 급격하게 쇠퇴하기 시작했고,
17세기 말에 와서는 완전히 폐사된 것으로 추정해 볼 수 있겠다.

수정사 출토 주춧돌
130명의 노비가 있었다는 기록 외에
도 주춧돌의 크기가 수정사의 규모를
짐작하게 한다.

발굴 결과 12동의 건물지와 도로, 보도, 탑지, 석등지, 담장지, 폐기와 더미 등이 확인되었다. 게다가 고려 초기 청자와 18세기 중엽의 백자까지 골고루 출토되었다. 지금까지 제주도 내 사찰 출토품 중에는 가장 화려하다고 평가받고 있다.

그 중에서도 점판암으로 만든 탑의 한쪽 면석은 특별히 주목을 끌고 있다. 점판암 재질이 제주에서 생산되지 않는 것이라는 이유도 있지만, 그보다는 면석에 음각으로 새겨진 인왕상 때문이다. 그 음각 솜씨가 고려시대 최고 걸작품으로서 손색이 없을 정도라고 한다. 이 유물은 현재 국립제주박물관에 전시되어 있다.

130명의 노비가 있었다는 기록 외에도 주춧돌의 크기는 수정사의 규모를 짐작케 한다. 뿐만 아니라 고려시대 대학자 익재(益齋) 이제현(李齊賢:1287~1367)의 『익재난고益齋亂藁』 「소악부小樂府」에 수정사가 등장하고 있음을 볼 때, 고려시대 때만 하더라도 그 유명세가 결코 작지 않았음을 짐작할 수 있겠다.

수정사	水精寺
도근천 물뚝이 무너져	都近川頹制水坊
수정사 안에 물이 출렁이네	水精寺裏亦滄浪
상방에서는 이 밤에 여인을 품고	上房此夜藏仙子
주지는 도리어 뱃사공이 되었네	社主還爲黃帽郎

위의 한시는 원래 백성들이 부르던 민요를 채록하여 이제현이 다시 한문으로 번역한 것이다. 그런데 그 내용이 매우 음란하다. 물론 불교를 배척하던 유학자의 편견이 작용한 것일 수도 있다. 그러나 이제현

이 직접 지은 것이 아니라 항간에 떠도는 민요를 옮긴 것이고 보면, 이를 단순히 유교 이데올로기로 분칠된 작품이라고 말하기는 어렵다. 더욱이 제주 불교의 번영과 수정사 창건 자체가 몽골의 정치적 영향력이라는 세속적 이해관계에 의해 가능했던 것임을 떠올린다면 더욱 그렇다. 그만큼 타락했던 것 같다.

그러고 보면 존자암을 제외한 제주의 모든 사찰이 대처승 사찰이었다는 조선시대 기록은 단지 조선시대에만 국한된 게 아닐 수도 있다. 즉 제주에 불교가 처음 번성하던 몽골 지배 시기부터 이미 대처 풍습이 있었을 것이라는 추측도 가능하다.

어쨌든 무엇보다 안타까운 건 그 많은 사연을 간직했던 수정사가 지금은 흔적조차 남지 않았다는 점이다. 현대판 수정사에 남은 몇 기의 주춧돌을 제외하면 말이다. 최근 도시구획정리 사업을 벌이면서 옛 자취를 대부분 날려버렸다. 땅 장사도 중요하겠지만, 그리하여 지방 자치단체의 재정 확보도 중요하겠지만, 더 중요한 것도 생각했으면 좋겠다. 고민만 제대로 한다면 작은 예산으로도 얼마든지 할 수 있다. 토지구획정리 사업을 하며 단 천 평만이라도 남겨서 그곳에 조그마한 공원을 조성하고 기념물을 세우면 된다. 건축물이 들어서기 전에, 지금 당장 서둘러야 할 일이다.

존자암 터 尊者庵址

존자암은 특별하다. "오직 존자암의 승려들만이 처를 거느리지 않고 있다"던 조선시대 기록도 그렇고, 현재 유일하게 한라산 국립공원 깊숙한 곳에 위치해 있는 점도 그렇다.

찾아가는 길

한라산을 가로질러 넘어가는 1100도로(99번 국도)에서 영실 등산로로 꺾어 들어와, 매표소 반대편에 있는 사찰 입구를 찾아야 한다. 이 입구에서 작은 길을 따라 1.2㎞ 올라가면 복원중인 존자암을 만날 수 있다. 행정구역 분류로는 서귀포시 하원동 산 1번지이며 볼레오름 서쪽 해발 1,200m의 위치에 해당된다.

최근에는 석가모니 열반 직후 제주에 불교가 들어왔다는 황당한 주장에 존자암이 동원되면서 특별함이 보태졌다. 존자암이 한국 불교 최초의 사찰이라는 것이다.

그렇다면 존자암은 실제로 석가모니가 열반에 든 직후인 기원전 540년 무렵에 세워진 것일까? 물론 이것은 억지다. 『고려대장경』 「법주기」에 등장하는 '발타라존자의 탐몰라주 불법 전파' 기록을 가지고 제주의 불교 전래를 말하는 것은 그야말로 아전인수격 해석이다.

먼저 '탐몰라주' 를 탐라라고 보는 것 자체가 문제다. 인도어가 한자로 기록되면서 탐라와 유사한 발음의 한자가 쓰인 것일 뿐, 본래 탐라를 지칭하는 말이 아니다. 탐몰라주는 단지 종교 세계의 관념적 공간을 의미하는 것이다.

존자암 부도
과잉된 향토애가 낳은 '한국 불교 최초 사찰' 이라는 소동 때문에 존자암은 중창 불사가 한창이다.

게다가 기원전 540년경이라면 제주도의 정치 · 경제적 규모가 존자암을 창건할 만한 단계가 아니었다. 결국 석가모니 열반 직후에 제주 존자암이 창건되었다는 주장은 애향심 넘친 사람들의 자기 만족적 해석에 불과하다.

고 · 량 · 부가 처음 일어났을 때 창건되었다는 홍유손(洪裕孫)의 『소총유고 筱叢遺稿』 (1498년) 기록도 막연한 전설 수준을 넘긴 어렵다. 별다른 근거가 제시되지 않았기 때문이다.

결국 고고학적 접근 방법에 의존할 수밖에 없는데, 발굴 결과 고려 · 조선시대를 넘어서는 어떠한 유물도 출토되지 않았다고 한다. 그렇다면 이 사찰 역시 고려 혹은 조선시대에 창건된 것으로 보는 게 타당할 것이다.

존자암에 대해 언급한 역사 기록이 적지 않다. 『동국여지승람』 같은 지리서는 물론이거니와 지방관의 개인 문집에도 간간이 등장하고 있다. 지금도 그렇지만 조선시대 내내 존자암 곁 영실이 주요 등산로로 쓰였기 때문이다.

『동국여지승람』에는 "존자암은 한라산 서령에 있는데 그 洞에 돌이 있어 승이 수도하는 모양과 같으므로 속전에 수행동이라고 한다"라는 기록이 있다.

홍유손의 『소총유고』에는 "존자암은 3성이 처음 일어난 때 만들어져서 3읍이 정립된 후까지 오래 전하여 왔다", "4월에 점을 치고 좋은 날을 택하여 3읍의 수령 중에 한 사람을 보내어 이 암자에서 목욕재계하고 제사를 지내게 하는데, 이를 국성재(國聖齋)라 한다. 지금은 그것을 폐한 지 겨우 8~9년이 된다"라는 기록이 있다.

이 기록에 의하면 15세기 후반(1490년경)까지 이곳 존자암은 국가 주관의 '국성재'를 봉행하던 장소였음을 알 수 있다. 그런데 홍유손의 이 기록이 김정의 『충암기』에 인용되고 또 이것이 다시 김상헌의 『남사록』에 재인용된 까닭에 많은 연구자들은 이 기록을 김상헌 당시의 기록으로 오인하고 있다. 그러다 보니 국성재가 마치 김상헌의 『남사록』이 쓰여진 1601년에서 8~9년 전 무렵까지 행해졌던 것처럼 착각하고 있다. 그 결과 국립제주박물관에서 펴낸 『제주의 역사와 문화』마저도 "임진왜란(1592년) 직전까지 존자암에서는 매년 4월 3읍 수령 중 한 사람이 주관하여 국성재를 지내기도 했다"라고 잘못 서술하고 있다. 국성재가 폐지된 건 그보다 100년 전의 일인데도 말이다.

백호 임제는 『남명소승』(1578년)에 한라산 등반을 위해 존자암에서

3일 간 머물렀던 이야기를 남기고 있다. 그는 그곳에서 청순(淸淳) 스님을 만났다고 한다.

청음 김상헌도 한라산을 오르며 존자암을 거쳐갔다. 그의 한라산 등산기는 『남사록』(1601년) 안에 있는데 "영실의 500나한은 임제가 만든 말 같다. 천불봉(千佛峰)이 옳다", "백록담 수심은 무릎과 종아리 정도이며 못이 2개이다", "존자암은 지붕과 벽이 흙과 기와가 아닌 판잣집이며 9칸 집이다", "존자암 근처에는 20여 명이 들어갈 만한 수행굴이 있다. 옛 고승 휴량이 머물던 곳이라 한다", "백록담 북쪽에 기우제 터가 있다" 등 한라산과 존자암에 관한 이야기를 남기고 있다. 그는 또 풍속을 소개하면서 "오직 존자암에만 중노릇하며 아내가 없는 자가 있다"라고 언급하였다.

위의 기록을 보면 이미 조선시대 때부터 영실의 500나한은 유명했고, 한라산 백록담에는 물이 별로 많지 않았음을 알 수 있다. 또 최근 존자암 발굴 결과 기와 편이 많이 나왔는데 김상헌 당시에는 기와집이 아닌 판잣집이었다는 점도 특이하다. 그리고 김상헌이 언급한 20명 수용 규모의 수행굴은 2001년 12월에 〈한라일보〉 탐사단에 의해 처음으로 확인되어 사람들의 관심을 끌기도 했다.

김치 판관이 1609년에 남긴 글에는 "존자암은 판잣집으로 8~9칸이며, 따로 덮었다", "그곳에서 수정(修淨) 스님과 만났다", "영실이 원래의 존자암 터이다", "영실 동남쪽 산허리에 수행굴이 있는데 부서진 온돌이 남아 있다" 등의 구절이 있다. 특이한 건 존자암의 원래 위치가 이곳이 아니라 영실이었다는 점이다.

이원진의 『탐라지』(1653년)에도 "애초 위치는 영실"이라고 소개되어 있다. 그렇다면 혹시 지금의 영실 휴게소 매점 주변이 원래 위치가 아닐까?

또 이익태 목사의 『지영록』(1694년)에도 "원래는 영실에 있었으나 지금의 자리로 옮겨졌다. 존자암이 있었던 폐지에는 계단과 초석이 아직도 완연하다"라고 기록되어 있다.

이형상의 『남환박물』(1704년)에는 위치 변경 이야기는 없으나, "대정 지경에 유일하게 존자암이 있는데 단지 이는 초가 몇 칸이다. 역시 스님이 살지 않는다. 다만 임금의 명을 받든 사신이 산에 오를 때 자고 쉴 뿐이다"라고 하여 존자암이 이미 사찰로서의 기능을 잃어버렸음을 알려주고 있다.

1609년 기록까지는 스님이 등장하고 있으나 1704년 기록에 승려가 없었다고 한 점은 이 존자암이 언제쯤 쇠멸되었는지를 짐작케 해준다.

존자암의 특별함은 유물에 있어서도 예외가 아니다. 국립제주박물관에 전시되어 있는 4.9㎝의 청동제 신장상도 주목할 만하지만, 무엇보다 가장 대표적인 유물은 제주도에서 유일하다고 하는 부도(浮屠)이다. '부도'란 부처님의 사리를 봉안하는 탑과 달리 일반 스님의 사리와 유골을 봉안하는 구조물을 말한다. 존자암에 있는 부도는 흔히 종 모양으로 생겼다고 하여 석종형 부도라고 부르는데, 사실은 연꽃 봉우리를 형상화한 것이므로 연봉형 부도라고 부르는 게 더 옳다.

그런데 문제는 사찰측에서 이걸 부처님의 진신사리가 모셔진 석가세존 사리탑이라고 명명했다는 점이다. 아마 석가 입멸 직후에 발타라 존자에 의해 불교가 전파되었다는 이야기를 그 근거로 삼은 것 같다. 하지만 이건 앞서 이야기했듯이 사실이 아니다. 모양 역시 조선 전기 양식이고 보면 더욱 그렇다.

사실 현재 존자암의 문제는 비단 이것만이 아니다. 과잉된 향토애가 만든 '한국 불교 최초 사찰' 소동 때문에 이곳은 현재 중창 불사가 한창이다. 물론 역사를 복원하고, 전통을 되살리고, 종교적 심성을 키워 주는 일을 두고 누가 뭐라 하겠는가. 하지만 근거마저 분명치 못한 허술한 단서를 가지고 국립공원의 나무를 베어내고 헛된 명성만을 탐닉한다면 이는 실로 부처님의 가르침과는 정반대의 길이다.

현재 진입로 입구에는 "새천년 국성제(國聖齊) 올려 민족정기 대한민국 국운융창, 국성재(國聖齋) 대웅전 복원, 한국 불교 최초 사찰 (2500년 전), 제주도문화재 43호 세존사리탑 17호, 한라산 영실 적멸보궁 존자암" 등이 쓰여진 선전 아치가 세워져 있다. 청정한 분위기의 수행 도량이 아니라 관제 이데올로기와 헛된 명예욕이 빚어낸 싸구려 관광지로 전락하는 것만 같아 마음 아프다.

불과 몇 년 전만 해도 존자암을 찾아 산길을 오르노라면 무릎을 스치는 조릿대의 사각거리는 소리, 알싸한 산기운이 산사의 신성함을 더해 주곤 했다. 게다가 산 안개라도 낀 날이면 저절로 무욕의 경지로 들어서게 되는 것만 같아 그지없이 좋았다. 하지만 지금은 폭 1m 이상의 진입로가 휑 하니 뚫려 있고, 또 그 진입로 곳곳에는 베어진 나무 밑동이 인간의 탐욕을 꾸짖으며 아파하고 있다. 내가 어림으로 세어본 잘린 나무의 밑동만도 100개가 넘었다.

이것이 제주 유일의 청정도량이던 존자암의 현주소이다.

법화사 터法華寺址

이곳 법화사도 한동안 제주도를 떠들썩거리게 만들었던 도량이다. 청해진의 장보고가 만들었다는 주장 때문이다. 장보고가 완도 청해진에 법화사를 창건하고 중국 산둥반도에 법화원을 만든 일이 있으므로, 일본과 중국을 잇는 뱃길의 요충지로서 제주도에도 역시 법화사를 만들었을 것이라는 주장이다.

이 주장은 『완도지』에 별다른 근거 제시 없이 실려 있을 뿐인데, 동국대학교의 문명대 교수가 조심스레 그 가능성을 언급하면서 더욱 힘을 얻게 되었다. 제주 밖에서 제주 역사의 유구함을 키워주는데 제주의 향토 사학계에서 이를 마다할 이유가 없었다. 그래서 법화사 장보고 창건설이 한껏 부풀려지게 된 것이다.

하지만 근거는 희박하다. 단지 이름이 같다는 것뿐이다. 물론 끌어들이는 유물이 전혀 없는 것은 아니다. 애향심에 들뜬 일부 사람들은 1990년 법화사와 인접한 대포 바닷가에서 법화사 터에 있는 것과 유사한 주춧돌이 발견된 점을 들어 이를 보완 근거로 삼으려 했다. 대포의 옛 이름이 당포(唐浦)였기에 이것을 당나라와 교역하던 포구로 해석한 것도 법화사를 당나라 시대 사찰로 추정하는 중요한 단서로 쓰였다.

그러나 이것만으로는 턱없이 부족하다. 어느 것 하나 결정적 근거가 되지 못한다. 물론 가능성 자체를 무시하는 건 아니다. 억지 미화보다는 차분한 접근이 필요하다는 말이다. 오래된 것이라야만 반드시 좋은 것도 아니며, 또 장보고라는 거물이 뒤에 있어야만 제주의 역사가 위대해지는 것도 아니다.

설혹 장보고의 법화사가 제주에 있었다고 하더라도, 이는 불교 사찰을 의미하는 사(寺)가 아니라 토속신앙의 신사인 사(社)일 뿐이라는 주장도 있다. 이를 보더라도 단지 이름이 유사하다는 이유만으로 제주 불교의 유구함을 주장하는 것은 문제가 있다.

찾아가는 길
존자암에서 나와 다시 1100도로를 타고 중문·서귀포 방면으로 가다가 16번 국도와 만나는 사거리에서 좌회전을 해야 한다. 여기서부터는 법화사를 알리는 표지판이 있어 쉽게 찾을 수 있다. 좌회전한 사거리에서 약 1.7㎞ 떨어진 곳에 있다. 행정구역상으로는 서귀포시 하원동 1071-1번지이다. 현재 제주도 기념물 13호로 지정되어 있다.

법화사의 역사를 알려주는 객관적인 자료는 발굴 과정에서 나왔다. 1992년 발굴에서 "……시중창16년기묘필(始重創十六年己卯畢)"이라고 새겨진 기와가 나왔고, 1997년 발굴에서는 "지원6년기사시(至元六年己巳始)……"라고 새겨진 기와가 나왔다. 이 기와들을 연결해서 해석해 보면 1269년에 중창을 시작하여 1279년에 마쳤다는 내용이 된다. 따라서 1269년에 중창을 시작했다면 그 이전에 이미 이곳에는 사찰이 있었다는 말이 된다. 하지만 규모가 매우 작은 초가였던 것 같다. 발굴 결과 1269년 이전의 건물터는 전혀 확인되지 않기 때문이다.

그렇다면 1269년 중창의 주체는 누구고, 또 무슨 이유에서 대대적인 불사를 일으켰던 것일까? 1269년은 몽골의 영향권 아래 있던 시기이다. 몽골은 이미 1266년에 탐라의 성주를 몽골에 입조케 하였으며, 1268년 무렵에는 일본 정벌에 필요한 선박 1천 척 중 따로 100척을 탐라에서 건조하라고 명령하였다. 그리고 주변 해로를 탐사하기도 했다. 삼별초 항쟁이 일어난 것이 1270년의 일이고 보면, 그 이전부터 이미 몽골은 탐라를 매우 중시하고 있었다는 말이 된다. 남송과 일본 정벌을 위한 전초기지로서의 지정학적 가치 때문이다.

결국 1269년 법화사 중창은 몽골제국에 의해 수행된 것이며, 중창의 이유는 아마도 남송과 일본 정벌을 위한 전초기지의 건설과 관련이 있는 듯하다.

1269년 법화사가 몽골에 의해 크게 중창된 후부터 몽골이 제주에서 몰락할 때(1374년)까지 이 절은 탐라에 온 몽골인이나 제주 몽골 혼혈인들에게 종교적 안식처이자 세력기반이 되었다. 공민왕 23년(1374년) 고려의 최영 장군이 이들을 토벌하러 왔을 때 목호들은 서귀포 앞 범섬을 최후 저항의 거점으로 선택했다. 범섬 곁에 법화사가 있었기 때문이다.

　역사기록 속의 법화사는 어떤 모습일까?『태종실
록』태종 6년(1406년) 기사는 원나라 사람 양공이
제작한 거대 규모의 아미타삼존불상이 당시 법화
사에 있었다고 전한다. 이 기사는 본래 제주 귀속
을 둘러싸고 명과 조선 정부 사이에 오가던 신경전
을 다룬 내용이다.

　과거 탐라가 몽골의 직할령이었던 까닭에, 명은 이를
구실로 원을 대신하여 탐라를 직접 지배하려고 했다. 그리하여
명은 탐라를 정탐할 목적으로 사신 황엄과 한
티무르를 보냈다. 이들은 직접 제주 법화사에
가서 아미타삼존불상을 가져가겠다고 나섰
다. 법화사의 아미타삼존불상은 원나라 양공
이 제작한 것이므로, 원이 망한 지금 당연히
명나라의 전리품이 되어야 한다는 것이 그들의
명분이었다.

**법화사 출토
용구름무늬 기와,
봉황구름무늬 기와**
(『耽羅, 歷史 와 文化』 사진)

　하지만 조선 정부는 이들의 정탐 의도를 간파하고 있었다.
그래서 미리 김도생과 박모를 제주에 급파하여 단 17일 만에 아미타삼
존불상을 전라도 해남으로 옮겨놓았다. 이때 동원된 인부가 수천 명이
었으며 불상을 모신 감실의 높이와 폭이 각각 7척이었다고 하니 실제
불상의 규모는 대단했던 것 같다.

　거대 규모의 불상이 있었다는 기록은 법화사가 매우 큰 사찰이었음
을 말해 준다. 아마도 고려 말 조선 초까지는 제주도 내에서 가장 큰
규모였던 것 같다.『태종실록』태종 8년(1408년) 기사는 이를 증명해

준다. 당시 법화사 소속 노비가 280명이었는데 이를 30명으로 줄였다는 내용이다. 같은 시기 수정사가 130명의 노비를 두었다는 것과 비교해도 두 배가 넘는 숫자이다. 조선시대 제주목 관청에서 직접 일을 하던 노비수가 이만큼 되었을까? 정확히 확인해 본 바는 없지만 아마 법화사의 영향력이 더 컸을지도 모르겠다.

이처럼 거대했던 법화사가 사라진 것은 언제일까? 1530년 기록인 『신증동국여지승람』에는 존재하는 것으로 나와 있다. 하지만 이원진의 『탐라지』(1653년)에 오면 폐사되어 단지 초가 암자 몇 칸만 남아 있는 것으로 기록되어 있다. 제주의 원나라 3대 사찰 중 원당사와 수정사가 여전히 『탐라지』에 남아 있는 반면 법화사는 이때 이미 자취를 감춘 것이다.

법화사가 다시 복원된 것은 1914년의 일이다. 도월(道月) 선사가 이 일을 맡았다. 여기에는 이보다 몇 해 전인 1908년에 관음사를 창건한 비구니 안봉려관의 도움이 컸다. 안봉려관은 200년 동안 단절되었던 제주 불교를 중흥시킨 스님이다.

하지만 1948년, 4·3사건이 발생하면서 법화사는 완전히 소실되었다. 게다가 한국전쟁기인 1951년에는 육군 제1훈련소 제3숙영지로 활용되면서 사찰로서의 기능은 한동안 상실될 수밖에 없었다.

지금은 새롭게 중창 불사가 한창이다. 제주 최대 사찰로서의 옛 명성을 회복하려는 모양이다. 분명 법화사는 예사로운 사찰이 아니다. 규모만 봐도 그렇다. 제일 먼저 눈길을 끄는 것은 제주의 다른 사찰에서 쉽게 볼 수 없는 거대한 주초석이다. 하나도 아니고 여럿 있다. 최완수 선생은 대웅전 내부 기둥의 주춧돌이 밖의 것보다 큰 점을 들어 이 건물이 원래 이층이었을 가능성도 언급하였다.

법화사의 비상함은 규모만을 두고 하는 말이 아니다. 발굴된 유물들도 그렇다. 먼저 눈에 띄는 것은 보도블럭으로 사용되었던 구름봉황무늬〔雲鳳文〕 기와와 구름용무늬〔雲龍文〕 기와다. 이것은 오로지 왕실 궁전에서만 출토되는 유물이다. 보통 사찰에서는 찾아볼 수 없다. 게다가 이 무늬는 고려 왕궁인 개성 만월대의 그것보다 몽골 왕국에서 출토된 것과 매우 흡사하다. 국립제주박물관에서 꼭 확인하길 바란다.

이를 근거로 일부 학자는 법화사를 몽골제국의 피난 궁전으로 추정한다. 1367년 원의 패색이 짙어가자 원 순제는 제주도를 향후 자신이 피난하여 살 곳으로 정하고 궁궐을 짓기 시작했다. 그러나 다음해인 1368년에 명에게 패망하여 그 공사를 중단할 수밖에 없었다. 그 흔적이 바로 법화사라는 것이다.

하지만 군이 피난 궁전이 아니라 남송과 일본을 정벌하기 위한 전진기지라고 하더라도 원 왕실의 권위를 나타내기 위해서는 그런 문양이 사용될 수도 있었을 것이다. 어쨌든 확실한 건 이 유물이 몽골제국과 관계가 있다는 점이다.

현재 이곳은 깔끔하게 정비되어 있다. 3,800평의 구품연지가 시원하게 펼쳐져 있고, 1987년에 복원된 대웅전도 당당한 기품으로 서 있다. 하지만 법당 안에 모셔진 불상을 감조했던 최완수 선생은 영 불만인 모양이다. 언젠가 이곳에 들렀다가 내내 불편한 심기를 토로한 적이 있다. 먼저 금당의 전호가 대웅전이 아니라 극락전이어야 한다는 지적이다. 관음과 지장을 양대 협시보살로 하고 있으니 당연히 안에 모셔진 불상은 석가모니불이 아니라 아미타불이라야 옳다는 것이다. 맞는 말이다. 더욱이 조선 태종 때 황엄이 가져간 부처님도 아미타삼존불이었으니 아무래도 현판은 극락전이 되어야 옳다.

또 최완수 선생은 불상을 자신이 감조(監造)했지만 워낙 촉박하게 부탁을 받다보니 통 마음에 차지 않았다고 불평하였다. 불단이 부처님과 전각의 크기에 비해 너무 낮고 왜소하다는 것, 그리하여 부처님을 위축시키고 있다는 것, 그리고 후불탱화 역시 웅장한 기품이 결여되어 부처님을 답답하게 만들고 있다는 것도 지적했다.

게다가 대웅전 앞의 석등도 도면과 달리 '조각 기법이 시원치 않아 촌스럽게' 되었다며 불편해했다. 대가의 눈에는 모든 게 마음에 차지 않았던 모양이다.

관음사觀音寺

찾아가는 길

법화사에서 나와 서귀포시를 서에서 동으로 횡단하고 제1횡단도로(11번 국도)를 따라 다시 제주시 방면으로 넘어와야 한다. 오다가 산천단 조금 못미처 왼쪽에 산록도로가 있는데 여기서부터는 표지판이 있다. 산록도로로 접어들어 조금 가면 된다. 제주시에서 출발할 거라면 역시 제1횡단도로를 타고 제주대학 입구와 산천단을 지나 우회전하는 산록도로를 타고 가면 된다.

관음사는 현재 제주도의 모든 조계종 사찰을 거느리는 제주도 조계종의 본사이다. 하지만 역사는 그리 오래지 않았다. 불과 100년 전도 못 되는 1908년에 창건된 사찰이다. 그 이전 시기 제주에는 한동안 사찰이 없었다. 17세기에 오면 이미 황폐화 상태였다. 조선 정부의 억불정책 때문이다. 물론 세속성이 매우 강했던 제주 불교 자체의 한계 때문이기도 하다.

이미 쇠약해진 제주 불교를 완전히 초토화시킨 건 1702년에 제주 목사로 왔던 이형상이다. 그는 조선 정부의 이데올로기인 유교를 지방의 구석구석까지 확산시키기 위해 유교 이외의 신앙 행위를 철저히 탄압했다. 제주 사람들 사이에 흔히 회자되는 '영천 이목사의 절오백 당오백 파괴' 사건이 바로 그것이다.

1908년 관음사의 창건은 이형상 이후 약 200년 뒤의 사건이다. 그동안은 제주 땅에서 불교가 자취를 감추었다는 말이 된다. 물론 무속에

흡수된 채 전해 온 게 있긴 하다. 하지만 제대로 된 사찰은 약 200년 이상 없었던 셈이다. 그래서 관음사를 흔히 근현대 제주 불교의 발상지라고 일컫기도 한다.

관음사를 창건한 사람은 제주시 화북동 출신 비구니 봉려관 스님이다. 안씨 성을 가진 그는 본래 1남 4녀를 둔 어머니였으나, 우연한 기회에 생각이 트여 전남 해남의 대둔(흥)사로 출가하게 되었다. 그녀는 이곳에서 계를 받고 고향으로 돌아와 포교를 시작하면서 관음사를 창건했다. 이 과정에서 그는 격심한 고초를 겪었던 것 같다. 기존 신앙과의 충돌 때문이다. 그가 어려움 속에서 수행했던 동굴이 현재 관음사에 남아 있어 답사객의 발길을 더욱 진지하게 만든다. 사천왕문 조금 지나 오른쪽에 있다.

본래 관음사 절집의 지붕은 넓적한 돌로 만들어져 있었다. 꿈에 관음보살이 나타나 '근처 냇가에 가면 기왓장으로 쓸 만한 돌들이 있으니 그것을 가져다가 불전을 짓도록 하여라'라고 계시하여 그가 계시대로 지었다는 것이다.

그런데 그 건물은 지금 없다. 1940년의 화재와 1948년 4·3의 참화가 흔적조차 모두 없애버린 것이다. 4·3 당시 한때 재산(在山) 유격대의 도당사령부가 이곳 관음사에 위치했던 게 화근이었다. 1949년 2월 12일 군경 토벌대가 유격대의 근거지를 없앤다며 관음사 건물을 모조리 불질러버린 것이다.

이때 건물과 함께 봉려관 스님이 대둔사에서 가져온 300년 된 목불상도 타버렸다고 한다. 그런데 그때 이적이 일어났던 모양이다. 군인들이 대웅전에 불을 붙이자 300년 된 목불에도 불이 옮겨 붙었는데, 그 부처가 분노했는지 몸체가 격하게 떨리고 눈이 벌겋게 되어 번쩍번

쩍 빛을 내더니 결국 '펑' 소리와 함께 폭파되었다고 한다. 이때 갑자기 하늘이 어두워지면서 천둥 번개가 치고 장대비가 쏟아졌다고 한다.

하지만 다른 이야기도 전해져 온다. 당시 그 목불은 관음사가 아니라 제주 시내 포교당에 옮겨져 있었기 때문에 타지 않고 현재에도 남아 있다는 것이다. 그게 지금은 제주도문화재로 지정되었다고 한다. 1999년에 관음사에서 문화재 지정 신청을 한 것이다. 문화재로 지정된 목불은 1698년 전남 영암군 성도암에서 제작된 것인데, 이를 봉려관 스님이 1924년에 관음사로 옮겨와 봉안한 것이라고 한다. 하지만 현재 관음사에선 일반인이 그 목불을 친견할 수 없다. 왜 그런지는 사찰 관계자도 제대로 모르겠다고 한다. 뭔가 이상하다.

현재 관음사 건물들은 모두 1960년대 이후에 지어진 것들이다. 그리고 지금도 불상 조성이 계속 진행중이다. 유홍준이 말하는 소위 '능력 있는 주지' 때문인지 곳곳마다 중창 불사가 한창이다. 엄청날 정도로.

시간이 허락된다면 사찰 뒷산에 흩어져 있는 4·3 당시의 아지트 흔적도 살펴보면 좋겠다.

원당사 터元堂寺址

흔히 고려시대 창건된 탐라의 3대 사찰로 법화사, 수정사, 원당사를 꼽는다. 이 중 원당사는 원제국의 마지막 황후인 기황후가 아들을 얻기 위해 세운 절로 알려져 있다. 그런데 문제는 창건에 관한 기록이 전혀 없다는 점이다.

법화사나 수정사는 『조선왕조실록』이나 『동국여지승람』, 『충암록』 등의 사료를 통해 몽골과 관계 있는 사찰임이 충분히 증명되고 있다.

하지만 원당사에 대해서는 이원진의 『탐라지』(1653년)에 "제주성 동쪽 20리에 있다"라고만 기록되어 있을 뿐 그 외에는 어떠한 관련 내용도 찾아볼 수 없다. 단지 구전 하나로 지금까지 원나라 창건 사찰이라는 지위를 얻어 온 것이다.

일단 구전에 따라 이 사찰의 창건 과정을 살펴보자. 원당사를 세웠다는 기황후는 본래 고려 사람이었다. 그녀가 원나라 사람이 된 것은 공녀로 끌려가게 되면서부터였다. 1333년 그녀 나이 14세 때의 일이다. 하지만 그녀의 인생은 여기서 완전히 바뀌었다. 원의 마지막 황제 순제의 총애를 받아 제2황후가 되었던 것이다.

물론 처음에는 제1황후 타나시리로부터 인두 찜질을 당하는 등 숱한 고초를 겪었다. 그러나 1339년에 아들 아이시리다라를 낳고, 그 아들이 황태자로 봉해지게 되자 그녀는 권력의 중심부로 바짝 다가섰다. 그리고 일년 후인 1340년에 제2황후의 자리에 올랐다.

순제는 이 무렵 정치에서 손을 놓고 있었다. 대신 그녀가 실권을 행사하고 있었다. 그녀의 권력은 1368년 원이 망할 때까지 계속되었다. 그녀의 힘을 믿고 고려에서 갖은 횡포를 부렸다던 그의 오빠 기철 이야기는 유명하다. 물론 기철은 공민왕의 반원정치 과정에서 제거되었다.

그렇다면 원당사는 1333년에서 1339년 사이에 만들어진 것으로 봐야 한다. 그녀가 아들을 얻기 위해 만든 절이라는 구전을 따른다면 말이다. 그녀가 아들 얻기를 고심할 때 어떤 승려가 나타나 "동해 바다 북두의 명맥이 비친 삼첩칠봉(三疊七峰) 아래 사찰을 짓고 탑을 세워 기원하라"는 계시를 했다고 한다. 그래서 만든 것이 원당사이다. 원당사를 세우고 빌어서 마침내 그녀는 아들을 얻었다. 그녀가 아들을 얻은 것은 1339년이다. 그렇다면 원당사는 1339년 전에 만들어졌을 것

찾아가는 길
관음사에서 제주시로 내려와 일주도로(12번 국도)를 따라 동쪽으로 가다가 삼양동 마을이 끝나는 지점에서 좌회전을 해야 한다. 이 길은 삼양 발전소로 이어지는데 중간에 원당봉이 있고 곳곳에 표지판이 있어 찾기 어렵지 않다. 현재의 사찰 이름은 불탑사이다. 그런데 앞에 이와 전혀 무관한 원당사가 있으니 혼돈하지 말고 불탑사로 들어가야 한다. 태고종 원당사, 천태종 문강사, 조계종 불탑사가 한 데 몰려 있는 것을 보면 이곳 원당봉이 상당히 길지(吉地)인 모양이다.

이다. 고려 충숙왕, 충혜왕 시절에 해당된다. 안내판에 쓰여진 충렬왕 시기는 아니다.

원당사는 1653년 기록인 『탐라지』에 한 번 등장했다가 1702년 이형 상의 기록에는 다시 언급되지 않는 것으로 보아 이 사찰 역시 17세기 경에 폐사된 것으로 보인다.

하지만 이 사찰에는 제주도 유일의 고려시대 석탑이 남아 있어 답사 객의 발길을 끈다. 정확한 명칭은 '원당사 터 5층 석탑'이다. 어떤 안 내 책자에는 '불탑사 5층 석탑' 혹은 '원당사 5층 석탑'이라고 쓰여 있 다. 이는 모두 잘못된 표기이다. 불탑사는 1914년에야 만들어진 최근 의 사찰이라 이 탑과 전혀 관계가 없으며, 또 탑과 관련된 원당사는 조선시대에 폐사가 되었으므로 '원당사'가 아니라 '원당사 터'라고 해야 옳다.

어쨌거나 이 탑은 제주 유일의 고려석탑이라고 해서 예전부터 주목을 받아왔다. 1971년에 제주도 지방문화재로 지정되었고, 1993년에는 국가지정문 화재로 격상하여 보물 1187호로 지정되었다. 정영 호 박사의 감정에 따른 것이다.

물론 관련 기록은 전혀 없다. 단지 구전과 전문 가의 감정에만 의존한 것이다. 일단 전문가의 진단 은 옳아 보인다. 고려 후기에는 기단부 처리가 허 술하고 탑신석이 지나치게 높고 체감률이 둔하여 전체적으로 섬약해 보이는 5층 석탑이 종종 만들어 졌기 때문이다. 이 탑도 고려 후기의 그런 특징을 그대로 갖고 있다.

원당사지 석탑
제주 유일의 고려시대 석탑.

혹자는 원의 기황후가 발원해서 만든 탑치고는 너무 규모가 왜소하여 신뢰할 수 없다고 한다. 기록이 받쳐주지 않기 때문에 더욱 신뢰할 수 없다는 것이다. 하지만 사찰의 이름에 원(元)자가 들어간 점 등을 볼 때 원나라와의 연계성은 분명 있는 것 같다.

기황후 발원설이 사실이 아니면 어떠랴. 전설은 전설대로의 맛이 있기에 그것만으로도 족하다. 그게 아니더라도 나는 이 탑이 좋다. 제주도의 크기에 맞게 아담하고 또 제주 현무암을 사용한 독특한 맛이 있기에 나는 이 탑을 무척 좋아한다. 확실히 원당사 터 5층 석탑은 육지부의 어느 불탑과도 다르다. 그래서 좋아하는 건지도 모른다.

뿐만 아니라 나는 다른 사찰보다 이 원당사 터(현재 불탑사)를 아주 좋아한다. 쓸데없이 큰 규모로 허세 부리지 않는 모습이 편안하게 해주기 때문이다. 그리고 또 그게 제주도에 잘 어울리는 것 같다. 요즘은 누구나 '크고 강한 것' 콤플렉스를 가졌는지 무식하게 큰 놈만 좋아한다. 하지만 주변 환경과 어우러지지 못할 때 오히려 그 놈은 흉물일 뿐이다. 원깡 석불은 그것이 중국에 있을 때 아름답지, 한국에 가져다 놓으면 꼴불견이 될 뿐이라는 어떤 이의 지적은 백 번 옳다.

게다가 불탑사는 언제 가보아도 정결하고 단아해서 좋다. 크지 않은 숲이나 구역을 나눈 돌담장 하나하나가 이곳 수행자의 깊이를 느끼게 해준다. 거기에다 세월의 무게를 실은 석탑 하나가 소박하게 놓여 있으니 무얼 더 바라겠는가.

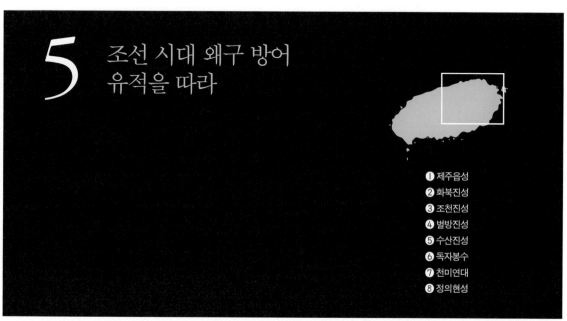

5

조선 시대 왜구 방어
유적을 따라

1 제주읍성
2 화북진성
3 조천진성
4 별방진성
5 수산진성
6 독자봉수
7 천미연대
8 정의현성

제주읍성에서 성읍 민속마을까지

3성(城) 9진(鎭) 25봉수(烽燧) 38연대(煙臺).
제주도의 방어시설이 이처럼 발달한 것은 호시탐탐 제주도를 노리는 왜구의
공격을 막아내기 위해서였다.

제주도에 방어시설이 발달한 이유

지정학적 위치 때문에 제주도는 조선시대 내내 왜구의 등쌀에 시달려야만 했다. 방어시설이 발달한 것은 그 때문이다. 간단히 3성(城) 9진(鎭) 25봉수(烽燧) 38연대(煙臺)로 요약될 수 있다.

3성은 행정과 군사목적을 동시에 갖춘 읍치의 성이다. 제주읍성, 정의현성, 대정현성이 있었다. 9진은 제주도 내 9개의 해안 요충지에 설치된 군사행정 구역이다. 봉수와 연대는 횃불과 연기로 긴급상황을 알리던 통신시설이다. 봉수는 먼 거리 조망에, 연대는 가까운 현장 확인에 쓰이니 역할이 조금은 다르다.

성에는 보편적으로 옹성(甕城), 해자(垓字), 여장(女墻) 등의 부대시설이 딸린다. 옹성은 성문을 보호하기 위해 성문 앞을 다시 두른 성이다. 둥근 반원 모습이 마치 항아리를 반으로 자른 것과 비슷하다 하여 항아리 옹(甕)자가 쓰인다. 해자는 성벽 밖을 두른 인공 연못이다.

성벽 바로 앞에 설치된 또 하나의 장애물인 셈이다. 그런데 제주 토양은 특성상 물이 잘 빠지기 때문에 물 대신에 가시덤불을 채워넣기도 했다. 여장은 적의 화살로부터 몸을 보호하기 위해 성벽 위에 낮게 세운 담을 말한다. 복원된 제주의 성벽에는 이게 하나도 없어 문제다.

제주읍성

제주시 관덕정 일대는 과거 탐라국 시대에서부터 현대사에 이르기까지 제주 행정의 중심지였다. 그런 만큼 그곳에는 행정기능과 군사기능을 동시에 갖춘 읍성이 오래 전부터 존재해 왔다고 전해 온다. 그러나 제주읍성이 실제 언제부터 있었는지는 명확치 않다. 일반적으로는 중국 『수서 隋書』에 나오는 '담모라국(聃牟羅國)에 성(城)이 있었다' 는 이야기를 근거로 탐라국 시대부터 이 일대에 성이 있었던 것으로 추정하고 있다.

반면 일부에서는 『당회요 唐會要』의 '탐라에는 성황(城隍)이 없다' 라는 기록을 근거 삼아 탐라국 시대에는 제주읍성이 없었을 것이라고 추정하기도 한다. 이런 주장을 펴는 사람들은 앞의 『수서』에 나오는 '담모라국' 을 탐라국과는 다른 지역으로 상정하고 있다.

하지만 고려시대에는 분명 이곳에 성이 있었던 것 같다. 삼별초 별장 이문경이 제주성에 도착했을 때 성주 고인단이 성문을 굳게 닫고 지켰다는 기록이나, 조선 태종 때 '제주성을 수리했다' 라는 기록 등은 고려 때 이미 이곳에 성이 있었음을 말해 주고 있다.

조선 초기의 제주읍성은 지금의 병문천(현재 복개되어 있음)과 산지천을 자연 해자로 삼고 그 안쪽에 성벽을 쌓아 만들어 졌다. 그런데

찾아가는 길

제주읍성은 과거 제주시의 중심지였다. 1928년 산지항 축조 공사 때 성벽의 돌들이 자재로 쓰여 현재 거의 남아 있지 않다. 제주시 남문 로터리 동쪽에 복원된 성벽과 원형의 성벽이 도로 하나를 두고 연이어져 있어 찾아가 볼 만하다. 중앙로 사거리에서 걸어갈 정도의 거리이다.

1555년(명종 10년) 1천여 명의 왜구가 들이닥쳤던 을묘왜변을 계기로 성은 더욱 확장되었다. 을묘왜변 당시 산지천 넘어 동쪽 언덕(현재 동문 로터리와 사라봉 사이)에 진을 친 왜구들이 성안을 훤히 들여다보며 공격해 왔기 때문이다. 이처럼 당시 제주읍성은 심각한 구조적 결함을 가지고 있었다. 그래서 1565년(명종 20년)에 새로 부임한 곽흘(郭屹) 목사는 동쪽으로 더욱 확장하여 동쪽 높은 언덕을 성안으로 끌어 담았다. 현재의 동문파출소에서 기상대로 이어지는 선이 확장된 성벽이 있었던 곳이다.

동쪽으로 성을 넓힌 데에는 또 다른 이유도 있었다. 식수 확보가 절실했기 때문이다. 과거에는 산지천 안쪽으로 성을 쌓다보니 물 사정이 좋지 않았다. 동쪽에 겹성을 쌓아 가락천 물을 끌어들인 정도였다. 하지만 곽흘 목사 때 성을 확장함으로써 산지천의 풍부한 수량을 확보할 수 있었다.

성을 확장하게 되자 산지천 위로 성담이 지나가게 되었다. 그 결과 남쪽과 북쪽 두 곳에 수구(水口)가 만들어지게 되었다. 그리고 그 수구 위에 건물이 지어졌는데 남쪽의 것을 제이각, 북쪽 것을 죽서루라고 했다. 사람들은 남쪽의 제이각을 남쪽에 있다고 하여 흔히 남수각이라고 불렀다. 오늘날까지 남수각이라는 지명이 남은 건 그 때문이다. 한 때 남수각 일대는 큰비 때마다 범람해서 많은 피해가 생기곤 했다. 다행히 최근에 하천 정비 공사로 안전하게 되었다. 아쉬운 건 공사를 하면서 과거 모습 재현에 별로 신경을 쓰지 않았다는 점이다. 과거 남수구에는 두 개의 아름다운 무지개 다리가 있었다. 이왕 공사를 해서 새롭게 다리를 놓을 계획이었다면 무지개 모양을 재현했으면 더 좋았을 걸 하는 아쉬움이 남는다.

임진왜란 후 1599년(선조 32년)에는 성윤문(成允文) 목사가 부임해 와서 제주읍성을 다시 보완했다. 그런데 공사 시기가 겨울철이어서 13명의 사상자가 발생하였다. 때문에 사람들은 이 성을 원축성(怨築城)이라고 부르기도 했다. 1704년 기록인 이형상의 『남환박물』에는 남수각 외에도 성 위의 여러 건물들이 소개되어 있다. 동문 위의 제중루, 남문 위의 정원루, 서문 위의 백호루 등이 그것이다.

현재 제주읍성은 단지 몇 곳에서만 그 잔해를 확인할 수 있다. 제주대학병원 서쪽 카센터 근처와 남문 로터리 동쪽 오현단 위, 그리고 제주 기상대 아래쪽에만 남아 있다. 1925년~1928년 사이에 산지항 확장 공사를 하면서 읍성을 헐고 여기서 나온 돌로 바다를 매립했기 때문이다. 식민지의 유적이라고 함부로 취급했던 게 분명하다.

비교적 과거의 잔해가 잘 남아 있는 곳은 오현단 동쪽 산지천과 접한 부분이다. 그 옆에는 현재 복원된 성도 있으니 비교하면서 볼 만하다. 두 성벽을 비교해 볼 때 특히 안타까운 건 여장(女墻) 시설을 전혀

복원된 제주읍성
산지항 확장 공사 때 읍성의 돌로 바다를 매립하여 잔해가 많지 않다.

살리지 않고 복원했다는 점이다.

자연 해자(垓字)로 사용되었던 병문천과 산지천의 현주소도 흥미를 끈다. 얼마 전까지 산지천은 복개 하천이었다. 그러던 것이 최근에 본래의 모습을 찾는다며 하천 위의 건물을 모두 뜯어냈다. 생태도시를 지향한다는 취지에서였다. 청계천 복원의 모델로 삼는다며 이명박 서울시장이 다녀갔을 정도다. 정말 좋은 일이다.

그런데 반대편 병문천은 얼마 전에 모두 복개해 버렸다. 한쪽에선 뜯어내고 반대편에선 덮고, 아직 생태도시는 멀었다. 덮으면 엄청난 부동산이 생기는데 그걸 왜 마다하겠는가? 돈 되는 곳에 표가 있다. 친환경적 생태도시, 그건 립 서비스면 족하고.

화북진성

찾아가는 길

오현단 근처 제주읍성에서 일주도로를 타고 약 5㎞ 정도 동쪽으로 가면 화북이 나온다. 화북동 일주도로에서 다시 바다 쪽(북쪽)으로 약 300m 내려가면 화북 포구가 나오는데 포구 맞은편 석축이 바로 화북진성의 진해이다. 근처에는 화북 포구를 수리했던 김정 목사의 비석과 해신사(海神祠)가 있다.

화북 포구는 조선시대 육지와의 뱃길을 잇던 제주도 2대 포구 중 하나이다. 대부분의 지방관들과 유배객들은 이 포구나 조천 포구를 이용했다. 추사 김정희, 면암 최익현도 여기 화북 포구를 통해 제주땅에 들어왔다. 해류의 영향도 있었겠지만 무엇보다 제주읍성과 가장 가깝다는 게 장점이었다. 한마디로 화북 포구는 조선시대 제주의 관문이었다.

천여 명의 왜구가 들이닥치던 1555년 을묘왜변 당시 그들이 상륙했던 장소도 바로 이곳이다. 그만큼 제주읍의 입장에서는 요충지였다. 그런데 그 중요성에도 불구하고 이곳에 진성이 축조된 시기는 상당히 늦다. 읍성과 가까운 까닭에 읍성의 행정·군사력으로 충분히 방어할 수 있다고 생각했기 때문일까? 정확한 이유는 모르겠지만 제주의 9개

진성 중에 가장 늦은 숙종 4년(1678년)에야 만들어
졌다. 최관(崔寬) 목사 때의 일이다.

성의 규모도 그다지 크지 않다. 성문도 동문과
서문 둘 정도였다. 제주읍성의 보조기능 정도로 만
족했던 것일까? 화북진성의 특징이라면 북쪽 성벽
을 바다에 붙여 쌓은 점을 들 수 있다.

1737년(영조 13년)에는 진성 앞 포구 확장공사가
있었다. 수심이 얕고 공간이 좁아 배 출입이 불편
했기 때문이다. 목사 김정이 직접 독려한 공사였
다. 그런데 과로가 겹쳤는지 그 해 9월 김정 목사
는 화북진성 안 객사에서 사망하였다. 김정 목사는
화북 일주도로변에 삼사석 관련 비석을 남긴 것으
로도 유명하다. 이런 점을 보면 그는 매우 부지런
했던 사람인 것 같다. 포구에는 그를 기리는 공적
비가 서 있다.

현재 남아 있는 화북진성은 북쪽과 서쪽 성벽 일

『탐라순력도』「화북성조」그림
화북진성의 모습이 잘 묘사되어 있
다. 이 성은 제주의 9개 진성 가운데
가장 늦게 만들어졌다. 북쪽 성벽을
바다에 붙여 쌓은 점이 특징이다.

부이다. 길이는 187m이며 높이는 최고 4.3m, 최저 3m 정도다. 이는
1926년 화북국민학교가 개설될 당시 본래의 성 위에 더 높여 울타리를
쌓은 결과이다. 과거의 모습과 크게 달라진 것 중 하나는 북쪽 성벽 밖
의 모습이다. 과거 북쪽 성벽이 바다와 바로 붙어 있던 것과는 달리 지
금은 5m 도로가 나 있다. 이것은 나중에 매립한 결과이다. 이형상의
『탐라순력도』(1702년)에는 화북진성의 모습이 잘 묘사되어 있다.

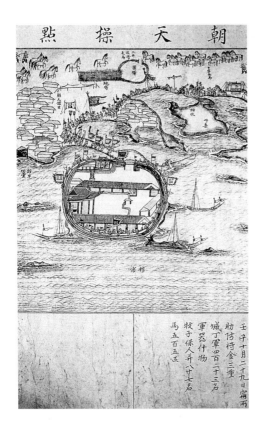

조천진성

조천 역시 화북과 마찬가지로 조선시대 제주의 2대 관문 중 하나이다. 육지로 나가는 배들은 주로 이곳 포구에서 대기하고 있다가 바람이 알맞으면 출항했다. 조선 후기에는 이 포구를 중심으로 육지와 무역을 하는 상인 세력이 형성되었다. 조천에 근거를 둔 김해 김씨 집안이 그들이다. 그들은 나중에 육지와의 무역을 통해 얻은 경제력으로 제주 지역의 중요한 토호로 성장했다.

조천진성에는 연북정(戀北亭)이 붙어 있다. 북쪽에 계신 임금님을 연모한다는 뜻의 '연북정'이 이곳에 있는 것도 이 포구의 성격을 잘 드러내 준다. 제주에 부임하는 것을 좌천으로 여겼던 지방관들과 유배살이를 하던 적객들은 울적할 때면 자주 연북정에 올랐다. 수평선 너머에서 좋은 소식을 가지고 오는 배가 들어오지 않나 살피는 게 어느새 습관이 돼버렸다. 많은 배들이 이 포구를 이용했기에 가능한 이야기다.

이처럼 중요하게 활용되던 조천 포구인데도 조천진성은 9개의 진성 중에 가장 규모가 작다. 규모가 작다보니 성문도 남쪽 성벽 오른쪽에 하나밖에 없다. 원래는 이보다 더 규모가 작았다고 한다. 정확히 언제 처음 축조되었는지는 알려져 있지 않다. 다만 지금 규모로 확장된 것은 1590년(선조 23년) 이옥(李沃) 목사 때의 일이라고 기록되어 있다. 연북정도 그때 만들어졌다. 처음 이름은 쌍벽루였는데 1599년(선조 32

『탐라순력도』「조천조점」
조천진성 성 앞 포구를 중심으로 육지와 무역하는 상인 세력이 성장했다. 9개의 진성 중 규모가 가장 작다.

찾아가는 길
화북에서 다시 동쪽으로 일주도로를 타고 나가면 삼양을 지나 조천 마을에 닿는다. 조천 일주도로에서 다시 바다 쪽으로 약 300m 내려가면 포구와 접한 연북정과 조천진성을 만나게 된다.

년) 성윤문 목사가 수리하고 나서 연북정으로 편액을 바꾸어 달았다. 물론 지금의 건물은 1970년대에 완전히 새로 지은 것이다.

『탐라순력도』에는 연북정으로 오르는 계단이 북쪽, 즉 진성 내부 쪽에 나 있어 지금과는 정반대이다. 이 역시 잘못 복원된 것 같다.

별방진성

본래 이곳에는 진(鎭)이 설치되지 않았으므로 진성도 없었다. 이곳에 진성이 만들어진 것은 1510년(중종 5년) 장림 목사가 김녕방호소를 이곳으로 옮기면서부터이다. 근처에 있는 우도가 왜구의 거점으로 쓰일지도 모른다는 판단에 따른 조치였다. 이처럼 특별 방어가 필요했기에 이름도 '별방'이라고 지어졌다.

그런데 왜 하필이면 1510년이었을까? 1510년은 삼포왜란이 일어난 해다. 조선 전체가 왜구 문제로 아주 민감해 있을 때였다. 별방진성과 함께 제주에서 가장 큰 명월진성이 이 시기에 구축된 것도 바로 이 때문이다. 목사 장림이 일을 추진했다.

별방진성의 규모는 9진성 중 명월진성 다음으로 크다. 둘레가 대략 960m이다. 규모가 커서 그런지, 성을 쌓는 과정도 수월치 않았던 모양이다. 구전에 따르면 굶주린 백성들이 사람의 똥을 먹으며 이 성을 완성했다고 한다.

성 쌓기를 주도했던 장림 목사는 나중에 탐관오리로 지목되어 파직되었다. 똥을 먹으며 성을 쌓아야 할 만큼 민중들의 고통이 컸던 것도 혹시 장림 목사의 가렴주구 때문에 더욱 극심했던 건 아닐까? 아니면 비상시국을 이끌며 별방과 명월의 큰 성을 쌓다보니까 어쩔 수 없이

찾아가는 길

조천에서 나와 동쪽으로 일주도로를 타고 가다가 구좌읍 하도에 도착하면 해안도로로 내려가야 한다. 마을 인근의 해안도로에서 최근 복원된 별방진성의 모습을 만날 수 있다.

『탐라순력도』「별방조점」
9개 진성 중 명월진성 다음으로 크다. 북동쪽 성벽은 성안으로 바닷물이 들어오게 축조되었다.

민폐를 끼쳤던 것일까? 우리 사회에 워낙 부정부패가 만연해서 그런지 앞의 해석에 마음이 간다. 비상시국을 오히려 악용해 민중을 수탈하던 중세의 지배층, 조선이 망한 건 결국 이런 사람들 때문이었으리라.

성에는 본래 동, 서, 남쪽에 하나씩 문이 있었는데 현재에는 남문지 주변의 외벽만이 비교적 잘 남아 있다. 치성도 일부에는 과거의 모습이 조금 남아 있다. 그 외에는 대부분 최근에 복원된 것이다. 별방진성 복원 역시 여장을 전혀 살리지 않았다. 무슨 문제가 있기에 이처럼 여장은 빼버리는 것인지 자못 궁금하기만 하다.

본래 북쪽 성벽의 바깥은 화북이나 조천진성처럼 직접 바다와 접하고 있었다. 게다가 북동쪽의 성벽은 아예 성안으로 바닷물이 들어오게 축조되어 있었다. 『탐라순력도』를 보면 이를 확인할 수 있다. 그리고 『탐라순력도』의 「별방조점」은 별방진성의 모습뿐만 아니라 제주목과 정의현의 경계도 자세히 보여준다. 현재 북제주군에 속해 있는 종달리 지미봉이 당시에는 제주목이 아니라 정의현에 속해 있었음을 알게 된 것도 옛 그림을 통해 얻는 중요한 소득이다.

수산진성

수산진성은 9개 진성 중 가장 먼저 구축된 성이다. 1439년(세종 21년) 한승순 목사의 건의로 만들어졌다. 근처에 있는 우도가 왜구의 근거지로 활용될 수 있다는 우려에서 취해진 조치였다. 차귀도 앞의 차귀진성도 같은 이유로 해서 이때 만들어졌다.

그런데 한때 이 성은 폐성된 적이 있었다. 임진왜란 때의 일이다. 목사 이경록은 성산 일출봉을 천혜의 요새라고 판단하고 수산진성을 그리로 옮겼던 것이다. 현재 성산 일출봉 아래 주차장 일대가 당시 성이 옮겨간 자리이다.

이경록 목사는 부친상 소식을 듣고도 고향으로 갈 수 없었다. 임진왜란이 그의 발목을 잡았기 때문이다. 그래서 재임 기간이 6년 5개월이나 되었다. 보통 1년 남짓 있다가 떠난 다른 목사들과는 달랐다. 어차피 떠나지 못하는 처지여서 그랬는지 그는 성 쌓는 일에 열성을 쏟았다. 하지만 그로 인한 과로 때문인지 얼마 후 제주에서 병으로 사망했다.

이경록 목사의 이러한 노력에도 불구하고 1599년(선조 32년) 후임으로 온 성윤문 목사는 그가 옮겼던 수산진성을 다시 원위치 시켰다. 성산 일출봉은 식수가 없어 고립되면 매우 위험하다는 게 성윤문의 판단이었다. 2년 뒤 제주에 안무어사로 왔던 김상헌도 이경록이 성을 옮긴 것을 '스스로 포로가 되는 최하의 계책'이라고 비판하였다.

성은 현재 수산초등학교 담장으로 쓰이고 있다. 그래도 비교적 원형이 잘 보존되어 있다. 본래 동문과 서문을 가진 정사각형의 진성이었는데 현재 동문 지역에는 과수원이, 서문 지역에는 학교 관사가 들어서 있다.

동쪽 성벽과 북쪽 성벽이 만나는 지점의 성벽 안쪽에는 '진안 할망당'이라는 신당이 있다. 수산진성 축성과 관련된 전설을 가진 당이다. 그런데 그 사연이 매우 슬프다. 성을 쌓는 과정이 쉽지 않았던 모양이다. 자꾸만 성이 무너져 내렸다. 그때 지나가던 중이 기이한 방책을 제

찾아가는 길
남제주군 성산읍 수산리에 있는 수산초등학교를 찾아가면 된다. 진성 안에 학교가 있기 때문이다. 별방진성에서 나와 성산 일출봉 입구인 동남까지 온 뒤 그곳에서 수산 방면의 길을 타고 가면 된다.

시했다. 13세 어린 처녀를 묻고 쌓으라는 것이다. 주민들은 이 말을 실행에 옮겼다. 그러자 신기하게도 성은 무너지지 않았다.

그후 처녀의 원혼을 달래기 위해 당을 만들었다. 그것이 바로 '진안 할망당'이다. 진성 안에 모셔진 여신이라고 해서 이름이 '진안 할망'이다. 이 전설은 똥을 먹으며 성을 쌓았다는 구전 못지않다. 그만큼 축성 작업은 제주 사람들을 심하게 괴롭혔던 모양이다.

이런 아픔과 무관하게 현재 이 당은 잘 나간다. 관운을 도와주는 영험이 있다고 알려져서 그렇다. 입시철만 되면 사람들이 몰려든다. 소녀의 원귀가 어쩌다가 입시 도우미가 되었는지 알 길 없다.

성 구조와 관련해서는 북쪽 성벽 전 구간에 남은 높이 45cm의 여장

수산진성 안의 진안 할망당
성을 쌓는 데 제물로 바쳐진 13세 어린 처녀의 원혼을 달래기 위한 당이다.

과 남쪽 성벽 앞의 자연 해자 그리고 치성의 흔적을 살펴보면 좋겠다.

독자 봉수

봉수는 연대와 마찬가지로 연기와 횃불을 이용하던 중세의 통신수단이다. 하지만 둘은 서로 다르다. 봉수의 관측 범위가 훨씬 넓다. 그런 까닭에 해안에서 일정 정도 떨어진 오름 위에 위치하게 된다. 먼바다까지 살피려면 보다 높은 곳에 있어야 하기 때문이다.

물론 연대에 비해 구체성은 떨어진다. 해안에 접근해 온 배가 표류선인지, 외적인지를 가리는 일은 바다에 더 인접해 있는 연대의 몫이다. 봉수가 망원경이라면 연대는 현미경이다.

겉모습도 많이 다르다. 연대는 직육면체 모양으로 돌을 쌓아 만들었지만, 봉수는 오름 정상에 흙을 둥글게 쌓아올려 조성했다. 주의를 기울이지 않으면 그냥 언덕 같아 보인다.

독자봉 정상에 있는 독자 봉수는 도내 25기 봉수 중 흔적이 가장 잘 남아 있다. 물론 이것도 전문가의 설명을 듣지 않으면 봉수인지 자연 언덕인지 구분하기 쉽지 않다. 그나마 잘 보존되었다는 게 이 정도다. 연대는 38기 중 그래도 7기가 기념물로 지정된 반면, 봉수는 단 1기도 지정받지 못했다. 그만큼 원형을 간직한 게 없다는 말이다.

독자봉은 오름이 홀로 떨어져 외롭게 보인다 하여 그렇게 이름지어졌다고 한다. 반면 마을에 독자가 많았기 때문에 그리되었다는 설도 있다. 높이는 해발 159m이다. 간단히 오를 만하다.

독자 봉수는 서쪽으로는 남산 봉수, 북동쪽으로는 수산 봉수와 교신

찾아가는 길
남제주군 성산읍 신산리 중산간도로 (16번 국도) 곁에 위치한 독자봉 정상에 있다. 수산진성에서 16번 국도를 타고 남서 방향으로 나서면 '미천굴 관광지 일출랜드 8.3㎞'라고 쓰인 표지판을 보게 된다. 그 표지판을 따라 가다가 미천굴이 1.5㎞ 남았음을 알리는 표지판이 보이면 차를 세워야 한다. 여기가 독자봉 앞의 삼거리이다. 이 삼거리의 왼쪽 전방에 있는 게 독자봉이다. 철조망을 지나서 자세히 살피면 정상으로 오르는 길이 있다.

하였는데, 직선거리는 남산 봉수와 3.9㎞, 수산 봉수와는 7.3㎞이다.

불을 피웠던 봉수의 중심부에는 현재 산불 감시초소가 세워져 있으며, 그 주변에 흙으로 만든 2중의 둑이 있다. 둑과 둑 사이의 고랑은 불이 번지는 것을 방지하기 위해 물을 채워 넣던 시설이다. 배수 관계를 고려해 동서쪽을 낮게 만들었다.

천미 연대

제주도 기념물 23호로 지정된 7개 연대 중 하나이다. 그만큼 원형이 잘 남아 있다는 뜻이다. 하지만 규모는 근처의 말등포 연대만 못하다. 입구 계단이 바다쪽으로 나 있다는 게 외형상 특징이다. 다른 연대는 주로 그 반대이다. 무슨 이유에서 그런 것인지는 모르겠다. 연대 위 난간 벽 모서리가 둥글게 되어 있어 안정감을 주는 것도 작은 특징이다.

그런데 천미 연대가 유명세를 타는 것은 단지 기념물로 지정되었기 때문만은 아니다. 그렇다고 외형상 특징이 유별나서 그런 것은 더더욱 아니다. 그보다는 이름에서 나타나듯이 천미천, 천미포와 관계가 있기 때문이다.

천미 연대라는 이름은 주변의 천미천, 천미포에서 나왔다. 먼저 천미천은 제주도에서 가장 긴 하천으로 유명하다. 한라산 동쪽 사면 물장오리 오름보다 조금 위쪽에서 발원하여 교래, 대천동, 성읍 민속마을을 지나 이곳 천미포로 빠진다. 이 하천을 경계로 표선면과 성산읍이 나뉜다. 하천리는 표선면, 신천리는 성산읍에 속한다.

과거 제주도에서 가장 긴 다리는 바로 이곳 신천리와 하천리를 연결

찾아가는 길

남제주군 성산읍 신천리에 있다. 독자봉수에서 나와 16번 국도를 타고 같은 방향으로 조금 더 가다가 일출랜드를 지나 삼거리가 나오면 삼달리 방향으로 좌회전한다. 삼달리를 거쳐 일주도로까지 내려온 후 서귀포 방향으로 향하다가 신천 마을 표지가 보이면 마을 안으로 들어가야 한다. 마을에는 2층집이 단 한 채 있는데 그 2층집 맞은편에 천미 연대가 있다.

하는 다리, 즉 천미천 위에 놓인 다리였다. 그런데 가장 긴 다리라는 상징성 때문에 한때 두 마을이 다리 이름을 놓고 신경전을 벌였다. '신천교'와 '하천교'가 경합을 벌인 것이다. 결국 행정관청의 중재로 다리 이름은 '평화교'로 낙착되었다. 두 마을이 갈등을 씻고 서로 평화롭게 지내라는 의미에서였다. 천미 연대 답사 후 성읍 민속마을로 향하면서 잠깐 이 다리에서 서서 다리의 이름을 확인해 보는 것도 좋겠다.

천미천은 제주도 내 대부분의 하천처럼 건천이긴 하나, 비가 오지 않을 때에도 물이 많아서 곳곳에 아름다운 경관을 연출하고 있다. 그런데 최근 이 하천을 이용한 대규모 저수지 건설 논의가 일고 있어 환경단체가 긴장하고 있다.

천미포는 1552년(명종 7년) 천미포왜란으로 유명한 곳이다. 포르투갈인을 포함한 200여 명의 왜구가 천미포 쪽으로 접근해 와서 난동을 부린 사건이다. 그 중 70여 명은 직접 상륙하여 약탈을 자행했다. 전투는 이틀 동안 계속되었다.

천미 연대
제주도 기념물 23호로 지정되었다.

결국 인근의 상천, 신천, 하천리 백성들이 합세하여 물리치긴 했지만 손실은 막대했다. 적지 않은 사람이 살해당했다. 아마 그때 이곳 천미 연대는 연기를 올리랴, 횃불을 피우랴 무척 경황이 없었을 것이다.

이 사건으로 제주 목사 김충렬이 파직되고 후임 목사로 남치근이 임명되었다. 남치근은 2년 뒤 다시 이곳 천미포로 침략해 온 왜구들을 보기좋게 무찔렀다. 남치근은 임꺽정을 잡아죽인 것으로 유명해진 사람이다. 그가 임꺽정의 난을 평정한 건 제주를 떠난 뒤 10년이 채 못 된 1562년의 일이다.

천미 연대는 동쪽으로 직선거리 6.9km 떨어진 말등포 연대와 교신했고, 서쪽으로 5.3km 떨어진 소마로 연대와 교신했다.

정의현성

고려와는 달리 강력한 중앙집권화를 꾀했던 조선 정부는 건국 초기부터 지방을 확실하게 장악해 나갔다. 제주도 역시 마찬가지였다. 건국 초인 태종 때 이미 제주목, 정의현, 대정현 3읍 체제의 행정구역 개편이 완료되었다.

제주목은 현재 제주시와 북제주군 일대, 즉 제주도 북부 지역이 해당된다. 정의현은 남제주군 성읍 민속마을을 중심으로 제주도 남동부가 해당된다. 대정현은 추사적거지가 있는 대정성을 중심으로 제주도 서남부가 해당된다. 그리고 이들 3읍은 서울에서 파견된 목사와 현감이 행정을 총괄했다.

정의현과 대정현의 설치는 1416년(태종 16년)에 이뤄졌다. 제주 목사 오식(吳湜)의 건의에 의한 것이다. 제주읍성은 한라산 남쪽 주민에

찾아가는 길
관광지로 유명한 성읍 민속마을의 읍성이다. 천미 연대에서 서귀포 방향 일주도로를 타고 표선까지 온 뒤, 다시 여기서 동부관광도로를 타면 찾을 수 있다. 제주시에서는 동부관광도로를 타고 표선 방면으로 향하면 된다.

겐 너무 멀었다. 억울한 일을 당해도 호소하러 갈 엄두가 안 날 정도였다. 가까이에 새로운 관청이 필요했던 것이다. 이것은 지극히 애민(愛民)적인 발상이다. 기록엔 그렇게 되어 있다. 물론 기록 그대로 주민 편의 때문에 그랬을 수도 있다.

그러나 지방 장악을 꾀하던 지배층의 요구가 더욱 실질적인 이유였다. 과연 백성들 중에서 제주읍성까지 찾아가야 할 일을 가진 사람이 몇이나 되었겠는가? 반면 세금 징수나 노동력 징발은 멀리 떨어진 촌구석까지 지방관을 파견해야 가능한 일이었다. 봉건 지배층이 남긴 기록을 그대로 번역만 하여 향토사를 구성하는 것은 한계가 있다. 재해석이 필요하다. 그리고 당시 중앙정부의 시책, 중앙정가의 흐름 등을 한꺼번에 파악해야 한다.

어쨌든 이런 이유로 1416년(태종 16년)에 정의현이 만들어졌다. 그

성읍 민속마을의 정의현성
오래전에 이루어진 복원공사는 '옹성'을 '엉성'하게 만들어버렸다.

런데 당시 정의현의 행정 중심지는 현재 우리가 보는 정의현성, 즉 성읍 민속마을이 아니었다. 처음엔 성산 일출봉과 가까운 성산읍 고성리였다.

그러나 고성리는 너무 동쪽에 치우쳐 있어서 행정에 효과적이지 못했다. 또 왜구의 소굴이 되기 쉬운 우도가 가까이 있는 것도 문제였다. 자연스레 옮겨야 한다는 논의가 일었다. 결국 8년 뒤인 1423년(세종 5년)에 고성리에서 당시 '진사리'였던 지금의 성읍으로 현청을 옮겼다. 현재까지 그 흔적은 지명에 남아 있다. 과거 현청과 읍성이 있었다 하여 고성리(古城里), 성이 있는 읍이라 하여 성읍리(城邑里)가 된 것이다.

현청을 옮겨 성을 쌓는 데 단 5일 걸렸다는 기록이 있다. 과장된 것인지, 아니면 그만큼 노동력 징발이 가혹했는지, 그도 아니면 처음에는 아주 조그마한 성을 쌓았던 것인지는 확실치 않다. 어쨌든 공사 기간은 매우 짧았던 것 같다. 제주도 전역에서 사람을 동원했다는 기록을 보면 그렇다. 해당 지역 주민들만 동원되는 게 보편적인데 정의현성 축성은 그만큼 시급한 사업이었던 모양이다.

성은 둘레가 약 1.2km로, 본래 3개의 문 즉 남문, 동문, 서문이 있었다. 하지만 현재 동문 자리에는 민가가 들어앉아 있어서 남문과 서문만 확인할 수 있다. 성안의 도로는 남문에서 시작되는 주도로를 따라 진입하다가 동서로 갈라지는 전형적인 T자형 구조를 갖고 있다.

복원공사는 이미 오래 전에 이뤄졌다. 그런데 문제가 심각하다. '옹성'이 영 '엉성' 하게 복원된 것이다. 먼저 남문 앞의 옹성은 완전 개방형이다. 이래가지고는 옹성의 기능을 다할 수가 없다. 옹성의 본래 목적은 성문을 보호하는 데 있다. 즉 성문 밖에 있으면 옹성에 가려 성문이 잘 보이지 않아야 한다. 외부의 시선을 확실하게 차단해 주는 서울 동대문의 옹성과 비교해 보면 쉽게 이해될 것이다.

서문의 '옹성'은 그야말로 '옹색'하다. 규모가 너무 작다. 이렇게 되면 옹성은 있으나마나다. 도대체 성문을 보호하겠다는 것인지, 그냥 폼이나 잡겠다는 것인지 알 수가 없다.

2002년 2월에 발굴된 북제주군 한림읍 명월진성의 옹성 기단은 좋은 참고가 될 것이다. 규모도 적당하고 또 시선 차단도 확실하다.

성벽 위에 여장이 없는 것도 문제다. 복원 과정에서 여장을 생략한 것은 비단 여기만의 문제는 아니다. 제주읍성도 그렇고 명월진성, 별방진성 등 제주도 내 모든 성벽 복원이 그렇게 되어 있다. 상식적으로 도저히 이해하기 힘든 부분이다.

그럼에도 불구하고 이곳 정의현성은 우리나라에서 가장 잘 보존된 읍성 중의 하나로 인정받고 있다. 성 내부의 마을 역시 보존 상태가 좋다. 중요민속자료 제188호로 지정받은 건 그 때문이다. 소위 말하는 민속마을이다. 제주도 민속의 독특함을 생각한다면 이처럼 마을 전체가 민속자료로 지정된 것은 어쨌든 다행스런 일이다. 하지만 최근에 번잡한 관광지로 각광을 받다보니 옛 모습은 사라지고 전통도 현대도 아닌 이상한 짬뽕 민속만 남은 것 같아 영 개운하지 않다.

그런데 여기서 엉뚱한 질문 하나 해보자. 어째서 이 동네만 이처럼 과거의 모습을 잘 간직하고 있을까? 다른 동네는 왜 옛 모습을 잃었을까? 개발 때문이라고? 맞다. 하지만 개발 이전에도 다른 마을들은 이처럼 옛 초가집을 그대로 남기지 못했다. 다 타버렸기 때문이다. 특히 중산간 일대의 마을은 모조리 타버렸다. 아니 정확히 말하면 다 태워버린 것이다. 미친 듯이 태웠다. 누가, 언제?

4·3 때의 일이다. 군경토벌대가 중산간 마을을 깡그리 태웠다. 유격대의 지원 기지가 될 가능성이 있다는 구실이었다. 일본군이 만주에서 쓰던 소위 소까이(疏開) 작전을 그대로 채용해 썼던 것이다. 본질은 집도 사람도 모두 태우고 죽이는 초토화 작전이다.

　그런데 성읍 민속마을 일대는 다행히 타지 않았다. 해발 120m의 중산간 지대임에도 불구하고 말이다. 이유는 이곳에 경찰지서가 있었기 때문이다. 어쨌든 그것만이라도 참으로 다행이다. 그러나 이걸 뒤집어 생각해 보자. 4·3이 없었다면, 군경토벌대가 만행을 저지르지 않았다면, 제주도에는 성읍 민속마을 못지않은 소중한 민속자원들이 상당수 남았을 것이다.

6 제주섬에 온 사람들

❶ 연북정
❷ 조천 비석거리
❸ 화북포구
❹ 화북 비석거리
❺ 오현단
❻ 제주목 관아 터
❼ 방선문

연북정에서 방선문까지

제주 목사가 근무하던 관청에는 '서울을 바라보는 누각'이라는 뜻의 망경루(望京樓)가 있다. 관청 건물 중에는 규모가 가장 크다. 지방관의 심사가 단적으로 드러나는 대목이다.

조선 양반들에게 제주도는 무엇이었나?

"이곳의 풍토와 인물은 아직 혼돈 상태가 깨쳐지지 않았으니, 그 우둔하고 무지함이 저 일본 북해도의 야만인과 무엇이 다르겠습니까?"

추사 김정희가 제주를 묘사한 구절이다. 지독한 편견이다. 근데 이런 인식은 조선시대 지식인들 사이에서는 보편적이었던 모양이다. 16세기에 유배왔던 충암 김정의 『제주풍토록』에도 "글을 아는 자가 매우 적고, 인심이 거칠고" 혹은 "염치와 정의가 무엇인지 알지 못하며" 등의 표현이 등장하고 있다.

그럼에도 불구하고 조선시대 내내 제주에는 중앙의 양반들이 들락거렸다. 어쩔 수 없이 제주도로 가야만 했던 사람들이 있었기 때문이다. 정부에서 파견한 지방관이 바로 그들이었다. 고려 의종 때 처음으로 제주에 지방관이 파견된 이래 조선시대 내내 계속된 일이었다.

하지만 이들은 제주 부임을 무척이나 꺼려 했다. 좌천이었기 때문이다. 게다가 바다를 건너는 일은 자칫 목숨까지 잃을지도 모르는 위험한 일이었다. 그러니 더더욱 회피의 대상이 될 수밖에.

실제 박안신이나 정인인처럼 부인의 병 혹은 자신의 병을 핑계삼아 부임하지 않은 경우도 더러 있었다. 또 원백규처럼 별 이유 없이 부임하지 않았다가 파직된 사건도 발생했다. 그도 아니면 마지못해 부임했다가 얼마 후 병을 핑계로 사직하여 제주를 떠나는 일도 종종 있었다. 더 나아가 중종 때 제주 목사 송인수는 정부의 허락도 없이 제주를 떠나 서울로 돌아오기까지 했을 정도다.

그러다 보니 제주에 온 지방관들이 선정을 펴는 경우는 드물었다. 서울로 돌아가는 것만이 주된 관심사였다. 제주 목사가 근무하던 관청에 아예 '서울을 바라보는 누각'이라는 뜻의 망경루(望京樓)가 있을 정도였다. 그게 또 관청 건물 중에서는 규모가 제일 컸다. 지방관의 심리가 단적으로 드러나는 대목이다. 조천에 있는 연북정(戀北亭)도 마찬가지다. '북쪽을 사모하는 정자'. 여기서 사모의 대상인 북쪽은 곧 서울에 있는 임금을 뜻한다. 그만큼 그들에게 있어서 제주도는 하루라도 빨리 떠나고 싶은 미개의 땅이었던 모양이다.

내키진 않지만 지방관 외에도 제주도에 올 수밖에 없었던 조선의 양반들이 또 있었다. 권력 다툼의 결과, 좌천보다 더 심한 퇴출로 밀려난 유배객들이 그들이다. 유배형은 종신형이라 본래는 이곳 제주에서 최후를 맞아야 했다. 하지만 정국의 변화가 생기면 그들 역시 다시 복권되어 되돌아갈 수 있었다. 그러니 그들은 좌절 속에서도 항상 기대를 버리지 않았다. 사실 유배객들이야말로 지방관들보다 더 목을 빼고 북쪽 하늘, 북쪽 바다를 쳐다보던 사람들이다. 그런 만큼 조선의 양반들에게 제주도는 저주의 땅, 천형의 땅에 불과했다.

연북정

연북정(戀北亭)은 조천 포구의 조천진성 (鎭城) 위에 있는 정자이다. 본래는 성 밖에 있던 객사라고 하는데 정확하지는 않다.

조천(朝天)은 화북 포구와 함께 조선시대 제주도의 2대 포구 중 하나이다. 오래 전부터 관(館)이 설치되었을 정도로 사람들의 왕래가 빈번했다. 부임하는 지방관이나 절망 속에 내려온 유배인들 역시 주로 이 포구를 이용했다.

'조천(朝天)'이라는 지명도 그 때문에 나왔다. '보다', '살피다'를 의미하는 '朝'와 '날씨'를 뜻하는 '天'이 합쳐진 것이다. 육지로 나가는 사람들이 기후를 관측하는 곳, 그것이 바로 '조천'의 지명 유래이다.

불로초를 구하러 나선 진시황의 사자가 도착했다는 금당지도 이곳 조천이라는 설이 있다. 이 포구의 중요성을 말해 주는 대목이다. 조천 은 김상헌의 『남사록』에도 등장한다. "부역을 피하고자 하여 육지로 몰래 나가는 자가 많았으므로 조천과 별도(화북) 두 포구에서만 출입을 허락했다"라는 기록이 그것이다.

바로 그 포구 곁에 연북정이 있다. 연북정의 전신(前身)인 조천관(조천 객사)이 언제 세워졌는지에 대한 정확한 기록은 없다. 구전에 따르면 고려 공민왕 23년(1374년) 박윤청 목사 때 세워졌다고 하나 이를 뒷받침할 근거 사료는 없다.

선조 23년(1590년) 이옥 목사 때의 일이 기록 속의 첫 사건이다. 이옥 목사는 "도적들이 다니는 길목이며, 왕명을 받은 사신들이 왕래하는 곳이라서 관(館)을 둔 것인데, 지금 이처럼 성이 좁고 건물이 노후

찾아가는 길

제주시 중심지에서 동쪽 일주도로를 타고 약 12㎞ 가면 조천 마을이 나오는데 이 마을 바닷가에 연북정이 있다.

해서야 되겠는가"라며 성을 동북쪽으로 더 넓혀 쌓고 그 위에 망루를 안치하고는 이를 쌍벽(雙壁)이라 칭했다. '쌍벽'은 한라산과 푸른 바다, 즉 청산녹수(靑山綠水)가 서로 마주보고 있다고 하여 붙여진 이름이다.

그후 선조 32년(1599년) 성윤문 목사가 이 건물을 중수하고 '연북정(戀北亭)'이라고 개칭했다. 사모할 연(戀)자에 북녘 북(北), 북쪽을 사모한다는 말이다. 여기서 '북(北)'이 무엇을 뜻하는지는 쉽게 짐작할 수 있다. 그렇다. 북쪽 서울에 계신 임금님이다. 이 정자에 올라 북쪽으로 펼쳐진 바다를 바라보며 한없이 군왕을 그리워했다는 것이다. 군왕에 대한 충성의 마음이 잘 드러난 이름이다.

그러나 과연 그랬을까? 조선은 유교적 명분이 앞서던 사회다. 속내보다 겉치장을 중시했다. 연북정의 '북'이 군왕을 상징한다는 것도 어

연북정
연북정은 육지에서 온 제주 지방관과 유배객들에게 '희망의 등대'였다.

찌 보면 명분이다. 사실은 자신의 정치적 고향인 서울을 뜻한다. 왕에 대한 충성심은 그저 껍데기일 뿐이다. 중요한 건 자신의 정치권 복귀였다. 물론 왕이 곧 권력이기에 왕을 흠모했던 것도 사실이다.

애당초 제주도 부임 자체가 좌천이었다. 그런 까닭에 중앙 정계 복귀에 모든 노력을 기울였던 건 어쩌면 당연한 일이다. 그러니 목민(牧民)은 뒷전이었다. 하루라도 빨리 이 촌구석을 벗어나 바다 건너 출세의 길을 걷고 싶었던 게 당시 대부분의 제주 지방관들의 심정이었다.

유배객의 심사는 더했다. 지방관과 달리 유배 기간은 종신이었다. 정국이 변하지 않는 한, 섬을 벗어날 방법은 없었다. 때문에 그들에게 '북'의 의미는 절대적이었다. 처지는 다를지언정 서울에서 온 양반들은 누구나 이렇게 북쪽을 바라보며 살았다.

연북정은 이런 그들에게 희망의 등대였다. 수평선 멀리 배가 한 척만 나타나도 발끝을 세우고 미간에 온 신경을 집중했다. 혹시 좋은 소식을 가지고 오는 배가 아닐까 하는 마음에서 말이다. 연북정, 어쩌면 이들의 가장 솔직한 심사가 투영된 이름이기도 하다.

연북정에 올라 바다를 바라보며 그 시절의 서울 양반들을 떠올려 보는 것도 답사의 재미다. 정자 자체는 별로 볼 게 없다. 복원한 지 얼마 되지 않아 고건축의 아름다움 같은 것도 찾아보기 어렵다. 게다가 원형에 충실한 복원인지도 의심스럽다. 1702년에 이형상 목사가 제작한 『탐라순력도』의 그림과 다르기 때문이다. 『탐라순력도』 중 「조천조점」을 보면 지금과는 달리 연북정에 오르는 계단이 조천진성 내부에 있었음을 알게 된다.

'조천'이라는 지명의 유래에 대한 이설들도 알고 가는 게 좋겠다. '천자를 알현하러 나가는' 곳이라는 풀이도 있고, 또 진시황의 사자들이 이곳에서 '아침에 천기를 보았다'는 이야기에서 유래했다는 설도 있다.

조천 비석거리

얼마 전까지만 해도 마을마다 마을 입구 혹은 사람들의 발길이 잦은 곳이면 으레 '비석거리'가 있었다. 그 마을을 위해 힘쓴 사람들의 업적을 영원히 잊지 않기 위해 조성된 거리이다. 물론 명분이 그렇다는 것일 뿐 실제와는 달랐다. 지금도 마찬가지 아닌가. 참된 기념비도 더러는 있지만 졸부들의 자기 과시용이 더 많지 않은가. 예나 지금이나 헛된 명예를 위해 애꿎게 석공만 괴롭힌 사람이 많다.

조선 후기 제주에 세워진 비석들도 마찬가지다. 그 중 지방관의 덕을 기리는 '선정비(善政碑)'의 경우는 더욱 문제가 많다. 탐관오리의 비가 적지 않게 끼어 있기 때문이다. 아니 어쩌면 탐관오리의 선정비가 역으로 그 시대를 읽는 코드가 될 수도 있다.

지금도 몇몇 마을에 지방관의 선정비가 남아 있다. 그런데 이 비석들의 공통된 특징은 비문을 지은 사람 이름이 없다는 점, 비를 세운 주체가 마을 주민이라는 점 등이다. 보편적으로 조선시대 비석에는 비문을 지은 사람의 이름이 들어간다. 더 정성을 기울일 때면 비문을 새긴 석공의 이름까지도 쓰여 있다. 이름을 밝힌다는 것은 그 비문에 대한 책임감의 표시이자 자부심을 드러내는 행위이다. 그러니 비문 지은 사람의 이름이 없다는 것은 거꾸로 떳떳치 못한 글을 비에 새겼다는 증거이다.

찾아가는 길
조천 연북정 조금 못미처 사거리에 있다.

조천 비석거리
조천은 제주의 관문이라 조천의 비석거리는 서울서 내려온 관공리의 눈에 띨 확률이 그만큼 높았다.

또 비석 건립 주체가 '마을 주민 일동'인 점도 수상스럽다. 정말 자발적으로 주민들이 나선 것일까. 혹 집단의 이름 속에 불행한 사연을 숨기고 있는 건 아닐까. 실제 조선 후기 역사에서는 이런 일이 비일비재했다. 탐관오리에게 수탈당한 것만 해도 서러운데, 거기다가 주민들이 비용을 추렴하여 그 놈의 송덕비까지 만들어야 했다면 얼마나 억울했겠는가.

제주 여러 마을의 비석거리 중 특히 조천의 비석거리는 더욱 주목을 받았다. 제주의 관문이었기 때문이다. 서울서 내려오는 관공리의 눈에 띨 확률이 그만큼 높다. 자신이 제주도를 떠난 후에라도 후임자나 암행어사에 의해 비석에 새겨진 자신의 선정(善政)이 조정에 전해진다면 얼마나 좋겠는가. 이는 곧바로 자신의 진급과 연결될 수도 있었다. 때문에 기를 쓰고 선정비를 세우려고 했다.

현재 제주에 남아 있는 선정비의 대부분이 19세기의 것임을 떠올릴 필요가 있다. 19세기라면 조선이 망해 가던 때이다. 흔히 '민란의 시대'라고 불리는 게 19세기다. 그 시절에 만들어진 지방관의 선정비라! 글쎄! 어쨌거나 모든 유물은 시대배경을 함께 고려하며 살펴야 한다. 그래야만 선정비가 갖는 역사의 상징 코드를 제대로 읽어낼 수 있다.

현재 조천 비석거리에는 제주도 기념물 31호로 지정받은 7기의 비석이 있다. 그 외의 것은 최근의 비석이라 역사적 가치가 크지 않다.

지정받은 7기 중 한 기만 17세기 인물의 것이고 나머지는 모두 19세기 인물의 비석이다. 특징적인 인물 몇 사람만 살펴보자.

먼저 '使相白公希洙淸德善政碑(사상백공희수청덕선정비)'의 주인공 백희수는 오현 중의 한 사람인 충암 김정의 비를 세운 사람이다. 오현 단에서 그의 이름을 다시 확인할 수 있다. 신촌과 화북 비석거리에서도 그의 선정비를 만날 수 있다. 나중에 화북 비석거리에서 다시 한 번 찾아보길 바란다.

'使相鄭公岐源永世不忘碑(사상정공기원영세불망비)'의 주인공 정기원은 1862년 임술민란, 즉 강제검의 난을 진압한 목사이다. 그는 난을 진압한 후 강제검, 김흥채 등을 체포하여 사형시켰다. 민란을 일으킨 민중은 그를 어떻게 평가했을까. 선정비의 순수성에 의심이 가는 대목이다.

'使相李公宜植恤民善政碑(사상이공의식휼민선정비)'의 이의식 목사는 좀도둑도 잡아서 참형에 처했다. 때문에 백성들이 두려워했다고 한다. 물론 이것도 선정이라면 선정일 수 있으리라. 엄격한 법 적용? 삼양 민속박물관에도 그의 선정비가 있다.

그 외 채동건(蔡東健), 김수익(金壽翼), 판관 김응우(金應友), 이원달(李源達)의 비가 있다. 그 중 이원달의 비는 화북에서도 또 만날 수 있다.

화북 포구

조천 포구와 마찬가지로 조선시대 제주의 2대 관문이다. 특히 제주읍성과 가장 가까운 포구였기에 그 중요성은

찾아가는 길

조천에서 다시 제주시 방향으로 돌아오다 보면 화북동이 나온다. 제주시 중심지에서는 동쪽으로 약 5㎞ 지점에 화북동이 있는데 일주도로에서 다시 바다 쪽(북쪽)으로 약 300m 내려가면 화북 포구가 나온다. 주변에는 화북 진성 잔해와 해신사가 있고 포구 앞에는 영조 11년에 화북 포구를 수리했던 김정 목사의 비석이 서 있다.

더했다. 유배된 송시열, 김정희, 최익현 등 대부분이 이 포구를 거쳐 들어온 것만 봐도 알 수 있다.

화북은 고려시대 삼별초 항쟁 때부터 주목받던 포구이다. 삼별초가 제주에 들어오기 전에 그들을 막기 위해 고려 정부는 영암 부사 김수와 장수 고여림을 제주에 파견했다. 김수와 고여림이 진을 쳤던 장소가 바로 화북이다. 이미 그때부터 화북 포구의 중요성을 인식하고 있었다는 말이다.

그런 만큼 포구의 정비도 중요했다. 영조 13년(1737년) 김정 목사가 포구 확장 공사에 매달렸던 것도 그 때문이다. 현재 김정 목사의 공덕비가 포구에 세워져 있다. 김정 목사는 삼사석을 정비하고 또 삼천서당(三泉書堂)을 세운 것으로도 유명한 사람이다. 삼천서당이 있었던 옛 터에는 현재 제주은행이 자리하고 있다. 동문 로터리 주변이다. 한때 그의 교육진흥을 기리는 '蘆峯金先生興學碑(노봉김선생흥학비)'가 삼천서당 자리에 있었으나 지금은 오현단 경내로 옮겨졌다. 나중에 오현단에 들를 때 함께 확인해 보는 것도 좋겠다.

화북 포구
제주의 2대 관문의 하나였다.

목사 김정은 임기를 마치고 상경을 준비하던 중 화북 진성 내에서 갑자기 사망했다. 화북에서 사망하였기 때문에 후세 사가들이 마치 화북 포구 공사 과정에서 사망한 것으로, 더 나아가서는 직접 돌을 져 나르는 등 무리해서 사망한 것으로 미화하고 있다. 아름다운 미담을 만들고 싶은 건 인간의 본성인가 보다. 하지만 조선사회가 엄연한 신분제 사회였음을 냉철하게 떠올려 볼 필요가 있다.

화북 비석거리

조천 비석거리와 마찬가지로 이곳에도 지방관의 선정비들이 세워져 있다. 제주의 가장 중요한 관문이었음을 상징하기에 충분하다. 마치 좋은 목을 노리는 상인들처럼 지방관들도 다투어 이곳에 자기의 비석을 세워놓으려 했던 모양이다. 비석의 수가 조천보다 두 배나 많다. 물론 이곳의 비석 역시 대부분 19세기의 것이다. 일제 강점기를 바로 코앞에 둔 시점의 지방관들이 무슨 선정(善政)은 그리도 많이 베풀었는지 궁금하다.

화북 비석거리에 있는 비석들의 공통된 특징은 비문의 성씨(姓氏) 부분이 뭉개져 있다는 점이다. '비석치기'다. 민중이 보여준 최소한의 분노 표시다. 별다른 저항 수단을 갖지 못했던 민중의 자위 행위다. 탐관오리의 비석에 대고 침을 뱉거나 돌멩이로 까버리면서 그렇게 스스로를 위로했던 것이다. 물론 이것도 당시엔 대단히 위험한 행동이었다. 때문에 민중 저항의 한 수단으로 적극 평가되어야 한다.

나중에는 어린이들의 놀이로 변용되었다. 그래서 오늘날에는 이 '비석치기'가 계승해야 할 민속놀이로까지 평가받고 있다. 계승, 그것 좋

찾아가는 길
화북 포구에서 오현고등학교로 가는 도로변에 있다. 과거에는 이 길이 화북 포구와 제주읍성을 잇는 주요도로였다.

다. 하지만 놀이에 담긴 정신을 계승해야 진짜다.

그런데 왜 하필이면 성씨 부분만 박살냈을까. 이것 역시 개인보다 가문이 중요시되었던 신분제 사회의 특징을 노골적으로 말해 주는 것 같다.

역시 여기서도 몇몇 비석의 주인공을 살펴보고 가자.

목사 이현공(李玄功). 관덕정을 중수한 사람인데, 전임지에서의 문제가 불거져 파직되었다. 파직된 사람까지도 이처럼 버젓이 휼민선정비가 세워져 있다.

목사 백희수(白希洙). 앞서 조천 비석거리에서 만났던 사람이다. 충암 김정의 비석을 건립했다. 오현단에 있는 충암 김정의 비석을 볼 때 그의 이름을 다시 확인하길 바란다.

목사 구재룡(具載龍). 추사 김정희가 유배올 당시의 제주 목사다. 영국 군함이 가파도에서 소를 약탈했을 때 그것을 막지 못했다고 하여 파직되었다.

목사 홍규(洪圭). 연희각을 중수한 사람이다. 나중에 방선문에 가면

화북 비석거리
이곳 비석들은 '비석치기' 탓에 비문의 성씨 부분이 모두 뭉개져 있다.

또렷하게 깊이 새긴 그의 이름을 다시 만날 수 있다.

목사 장인식(張寅植). 삼성혈 삼성사에 숭보당을 지어 학생들이 기숙하며 공부할 수 있게 했다. 또 화북 해신사에 '해신지위'라는 돌로 된 위패를 봉안했다. 그리고 추사 김정희가 유배왔을 때 여러 가지 도움을 준 것으로도 알려져 있다. 나중에 오현단에서도 그의 이름을 만날 수 있다. 오현단에 있는 철종 원년(1850년)의 '귤림서원묘정비'는 바로 그가 세운 것이다. 많은 일을 한 덕인지 이곳 외에도 제주향교, 삼성혈, 구엄, 신촌 등에서도 그의 선정비를 볼 수 있다.

목사 임헌대(任憲大). 탐관오리의 전형으로 비석치기의 제1순위감이다. 1862년 임술민란, 즉 강제검의 난을 유발한 탐관오리로 그 때문에 파직되어 쫓겨간 사람이다. 그런 그도 거사비(去思碑)를 남겼다. 그러기에 그의 비석은 '비석거리'라는 상징 코드를 가장 극명하게 보여준다.

판관 고경준(高景晙). 강제검의 난 수습 과정에서 출세한 사람이다. 민란이 나면 정부는 과거시험을 베풀고 소수의 인물이나마 권력 안으로 포섭한다. 백성들의 불만을 무마하기 위한 회유책의 하나이다. 고경준은 그런 기회를 통해 관직에 나갔다. 그 뒤 1883~1885년 기간에 제주 판관을 역임했다. 현재 오현단에 있는 향현사 유허비의 글을 지은 것도 고경준이다. 나중에 오현단과 방선문에서 확인하길 바란다. 여러 곳에 이름이 남은 것으로 보아 좋은 일을 많이 했던 게 틀림없다.

그럼에도 불구하고 찜찜한 기분이 드는 건 왜일까? 정확한 비유는

임헌대의 비석
임술민란을 유발한 임헌대의 비석은 '비석치기'의 1순위감이다.

아니지만 자꾸 '무임승차'라는 단어가 떠오른다. 강제검과 민중은 죽어갔는데, 그 덕에 출세한 사람 고경준. 하지만 그는 제주를 위해 좋은 일을 많이 했다고 한다. 현재 제주교육박물관에 그의 유품이 전시되어 있다. 함께 확인하면 도움이 될 것이다.

목사나 판관이 아닌 조방장(助防將)의 비석, 즉 화북 진성의 책임자 홍재욱(洪在昱)의 비석이 있는 것도 이곳 화북 비석거리의 특징이다.

오현단

오현(五賢), 그들은 누구인가?

오현단의 오현은 충암 김정, 청음 김상헌, 동계 정온, 규암 송인수, 우암 송시열을 말한다. 이들 모두 조선시대 제주인을 크게 교화한 인물로 평가받고 있다. 그런데 배향 과정을 살펴보면 꼭 그런 것만은 아님을 알 수 있다.

먼저 충암 김정(金淨). 그는 조선 후기 양반 누구에게서나 추앙을 받음직한 인물이다. 조선 후기 사회를 장악한 건 사림(士林) 세력인데, 충암 김정이 바로 그 사림 세력의 정계 진출에 교두보를 놓은 사람이기 때문이다. 그는 훈구와 사림의 대립 속에서 사림의 최전방에서 활동하다가 기묘사화 때 조광조와 함께 희생된 사람이다. 그런 만큼 그는 당파의 이해와 관계없이 추앙받았다.

다음으로 청음 김상헌. 그는 1601년 제주도에서 '소덕유 · 길운절 역모 사건'이 일어나자 뒷수습을 하러 온 어사이다. 어사의 직분에 맞게 그는 제주도 곳곳을 순회하며 민폐를 시정했다. 그 과정에서 『남사록』이라는 기행문을 남기기도 했다. 하지만 그보다도 '가노라 삼각산

찾아가는 길
복원된 제주읍성 아래쪽에 있다. 제주시 한복판에 있는 만큼 아무에게나 길을 물어도 찾을 수 있다. 명색이 제주지방기념물 1호인데도 주변이 어수선하다.

아, 다시 보자 한강수야' 라는 시로 우리에게 더 알려져 있다. 병자호란 뒤 청나라로 끌려가면서 부른 노래이다. 그 시에서도 드러나듯이 그는 철저한 존명반청주의자였다. 그 까닭에 뒷날 서인 세력의 귀감이 되었던 것이다. 송시열이 김상헌을 대의의 종주(宗主)로 칭송한 것이 이를 증명한다.

세번째로 동계 정온. 그는 광해군 시절에 영창대군 살해 책임자 처벌을 요구하다가 제주도로 귀향왔다. 본래 이 사람은 광해군 정권의 북인이었다. 그런 그가 스승 정인홍에게 반기를 들며 반광해군, 친영창대군 노선을 견지했던 것이다. 당연히 서인들은 환호를 질렀다. 북인이면서 서인의 입장을 그대로 대변했기 때문이다. 훗날 서인 노론세력의 후손인 추사 김정희가 제주에 유배왔을 때, 동계 정온의 옛 유배지를 둘러보고 비석 건립을 추진했던 것도 우연이 아니다. 계속되는 당파적 이해를 보여주는 장면이다.

네번째 규암 송인수. 그가 제주 오현단에 배향된 것은 일종의 코미디다. 그와 제주도와의 인연은 대단히 부정적이기 때문이다.

오현단의 5개의 조두석(俎豆石)
오현은 조선 후기 서인 노론 세력이 권력 장악을 위해 만들어낸 상징 조작이다.

"송인수가 처음 사직서를 바쳤을 때 바다 가운데로 가는 것이 싫어서 그러는 것으로 여겼기 때문에 …… 지금 듣자니 부임 장소(제주)를 제 마음대로 버리고 청주에 왔다고 하니 빨리 신문하도록 하라."

『중종실록』 중종 29년(1534년) 7월 4일 기사의 내용이다. 위 기사를 보면 그가 애초 제주도 부임 자체를 꺼려 했음이 드러난다. 게다가 조정의 허락도 없이 제주를 버리고 떠났다는 것도 알 수 있다. 그런 그가 제주 사람들의 정신적 스승으로 받들어지고 있다. 황당한 일이다.

게다가 김상헌이나 정온보다 훨씬 앞 시대의 인물임에도 불구하고 숙종 4년(1678년)에 와서야 배향된 점도 어딘가 석연치 않다. 정치적 역학관계가 작용한 결과이다. 이는 역으로 송인수의 배향을 통해 당시의 정치상황을 엿볼 수 있다는 말이기도 하다.

당시의 실권자는 서인 송시열이었다. 송인수 배향이 그걸 암시해 준다. 송인수가 배향되던 숙종 4년 무렵이면 송시열은 공자, 맹자처럼 '송자'라고 불리던 시절이었다. 이쯤 되면 가문 미화작업도 뒤따라야 했다. 족보 추적 결과 띄울 만한 조상으로 선발되었던 게 송인수다. 송시열의 집안은 증조부 송구수 때만 해도 별 주목을 받지 못했다. 그러다가 종증조(從曾祖) 송인수가 대사헌을 역임하면서 처음으로 유력한 벼슬에 이름을 올릴 수 있었다. 그런 그가 때늦게 숙종대에 와서 송시열의 권력 강화를 위해 선택된 것이다. 후손 잘 둔 덕에 가문 위인에서 국가적 성현으로 승격하게 되었으니 지하의 송인수, 흐뭇하겠다.

마지막으로 우암 송시열. 장희빈의 아들을 세자로 책봉한 데 대해 이의를 제기하다가 제주에 유배되었다. 그가 제주에 머물렀던 기간은 정확히 111일이다. 그 짧은 유배 기간 동안 제주인에 대한 '유교적 교화'가 융성했다는 얘기다. 물론 이것은 양반 중심의 시각, 중앙 중심의 시각에서 하는 말이다. 반면 노론세력이 조선사회의 발전을 가로막았다고 하는 관점에서 보면 평가는 달라진다. 111일 동안 실제로 무엇을 할 수 있었는지도 의문이다.

그의 최후는 제주 유배 때 이미 예견된 것이었다. 남인세력을 키워 노론세력을 견제하려던 숙종에 의해 송시열은 귀경 도중 정읍에서 사사되었다. 그러나 불과 6년 뒤인 숙종 21년(1695년)에 그는 이곳 오현단에 배향됨으로 해서 다시 살아날 수 있었다. 정국이 또다시 바뀐 것이다. 그럼으로써 그는 죽어서도 죽지 않고, 조선이 망할 때까지, 아니 어쩌면 오늘날까지 기득권층의 정신적 지주로 살아 있는지도 모른다.

결국 오현을 총체적으로 보면 조선 후기 서인 노론 세력이 권력 장악을 위해 만들어낸 상징 조작임을 알 수 있다. 제주 사람들을 교화한 훌륭한 성현들이라고 단순히 평가하기는 어렵다.

오현단에 있는 '증주벽립'
본래 성균관 북쪽 벼랑에 새겨진 송시열의 글씨를 탁본하여 다시 새긴 것이다.

오현단은 이들 다섯 성현(?)들의 위패를 모신 제단이다. 본래 이곳에는 '충암묘'라는 사당과 '장수당'이라는 학교를 결합하여 만든 귤림서원이 있었다. 이것이 대원군의 서원 철폐령에 따라 고종 8년(1871년)에 헐렸다가 다시 고종 29년(1892년)에 오현단으로 부활한 것이다. 하지만 이때는 귤림서원과는 달리 조그만 제단으로 축소되었다. 현재 이곳엔 5현의 위패를 상징하는 5개의 조두석(俎豆石)이 배열되어 있다. 그 외에 관련 비석들과 마애명, 그리고 오현고등학교 총동창회에서 최근 조성해 놓은 몇 개의 기념물들이 있다.

먼저 귤림서원의 내력을 상세하게 기술해 놓은 '귤림서원묘정비(橘林書院廟庭碑)'를 볼 수 있다. 비의 뒷면을 보면 '통정대부(通政大夫) 제주 목사 장인식'이 세웠음을 알 수 있다. 여기서 장인식이 통훈대부가 아니라 통정대부라는 점에 주목할 필요가 있다. 타지역 목사와 달리 제주 목사는 정3품 당상관, 즉 행(行)목사가 파견되었음을 단적으로 보여주는 사례이다. 장인식의 선정비는 앞서 화북에서 보았다.

다음으로 충암김선생적려유허비(沖庵金先生謫廬遺墟碑)이다. 5현 중 하나인 충암 김정의 유배생활을 기리는 비석이다. 목사 백희수가 철종 3년(1852년)에 세운 것이다. 본래 이 비는 그가 유배생활을 했던 가락천변 금강사 옛 절터에 세워져 있었다. 그곳에 '판서정'이라는 우물이 있어 흔히 판서정에 있었다고도 한다. 그 비석이 언제인가 오현단 경내로 옮겨져 현재에 이르고 있다. 비석 밑 부분이 훼손된 까닭에 1979년에 같은 내용의 비석을 곁에 세워놓았다. 백희수는 조천과 화북 비석거리에서 보았던 이름이다.

우암송선생적려유허비(尤庵宋先生謫廬遺墟碑) 역시 오현 중 하나인 우암 송시열의 유배생활을 기린 비석이다. 이 비석은 영조 48년(1772년) 제주 대정현에 유배왔던 권진응의 발의로 세워졌다. 권진응이 유배를 마치고 서울로 돌아가던 길에 송시열의 유배터를 방문하고 지방 유림들에게 부탁했던 게 계기가 되었다. 본래 송시열이 살았던 산지골 김환심의 집에 있었으나 1935년에 제주향교로 옮겨졌다가 다시 제주중학교를 정비할 때 오현단 경내로 이전되었다.

노봉김선생흥학비(蘆峯金先生興學碑)는 영조 11년(1735년) 삼천서당을 세우고 학문을 장려했던 제주 목사 김정을 기린 비이다. 앞의 오현 중 하나인 충암 김정과는 다른 인물이다. 고종 30년(1893년) 삼천서당 내에 세워졌던 비석인데 삼천서당이 헐리면서 오현단 경내로 옮겨졌다. 김정 목사는 화북 포구 증축과 삼사석 정비 등으로도 알려진 사람이다.

향현사유허비(鄕賢祠遺墟碑)는 '향현' 즉 제주 토박이 현인의 사당이 있었음을 기념하기 위해 고종 30년(1893년)에 세운 비석이다. 향현과 관계된 비석이라 제주 '향' 촌 사람 판관 고경준이 비문을 지었다. 고경준은 화북 비석거리에서 만났던 사람이다. 본래 향현사는 헌종 9년(1843년)에 만들어졌다. 그러나 불과 30년도 지나지 않은 1871년에 문을 닫아야만 했다. 대원군의 서원철폐 정책에 따른 조치였다. 유허비를 세운 건 바로 그 흔적을 기억하기 위해서였다.

향현사(鄕賢祠)는 말 그대로 제주 향촌의 성현을 추앙하는 사당이다. 처음에는 세종 때 한성 판윤(서울 시장)을 지낸 고득종만이 배향되어 있었는데 나중에 시골 선비 참봉 김진용도 추가로 배향되었다.

마애명(磨崖銘)도 볼거리이다. 오현단 경내에는 '증주벽립(曾朱壁立)'과 '광풍대(光風臺)'라는 마애명이 있다. '증주벽립'은 '증자와 주자가 벽에 서 있는 듯이 존경하고 따르라'라는 뜻이다. 본래 이 글은 송시열의 글씨로 성균관 북쪽 벼랑에 새겨져 있었다. 그것을 탁본하여 이곳에 다시 새긴 것이다. 탁본은 정조 10년(1786년)에 제주 출신 변성우가 떴고, 오현단 벽에 새긴 것은 철종 7년(1856년)에 판관 홍경섭이 했다. 송시열의 영향력은 이렇게 이어졌다.

광풍대의 '광풍'은 『송사 宋史』 「주돈이 전(傳)」에 나오는 '광풍제월(光風霽月)'에서 따온 것이다. '비 개인 뒤의 풍월(風月)'처럼 맑고 시원한 마음'을 뜻한다. 타 지역에 있는 옛 누각에서도 휘갈겨 쓴 '광풍제월' 현판을 종종 볼 수 있다.

제주목 관아 터

이곳은 탐라국 이래 제주의 최고 행정 관청이 모여 있던 자리이다. 최근에 옛 관아 건물 복원공사가 이루어졌다. 1702년의『탐라순력도』와 1760년경의『탐라방영총람』을 복원의 기초 도면으로 활용하여 조선 후기의 모습으로 재현하였다. 하지만 당시의 전체 모습을 파악하긴 어렵다. 관덕정을 중심으로 남쪽 구역은 전혀 복원하지 못했고, 북쪽 구역 역시 일부만 복원했기 때문이다.

『탐라순력도』를 보면 현재 복원 상태와는 달리 동쪽을 향한 관덕정 광장을 가운데 두고 북쪽과 남쪽에 건물이 나란히 있었음을 알 수 있다. 관덕정 북쪽은 제주 목사 집무처이며, 남쪽은 제주 판관의 근무 장소였다. 목사가 집무하던 북쪽 구역을 상아(上衙)라고 했다. 첫번째 가는 관아라는 뜻이다.

반면 관덕정 남쪽 구역의 건물은 이아(二衙)라고 했다. 버금가는 관아라는 뜻이다. 제주도는 당시 형식상 전라도에 속해 있었으면서도 섬이라는 특수성 때문에 독자적인 행정체제를 갖추고 있었다. 제주 목사가 제주목 밖의 정의현과 대정현을 통괄하며 전라감사의 업무 일부를 대행했던 것이다. 때문에 제주섬에는 목사 외에 추가로 판관이 파견되어 있었다. 그 판관이 집무하던 장소가 바로 이아다.

이아가 향청이 아니라 판관 집무처라는 점이 특이하다. 보편적으로 이아는 지방 사림의 권력기구인 향청을 뜻한다. 그러나 제주도의 경우는 전혀 다르다. 사림 세력은 강성하지 못했고, 대신에 목사의 보좌역

찾아가는 길
제주시 한복판 관덕정 주변 일대이다.

인 판관이 주요 업무를 담당했기 때문에 이아마저도 중앙에서 파견된 서울 양반들의 몫이었다. 안타깝게도 이아는 전혀 복원되지 못했다. 현재 금융기관, 호텔, 제주대학교 부속병원 등이 자리하고 있어서 복원이 현실적으로 어렵다.

관덕정(觀德亭)은 세종 30년(1448년) 신숙청(辛淑晴) 목사에 의해 창건되었다. 창건기에 의하면 "활을 쏘는 것은 높고 훌륭한 덕을 보는 것이다(射者所以觀盛德也)"라는 『예기』의 문구를 따와 '관덕'이라 지었다고 한다. 이름 그대로 이곳에선 활쏘기 시합이나 과거시험, 진상용 말 점검 등의 각종 행사가 이뤄졌다. 민과 관이 만나는 광장인 셈이다.

관덕정 현판은 본래 안평대군의 글씨였다. 하지만 그 현판은 불에 타 없어졌고 현재는 이산해(李山海)가 쓴 현판이 남아 있다. 이산해는 라이벌인 송강 정철을 밀어내고 영의정이 되었던 사람이다. 하지만 그 역시 얼마 지나지 않아 좌천되었다. 임진왜란 때 서울 사수 포기의 책임이 그에게 덮어씌워졌을 것이다. 건물 안의 '탐라형승(耽羅形勝)' 글씨는 정조 때의 목사 김영수(金永綬)의 것이다. 그의 글씨는 방선문 안쪽에도 남아 있다. 활달한 초서체로 쓴 '환선대(喚仙臺)'가 그것이다. 나중에 방선문에서 꼭 확인하길 바란다.

관덕정 처마의 길이를 보면 전통적인 한옥과 달리 조금 짧아 어색하다. 일제 때 60cm씩 줄여버린 탓이다. 그후 1969년에 수리공사가 있었으나 이를 바로잡지 못했다. 도로사정 때문에 다시 밖으로 내칠 수 없

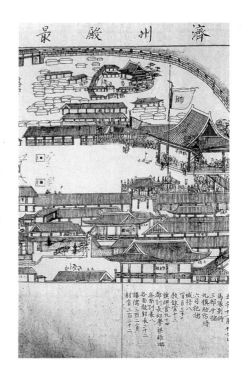

『탐라순력도』「제주전최」

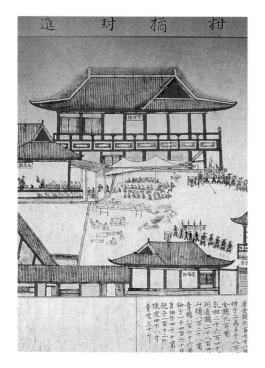

『탐라순력도』「감귤봉진」

었다고 한다.

지금은 제주의 행정 관청이 모두 신제주로 이전해 갔지만, 그 전까지만 해도 이곳 관덕정 광장은 명실공히 제주 역사의 중심지였다. 이재수의 난과 4·3 등 굵직한 제주 역사가 모두 이 광장에서 이뤄졌다. 최근에는 제주 시장 취임식이 이곳에서 거행되기도 했다. 역사를 이용해 권력의 정당성을 과시하겠다는 발상이다. 그만큼 관덕정 광장이 갖는 상징적 힘이 크다는 증거이다.

관덕정 북쪽, 즉 제주 목사 집무처인 상아 건물 중 복원된 것은 진해루, 우연당, 홍화각, 중대문, 영주협당, 귤림당이다. 그 중 진해루(鎭海樓)는 2층 누각건물로서 상아의 외대문에 해당된다. 본래 이 누각 위에는 시각을 알리는 종이 있었다. 한때 이의식 목사가 이 종을 녹여 무기를 만들어버렸으나 다시 장인식 목사가 전라도 미황사에서 큰 종을 사들여 달아놨다. 하지만 그것마저 일제 때 없어지고 말았다. 물론 지금도 없다. 다시 달아놓았으면 좋겠다. 건물뿐만 아니라 소리까지 복원된다면 그럴듯하지 않겠는가.

외대문 앞에는 '수령이하개하마(守令以下皆下馬)'라고 쓰인 '하마비'가 있다. 문을 통과할 때 수령 이하는 모두 말에서 내리라는 표식이다. 출입구도 수령은 가운데 문으로, 그 외에는 좌·우문으로 출입케 하여 관아의 위엄을 높였다.

외대문으로 들어서면 왼쪽에 우연당(友蓮堂)이 있다. 연꽃(蓮)과 벗(友)이라는 글자가 현판을 구성한 것을 보면 이 건물을 용도가 무엇인지 짐작할 수 있을 것이다. 연못 위에 건물을 얹고 벗을 불러모아 연희를 즐긴다. 이것이 정답이다. 물론 연못은 풍류뿐만 아니라 화재 대비의 기능도 갖는다.

우연당이 처음 건립된 건 중종 21년(1526년) 이수동 목사 때의 일이다. 이수동 목사는 삼성혈의 무속 제의를 유교식으로 바꾼 것으로 유명한 인물이다. 이후 영조 때의 김정 목사는 우연당을 공물 진상 업무처로 활용했다. 건물의 기능이 바뀐 것이다.

우연당 뒤로는 홍화각(弘化閣)이 있다. 홍화각은 이름 그대로 '왕의 어진 덕화가 백성에게 두루 미치기를 기원'한다는 취지로 붙여졌다. 세종 17년(1435년)에 최해산(崔海山) 목사가 지은 건물이다. 최해산은 화포를 발명한 최무선의 아들이다. 최해산 목사가 이 건물을 지은 내력에 대해서는 세종 때 한성 판윤을 지낸 제주 출신 고득종이 쓴 「홍화각기弘化閣記」에 잘 나와 있다. 「홍화각기」는 삼성혈 전시실에서 확인할 수 있다.

홍화각은 흔히 영청(營廳)이라고도 불린다. 안무사 혹은 방어사, 절제사가 근무하는 곳이라서 붙은 별칭이다. 물론 이 직책은 모두 제주 목사가 겸직하도록 되어 있었다. 제주 지역은 전라도에 속해 있으면서도 바다 건너 멀리 떨어져 있기 때문에 제주 목사가 제주목뿐만 아니라 대정현과 정의현의 군사업무까지 총괄해야만 했다. 제주 목사의 집무처인 연희각 외에 또다시 홍화각이 있었던 건 바로 이 때문이다.

연희각(延曦閣)은 제주 목사의 집무처로서 일반적으로 동헌이라고도 한다. 동헌 뜰에서 벌어지는 재판 광경을 상상하면 그 기능을 이해하기 쉽겠다. 외형적 특징은 기단과 섬돌로 인해 다른 건물들보다 조금 높게 지어졌다는 점이다. 사또의 위엄을 높이기 위한 의도적인 장치이다. 즉 뜰에는 죄인과 형리가, 섬돌 위에는 사또의 명을 받아 복창하는 비장이, 그리고 마루 위에는 호령하는 수령이 위치하도록 위계적으로 공간을 분할해 놓았다. 눈높이로 확인되는 신분사회 사법시스템의 한 단면이다.

동헌 옆의 노거수(老巨樹) 역시 단순히 조경을 위해서가 아니다. 마찬가지로 재판에 권위를 더해 주기 위해 의도적으로 동원된 소품이다. 오래된 이 나무는 신이 내려오는 신단수인 만큼, 재판 전 과정을 신이 지켜본 셈이 된다. 결국 판결은 완전무결해진다. 최소한 수령의 입장에서는 말이다.

그런데 『탐라순력도』의 「감귤봉진」을 보면 연희각이 남향 건물임에도 불구하고 남쪽 뜰보다 동쪽 뜰이 주로 사용되었음을 알 수 있다. 보편적인 상식과는 다른 모습이다. 이것은 동쪽을 향하여 광장을 두고 있는 관덕정과 같은 맥락인 것 같다. 바람 때문에 여러 차례 꺾이는 구조를 택한 제주도만의 특별한 방위개념 때문이 아닐까 추정해 볼 뿐이다.

동헌의 당호(堂號)는 어느 지역이나 지방관의 통치 이념을 담는다. 제주목의 연희각도 그렇다. '연희'는 '햇빛으로 인도한다'라는 뜻이다. 결국 왕의 성덕으로 이끌겠다는 제주 목사의 행정지표가 담긴 작명이다.

이 외에도 몇몇 건물이 복원되긴 했으나 복원된 건물이 제한적이라 관아 전체의 모습을 그리기에는 역부족이다. 특히 제주 목사들의 심리상태를 보여주던 가장 큰 건물 망경루(望京樓)가 빠져 있어 아쉬움을 더해 준다.

서울을 바라보는 곳이라는 뜻의 망경루, 이 누각이 관아 건물 중 가장 컸다는 것은 무엇을 의미할까. 목민(牧民)보다 중앙 정계로의 복귀가 그들의 가장 큰 관심사였음을 보여준 게 아닐까. 유배 온 광해군이 망경루 서쪽에서 최후를 맞았다는 사실도 함께 기억해 두자.

방선문

　　　　　　방선문(訪仙門), 말 그대로 신선세계를 찾아가는 문이라는 뜻이다. 그렇다면 신선세계는 어디인가? 물론 한라산이다. 옛 사람들은 한라산을 영주산(瀛洲山)이라고 불렀다. '영주'는 '신선들이 사는 섬'이라고 『열자』에 나와 있다.

　결국 이곳 방선문은 신선세계와 인간세계의 경계선인 셈이다. 현실적으로 말하면 방선문을 경계로 한라산 안과 한라산 밖이 나누어진다는 것이다. 백록담과 방선문이 함께 등장하는 전설에서도 방선문은 신선세계의 경계선으로 표현된다.

　전설은 이렇다. 옛날 백록담에서는 복날마다 하늘에서 선녀들이 내려와 멱을 감았는데, 이때마다 한라산 산신은 방선문 밖 인간세계로 쫓겨가 선녀들이 하늘로 올라갈 때까지 머물러 있어야만 했다.

　그 다음 이야기는 대충 짐작이 갈 것이다. 이야기가 되려면 한라산 산신이 선녀들이 목욕하는 모습을 훔쳐봐야 한다. 맞다. 방선문으로 미처 내려가지 못해서 그런 일이 생긴다. 물론 고의는 아니다. 그러나 한라산 산신은 벌을 피할 수 없다. 격노한 옥황상제가 한라산 산신을 하얀 사슴으로 만든 것이다. 그 뒤 한라산 산신은 매년 복날이면 백록담에 올라가 슬피 울었다. 하얀 사슴의 연못 백록담, 그 이름은 그래서 나온 것이다.

　최익현은 제주에서 유배생활을 마치고 서울로 돌아가려고 할 때 잠

찾아가는 길

신제주 혹은 오라동에서 남쪽(한라산 쪽)으로 더 올라가면 제주교도소가 나온다. 교도소 담장 옆길을 따라 약 1.2㎞ 더 들어간 뒤 계곡으로 내려가면 된다. 계곡 앞에 사적지를 알리는 표지석이 있다.

깐 한라산을 찾았다. 당시 최익현 역시 방선문을 한라산의 경계로 여겨졌던 모양이다. 본격적인 한라산 등반을 앞두고 방선문과 그 옆에 있는 죽성 마을을 언급한 것을 보면 그렇다. 그의『유한라산기 遊漢拏山記』에는 "벼랑을 따라 수십 걸음 내려가니 양쪽 가에는 푸른 절벽이 깎아지른 듯이 서 있고, 한가운데 큰 돌이 있어 확연히 문(門) 모양이다. …… 옆에는 방선문(訪仙門) 및 등영구(登瀛邱) 여섯 글자가 새겨져 있고, 또한 옛사람들의 글씨가 있다. 여기가 바로 한라산 10경 가운데 하나다"라는 구절이 나온다.

그의 글을 보면 이곳에는 문 모양의 큰 돌이 있고, 이 돌은 방선문 혹은 '등영구'라고 불렸음을 알 수 있다. 등영구는 '영주의 언덕으로 오르는 곳'이라는 뜻이다. 그럴싸한 이름이다. 하지만 이 이름은 본래 있던 게 아니다. 동네 사람들이 토속어로 부르던 '들렁귀'에 의미가 통하는 한자를 꿰어 맞춘 것이다. '들렁'은 '속이 비어 툭 트인'이라는 뜻의 제주말이며, '귀'는 입구를 뜻하는 '어귀'의 준말이다. 결국 마을 사람들의 '들렁귀'가 풍류 양반들의 '등영구'로 변화한 것이다.

신선이 사는 영주 언덕의 입구이니 그 경관의 빼어남은 두말할 나위도 없겠다. 물론 최근에는 그 신비한 맛이 많이 사라졌다. 하지만 조선시대에는 분명 대단했을 것이다. 최익현이 '한라산 10경 가운데 하나다'라고 한 게 괜한 말은 아니었다. 제주의 10대 경관 중 하나인 '영구춘화(瀛邱春花)'의 현장이 바로 이곳이다. 오늘날에도 절벽을 붉게 물들이는 진달래가 필 무렵이면 여전히 감탄할 만하다. 명색이 신선 언덕이지 않은가.

어쨌거나 제주를 찾아온 서울 양반들, 즉 지방관이거나 유배인이거나 지체가 높다는 사람들은 대부분 이곳에서 풍류를 즐겼다. 벽면은 온통 그들의 이름으로 가득 차 있다. 그런 까닭에 지금은 경관보다 이들 마애명(磨崖銘)에 목적을 두고 찾아오는 게 현실적으로 유익하다.

먼저 이곳의 이름인 '방선문', 천장에 써 있는데 누구의 글씨인지 알려져 있지 않다.

방선문
'신선세계를 찾아가는 문'이라는 뜻의 방선문. 이곳을 경계로 한라산 안과 밖이 나누어진다.

다음으로 '환선대(喚仙臺)', 신선을 찾아 문에 들어섰는데 신선을 만나지 못하자 이곳 누대에서 신선을 불러 본다는 의미이다. 관덕정의 '탐라형승'을 쓴 목사 김영수의 친필이다.

천장의 '방선문' 글씨 바로 아래 벽에는 영조 때의 목사 홍중징의 글씨 '등영구(登瀛邱)'가 있다. 지금 보아도 획이 꿈틀대는 듯 생동감이 돈다. 시와 함께 하나의 훌륭한 작품이다. 하지만 곁에 새겨진 글자 '이명준(李命俊)'이 작품을 완전히 망쳐버렸다. 이명준은 홍중징보다 약 50년 뒤인 정조 때의 제주 목사이다. 시의 여백을 침범한 이명준 목사, 도대체 어떤 심보에서 그랬을까?

옆으로 조금 올라가면 돌하르방을 세웠다는 김몽규(金夢煃) 목사의 이름도 확인된다. 오현단의 뿌리인 장수당을 건립한 이괴(李襘) 목사의 이름도 확인된다. 여기서 이괴 목사의 이름을 확인하는 것은 매우 가치가 있다. 제주의 많은 향토사 책에는 이괴 목사의 이름이 '이회(李檜 혹은 李繪)'라고 나와 있다. 그러나 그건 잘못된 기술이다. 이곳에서 분명하게 '괴(繪)' 자를 확인할 수 있다.

화북 비석거리와 오현단 향현사유허비에서 만났던 판관 고경준(高景晙)의 이름도 볼 수 있다. 제주교육박물관에 가서 그의 『영운문집』을 확인하는 것도 좋겠다. 이원조(李源祚)의 이름도 보인다. 이원조는 추사 김정희의 부탁을 받아 동계 정온의 유허비를 세웠던 제주 목사이다.

입구에는 최익현(崔益鉉)과 그의 길 안내를 맡았던 이기온(李基瑥)의 이름도 있다. 반대편 위쪽 바위에서는 갑신정변의 주역 김옥균을 암살했던 홍종우(洪鍾宇)의 이름도 볼 수 있다. 그는 1903년에 제주 목사로 부임하여 1905년에 떠났는데 재임 기간 중에 이재수 난의 뒤처리를 맡아했다. 이름 옆의 '광무 갑진 5월'은 바로 1904년을 말한다. 화북 비석거리에서 보았던 목사 홍규(洪圭)의 이름은 아주 뚜렷하게 남아 있다.

그 외에도 많은 사람들의 이름과 시(詩)가 남아 있다. 그 중 가장 오래된 마애명은 광해군 1년(1609년) 김치 판관의 것이다. 나머지 대부분은 나라가 망해가던 시기인 18, 19세기의 흔적들이다. 사람은 죽어서 이름을 남긴다고는 하지만 왠지 이곳이나 비석거리에서 만난 이름들은 자랑스럽게 보이지 않는다. 식민지로 가는 길목에서 나라 일을 맡았던 사람들의 이름이기 때문인 것 같다.

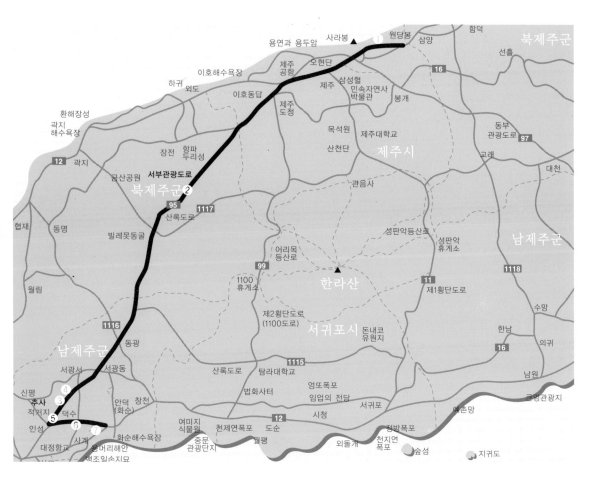

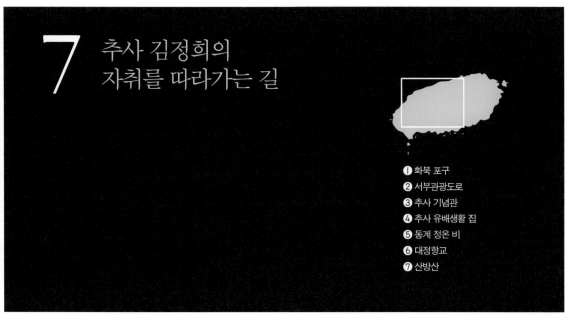

7 추사 김정희의 자취를 따라가는 길

1. 화북 포구
2. 서부관광도로
3. 추사 기념관
4. 추사 유배생활 집
5. 동계 정온 비
6. 대정향교
7. 산방산

화 북 포 구 에 서 산 방 산 까 지

제주의 칼바람이 결국 추사로 하여금 오만한 마음을 내려놓게 했던 것 같다. 칼바람 속에서 추사는 고독과 고통을 이겨내며 자신의 내면을 보았고, 마침내 '불필요한 기름기'를 제거하고 일가를 이뤘다. 추사체를 완성시켜 준 건 제주의 혹독한 환경이었다.

혹독한 환경이 낳은 추사체

대부분의 제주관광 안내 책자에는 '추사적거지'가 소개되어 있다. 따라서 추사 김정희가 제주에서 유배생활을 했다는 사실을 모르는 사람은 별로 없다. 하지만 김정희의 상징어인 추사체가 제주에서 완성되었다는 것을 아는 사람은 드물다.

박규수 대감의 평에 따르면 "추사의 글씨는 여러 차례 변화했는데, 제주도 귀양시절에 완성되었다" 그리고 "그의 글씨는 본래 중국 고대의 비문 글씨와 옹방강의 글씨를 닮아 지나치게 기름졌으나 유배 후에는 특정 글씨체에 구속됨이 없이 스스로 일가(一家)를 이루었다"라고 했다. 여기서 '지나치게 기름졌으나'라는 구절은 중요하다. 추사체는 바로 이 중국풍의 '기름기'가 빠지면서 완성된 것이기 때문이다.

그런데 어쩐 일로 제주도에서 이 기름기가 빠진 것일까? 한마디로 말해 그는 제주 유배생활 동안에 사람이 되었던 것이다.

최고의 가문에서 출생하여 권력의 양지만을 밟아가던 천재 김정희. 실제 그는 대단히 오만한 사람이었다. 천재 예술가였기에 그 '끼'를 주체하지 못했을 것이다. 자신감이 넘쳤기에 그랬을 것이다. 유홍준 교수가 "우리나라에서 태어난 사람으로 단군 이래 세계 무대에서 일등을 한 사람은 정확하게 추사 김정희밖에 없다"라고 평했을 정도이다.

　그런데 최고의 코스만을 밟던 그가 변방 중에서도 변방인 제주에 와서 9년 가까운 세월 동안 고생을 했다. 그랬으니 인간 자체가 바뀌었을 법도 하다. 그가 제주 유배지에서 아내에게 보낸 편지에는 거의 매번 생활의 고통을 호소하는 내용이 들어 있다. 여기 아프다, 저기 아프다, 반찬 좀 제대로 마련해서 보내달라, 옷을 제때에 보내달라는 등 극히 인간적인 호소가 빠지질 않는다. 일상의 자잘한 일에 얽매이게 될 거라고 언제 한 번 생각이나 해보았을까. 하지만 대가(大家)라고 별 수 있나. 추사는 고통 속에서 서서히 깨달음을 얻어갔던 것 같다.

　그에게 그런 고통을 가져다준 건 단순히 유배 그 자체만은 아니다. 유배도 유배 나름이며 유배지의 특성도 중요하다. 제주도, 그 중에서도 특히 그가 유배생활을 했던 대정 지역은 더욱 유별나다. 대정은 제주도 내에서도 가장 바람이 드세고 척박한 지역이다. 그 지역 포구인 모슬포를 흔히 '못살포'라고 부른다. 사람이 살지 못할 포구라는 말이다. 실제 겨울철에 이곳에서 제주의 칼바람을 한 번 경험해 본다면 실감이 날 것이다. 백문이 불여일견. 이 답사는 겨울, 진눈깨비 날리는 날을 잡아야 그 맛을 제대로 살릴 수 있다. 추사의 고통, 그 속에서 승화된 그의 예술혼, 뭐 이런 걸 조금이라고 체험하고 싶다면 말이다.

　제주의 낯선 풍토, 입에 맞지 않는 음식 등은 그를 몹시 괴롭혔던 모양이다. 그의 편지에는 '독우(毒雨), 독열(毒熱), 독풍(毒風)'이 심하여 질병이 떠나지 않는다고 호소하는 내용이 많다. 독풍이 뭔가? 제주의 그 매서운 바람 아닌가? 그 칼바람이 결국 추사로 하여금 오만한 마음을 내려놓게 했던 것 같다. 굵은 모래 날리는 제주의 칼바람 속에 그는 고독과 고통을 이겨내며 자신의 내면을 들여다볼 수 있게 되었다. 그 결과 마침내 '불필요한 기름기를 제거'하고 '스스로 일가'를 이뤘던 것이다.

결국 추사체를 완성시켜 준 건 유배지 제주의 혹독한 환경이었다.

화북 포구

화북 포구는 조선시대 제주의 2대 관문 중 하나이다. 그런 만큼 지방관이나 유배객들은 주로 이 포구를 이용해 드나들었다. 추사 김정희뿐만 아니라, 우암 송시열과 면암 최익현도 바로 이곳을 통해 제주에 들어왔다.

당시 제주 사람들에게 유배인은 매우 신기한 존재였던 모양이다. 유배객을 일컫는 '귀양다리'라는 명칭이 따로 있을 정도였다. 귀양다리가 섬에 들어오는 날이면 사람들이 몰려들어 호기심 어린 눈으로 구경을 하곤 했다. 추사의 시에도 그런 장면이 나온다.

찾아가는 길
제주시 중심지에서 동쪽으로 약 5㎞ 지점에 화북동이 있다. 화북동 일주도로에서 다시 바다 쪽(북쪽)으로 약 300m 내려가면 화북 포구가 나온다. 주변에는 화북 진성 진해와 해신사가 있고 포구 앞에는 영조 11년에 화북 포구를 수리했던 김정 목사의 비석이 서 있다.

촌 아이놈들 몰려서 '저것 봐라' 소리치니　村裏兒童聚見那

귀양살이 얼굴, 괴상한 점이 많아서이구나　逐臣面牧可憎多

결국 백 번 꺾이고 천 번 찍힌 나머지에　終然百折千磨處

남쪽 끝에는 은혜의 빛만 있고 바다에는 풍파일지 않는구나

南極恩光海不波

1840년 9월 27일 완도를 출발한 추사는 하룻만에 이곳 화북 포구에 도착했다. 보통 3일 가량 소요되던 뱃길인데 그 날은 바람이 적당했던 모양이다. 화북 포구에 도착한 그는 이곳에서 하룻밤을 묵고 다음날 아침 10리 거리에 있는 제주성을 향해 출발했다. 화북 포구에 서서 바다를 바라보며 추사가 유배 오던 모습, 그리고 유배를 마치고 다시 뭍으로 돌아가는 모습을 상상해 보는 것도 좋겠다.

현재 이곳 포구에는 김정희, 최익현 등이 유배왔던 포구임을 알려주는 표석이 서 있다. '영조'를 '영종'이라고 잘못 표기한 게 눈에 거슬리긴 하지만 그래도 이런 표석이 있다는 게 참으로 반갑다.

그리고 그 곁에는 영조 13년(1737년)에 방파제 축성공사를 주도했던 김정 목사의 기념비가 서 있다. 초라하긴 하지만 그래서 오히려 정겹다. 김정 목사는 손수 돌을 져 나르며 공사를 독려했다고 전해진다. 사

화북 포구 해신사(海神祠)
제주의 무속신앙을 관의 통제 아래 두기 위해 세운 해신사는 용왕신을 모시는 사당이다.

실 여부를 확인할 길은 없지만 그가 바로 이곳 화북 진성에서 사망했다는 점으로 미루어 보아 공력을 많이 들인 것만큼은 진짜인 것 같다.

서쪽에는 해신사(海神祠)라는 사당이 있다. 바다 용왕신을 모시는 사당이다. 용왕신은 분명 무속의 신이다. 그런데 특이한 건 유교 이데올로기로 무장한 지방관이 이 해신사를 세웠다는 점이다. 순조 20년(1820년) 때의 제주 목사인 한상묵(韓象默)이 그 주인공이다.

어째서 유교 근본주의자들이 무속 사당을 세웠던걸까? 기록에는 해상활동의 안전을 위해 세웠다고 나와 있을 뿐이다. 아마 한상묵 이전에도 이곳에는 해신사가 있었을 것이다. 민중신앙의 형태로 말이다. 그걸 한상묵이 유교식 사당건물 형태로 바꾸고 체제 내로 편입시켰던 것 같다. 제주 사람들의 정서를 적극 수용하면서 관의 통제 아래 신앙을 묶어두겠다던 계산이다. 그만큼 제주의 무속신앙이 강했기 때문이다. 이건 신앙차원에서의 민중 포섭책이다. 그게 통치에 유리하다.

한상묵만 그랬던 게 아니다. 헌종 7년(1841년)에는 목사 이원조가 이 건물을 중수하고 편액까지 내걸었다. 그리고 헌종 15년(1849년)에는 목사 장인식이 직접 '해신지위(海神之位)'라는 글을 쓰고 이를 돌에 새겨 안치했다. 지금도 사당 안에는 장인식의 글씨가 남아 있다. 특이한 건 이원조와 장인식이 모두 유배객 추사를 여러 모로 도와줬던 목사라는 점이다.

이들이 사당을 정비한 후 매년 정월 보름과 선박이 출항할 때면 언제나 해신제를 지내 왔다. 추사도 떠나면서 해신제를 올렸다. 무사히 육지까지 도착할 수 있을까 내심 불안했던 모양이다. 당연하다. 9년 가까운 유배생활을 겨우 마쳤는데 그만 바다에 빠져 죽었다고 생각해 보라. 얼마나 허망하겠는가. 두려울 땐 공자님보다 용왕님이 더 낫다.

그가 이곳 해신당에서 지은 제문이 현재 두 편 남아 있다. 제를 올리
고 나서도 여전히 불안했던지 제단을 내려온 후 다시 제문을 지어서
두 편이 되었다. 두 편 모두 자신의 무사 귀환을 용왕님께 애원하는 내
용이다.

청룡 기유년(1849년) 아무 달 아무 날 아무 간지에 아무개는 10년을 귀양
살이하여 몸과 머리털이 깨끗하지 못하여 감히 당돌하게 신명 앞에 나아
가지 못하고 삼가 고기와 술을 갖추어 아무개를 시켜 정성을 다해 바다의
신 묘당에 빌며 고합니다.
높은 사람 바다를 지나니
모든 신들이 영험을 드날릴지어다…….
옛날 귀양올 때는 잡귀의 도움을 얻었고
이제는 은혜를 입어 풀려나게 됐도다.
빛나는 왕의 영험한 뜻은
신 또한 거역 못하리니
상서로운 바람, 일엽편주에
천리 파란이 잠잠하여 다오.
탈 없이 잘 건너기는
오직 바다신에 달렸사옵기
감히 엷은 정성 올리오니
신이여, 강림하여 주옵소서.

추사의 이런 모습을 보면 유교 지식인의 무속신앙 포섭도 단지 정치
적 목적만은 아닌 것 같다. 그들 역시 나약한 인간일진대 삶과 죽음의

갈림길 앞에서는 어떤 잡신의 끈이라도 잡고 싶었을 것이다. 제주 목사들이 해신사를 정비했던 데에는 이런 이유도 숨어 있을지 모른다. 그들도 언젠가는 바로 이 해신사 앞 화북 포구를 통해 서울로 돌아가야 했을 테니까.

서부관광도로

　　　　　　하룻만에 바다를 건너온 추사는 그날 밤 화북에서 묵고, 다음날에는 제주성 내 고한익의 집에서 머물렀다. 가야 할 유배길은 아직 남아 있었지만 거센 바람 때문에 꼼짝할 수 없었기 때문이다. 그곳에서 하루를 지체한 추사는 또 다음날에야 유배지인 대정을 향해 떠날 수 있었다.

그때 추사가 갔던 길은 바닷가를 따라 도는 일주도로가 아니라, 중산간 마을을 잇는 윗길이었다. 바로 그 길이 현재의 서부관광도로(서부산업도로)이다. 반면 추사가 8년 3개월 간의 유배를 끝내고 돌아올 때는 아랫길인 일주도로를 이용했다. 명월에서 하루를 묵고 제주읍성으로 들어와 목사 장인식을 만나겠다고 쓴 편지가 남아 있다.

추사가 대정으로 향했던 길은 물론 지금처럼 넓고 직선으로 다듬어진 도로는 아니었다. 현재의 도로는 2002년 월드컵을 앞두고 대대적으로 확장공사를 한 것이다. 이 길의 당시 풍광은 추사가 동생에게 보낸 편지 속에 잘 묘사되어 있다.

대정으로 가는 길의 절반은 순전히 돌길이어서 인마(人馬)가 발을 붙이기 어려웠으나, 절반을 지난 뒤부터는 길이 약간 평탄하였다네. 그리고 또 밀

찾아가는 길
제주시에서 중문 관광단지 혹은 대정 방면으로 향한 길이다. 몇 년 전까지만 해도 1111번 지방도로였으나 현재는 95번 국도로 승격되었다.

림의 그늘 속으로 가게 되어 하늘빛이 겨우 실낱만큼이나 통하였는데 모두가 아름다운 수목들로 겨울에도 파랗게 시들지 않는 것들이었고, 간혹 모란꽃처럼 빨간 단풍 숲도 있었는데, 이것은 또 육지의 단풍잎과는 달리 매우 사랑스러웠으나 정해진 일정에 황급한 처지였으니 무슨 운치가 있었겠는가.

지금처럼 뻥 뚫린 도로와는 사뭇 달랐던 모습이다. 게다가 숲이 우거져 빛이 겨우 들어올 정도였다고 하니, 상전벽해가 따로 없다. 추사는 이 길을 가면서 남도의 이국적 정취를 느끼긴 했던 모양이다. 하지만 이내 "정해진 일정에 황급한 처지였으니 무슨 운치가 있었겠는가"라며 서둘러 마음을 수습하고 있다. 괜히 안쓰러워 보인다.

그런데 "인마가 발을 붙이기 어려"울 정도로 좁은 도로였지만 그럼에도 불구하고 추사가 간 그 길은 제주도의 가장 중요한 도로 중의 하나였다. 제주목과 대정현을 잇는 관도(官道), 즉 행정도로였던 것이다. 그런 까닭에 지금도 노인들은 이 길을 '웃한질'이라고 부른다. 위쪽에 있는 큰길이라는 뜻이다. 햇빛이 겨우 들어올 정도의 길이었는데도 말이다.

하지만 지금은 정말 '한질' 즉 큰길이 되어 있다. 제주시와 중문 관광단지를 연결하고 있고 또 월드컵 경기장으로 이어지는 길이기 때문에 그만큼 중요도가 높아진 것이다. 세계 정상급 지도자가 제주를 방문하면 대부분 이 길을 타고 간다. 고르바초프나 장택민, 김용순 등도 공항에 내린 후 이 길을 타고 중문 관광단지의 숙소로 향했다. 미국이라는, 건방을 떠는 나라의 클린턴만이 헬기를 이용했을 뿐이다.

그만큼 중요한 도로이다. 그런데 이처럼 폼나는 도로의 이름이 '서부산업도로'라는 게 영 마뜩치 않다. 행정관청에서도 그렇게 생각한 모양이다. 그래서 몇 년 전 도민들에게 도로의 이름을 공모했다. 참 좋은 일이라 생각하고 나도 이에 응모했다. 추사의 유배 역사를 담는 것도 좋겠다고 생각해서 '추사로'를 써냈다. 또 대정을 향하는 길이라 해서 '대정로', 옛 어르신들의 입에 익은 '웃한질(로)' 등도 응모작으로 올렸다.

결과는? 물론 나의 아이디어는 채택되지 않았다. 그 점에 대해서는 전혀 섭섭하지 않다. 그러나 당선작을 보면서는 한숨이 나왔다.

'서부관광도로', 이게 당선작이다. 관광 제주의 이미지를 담았다나 뭐라나.

도대체 철학이 없다. 고민이 없다. 어쨌든 최근 나오는 지도나 관광 안내 책자를 보면 '서부산업도로' 대신에 '서부관광도로'라고 쓰여 있다. 차라리 확장 공사 이전의 구불구불한 옛 정취가 남아 있는 모습이라면 '관광' 도로라는 이름도 어울릴 듯싶다. 하지만 지금의 깎아지른 절개지, 쭉 뻗은 직선은 관광이니 아름다움이니 하는 말과는 전혀 어울리지 않는다. 오히려 '조국 근대화의 기수'를 떠올릴 '산업' 도로의 이미지가 더 강해졌을 뿐이다. 확장을 하더라도 좀더 예쁘게 할 수도 있었을 것 같은데, 무식하게 밀어버린 도로 미학에 그저 가슴만 답답해 온다.

도로 이름 이야기가 나온 김에 한마디 더 하자. 제주도에는 정말 부끄러운 이름의 도로가 하나 있다. 제주시와 서귀포를 잇는 '5·16도로'다. 버젓이 '제1횡단도로'라는 정식 명칭이 있는데도 통상 5·16도로라고 한다.

교과서에 5·16은 군사정변으로 기술되어 있다. '정변'은 쿠데타를 뜻한다. 쿠데타를 기념하는 게 무어 그리 자랑할 일이라고 도로 이름으로 붙여놓았는지 모르겠다. 물론 당시의 시대 분위기를 이해 못할 바는 아니다. 문제는 지금이다. 이제는 달라졌지 않은가. 일본군 장교 다카키 마사오(박정희)를 추종하는 정신나간 백성들이 아무리 많기로서니 이건 너무했다. 하루 빨리 고쳐야 할 이름이다.

'성판악 도로'라고 하면 어떨까. 제2횡단도로인 경우 그 중간 지점인 '1100고지'의 이름을 따서 '1100도로'라고 부른다. 마찬가지로 제1횡단도로도 그 중간 지점에 있는 '성판악'의 이름을 빌려오자는 것이다. 앞으로 난 이렇게 부르련다. 뜻있는 분들의 동참을 바란다.

추사 기념관

추사의 제주 유배를 기념하기 위해 그가 유배생활을 했던 집 바로 앞에 기념관이 지어졌다. 그리 크지 않은 건물인데 그 기념관 안에는 추사가 남긴 예술품 몇 점을 전시하고 있다. 물론 최근 입수한 2점을 제외하곤 모두 모조품이다.

유홍준은 이 대목만 나오면 흥분하면서 욕을 한다. 타당한 비판이다. 그의 지적대로 조잡한 모조품보다는 차라리 진품 사진이 더 나을 것이다. 게다가 유홍준은 기념관의 위치도 문제삼고 있다. 추사가 유배생활 했던 집을 가로막고 있어 유배지의 분위기를 완전히 망쳐놓고 있다는 지적이다. 역시 맞는 말이다. 차라리 최근에 지은 외부 화장실 자리로 기념관을 옮겼으면 더 좋았을 것 같다.

유홍준의 이런 분노가 약발이 있었는지, 최근 남제주군은 이곳 추사기념관 일대를 대대적으로 정비했다. 그 일환으로 최근엔 진품도 2점

찾아가는 길
서부관광(산업)도로를 타고 대정으로 향하면 쉽게 표지판을 찾을 수 있다. 대정성지 안에 있다. 도로 쪽에는 추사기념관이 있고, 그 안으로 들어가면 추사가 유배생활을 했던 집이 있다.

세한도

일로향실
'화로 하나 있는 차 향기 나는 방'이
라는 뜻이다. 추사가 초의선사에게
선물한 것이다.

을 확보했다. 모조품이나마 이
곳에선 추사의 작품을 감상할
수 있다. 최근엔 그래도 의미
있는 작품의 모조가 선별되었
다. 작품마다 밑에 설명을 달
아준 것도 좋은 변화다. 몇몇
유명 작품만이라도 찬찬히 감
상하길 바란다.

'세한도(歲寒圖)'. 국보 제
180호이다. 예술 작품을 감상
할 줄 모르는 나 같은 사람은 국보라는 딱지가 붙어 있기에 그냥 그것
이 대단한 것인가 보다 하고 받아들인다. 워낙 유명한 명품이라지만
사실 난 도통 모르겠다. 감동이 오지 않는다. 명작의 유명세에 주눅이
든 것일까? 솔직히 말하면 나도 저만큼은 그릴 것 같은데 하는 생각까
지 해본다. 대충 죽죽 줄을 긋듯이 집 한 채를 그리고 소나무 몇 그루
옆에 그려 놓은 게 뭐 그리 대단하다고 떠드는지 모르겠다.

예술적 감각이 부족한 것이야 어쩔 수 없는 것이고 그렇다면 이 작
품과 관계된 사연이라도 찾아보자. 사실 어쩌면 이게 더 중요한 것인
지도 모른다. 작품은 작가가 처한 현실을 반영하기 때문이다. 따라서
작품의 배경만 제대로 이해해도 반쯤은 소화했다고 할 수 있다.

이 작품은 1844년 그러니까 추사가 제주에서 유배생활한 지 5년째
되던 해에 그린 그림이다. '세한(歲寒)'은 본래 『논어』 자한(子罕)편에
실린 '세한연후지송백지후조(歲寒然後知松栢之後凋)'라는 구절에서
취한 것이다. 추운 겨울철이 되어 대부분의 낙엽송이 잎을 떨구었지만

소나무, 잣나무는 여전히 푸르러 가장 늦게 시들더라는 말이다. 이것은 비단 자연현상만을 이야기한 것은 아니다. 인간세계의 신의를 말한 것이다. 권력을 잃고 비참한 신세로 전락했다 하더라도 여전히 그를 배신하지 않은 진정한 벗을 의미한다.

추사에게 있어서 그건 누구였을까? 작품 오른쪽 위 세한도라는 글귀 다음에 답이 나와 있다. '우선시상(藕船是賞)', 즉 '우선이, 이것을 보게'라는 뜻이다. 우선은 누구일까. 우선은 추사의 제자 이상적을 가리킨다. 그는 역관 신분으로 중국을 여러 차례 드나들면서 추사에게 책을 부쳐줬던 인물이다. 특히 추사가 유배를 가게 되어 현실적 권력을 모두 잃게 되었음에도 불구하고 그를 배신하지 않고 계속해서 중국의 신간 서적을 보내줬던 것이다. 이에 감격한 추사가 이상적에게 선물로 그려준 게 바로 세한도이다.

이런 사연을 알고 세한도를 다시 보면 처음과는 달리 그래도 뭔가 느낌이 오는 것 같다. 단순한 구도, 거친 붓자국, 버쩍 마른 먹의 흔적은 유배객의 쓸쓸하고 처연한 심정을 그대로 나타내고 있는 듯하다. 감정을 절제한 채 간략하게 처리하고 여백을 둔 것은 고독한 유배생활의 비애를 고결한 감정으로 승화시킨 결과가 아닐까.

그런데 난 여기서도 추사의 사대주의를 본다. 건물에 달린 둥근 창은 분명 조선의 것이 아니라 청나라의 것이다. 추사의 정신세계는 이처럼 항상 중국의 사부들을 향하고 있었던 것 같다. 천재 김정희의 어찌할 수 없는 사대 근성, 뭐 그렇다고 해서 내가 이걸 꼭 나쁘게 보는

명선
'차를 마시며 참선에 든다'는 글이다. 초의가 보내준 차에 대한 보답으로 썼다.

대팽두부

세상을 뜨기 얼마 전의 작품. 촌동네
할아버지의 심정이 잘 담겨 있다.

것만은 아니다. 선진 문물에 관심이 가는 건 너무도 자연스런 일이다.
억지 애국심으로 사대주의니 뭐니 윽박지르는 것보다는 차라리 이게
현실적인 자세이다.

세한도는 그 제작 과정 못지않게 제작 이후에 흘러다닌 인생역정(?)
또한 화젯감이다. 이상적이 간직하고 있던 이 그림은 이후 당대의 세
력가 민영휘, 민규식에게로 넘어갔다. 그리고 어떤 연유에서인지 일본
인 연구가 후지츠카가 그 다음 주인이 되었다.

그후 추사 작품의 최고 컬렉터였던 소전 손재형이 이 작품에 매달렸
다. 그 일화가 매우 재미있다. 손재형이 후지츠카를 찾아간 건 1943년
의 일이었다. 예의를 갖추어 인사를 드린 다음 값은 얼마든지 좋으니
작품을 넘겨 달라고 부탁했다. 그러나 후지츠카 역시 자신도 추사를
존경하기 때문에 그럴 수 없다고 거절했다.

다음해인 1944년 후지츠카는 일본의 패전을 예상하고 본국으로 돌
아가 버렸다. 다급해진 건 손재형이었다. 손재형은 서둘러 도쿄로 건너
갔다. 그리곤 두 달 간 매일 후지츠카를 방문하며 문안인사를 올렸다.

마침내 그 해 12월 후지츠카는 손재형의 정성에 감복하여 세한도를
넘겨주겠다고 약속했다. 나빠진 그의 건강도 결심을 하게 만든 한 요
인이긴 했다. 후지츠카는 맏아들을 부르고는 자신이 죽으면 반드시 손
재형에게 넘겨 주라고 유언을 했다. 하지만 손재형이 원한 건 지금 당
장 넘겨받는 것이었다. 그래서 그는 아무런 대답도 않고 그저 묵묵히
세한도만을 응시하고 있었다.

결국 후지츠카가 손을 들었다. 후지츠카는 값으로 따질 수 없는 작
품이니 그저 잘 보존만 해달라고 부탁하며 세한도를 넘겨주었다. 그렇
게 해서 세한도가 한국인의 손으로 다시 돌아오게 된 것이다.

그런데 그 이후의 이야기가 더 흥미롭다. 1945년 도쿄 대폭격 때 후지츠카의 서재가 폭격을 맞은 것이다. 그 결과 2개의 방에 가득 찼던 추사의 작품이 모두 타버렸다. 그리고 후지츠카는 1948년까지 생존했다. 만약 손재형이 후지츠카가 사망한 뒤에 세한도를 받아오려고 했더라면 이미 세한도는 이 세상 물건이 아니었을 것이다.

그런데 손재형은 후지츠카와의 약속을 제대로 지키지 못했다. 1958년 민의원(국회의원) 선거에 출마하면서 세한도를 담보로 돈을 끌어썼다가 결국 돌려받지 못했던 것이다. 그후 한동안 세한도는 돈을 빌려준 이근태의 수집실에 있었다. 그러다가 손세기의 손으로 넘어갔고 지금은 손세기의 아들 손창근이 이를 소장하고 있다.

'일로향실(一爐香室)'. '화로 하나 있는 차 향기 나는 방'이라는 뜻이다. 본래 이 편액도 추사가 친구 초의선사에게 선물로 줬던 것이다. 전남 대둔사의 주지였던 초의는 한국의 다성(茶聖)이라고 불리는 사람이다. 그런 사연이 있었기에 전국의 웬만한 전통 찻집에는 이 '일로향실' 편액이 걸려 있다. 물론 모조품이다. 그래도 촌동네 찻집에서 이 편액을 보면 괜히 반갑다.

'명선(茗禪)'. '차를 마시며 참선에 든다'라는 뜻이다. 추사는 초의가 보내준 차를 받으면 정성껏 글씨를 써서 보답했다. 옆에 작은 글씨로 쓴 내력을 확인해 보면 작품에 대한 이해가 깊어질 것이다.

"초의가 스스로 만든 차를 보내왔는데, (중국의 유명한 차인) '몽정'과 '로아'보다 덜하지 않다. 이 글을 써서 보답하는 바, (한나라 때 비석인) 백석신군비의 필의로 쓴다. 병거사의 예서."

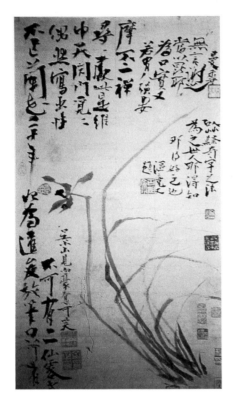

부작난도

불이선도라고도 한다. 천재 김정희의
오만함을 보여준다.

'의문당(疑問堂)'. 전시관 안에 2개밖에 없는 진품 중 하나이다. 근처 대정향교 동재(東齋) 즉 기숙사의 현판으로 써줬던 작품이다. 항상 '의문'을 가지고 공부하라는 가르침이 담겨 있다. 글씨나 글 내용은 좋은데 보존 상태는 별로다. 글씨 위에 페인트가 칠해져 있다. 물론 그것도 딴에는 정성껏 보존한다고 그랬을 것이다. 탓하고 싶지 않다. 마음이 중요하니까.

'불이선도(不二禪圖)'. 달리 '부작난도(不作蘭圖)'라고도 한다. 기이하게 그려진 난초 왼쪽 위 여백에 "부작난20년……(不作蘭二十年)……"하며 시작하는 문구가 있기 때문이다. 이 작품은 천재 김정희의 오만함이 어느 정도였는가를 가장 잘 보여주는 작품이다. 극단적 파격으로 난을 친 것만도 소화하기 어려운데, 쓴 글을 읽어보면 그냥 입이 떡 벌어지고 만다.

그림의 왼쪽 상단에는 "난초를 안 그린 지 스무 해 만에, 우연히 그렸더니 천연의 본성이 드러났네, 문닫고서 찾고 또 찾은 곳, 이게 바로 유마거사의 불이선이라네"라는 글이 있다. 또 오른쪽 옆에는 "초서와 예서의 기자(奇字)의 법으로 그렸으니 세상 사람들이 어찌 이를 알아보며, 어찌 이를 좋아할 수 있으랴"라는 내용이 있다. 이게 추사다.

'조화접(藻華礫)'. 물 위에 떨어진 낙엽이 배처럼 떠 있는 모습을 글로 쓴 것이다. 글자가 실제 물 위에 동동 떠 있는 그림 같다.

'보정산방(寶丁山房)'. '보배로운 정약용이 살고 있는 산 속의 방'이라는 뜻이다. 정약용이 유배생활했던 전남 강진의 다산초당에는 같은 작품이 걸려 있다. 추사가 다산 정약용의 유배지로 글을 써서 보내준 걸까? 아니다. 다산 정약용은 추사보다 한 세대 앞의 사람이다. 그런데 어떻게 이런 편액이 나올 수 있었던 걸까? 이건 집자(集子)다. 추사가 이렇게 쓴 게 아니라, 추사가 쓴 여러 글 중에 네 글자를 오려내고 조합해서 만든 작품이다. 물론 추사가 다산의 아들 정학연, 정학유와 친밀하게 교류했던 것은 사실이다.

'대팽두부과강채 고회부처아녀손(大烹豆腐瓜薑菜 高會夫妻兒女孫)'. 추사가 세상을 떠나기 전 끝으로 두번째 작품이다. 그렇게 오만했던 추사도 삶을 마감할 때에 이르면 촌동네 할아버지의 심정으로 돌아갔던가 보다. 작품의 내용은 이렇다. "두부, 오이, 생강, 채소 넣고 보글보글 찌개를 끓이면서 아들, 손자, 며느리가 다 한 자리에 둘러앉는 것, 이것이 세상에서 가장 아름다운 모임이다." 그지없이 소박하다. 최고의 권력에서 유배의 고통까지 겪었던 추사가 말년에 깨달은 인생의 참 의미인 것 같다.

추사 유배생활 집

유배에도 종류가 있다. 죄의 경중에 따라 본향안치, 중도부처, 주군안치, 위리안치, 절도안치 등으로 나뉜다. 본향안치는 죄인을 고향으로 낙향시켜 그곳에서 살게 하는 벌로서 상당한 배려가 깔린 조치이다. 중도부처 역시 정치적 배려가 가미된 것인데 유배지로 가는 도중 일정한 곳에 머물러 살게 하는 형벌이다. 주군안치는 죄인의 활동 반경을 비교적 넓게 허용해 준 것으로 유배지 행정구역(주군) 안이라면 어디든 다닐 수 있다.

찾아가는 길
추사 기념관 바로 뒤에 있다.

반면 혹독한 유배형은 위리안치와 절도안치다. 위리안치는 생활하는 집 울타리에 가시를 두르고 그 울타리 안에서만 생활하도록 한 형벌이다. 절도안치는 말 그대로 절해고도에 가두어버리는 형식이다.

추사가 받은 유배형은 위리안치다. 다른 말로 '가극안치'라고도 한다. 즉 울타리에 가시나무를 심어 그 안에서만 활동을 허용했던 매우 엄한 벌이다. 그런 까닭에 추사는 지독한 고독 속에 자기와의 싸움을 할 수밖에 없었다.

어쩌면 그 고독이 그의 예술을 완성시킨 것인지도 모른다. 다산 정약용은 달랐다. 그가 받은 벌은 주군안치였다. 따라서 그는 직접 마을을 돌아다니며 민중의 처참한 현실을 볼 수 있었다. 그리고 결국 그것이 『목민심서』를 만든 동력이 되었다.

즉 유배형의 차이로 인해 다산은 '사회현실'을 보았고, 추사는 '자

추사가 유배생활한 집
4·3 때 다 타버려 다시 복원해 놓았다.

신의 내면'을 보았던 것이다. 이건 내 얘기가 아니다. 유홍준 교수의 얘기다. 듣고 보면 그럴듯하다.

추사 기념관 뒤에는 추사가 위리안치로 머물렀던 집이 복원되어 있다. 추사는 처음에는 포교 송계순의 집에 머물렀으나, 얼마 후에는 강도순의 집으로 옮겼다. 강도순의 집에서 유배 기간의 대부분을 보냈다.

추사가 좋아했던 수선화
(강정효 사진)

현재 복원된 집이 바로 강도순의 집이다. 그리 먼 시절의 일이 아니라 옛 집이 남아 있을 만도 한데, 그렇지 못하다. 바로 4·3 때문이다. 군경토벌대가 무작위로 중산간 지역의 집을 태워 버렸던 것이다.

현재 안거리, 밖거리, 목거리, 이문거리, 연자마 건물 등 다섯 채가 복원되어 있다. 그 중 목거리가 추사가 살았던 집으로 소개되고 있다. 그러나 실제 현장에 가서 보면 추사가 과연 그 좁은 방에서 글을 쓰고 그림을 그리며 생활했을까 하는 의문이 든다. 기존의 설명과는 달리 아마 주인 강도순이 안거리를 추사에게 내주었을 것 같다.

추사의 서울 집에서 따라온 머슴들이 어디에서 살았을까 생각해 보면 기존 설명의 허점이 드러난다. 아마 추사가 살았다고 소개되는 목거리가 실제는 머슴들의 거주공간이었으리라. 상식선에서 다시 생각해 보았으면 좋겠다.

지금의 출입구도 바로 잡아야 한다. 추사 기념관 쪽에서 진입하는 것은 과거의 모습이 아니다. '이문거리'가 복원되어 있는데 바로 이곳이 출입구이다. 이건 제주 전통 초가의 상식이다.

최근 울타리에 가시나무를 심은 것은 잘한 일이다. 위리안치의 모습을 조금이라도 느끼게 하려면 이것이 필요하다. 유배지는 유배지의 맛이 나야 한다. 그러려면 세심한 것에도 신경을 써야 한다. 추사가 수선화를 보며 자신의 고독을 달랬다고 해서 이곳에 수선화를 심어놓은 것도 괜찮은 발상이다. 어쨌든 역사 유적지가 싸구려 관광지로 전락해서는 안 될 일이다.

이 집 주인이던 강도순의 집안 이야기도 흥미롭다. 그의 증손자 중에는 강문석이라는 사람이 있었다. 해방 직후 남로당 선전부장을 역임하면서 박헌영의 오른팔로 알려졌던 사람이다. 그는 한때 김달삼이라는 가명을 사용하기도 했다.

그후 김달삼이라는 가명은 그의 사위 이승진이 다시 이어받았다. 이승진(김달삼)이 누구인가? 그는 4·3 당시 초기 무장대 사령관이다. 유배인의 반골 기질이 제주 사람들에게 저항 정신을 심어줬다는 이야기가 있다. 혹 이 집안도 그런 흐름과 관련이 있는 건 아닌지 모르겠다.

동계 정온 비

동계(桐溪) 정온(鄭蘊)은 광해군 때의 인물로 추사와는 직접적인 관련이 없다. 추사보다 약 200년이나 앞선 1614년에 제주도 대정현에 유배왔던 사람이다. 그럼에도 불구하고 추사는 그를 기억했다. 그리고 그를 위해 당시 제주 목사였던 이원조를 움직였다. 그렇게 해서 세운 비석이 바로 보성초등학교 앞에 있는 '동계정선생유허비(桐溪鄭先生遺墟碑)'이다.

동계 정온은 경남 거창 출신으로 선조 2년(1569년)에 태어나 인조 20년(1642년)에 생을 마쳤다. 그가 제주도에 유배를 왔던 것은 그의 상소

찾아가는 길

추사기념관에서 나와 오른쪽(서쪽)으로 약 50m 가면 보성식당이 있는 삼거리가 나온다. 여기서 남쪽으로 약 10m가면 오른쪽에 보성초등학교가 있다. 이 학교 교문 앞에 비석이 있다.

문 때문이다. 광해군의 이복 동생인 영창대군을 살해한 죄를 묻고 그 책임자를 처벌하라는 내용이었다.

선조에게는 임해군, 광해군 등의 훌륭한 아들들이 있었다. 그 중 광해군은 임진왜란 때의 전공 등으로 이미 지도력을 인정받고 있었다. 따라서 그가 선조의 뒤를 잇는 것은 당연했다. 그리고 이미 그렇게 결정되어 있었다. 그러나 그는 적자가 아닌 서자였다. 선조에게는 늘그막에 이를 때까지 적자가 없었다.

그 상황에서 선조는 다시 후비 인목대비를 들였고, 인목대비에게서 적자 영창대군이 출생하게 되었다. 그러면서 문제는 복잡해졌다. 영창대군 개인에게는 지독히 실례되는 말이지만, 조선 역사를 생각한다면 차라리 그는 태어나지 않았으면 더 좋았을 사람이다.

복잡한 상황이었지만 광해군은 어려움을 뚫고 왕위를 계승할 수 있었다. 그러나 어린 영창이 남아 있는 한, 왕위는 항상 불안한 것이었다. 때문에 광해군을 옹립한 북인 세력은 어떻게든 영창을 무력화시키려고 하였다. 그 결과가 영창대군 살해였다. 그리고 뒤이어 인목대비를 폐위시킴으로써 후환을 완전히 없애고자 했다.

하지만 뒤에 광해군은 이것이 빌미가 되어 왕위에서 쫓겨났다. 명나라의 은혜를 배반했다는 것과 동생을 죽이고 어머니를 폐위시켰다는 반인륜의 죄가 덧씌워졌던 것이다. 인조반정이 바로 그것이다. 이때 쫓겨난 광해군은 강화도를 거쳐 이곳 제주도에서 유배 생활을 하다가 생을 마감했다. 묘하게도 동계 정온과 역전이 된 것이다.

동계 정온비
자신보다 200년이나 앞서 대정현에 유배온 정온을 위해 추사는 제주 목사 이원조를 움직여 비석을 세웠다.

그러나 최근 광해군은 새롭게 평가되고 있다. 명과 후금 사이에서 중립외교를 폄으로써 탁월한 외교 능력을 발휘했다는 것이다. 그동안 그를 몰아냈던 서인정권이 그를 패륜아로 윤색했기 때문에 그의 공과가 제대로 평가받지 못했다는 지적이다. 타당한 이야기라고 생각된다.

어쨌든 성리학적 대의명분을 내세우던 동계 정온은 광해군의 조치에 반발하다가 이곳 대정에 유배를 왔고, 200년 뒤 추사 김정희는 그의 기개를 흠모하며 비석 건립을 추진하였다. 성리학적 명분으로만 본다면 참 아름다운 일들이다. 광해군의 개혁정치의 입장에서 본다면 또 다른 평가가 내려지긴 하겠지만 말이다.

본래 이 비는 헌종 8년(1842년) 추사의 부탁을 받은 제주 목사 이원조가 정온이 살았던 막은골에 세웠던 것이다. 그것이 얼마 후 대정성 동문 밖으로 옮겨졌다가 1963년에는 보성초등학교 교정으로 거듭 옮겨졌다. 현재의 장소에 자리잡은 건 1977년의 일이다.

비석을 세운 다음 해(1843년)에는 송죽사(松竹祠)라는 사당을 건립하여 정온의 위패를 모시기도 했다. '송죽'은 정온의 기개와 절개를 기리며 붙인 이름이다.

대정 향교

조선시대 유배객은 단순한 범죄자가 아니다. 요즘 표현으로 하면 정치범인 셈이다. 유배로 인해 그 권력이 잠시 유보되었을 뿐, 정국이 뒤집히면 다시 중앙 정계로 화려하게 복귀할 수 있었다. 물론 유배지에서 죽을 때까지 그 날이 오지 않는 경우도 있었지만 항상 가능성은 있었다.

찾아가는 길
안덕면 사계리 단산 앞에 있다. 추사 기념관에서 나와 10시 방향에 있는 단산을 찾아가면 된다.

그런 까닭에 지방관들은 적당한 선에서 유배객의 편의를 봐주는 경우가 많았다. 정국 변화가 심할 때는 더욱 그랬다. 물론 유배객 오시복의 뒤를 돌봐주었다가 파직된 이형상 목사 같은 경우도 있었지만 대부분의 지방관은 유배객의 눈치를 볼 수밖에 없었다.

추사의 경우에도 지방관의 배려가 적지 않았다. 동계 정온의 비가 만들어졌던 것도 목사 이원조가 추사를 무시할 수 없었기에 가능한 일이었다. '위리안치'라는 형벌에도 불구하고 때때로 가시 울타리 밖을 돌아다닐 수 있었던 것도 다 그 때문이다. 물론 법대로라면 꿈도 꾸지 못할 일이었다.

추사가 울타리 밖을 벗어나 자주 다녔던 곳 가운데 하나는 대정 향교다. 대학자의 가르침을 받고자 하는 사람들이 많았기 때문에 향교 나들이는 피할 수 없는 일이었다. 향교에 가서 글도 써주었던 모양인데 동재(東齋)의 현판으로 써 준 '의문당(疑問堂)'은 지금까지 남아 있다. 지금은 추사기념관으로 옮겨져 전시되어 있는데 안타깝게도 원형이 많이 훼손되어 있다. 언제 누가 그랬는지는 몰라도 딴에는 잘 보존한다고 그 위에다 페인트를 칠해 놓았다. 그래도 모조품 아닌 진품을 제주도에서 볼 수 있다는 게 한편으론 기쁘다.

대정 향교의 소나무도 유명하다. 본래는 3강 5륜을 나타내기 위하여 세 그루의 팽나무와 다섯 그루의 소나무를 심었다고 한다. 그러나 지금은 상황이 많이 달라져 확인하기 어렵다. 오히려 유명한 건 3강 5륜 나무가 아니라 소위 '세한송'이다. 이곳 소나무가 바로 '세한도' 소나무의 모델이 되었다는 이야기다. 물론 출처 불명이다. 그러나 꽤 널리 퍼진 이야기다. 내 눈에도 그럭저럭 닮아 보인다.

하지만 유홍준은 이를 '크게 잘못된' 이야기라며 부정한다. '세한도'는 실경 산수화가 아니라는 지적이다. 관념 속의 이미지를 그린 작품이기 때문에 대정 향교의 실제 소나무와는 아무런 관련이 없다는 것이다. 유홍준의 이야기가 옳다.

하지만 이 소나무를 '세한도'에 연결시키고 싶은 마음이 쉽게 사그러들지는 않는다. 왜곡된 애향심 때문일까?

이왕 대정 향교에 온 김에 이 향교의 연혁도 알고 가자. 본래 향교는 관립 교육기관으로서 수령이 파견되는 행정 단위에는 반드시 하나씩 설치하게 되어 있었다. 대정 향교는 태종 16년(1416년) 대정현이 설치될 때 함께 만들어진 것으로 추정하고 있다. 처음엔 향교가 성안에 있었다. 그것을 효종 4년(1653년) 이원진 목사가 현재의 위치로 옮겼다. 그러니까 350년 전부터 이곳에 향교가 있었다는 말이 된다.

건물은 뒤쪽 단산을 배경으로 전형적인 전학후묘(前學後廟)의 형태를 취하고 있다. 즉 뒤쪽에 성현의 위패를 모신 대성전이 있고, 앞에는 강의실인 명륜당이 있다. 그리고 좌우에 기숙사인 동재와 서재가 있다.

영화 〈이재수 난〉의 일부 장면은 이 향교에서 촬영했다. 주룩주룩 비가 내리던 날 밤, 오대현을 장두로 내세우는 장면을 기억하는 독자가

대정 향교 소나무
이곳 소나무가 '세한도'의 모델이라는 이야기가 있다.

있을지 모르겠다. 대정 상무사 회원들이 창의를 하던 장면이다. 바로 이곳 명륜당이 이용되었다. 사실 향교와 이재수 난과는 아무런 관련도 없다. 단지 옛 건물이라는 이유로 영화에 동원되었을 뿐이다.

산방산

추사가 가시 울타리 밖을 벗어나 자주 찾았던 곳 중 또 다른 하나는 산방산이다. 이곳에 오르면 가슴이 탁 트인다. 눈앞에 너른 바다가 펼쳐져 있어 답답한 심사를 달래기에 적격이었을 것이다.

산 중턱 살짝 안쪽으로 패인 동굴을 이용해 불상을 모신 작은 사찰이 있다. 지금은 이곳까지 계단이 나 있다. 유명 관광지이자 기복처인 까닭에 다소 산만하다. 그래도 유배객 추사의 마음으로 산방굴사까지 올라가 바다를 바라보는 것도 좋겠다.

시간 여유가 있고 등산을 좋아하는 사람에게는 뒤쪽 덕수리 방면에서 산을 오르는 것도 권하고 싶다. 덕수리 쪽에서 오르면 산 정상까지 갈 수 있다. 정상에 서면 태평양 바다가 눈앞에 펼쳐진다. 왼쪽으로는 서귀포 앞 바다의 여러 섬들이, 오른쪽으로는 제주도의 서쪽 끝 차귀도가 한눈에 들어온다. 하지만 족히 한 시간 가량 땀 흘리며 올라가야 하니 게으른 사람은 아예 염두에 두지 않는 게 좋다.

찾아가는 길
안덕면 사계리에 있는 유명 관광지이다. 우뚝하게 솟아 있어 쉽게 찾을 수 있다.

산방굴사
산 중턱에 있는 동굴을 이용해 불상을 모신 작은 사찰이다.

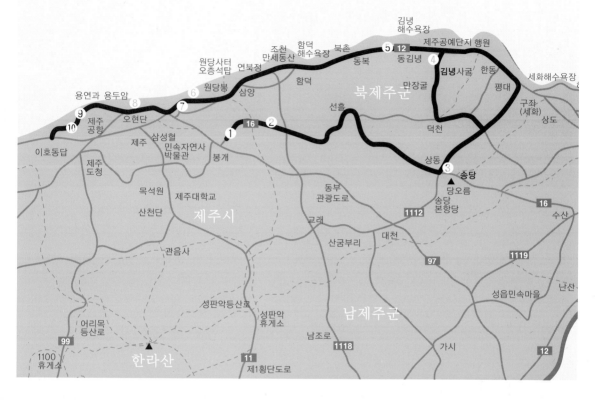

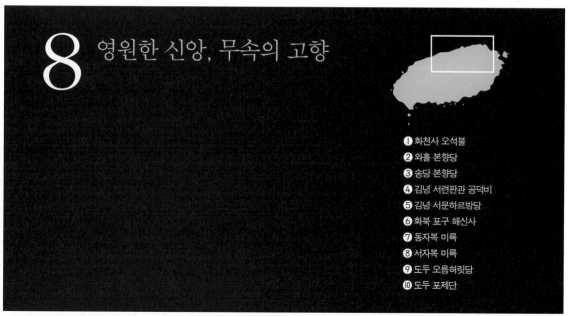

8 영원한 신앙, 무속의 고향

① 화천사 오석불
② 와흘 본향당
③ 송당 본향당
④ 김녕 서련판관 공덕비
⑤ 김녕 서문하르방당
⑥ 화북 포구 해신사
⑦ 동자복 미륵
⑧ 서자복 미륵
⑨ 도두 오름허릿당
⑩ 도두 포제단

화천사 오석불에서 도두 포제단까지

제주도에는 신당이 몇 개나 있을까? 작은 섬에 자그마치 346개나 남아 있다.
그렇다고 일본의 산사처럼 화려하지 않고, 아주 소박하다. 내면을 보지 못하고
겉의 화려함을 좇는 사람들은 이에 신당기행에 나서지 않는 편이 낫다.

섬사람의 심성을 닮은 소박한 신당

학자들은 제주의 신당을 흔히 본향당, 일뤠당(7일당), 여드레당(8일
당), 해신당으로 분류한다. 내용, 기능, 기원 등에 따른 분류이다. 물론
이와 같은 분류로 모든 당이 두부 자르듯 나눠지는 건 아니다. 하나의
당이 여러 기능을 겸하는 경우도 있다.

먼저 본향당은 마을 공동체의 신을 모시는 성소이다. 이곳에서는 마
을굿이 이뤄진다. 본향당 당신은 마을 공동체의 신인 만큼 마을 사람
전체의 생명과 건강, 산업 번창 등 모든 부분을 관장한다. 본래는 모든
자연마을마다 설촌과 함께 있었을 것이다. 하지만 지금은 많이 통합되
거나 소멸되었다. 그럼에도 불구하고 제주의 전체 신당 중 약 44퍼센
트가 이 본향당이다. 여전히 본향당이 가장 많다.

반면 나머지 셋은 개별 신앙의 성소이다. 즉 본향당이 중심 신앙 장
소라면 나머지 셋은 주변 신앙 성소라고 할 수 있다. 물론 앞서 말한

것처럼 본향당이면서 다른 당의 기능을 겸한 경우도 있다.

개별 신앙 성소 중 많은 것은 전체의 약 33퍼센트를 차지하는 일뤠당(7일당)이다. '일뤠당'이라는 이름은 매월 7일, 17일, 27일에 제를 올리기 때문에 붙은 것이다. 일뤠당신은 어린애를 낳고 기르는 일 그리고 병을 고쳐주는 일을 관장한다. 산육(産育)·치병(治病)의 역할이다. 일뤠당이 많다는 것은 그만큼 사람들의 관심이 산육과 치병에 집중되어 있음을 말해 준다.

다음은 전체의 약 13퍼센트를 차지하는 해신당이다. 해신당은 당연히 해촌 마을에 있다. 포구 전체의 수호신인 '개당(浦堂)', 배를 매는 선창에 모시는 '돈지당' 등이 모두 같은 계열이다. 본향을 겸하는 신당도 있고, 본향과 별도로 개별 신당으로 존재하는 경우도 있다. 또 해녀와 어부가 공통으로 모시는 신당이 있는가 하면, 해녀들의 신당과 뱃사람의 신당이 별개로 나눠진 경우도 있다. 하지만 어떤 경우든 이곳에 모셔진 신들은 기본적으로 풍어와 해상안전을 관장한다.

다음으로 전체의 약 10퍼센트에도 못 미치는 여드레당(8일당)이다. 여드레당의 이름은 매월 8일, 18일, 28일에 제를 지낸다 해서 붙은 것으로 이는 일뤠당의 원리와 같다. 이 당의 가장 큰 특징은 뱀신을 숭배한다는 점이다.

뱀신은 재부(財富)를 관장하는 신이다. 잘 모시면 부를 주지만 잘못 모시면 해를 입히기도 한다. 어머니에게서 딸에게로 신앙이 이어지는 여성 계승성을 가지고 있다는 게 또 하나의 특징이다. 흔히 이 신앙의 근원지가 남제주군 표선면 토산리로 알려져 있는데 이상하리만큼 현재 이곳에선 뱀신 신앙을 찾기가 어려운 실정이다.

그렇다면 제주도의 신당은 도대체 몇이나 될까? 놀라지 마시라. 조그마한 제주섬에 아직까지도 무려 346개의 신당이 남아 있다. 그렇다고 해서 일본의 신사처럼 거대한 규모로 운영되는 것은 아니다. 소박하다. 아주 소박해서 어떤 당은 주의 깊게 보지 않으면 당인지 아닌지 구별하기 어려운 곳도 많다. 그저 소박한 제주 사람들의 심성을 닮아 있다. 때문에 거창한 유물·유적을 기대하는 사람들은 실망할 수도 있다. 내면의 정신세계를 보지 못하고 겉의 화려함을 좇는 사람들은 아예 신당기행에 나서지 않는 게 좋다.

그런데 궁금한 건, 지금도 제주 사람들이 신당을 찾아가고 있느냐 하는 점이다. 물론이다. 초고속 정보통신 시대에도 제주 사람들은 신당을 찾아간다. 그렇다고 과장할 건 없다. 대부분의 신앙민은 50대 이상의 할머니들이다. 그렇다고 해서 젊은층이 아예 없는 건 아니다. 특히 운수업 관계자들은 남녀노소를 막론하고 여전히 당을 찾는다. 지역적으로 보면 제주도 동부지역이 예전부터 우세했다. 서부지역에 비해 척박한 환경이라서 그렇다고 한다.

화천사 오석불

오석불은 화천사라는 조그마한 사찰 경내에 모셔진 5기의 미륵이다. 먼저 아담하고 정갈하게 꾸며진 사찰의 분위기가 답사객의 마음을 잡는다.

하지만 그보다 더 큰 울림을 주는 것은 아무래도 뒤뜰에 안치된 미륵님이다. 세련됨이라고는 전혀 없다. 자연석 그대로에 석공이 살짝 손을 댔을 뿐이다. 석공이 아니라 미륵님이 스스로 조화를 부린 건지도 모르겠다. 그래서인지 거스르는 기운이 없다. 투박하면서도 인심

찾아가는 길
제주시 동회천 마을 맞은편에 있다. 제주시에서 출발하는 동부관광도로를 타고 가다가 봉개마트 반대편에 있는 동부중산간도로, 즉 16번 국도로 꺾어 2.4㎞가면 화천사 안내판을 볼 수 있다. 여기서 500m 내려가면 화천사 오석불을 만날 수 있다.

좋은 제주 사람의 얼굴 그대로이다. 5기의 석불 모두가 각각 다른 표정을 짓고 있지만 방문자를 편안하게 맞아주는 건 한결같다.

이처럼 묘하게 편안한 분위기를 자아내는 답사지라 때로는 사람들에게 아무런 설명도 안하고 지나갈 때도 있다. 그냥 느끼는 것이 백 마디 해설보다 더 소중한 것 같아서. 미륵불과 가만가만히 영적인 대화를 나누는 것만으로도 속세의 인간들은 행복하다.

지금은 불교 사찰의 경내에 모셔져 있지만 본래 미륵불이 먼저 자리잡았다. 무속신앙의 마을미륵이 먼저 이곳에 좌정했고, 불교 사찰은 나중에 들어온 것이다. 따라서 이 미륵은 애초에 불교와 관계가 없던 존재다. 불교의 불상이 아니라 마을 지킴이, 즉 마을의 수호신으로서의 미륵이었다는 말이다.

그런 까닭에 이 마을에선 마을제를 이곳에서 지낸다. 그런데 형식은 유교식 마을제인 포제(酺祭)이다. 본래의 무속 제의가 유교 이데올로기 침탈 이후에 그렇게 바뀐 것이다. 그런데 이름이 재미있다. 석불제

화천사 오석불
오석불은 불교의 불상이 아니라 마을 지킴이, 즉 마을의 수호신으로서의 미륵이었다.

이다. 사찰 경내에 있어서 그렇게 된 것이다. 무속과 유교와 불교가 완전히 짬뽕된 형태다. 이런 경우는 아마 전국 어디에도 없을 것이다.

젯날은 정월 첫 정(丁)일이다. 특징은 돼지고기를 희생으로 쓰지 않는다는 점이다. 통돼지를 제물로 쓰는 다른 마을의 유교식 포제와는

확연히 구별된다. 불교 사찰 경내에서 진행되는 관계로 그런 것 같다.

이곳 마을제는 특별히 엄격하기로 유명하다. 아직까지도 제관 이외에는 아무도 석불제에 참석할 수 없다. 기자나 사진작가도 쫓겨나기 일쑤다. 그만큼 정성을 드리는 것이다. 석불에 흰 고깔을 씌우고 종이옷을 입혀 신상을 정결하게 치장하는 데서도 그 성의가 드러난다.

그 정성 때문인지 이곳의 기도발은 득남에 매우 효험이 있다고 알려져 있다. 물론 이는 제주의 다른 미륵에게서도 공통적으로 나타나는 현상이다. 돌미륵과 득남, 자주 듣는 이야기다. 그런데 지금은 흔하디흔한 그 이야기가 본래 제주에는 없었다. 조선 후기 혹은 말기부터 생겨난 이야기다.

"바닷길이 험하고 멀어 표류 침몰하는 사고가 자주 일어난다. 그런고로 여자 낳기를 중히 여긴다." 1653년 제주 목사 이원진이 남긴 『탐라지』의 기록이다. 여기에서도 보듯이 제주에는 17세기까지만 해도 남아선호 사상이 없었다. 여성 노동력이 남성 이상으로 발휘되던 현실도 여아선호에 한몫을 했다. 제주의 신당 중 68퍼센트가 여신의 신당인 것도 이의 반영이다. 남아선호가 생긴 건 유교 이데올로기가 민중 속으로 깊이 침투해 온 한참 뒤의 일이다.

이런 점을 고려하면 이곳 미륵불의 조성 시기가 그리 오래되지 않았음을 짐작할 수 있다. 이것은 제주의 다른 미륵도 마찬가지이다. 남아선호사상은 아마 전국적으로 미륵신앙이 유행하던 조선 후기의 사회 분위기와 뒤늦게 침투해 온 유교 이데올로기의 영향, 이런 게 결합되면서 조선 후기 혹은 말기에 만들어졌을 것 같다.

물론 이건 돌미륵 조성 시기를 말한 것일 뿐이다. 그 이전에도 이곳에선 신앙행위가 행해졌을 것이다. 남아선호 이전의 심성으로 말이다.

돌미륵 뒤편의 늙은 팽나무, 그리고 주변 돌담과 숲이 풍기는 신성한 분위기는 여기가 오래된 성소임을 말해 주기에 충분하다.

와흘 본향당

이곳에 들어서면 약 600년 수령의 팽나무 서너 그루를 볼 수 있다. 분위기만으로도 신령한 위엄을 느끼기에 충분하다. 그럴싸한 외관과 적지 않은 규모 때문에 사람들에게 많이 알려져 있다.

이곳 와흘 본향당은 말 그대로 와흘 마을의 본향당이다. 즉 와흘 전체 주민의 삶과 죽음, 건강, 산업 번창 등 모든 것을 관장하는 마을 수호신을 모신 당이다. 그러면서도 더불어 치병신의 역할이 강조되기도 한다.

마을 사람들은 와흘 본향당을 노늘당 혹은 논흘 한거리 하로산당이라고 부른다. '노늘'과 '논흘'은 와흘의 본래 이름이다. 이름을 한자로 표기하면서 '논'을 '누워 있는'으로 해석하고 '누울 와(臥)'자를 쓴 것이다. '한로산당'은 한라산신을 모신 당이라는 말이다. 이것을 보면 여기에 좌정한 신은 기본적으로 제주의 토착신 즉, 수렵을 생업으로 하던 남신(男神)인 한라산신임을 짐작할 수 있다.

'논흘 산신당 본풀이'에 의하면 이 당에 좌정한 신은 송당 본향당의 열번째(혹은 열한번째) 아들인 백주 도령과 그의 부인인 서울 서정승의 따님애기라고 한다. 동부지역에 산재한 여러 본향당처럼 이 역시 송당 본향당에서 갈라져 나온 당임을 알 수 있다.

그런데 부부신을 모신 당이면서도 제단이 따로 마련되어 있다. 주신

찾아가는 길
화천사에서 나와 다시 16번 국도를 타고 계속 동쪽으로 3㎞를 가면 도로 왼쪽에서 신당다운 숲을 볼 수 있다. 그 앞에 '본향당'이라고 쓰여진 돌이 있다.

188

인 산신또 즉 백주 도령의 제단은 자연석으로 2단을 깔아 마련했고 제단 위에는 '제십일토령본향신위'라고 쓰여진 돌 위패가 놓여 있다.

여신인 서정승 따님애기의 제단은 동쪽 구석에 마련되어 있다. 부정한 돼지고기를 먹었기 때문에 남신에게 밀려났다는 것이다. 잘 다듬은 자연석의 제단과 돌 위패가 여신의 좌정처를 알려준다. 왼쪽 팽나무에는 지전과 물색이 정성껏 걸려 있다. 지전은 저승돈이고, 물색은 신을 아름답게 치장하는 신의 옷이다. 아름다운 옷은 여성의 상징으로 물색은 본래 여신의 신체에만 치장하게 되어 있다. 그러므로 물색이 걸린 것을 보면 '아, 저곳에는 여신이 좌정해 있구나'라고 생각하면 맞다.

이곳의 마을제는 일년에 두 차례 행해진다. 정월과 7월이다. 먼저 음력 정월 14일에 행해지는 '신과세제'는 새해 인사 의례이다. 7월 14일의 '백중 마불림제'는 마(馬) 증식을 기원하는 제사이다. 혹자는 마불림제를 장마 후에 곰팡이를 날려버리는 의식으로 해석하기도 한다. 그러나 백중신이 목축신인 점, 와흘이 중산간 목축지대라는 점 등을 고려하면 앞의 해석이 맞는 것 같다.

어느 해석이 옳든지 좋다. 그보다 주목을 끄는 건 와흘당의 마을제가 남녀 구분 없이 마을 사람 모두가 참가하는 의례라는 점이다. 언제부

와흘 본향당
와흘 마을의 수호신을 모신 당으로 유교 이데올로기에 오염되지 않은 전통이 이어져 내려오고 있다.

터인가 제주의 당굿은 여성만이 참여하는 제의로 바뀌었다. 본래는 그렇지가 않았다. 광양당의 예이긴 하지만『동국여지승람』에는 분명히 '남녀군취(男女群聚)', 즉 남녀가 함께 모여 제사를 올렸다고 기록되어 있다.

이것이 변한 것이다. 물론 유교 이데올로기 침투 이후의 일이다. 그 결과 오늘날 대부분의 마을에서는 남성들에 의해 유교식 포제가 따로 행해진다. 물론 유교는 고상하고 논리적인 것이며, 무속은 비루하고 미개한 것이라는 기본 전제가 바탕에 있다. 명백한 성차별이다. 아니 똥폼 잡는 가부장 권위주의의 허위의식이다.

그런 판인데도 이곳 와흘 마을에는 유교식 포제가 따로 없다. 남녀 모두가 이곳 본향당의 굿에 참여한다. 이것이 원형이다. 유교 이데올로기에 오염되지 않은 전통이 이어져 온 것이다.

송당 본향당

'제주신당지원조(濟州神堂之元祖) 송당본향당 무형문화재지정' 이라는 글씨가 새겨진 표석만 보아도 이 당이 예사 당이 아님을 알 수 있다. 표석에 쓰여진 것처럼 흔히 송당 본향당은 제주 신당의 원조라고 알려져 있다. 그 덕에 이곳의 당굿은 제주도 무형문화재 5호로 지정되어 있다. 앞서 보았던 와흘 본향당도 바로 이 송당 본향당신의 아들신이 가지를 쳐서 나간 것이다. 과연 제주 신당의 원조처럼 보인다.

하지만 사실은 이 당이 제주도 모든 신당의 원조는 아니다. 제주 동북부 신당들의 원조라고 말하는 게 오히려 정확하다. 왜냐하면 제주시

찾아가는 길

16번 국도를 타고 계속 동쪽으로 달리면 송당 마을이 나온다. 마을 중앙의 사거리에서 동부관광도로 교래 방향으로 약 50m 가면 송당 본향당 표석을 볼 수 있다. 이 표석에서 골목을 따라 300m 가면 당오름 기슭에 위치한 송당 본향당을 만나게 된다.

도두 서쪽으로는 송씨 할망당이, 한림 금악을 중심으로 해서는 축일 당·오일당이, 그리고 서귀포 지역에는 한라산신계의 신이 별도로 존재하기 때문이다. 따라서 제주도 전역을 놓고 본다면 송당 본향당은 한 계보의 원조에 불과하다. 그런데도 원로 학자가 내세운 주장이라 공개적인 반박이 전혀 없다. 그저 술자리에서나 투정할 뿐이다.

이곳에는 웃송당 금백주, 샛송당 세명주, 알송당 소로소천국 등 세 명의 신이 좌정해 있다. 송당의 본향신인 까닭에 이 신들은 이 마을의 생활 전반을 관장한다. 그 중 주신은 웃송당 금백주라고 하는 농경의 여신이다.

본풀이를 통해 보면 금백주는 외지에서 농경문화를 가지고 들어온 신이다. 그녀는 토착 수렵신인 소로소천국과 결혼을 한다. 그런데 남편 소천국이 그만 소를 잡아 먹어버린 탓에 금백주는 "땅 가르고 물 갈라 살림 분산"하자고 남편을 윽박지른다.

여신이 남신을 쫓아낸 것이다. 이것은 아마 여성의 활동력이 강한 제주도이기에 가능한 화소(話素)일 것이다. 수렵 습관을 버리지 못한 남편신 소천국이 농경의 필수 자원인 소를 잡아먹은 게 화근이었다. 아마 토착 집단과 이주민 집단 사이의 갈등이 신화 속에 그렇게 나타난 것 같다.

어쨌거나 쫓겨난 남편신 소천국은 아래쪽 송당 마을에 별도로 자리를 잡았다. 실제 예전에는 당이 따로 두 곳에 존재했었다. 이것은 알송당 마을과 웃송당 마을 사이의 갈등을 말해 준다. 실제로 과거에는 두 마을 사이의 관계가 매우 불편했다고 한다.

그러다가 당이 지금처럼 합쳐진 것은 4·3을 거치면서부터이다. 정치적 격동으로 인해 마을 간의 이합집산이 이루어진 것이다. 그러나

여전히 상단골은 금백주를 모시는 웃송당의 광
산 김씨 집안이다. 주도권은 지금도 금백주 계
열이 잡고 있다는 말이다.

이 당의 주인공 금백주는 '맑은 조상' 혹은
'백주또'라고도 부른다. '백(白)'은 맑다, '주'
혹은 '조'는 조상(祖)을 말하는 것으로 여겨진
다. 고기를 먹지 않고 쌀을 먹는 정결한 신이라
는 의미이다. 그리고 '또'는 '사또'의 '또〔道〕'
와 마찬가지로 존칭어이다.

당굿은 음력 1월 13일 신과세제, 2월 13일
영등제, 7월 13일 마불림제, 10월 13일 시마국
대제 때 행해진다. 이때 돼지고기는 제물로 올
릴 수 없다. 육식 금기의 전통이 이어지는 셈이
다.

송당 본향당
제주 신당의 원조로 알려져 있으며,
이곳의 당굿은 제주도 무형문화재 5
호로 지정되었다.

제주 당신의 원조라고 잘못 소문나고, 당굿이 문화재로 지정된 까닭
에 최근 방문객이 적지 않다. 왜곡의 결과이지만 이것이 또 하나의 역
사가 된 기분이다. 어쨌든 이왕 답사를 할 것이라면 기존의 관행에 맞
춰 젯날에 찾는 게 좋겠다. 당굿은 새벽부터 저녁까지 계속된다. 가급
적 목욕재계하고 새벽부터 참가하는 것이 도리이다. 부풀려진 권위라
할지라도 말이다.

얼마 전까지만 해도 당에는 돌담 울타리가 둘러쳐져 있었고, 지붕
용 쇠파이프 골조가 설치되어 있었다. 서쪽 담 가까이엔 다듬은 돌로
마련된 당집도 있었다. 촌스럽지만 그래도 정성을 다한 모습이었다.
그런데 최근에 아주 거창한 신사(神祠)가 들어섰다. 이건 완전히 날조

다. 본래 민중의 신당에는 이런 건물이 없었다. 권력을 얻으면 모든
게 타락하게 마련인가. 이쯤이면 신은 이미 떠났다.

김녕 서련판관 공덕비

조선 중종 때 제주 판관으로 부임했던 서련
을 기리는 비석이다. 하나는 1937년 강공칠(康共七)이 세운 비석을 다
시 1955년에 수리한 판관서공련기념비(判官徐憐紀念碑)이며 또 하나
는 건립위원회에서 1972년에 새롭게 만든 제주판관서련공사적비(濟州
判官徐憐公事蹟碑)이다. 두 비석이 나란히 서 있다.

1937년에 세워진 첫 비석은 온통 한문으로 쓰여 있어 읽기에 불편하
다. 이를 해석하면 다음과 같다.

공(서련)은 지금으로부터 423년 전인 을해 중종 10년(1515년)에 제주
통판이 되었다. 그때 그의 나이는 19세였다.

예전에 동굴 속에 사는 큰 구렁이 한 마리가 요사스런 일을 일으키면서
주민들에게 해마다 처녀를 제물로 바쳐 제사를 지내게 하였다. 만약 주민
들이 이를 지키지 않으면 풍우의 재앙을 일으키곤 했다. 공이 이 말을 듣
고 매우 개탄하여 뱀을 죽이고 불태워서 천추의 폐단을 막았다.

그 강직한 기운과 폐해를 제거한 공(功)은 마땅히 잊지 말아야 할 것이
나, 파묻혀 없어져서 일컬어지지 아니하니 애석한 일이다. 내가 면리(面
吏)로 있을 적에 항상 이를 생각하였으나 겨를이 없다가 지금에 이르러서
야 지나간 자취를 대략 기술하였다.

작은 비석을 세우고 시 한 수를 곁들여 기록하노라. 손랑(孫郎)이 숨은

찾아가는 길

관광지로 유명한 만장굴 가는 길에
있다. 이곳으로 가려면 먼저 동부일
주도로로 내려와야 한다. 일주도로에
서 만장굴 방면으로 600m 올라가면
김녕사굴 안내판을 볼 수 있다. 여기
서 도로 왼쪽을 보면 2기의 비석을
찾을 수 있다.

덕행을 행하니 한 칼에 두 가지 어려움을 아우르고, 후(候)가 음사를 철폐함에 천추에 그 이름이 영원하리라.

1972년에 세워진 비석은 국한문 혼용이라 읽을 만하다. 서련 판관이 고려시대 서희 장군의 17세손이라는 가계 소개가 특이하다. 19세에 제주 판관으로 발탁되어 왔다가 22세에 제주에서 재임중에 사망했다는 문장도 새롭게 추가된 내용이다. 그리고 끝에는 서련의 사망으로 제주 도민의 애통함은 이루 말할 수 없었다고 되어 있다.

정말로 제주 사람들이 애통해했을까? 전설에서는 서련이 뱀을 죽인 탓에 흉험을 얻어 관아에 도착하자마자 급사했다고 한다.

서련 판관 공덕비
중앙의 유교 지식인 서련에 대해 제주 민중은 전설을 통해 완전히 거부 의사를 밝혔다.

구전은 민중의 역사 기록이다. 때론 황당한 이야기도 있지만 그건 그만큼 그들의 기원이 담겨 있다는 말이다. 서련이 뱀의 흉험으로 죽었다는 이야기는 그렇게 죽기를 바랐던 제주 민중의 소망을 의미한다. 중앙의 유교 지식인 서련이 제주 사람들의 고유한 정체성을 파괴했기 때문이다. 당시 제주 사람의 정체성은 무속으로 대변된다. 제주 민중은 전설을 통해 그에 대한 완전한 거부의사를 표시한 셈이다.

물론 현실에서는 중앙의 절대권력에게 패배할 수밖에 없었다. 그걸 보상하는 게 설화이다. 설화 속에서 제주 민중은 현실에서의 패배를 만회하고자 했다. 멀쩡하게 병으로 사망한 서련을 뱀의 저주에 엮어버림으로 해서 그들은 가상 공간에서나마 패배를 극복할 수 있었다. 이렇게 함으로써 제주 사람들은 신당 파괴의 슬픔을 이겨냈고, 패배한 현실을 합리화했다.

하지만 비문은 정반대의 내용을 담고 있다. 어차피 권위주의 사회에서 기념물은 지배자의 정당성 홍보 수단에 불과하다. 비석을 세운 강공칠이 누구인가. 일제 때 구좌 면장을 지낸 사람 아닌가.

때문에 역사 거꾸로 읽기의 지혜를 활용해야만 한다. 그래야만 우리는 조선시대 제주 사람들의 신앙과 삶의 현실에 보다 가까이 접근해 갈 수 있다.

김녕 서문하르방당

맑은 날 김녕 바닷가의 연둣빛 물 색깔은 이국적 풍경을 자아낸다. 그 아름다운 바닷가 가까이에 까만 현무암 돌담이 둘러쳐진 신당이 있다. 바다에서 건져 올린 미륵을 모신 당이다. 언젠가 김녕의 서문 밖으로 미륵당을 옮기면서부터 김녕 서문하르방당이라고 불리고 있다.

미륵당은 제주 무속신앙의 계보 중에 비교적 후반부에 속한다. 대부분의 신들이 마을 설촌 시기에 모셔진 것인 반면 미륵은 조선 후기 한반도에 미륵신앙이 유행할 때 제주에 전해진 것으로 생각된다. 바다에서 건져 올린 미륵이란 점이나 육지부를 향해 있는 제주 동북부, 즉 조천과 구좌의 해안 마을에 미륵당이 분포하고 있는 점 등이 이를 증명한다. 이때의 미륵은 불교와 거의 무관한 무속신앙적 존재이다. 이미 절집을 뛰쳐나와 민간신앙으로 변한 마을미륵인 셈이다.

찾아가는 길

김녕사굴에서 나와 다시 동부일주도로를 타고 제주시 방향으로 향해야 한다. 일주도로에서 갈림길이 나오면 김녕 마을로 들어가는 오른쪽 길을 택하는 게 좋다. 마을을 통과하여 다시 일주도로와 만나는 지점인 삼거리에 이르면 바다 쪽으로 눈을 돌려보자. 바다 바로 앞에 돌담으로 둘러싸인 서문하르방당이 있다.

이 미륵이 모셔진 것은 마을의 어느 어부가 바다에서 이 돌미륵을 건져 올리면서부터이다. 그물의 일종인 '천근수'를 내렸더니 고기는 잡히지 않고 반복하여 이 돌미륵만 올라왔다고 한다. 다음날에도 또 장소를 바꾸어도 천근수에 걸려 올라온 것은 고기가 아니라 돌미륵이었다.

김녕 서문하르방당
마을 어부가 바다에서 건져올린 돌미륵은 불교와 무관한 무속신앙적 존재다.

그리고 그 날 꿈에 그 돌이 나타나 "나를 곱게 모셔주면 자식 귀한 사람들 자식 낳게 해주겠다"라고 했고, 그러자 어부는 '이것은 나에게 태인(실린) 조상이구나'라고 생각하여 그 미륵을 모시기 시작했다는 것이다.

이 당의 젯날은 정해진 날이 없다. 필요에 따라 택일하여 제를 올린다. 주로 아기 못 낳는 사람들이 소원 성취를 위해 자주 들른다. 기자 신앙과 결부된 산육신(産育神)이다. 특히 득남에 효험이 있다고 하는 점은 이 당이 유교 이데올로기가 확산되던 조선 후기에 만들어진 당임을 짐작케 한다.

아들을 낳게 해준다는 이 돌미륵은 이상한 동물 같기도 하고 사람 같기도 한 소박한 자연석이다. 인공을 가하지 않은 게 오히려 느낌이 좋다. 자연스런 조형미가 민중적 친화감을 갖게 한다. 이럴 땐 역시 설명보다 침묵이 좋다. 그냥 느끼는 것이다.

화북 포구 해신사 海神祠

신당이 기와집 건물인 점을 보면 일반적인 민중신앙 성소는 아닌 것 같다. 맞다. 순조 20년(1820년)에 제주 목사 한상묵(韓象默)이 지은 사당이다. 유교 지식인이 만든 사당인데도 그 신앙 대상이 공자, 맹자가 아니라 용왕신인 게 특이하다.

아마 본래 민중신앙으로 있던 해신당(海神堂)을 관에서 흡수하여 국가 공인 해신사(海神祠)로 만든 것 같다. 언제는 미신이라고 배척만 하더니 이런 경우도 있는 것을 보면 당혹스럽다. 하지만 어쩌면 이것은 당연한 일이다. 유교 지식인도 무사안녕을 비는 원초적 신앙심에선 예외일 수 없기 때문이다.

화북 포구는 조선시대 제주의 제1의 관문이었다. 그런 만큼 이 일대는 지방관과 유배인들이 빈번히 드나들었다. 험한 뱃길을 앞에 두고 가슴이 졸아붙지 않는 사람이 있었을까? 있다면 그가 오히려 비정상이다. 콩닥거리는 이 마음을 어찌 달랠 것인가? 공자님의 훌륭한 말씀 한 구절을 떠올리면 마음이 진정되려나. 글쎄, 그게 어디 쉬울까?

유배가 풀려 제주를 떠나던 추사 김정희도 이곳에서 용왕신께 제를

찾아가는 길

김녕에서 제주시 방향으로 돌아오다가 화북에 이르면 포구로 내려가야 한다. 이 포구에는 화북 진성 잔해와 영조 11년에 화북 포구를 수리했던 김정 목사의 비석이 있다. 그곳에서 서쪽을 보면 작은 기와집 대문을 볼 수 있다. 이 건물이 해신사다.

지냈다. 그것도 두 번씩이나. 역시 무속은 한국인의 영
원한 신앙이다. 양반의 허위의식은 여기서 여지없이 발
가벗겨진다.

　관에서 해신사를 마련한 것은 정치적 포석일 수도 있
다. 통제권 밖의 민중신앙을 제도권 안으로 끌어들인 것
이다. 이것은 민심을 얻기 위한 지방관의 지혜다. 민중
의 정서를 거스르지 않고 함께 하는 것, 이것이야말로
통치의 첫번째 기술이다.

　한상묵 목사 이후에도 여러 목사가 해신사에 관심을
기울인 건 그 때문이다. 헌종 7년(1841년)엔 이원조 목사
가 해신사 건물을 중수했다. 또 헌종 15년(1849년)에는

장인식 목사가 '해신지위(海神之位)'라는 위패를 안치했다. 민심 이반
이 극에 달한 19세기 세도정치기라는 사실을 떠올리는 것도 이와 같은
민심포섭 정책을 이해하는 데 도움이 된다.

　그런데 최근에 와서는 이 해신사에 많은 변화가 생겼다. 본래 뱃길
여행객, 어부, 해녀를 위해 제를 지내던 사당이었는데 몇 년 전부터 마
을제를 지내는 사당으로 변한 것이다. 그에 따라 축문도 해상 안전과
풍어 기원에서 마을의 안녕과 수복을 비는 것으로 바뀌었다.

　게다가 이곳에서 마을제를 지내게 됨에 따라 동·중·서부락의 마
을 포제는 사라져 버렸다. 산업화가 진행되면서 마을제 유지가 어려워
졌고, 그에 따라 여러 마을이 통합하여 제를 지내게 된 것이다. 그런데
왜 해신사가 통합 마을제의 중심이 된 것일까? 기와 건물이라 가장 그
럴듯한 장소로 여겨진 모양이다. 멸시받던 바닷가 사람들의 소박한 신
당이 관 지정 사당으로, 그리고 오늘날에는 마을신앙의 중심지로 변화

해 온 것이다.

동자복 미륵

제주도 민속자료 1호가 무엇인지 아는가? 눈치 빠른 사람은 벌써 짐작했을 것이다. 왜? 동자복 미륵과 서자복 미륵에 대한 설명을 시작하면서 질문을 했기 때문이다. 바로 동자복 미륵과 서자복 미륵이다.

그런데 제주도 민속자료 1호의 영광을 차지하고 있으면서도 정작 그 출신과 내력에 대해서는 전혀 알려져 있지 않다. 관련 사료가 거의 없기 때문이다. 단지 만수사와 해륜사라고 하는 사찰이 두 미륵이 위치한 장소에 있었다는 것만 알려져 있을 뿐이다. 그 외에는 오리무중이다. 그럼에도 불구하고 덩치가 커서 그랬는지 아니면 미륵이 던져주는 신묘한 힘이 있어서 그랬는지 돌하르방을 제치고 민속자료 1호의 위치를 차지하고 있다.

그런데 2001년 어느 날 제주시가 이 미륵이 고려시대 불상이라며 문화재청에 국가지정 보물로 지정해 달라고 신청서를 냈다. 어디서 갑자기 복신미륵의 출생비밀을 알려줄 사료가 발견된 것일까?

그런 사실은 전혀 없었다. 그럼 어떤 근거로 신청을 했던 것일까? 황당한 이야기이지만 사료를 엉터리로 해석한 결과였다. 『신증동국여지승람』과 『탐라지』에 해륜사와 만수사가 실려 있는 것을 가지고 이것을 억지로 이 미륵에까지 갖다붙인 것이다.

반면 이형상은 그의 저서 『남환박물』(1704년)에서 그가 제주의 모든 사찰을 파괴했고, 그 때문에 이제 제주에는 사찰도 불상도 없게 되었

찾아가는 길

제주시 동문 로터리 동쪽 제일교 사거리에서 바다 쪽으로 우회전해야 한다. 우회전 후 50m 가량 더 가면 노동의원이 나온다. 여기서 차를 멈추고 골목길로 걸어가면서 '동자복로 22호' 번지의 가정집을 찾아야 한다. 동자복 미륵은 이 가정집 담장 안에 있다.

다고 말했다. 그때 그는 위의 해륜사와 만수사도 언급했다. 그렇다면 지금의 동자복 미륵과 서자복 미륵은 이형상 이후, 즉 1704년 이후에 제작된 것으로 보는 게 옳다. 다시말해 조선 후기 유행한 미륵불 중 하나일 가능성이 높다는 것이다.

그럼에도 불구하고 제주시는 '한 건' 하고 싶은 욕망이 앞섰는지 이를 고려시대 석불이라고 억지 주장을 펴며 문화재청에 서류를 올렸다. 이곳에 설치된 문화재 안내판에도 고려시대의 것으로 추정된다고 써놓았다. 하지만 애석하게도 지금까지 문화재청에서 이를 수용했다는 소식은 들려오지 않는다. 맹목적 애향심이 역사를 왜곡하고 있는 중이다.

이곳 문화재 안내판의 사실 왜곡은 또 있다. 서자복 미륵이 있는 곳의 옛 절 해륜사가 1694년에 훼철되었다고 잘못 기술한 것이다. 해륜사가 파괴된 것은 1694년이 아니라 1702년 이형상 목사 때다. 1694년 이익태 목사가 파괴한 절은 해륜사가 아니라 외도의 수정사다. 연무정을 수리하면서 외도 수정사 건물은 뜯어냈다는 기록이 있다. 아마 이 기록을 잘못 끌어다 쓴 모양이다.

어쨌든 지금까지 이 미륵의 내력을 알려주는 정확한 자료는 없다. 하지만 꼭 그것이 있어야만 하는 건 아닐 것이다. 그냥 이 미륵 앞에 서 있는 것만으로도 답사의 보람은 충분하다.

동자복은 건입동 언덕 위의 어느 주택가 내에 있다. 그런 만큼 제주에 사는 사람들도 아직까지 이 미륵을 보지 못한 경우가 많다. 집 주인에게 어렵사리 양해를 구해 막상 이 미륵을 마주 대하면

동자복 미륵
제주도 민속자료 1호. 조선 후기 유행했던 마을 미륵으로 추측된다.

낮익으면서도 어딘가 생소한 느낌을 받게 된다. 돌하르방과 유사한 듯 하면서도 제주에서 흔히 볼 수 있는 소박한 규모가 아니기 때문이다. 약간의 이질감을 맛볼 수도 있다. 키가 무려 3.56m에 달한다. 어쨌든 특이하다. 온화한 듯하면서도 무뚝뚝해 보이는 기묘한 표정이다.

　전해 오는 이야기는 여느 무속신앙과 유사하다. 잘 모셨더니 복을 주고, 박대했더니 화를 입었다는 내용이다. 철저한 기복신앙이다. 이 점 역시 정통 불교와는 다르다. 아무래도 불교 사찰의 불상이 아니라 조선 후기 유행했던 마을미륵의 한 모습인 것 같다.

서자복 미륵

　　　　　　　앞의 동자복 미륵과 함께 제주도 민속자료 1호인 서자복 미륵은 동자복 미륵과 마찬가지로 자세한 내력이 알려 져 있지 않다. 다만 서자복 미륵이 위치한 자리가 고려 혹은 조선 초기 부터 있었던 해륜사 터이며 그 사찰은 이형상 목사 때 완전히 파괴되 었다는 기록만이 남아 있을 뿐이다.

　현재 서자복 미륵은 용화사 경내에 있다. 하지만 사찰에 있다고 해 서 이것이 사찰미륵이라는 증거는 없다. 용화사는 일제 때 와서야 만 들어진 절이며 서자복 미륵은 용화사 이전에 이곳에 있었기 때문이다. 역시 동자복 미륵과 마찬가지로 마을미륵임이 분명하다. 민중적 조형 미를 보아도 그렇다. 이형상 목사 때(1702년) 제주의 불상을 모두 파괴 했다고 하니 서자복 미륵 역시 동자복 미륵과 함께 이형상 이후, 즉 조 선 후기의 미륵으로 보는 게 옳을 듯싶다.

　어쨌거나 서자복 미륵이 동자복 미륵과 한 쌍을 이룸은 분명하다. 제

찾아가는 길
동자복에서 나와 서쪽으로 가야 한 다. 탑동 해안도로의 E마트와 교원공 제회 호텔을 막 지나면 병문천을 복 개하며 만든 주차장을 볼 수 있다. 주 차장에 차를 세우고 서쪽 언덕으로 눈을 돌리면 조그마한 사찰의 종각이 보인다. 골목으로 올라가 이 사찰(용 화사)에 들어서면 서자복 미륵을 만 나게 된다. 골목 입구에 알림판이 있 어 어렵지 않게 찾을 수 있다.

주읍성을 사이에 두고 두 미륵이 마주 보고 있다. 직선거리로 약 2㎞ 정도는 될 듯하다. 이런 점을 보면 이 두 미륵은 제주성을 수호하는 수문장처럼 여겨지기도 한다. 마치 충남 해미읍성 주변의 미륵처럼 말이다.

하지만 한 쌍이긴 하되 두 미륵은 분명 다르다. 서자복 미륵이 훨씬 편하게 다가온다. 앞의 동자복 미륵은 왠지 지나치게 근엄해 보인다. 반면 서자복 미륵은 좀 더 부드럽고 희화적이다. 키도 더 작다. 그래서인지 친근하게 느껴진다. 물론 이것은 나의 주관적 감정일 뿐, 나의 느낌과 정반대의 이야기를 하는 사람들도 많다.

서자복 미륵과 고추바위
동자복 미륵과 한 쌍을 이루는 이 미륵은 더 부드럽고 희화적이며 친근한 느낌을 준다.

어쨌거나 나는 서자복 미륵이 더 좋다. 해상 안전과 풍어의 소원도 들어주고 아이 못 낳아 고민하는 사람들의 아픔도 풀어준다고 하기에 더욱 그렇다. 물론 동자복 미륵도 기자(祈子) 신앙에선 빠지지 않는다. 하지만 제대로 모시지 않았다가 화를 입었다는 사람의 구술 기록을 봐서 그런지 동자복 미륵은 괜히 무섭게 다가온다.

이곳에서 또 눈에 띄는 건 서자복 미륵 옆에 같이 모셔진 조그만 남근석(男根石)이다. 재질로 보아 제주산은 아닌 것 같다. 흔히 남근석하면 벌떡 힘을 준 그것과 유사한 모습인데 이곳의 남근석은 얌전하다. 언젠가 전라도 지역을 답사하다가 팽팽하게 약이 오른 남근석을 마주한 때가 있었다. 놀랍게도 마을 사람들은 그 놈을 그냥 자연스럽게 '좆바위'라고 불렀다. 노골적인 표현임에도 듣기에 별로 이상하지 않았다. 그에 비하면 이곳의 아담한 남근석은 '꼬추바위'라고 부르는 게 어울릴 듯싶다.

그런데 이곳 '꼬추바위'의 기자신앙은 그 의례 형태가 노골적이다. 흔히 유감주술(類感呪術)이라고 하여 비슷한 행위를 통해 소원을 비는 형식이 있다. 그게 여기서는 매우 직설적이라는 말이다. 돌부처의 코를 만지고 아들 낳기를 기원하는 그 흔한 이야기가 아니다. 애 낳기를 원하는 여성은 바로 그 '꼬추' 위에 걸터앉아 엉덩이를 비벼대며 빌어야 한다. 그래야만 확실한 '영발'이 통한다. 여기까지만 하겠다.

도두 오름허릿당

찾아가는 길
이름 그대로 제주시 서쪽 도두봉 허리쯤에 있다. 도두봉은 제주국제공항 활주로의 서쪽 끝 바닷가에 있다. 서자복 미륵에서 이어지는 옹담해안도로를 타고 서쪽으로 가면 쉽게 만날 수 있다. 도두봉 입구에서 정상까지 난 산책로를 따라가다가 운동기구가 놓여 있는 중간 지점에서 서쪽(왼쪽)을 보면 찾을 수 있다.

도두의 오름허릿당은 도두 1동 마을의 본향당이다. 따라서 이 마을 주민들의 모든 삶을 관장한다. 이곳에 좌정한 신은 '서편또 김씨 하르방'과 '동편또 오름허리 일뤠중저 송씨 할망' 그리고 오가는 배와 해녀들을 보살피는 '요왕또'이다.

이 중 서편또 김씨 하르방은 송당 본향당의 주신 금백조의 아들이다. 한라산에 올라가서 차지할 마을을 찾다가 이곳 해안마을 도두까지 내려와 자리잡았다고 한다. 이렇게 보면 송당 본향당이 제주에 있는 모든 본향당의 원조처럼 보인다. 하지만 그것은 사실과 다르다. 그의 부인인 송씨 할망이 먼저 이곳에 자리를 잡고 있었기 때문이다.

송씨 할망이 좌정한 신당은 이곳에서부터 한림에 이르기 전까지 제주도 서북부 지역에 광범위하게 퍼져 있다. 송당 본향당의 금백조보다 앞선 송씨 할망당이 이처럼 넓게 분포되어 있다는 점은 송당 본향당이

제주 신당의 원조라는 기존
학설을 정면으로 반박하고
있다.

송당 금백조의 아들 김씨
하르방이 송씨 할망과 결혼
하면서 주도권을 장악했기
때문에 이런 당들도 모두 송
당 금백조의 후손 당이라고
말할지도 모른다. 하지만 애
월읍 수산리 서카름 '세목

도두 오름허릿당
이곳에 좌정한 송씨 할망 이야기는
송당 본향당이 제주 신당의 원조라는
학설을 반박하고 있다.

당'의 경우처럼 여전히 송씨 할망이 주도권을 쥐고 있는 경우도 많다.
이런 경우 김씨 하르방은 그녀 곁에서 겨우 얻어먹으며 살아온 것으로
이야기된다. 이런 점을 보면 지금까지 송당이 제주도 당신의 원조라는
속설은 분명 잘못된 것임을 알 수 있다.

잘못된 속설을 바로 잡을 제주도 서부지역의 송씨 할망, 그 송씨 할
망당의 이야기가 바로 도두 오름허릿당에 있기에 이곳을 답사하는 의
미는 자못 크다.

도두 포제단

앞서 본 도두 오름허릿당 근처에 있어서 둘
을 비교하기에 좋은 포제단이다. 당은 무속을, 포제단은 유교문화를
상징한다. 도두 포제단은 도두 1동의 유교식 마을제를 지내는 제단이
다. 옛날에는 제를 지내기 전에 일주일 동안 정성을 들였다고 한다. 유

찾아가는 길
도두봉 산책로를 중심으로 오름허릿
당의 반대편, 즉 산책로 오른편 약간
위쪽에 있다

교 엄숙주의가 엿보이는 대목이다. 하지만 최근엔 3일 정성으로 줄었다. 산업화 앞에서 유교가 많이 약화된 모습이다. 본래 이 기간 동안에는 마을 입구에 금줄을 치고 외부 사람의 출입을 금했다. 하지만 지금은 이것도 옛 이야기가 되고 말았다.

제를 지내기 전에 정성을 모으며 제를 준비하는 제청도 변했다. 과거에는 마을의 어느 깨끗한 집을 활용했었는데 지금은 마을회관이 생겨 이곳을 이용한다. 돼지 한 마리를 통채로 올리는 것은 다른 마을의 포제와 비슷하다.

이 마을 포제만의 특징은 제를 지내는 날짜이다. 정월이 아니라 음력 6월 첫 정(丁)일이나 해(亥)일을 제일로 택한다.

마을의 원로들은 이 포제단이 약 370년 전에 만들어진 것이라고 한다. 하지만 사실 여부를 확인할 방법은 없다. 그들의 주장과는 달리 실제로는 이 포제단의 역사가 그리 길지 않을 것 같다. 유교문화가 제주민의 생활 속까지 퍼진 게 그리 오래 전 일이 아니기 때문이다. 유교식 마을제가 오래 전부터 있었을 것이라는 일반적 상식은 사실 근거가 없다. 제주도에서 포제가 확산된 것은 불과 100여 년 전의 일이라는 연구 결과도 있다.

어쨌거나 앞서 본 오름허릿당과 비교할 때, 이 포제단이 보다 후대에 만들어진 것만은 확실하다. 본래 제주도에는 유교식 마을제가 없었고 오직 무속의 당굿만이 있었기 때문이다. 후대에 와서야 유교식 포제가 생겼다. 포제는 가부장적 권위주의로 거들먹거리는 남성 유지들이 주관했다. 포제를 통해 그들은 마을 내에서의 자신의 권력을 정당화했다. 의례는 그것을 확고히 해주는 장치였다.

하긴 그래봐야 허위의식에 불과했다. 제주지역에는 온전한 유교 의례를 행할 만한 제대로 된 양반이라곤 거의 없었기 때문이다. 오히려 뒤늦게 등장한 가짜 양반들이 이런 일에 더욱 매달렸다. 가짜 양반의 부족한 정당성을 채워넣기 위해선 이벤트가 필요했다. 포제는 졸부와 같은 신분 상승자에게 그런 기회를 제공 해주는 중요한 도구였다. 유교 이데올로기에 오염되기 이전의 마을제, 즉 '남녀군취(男女群聚)'의 신명나는 마을제가 복원되는 것, 바로 그것이 진정한 축제의 부활일 것이다.

유교식 마을제인 포제
가부장적 권위주의를 내세우는 남성 유지들이 주관한다.(강정효 사진)

여기까지 답사를 마치면 어느덧 해가 넘어갈 저녁 무렵이다. 조금 더 기운을 내어 도두봉 정상까지 올라가길 바란다. 넉넉한 한라산과 국제공항의 너른 활주로가 툭 터진 시야 속으로 다가올 것이다. 그리고 뒤쪽으로 돌아서 보라. 바다로 막 떨어지기 직전의 태양이 보일 것이다. 그야말로 황홀경이다.

혹 여름철에 이 답사를 한다면, 도두봉에서 내려와 '오랫물'로 가길 권한다. 오름 바로 아래 마을 입구에 있다. 오랫물은 제주도를 제외하곤 대한민국 어디에서도 만날 수 없는 용천 냉수욕을 경험하게 해줄 것이다. 얼음물 따위와 비교할 생각은 하지 마라. 너무 차가워서 오래 있지도 못한다. 그러니 잠깐이면 된다. 1분이 채 지나기 전에 답사의 피로가 확 풀릴 터이니 꼭 한 번 찾길 바란다.

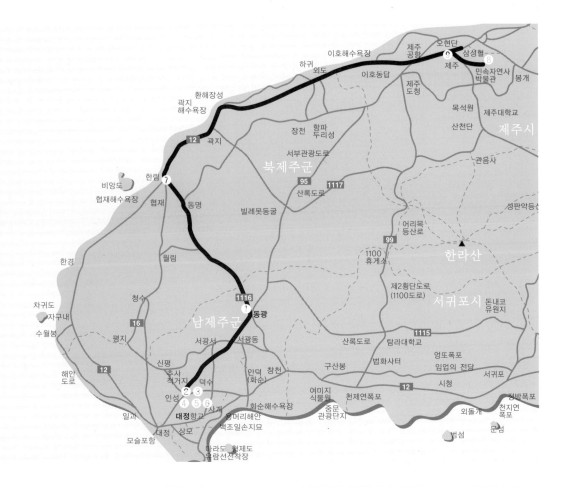

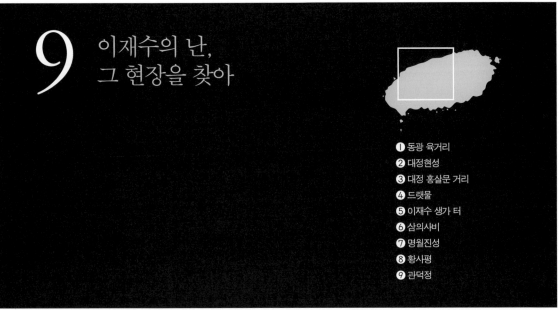

동광 육거리에서 관덕정 광장까지

19세기 민란의 바람은 제주에도 어김없이 불어왔다. 제주 민란은 여러모로 한반도와 비슷한 양상이었으나 별국 건설을 내세운 민란, 화전세 과다 징수가 원인이 된 민란 등 제주의 특징이 확연히 드러나는 경우도 많았다.

조선 후기 제주 민란

19세기를 민란의 시대라고 한다. 1811년 홍경래의 난, 1862년 임술민란, 1894년 동학농민전쟁 등 불과 한 세기 동안 굵직한 사건들이 줄을 이었다. 제주도에서도 예외가 아니었다. 아니 오히려 한반도에서보다 더 심하면 심했지 덜하지 않았다. 별국(別國), 즉 독립국 건설을 꿈꾸었던 1813년 양제해의 모변, 제주도판 임술민란인 1862년의 강제검의 난, 남학교도가 주동이 된 1898년 방성칠의 난, 그리고 영화로도 제작된 1901년 이재수의 난 등이 대표적인 제주민란이다.

제주의 민란은 한반도의 그것과 여러모로 유사하다. 그러나 제주도만의 특징도 확연히 드러난다. 먼저 별국 건설을 내세운 민란이 눈에 띈다. 양제해 모변과 방성칠 난이 그 경우이다. 또 화전세 과다 징수가 원인이 되었던 것도 제주 민란의 특징이다. 강제검 난과 방성칠 난이 이에 해당된다.

이재수의 난은 더욱 도드라진다. 규모가 전에 없이 컸다는 점도 특징이다. 하지만 무엇보다 천주교라는 외래 종교와의 갈등에서 비롯되었던 점이 더욱 특이하다.

그래서 영화로까지 제작된 것일까? 영화 덕에 유명세를 타긴 했지만 그놈의 영화가 영 개판으로 만들어진 탓에 많은 사람들을 실망시키기도 했다. 아무리 생각해도 박광수 감독이 제주의 역사, 제주의 정서를 몸으로 느끼진 못했던 것 같다. 안 그러고서야 당시 최고의 제작비를 들여놓고 그렇게 졸작을 만들 수 있었을까. 줄거리조차 들어오지 않는 영화 때문에 짜증났던 사람들을 위해서라도 간단하게 이재수의 난을 살펴봐야겠다.

1901년 이재수의 난은 천주교의 교세 확장과 이에 따른 폐단, 정부의 조세 수탈 등이 원인이 되어 일어난 사건이다.

대원군 시기까지만 해도 천주교는 많은 박해를 받았다. 그러나 1886년 한불수호조약과 1896년 교민조약 이후에는 선교의 자유를 얻고 공세적으로 진출했다. 당시 프랑스 신부는 왕이 직접 내린 '여아대(如我待—국왕처럼 대우하라)'라는 신표를 지니고 있었기 때문에 그야말로 거리낄 게 없었다. 완전한 치외법권과 영사재판권을 가지고 있었던 셈이다.

문제는 이들뿐만 아니라 조선 사람도 천주교로 개종하기만 하면 위와 같은 특권을 누릴 수 있었다는 점이다. 이런 이점이 있었기에 신앙과 무관하게 천주교로 개종하는 사람이 급격히 늘어났다. 제주도의 경우 1899년에 천주교가 들어왔는데, 불과 2년 뒤인 1901년에는 무려 1,300~1,400명의 신도 수를 기록할 정도였다. 하지만 불행히도 이것은 곧 천주교를 둘러싼 갈등이 멀지 않았음을 예고했다.

210

정부의 조세개혁에 따른 폐단도 이 사건의 큰 배경이 되었다. 1897년 조선은 광무개혁을 통해 대한제국으로 거듭 태어났다. 하지만 개혁을 추진할 돈이 없었다. 그러자 정부에서는 그동안 지방 관청에서 징수하여 사용하던 각종 세금에 욕심을 냈다. 쉽게 얘기해서 지방세를 국세로 전환하겠다는 말이다. 이를 위해 지방관보다 권한이 더 큰 세금 징수관(봉세관)을 각 지방에 파견했다.

하지만 이것은 지방 기득권자들의 이권을 곧바로 침해하는 조치였다. 지방 기득권자들이 크게 반발했던 건 당연한 일이다. 양자 간의 충돌은 서서히 나타나고 있었다. 백성들만 죽어날 판이었다. 중앙 정부와 지방세력 간의 갈등 속에 수탈은 이중으로 닥쳐왔던 것이다.

중앙에서 파견된 세금 징수관은 누구보다 막강한 권한을 가지고 있었다. 하지만 그에겐 막상 손발이 없었다. 직접 세금을 징수하러 다닐 부하 직원이 없었던 것이다. 이때 그 역할을 자임하고 나선 자들이 바로 천주교도들이었다. 이렇게 세금 징수관과 천주교도가 결탁하자 그들과 토호세력 간의 대립선이 뚜렷하게 형성되고 있었다. 물론 민중의 불만이 증폭되고 있었던 건 말할 나위도 없다.

문화적 갈등도 이 사건의 중요한 원인이다. 이때 들어온 천주교는 서구 우월주의적 사고가 강했다. 따라서 천주교도들에게 제주 고유의 샤머니즘은 단지 격파되어야 할 사탄일 뿐이었다. 역으로 제주 고유의 신앙세력은 천주교를 종교침략 세력으로 인식하고 있었다.

폐단이 누적되자 5월 초 드디어 대정지역 사람들은 상무사라는 조직을 만들고 민회(民會)를 개최했다. 민회에서 그들은 제주읍성으로 찾아가 제주 목사에게 건의문을 제출하기로 결의했다. 그리곤 길을 떠났다. 이때까지만 해도 평화적인 운동이었을 뿐이었다.

그런데 사태는 천주교측에서 과잉대응을 하면서 커져버렸다. 천주교도들은 한림면 명월리까지 진출했던 민회를 습격하고 민회의 장두 오대현을 납치해 갔다. 더 나아가 민회의 본거지인 대정으로 몰려가 총질까지 해댔다. 결국 주민을 살상하기에 이르렀던 것이다.

이에 도민은 분노했다. 이제 민회는 더 이상 건의문이나 올릴 수준에 머무를 수 없었다. 무력 도발에 대해선 무장항쟁만이 해답이라고 생각했다. 본격적인 민란이 시작된 것이다. 먼저 지도부 정비가 필요했다. 장두 오대현이 납치되었기 때문이다. 이때 등장한 사람이 바로 이재수다.

이재수의 등장은 중요한 의미를 갖는다. 앞서의 장두 오대현은 향장, 즉 지역의 기득권자였다. 반면 이재수는 관노 출신이다. 민란 지도부의 계급적 성격이 확연히 달라진 것이다.

5월 17일 이재수의 민군은 제주성 밖 황사평에 진을 쳤다. 이후 제주성 성벽을 사이에 두고 지리한 공방전이 계속되었다. 팽팽했던 균형은 성내에 있던 비천주교도들에 의해서 깨어졌다. 5월 28일 이들이 이재수의 민군에 호응하여 성문을 열었던 것이다. 제주성에 입성한 이재수는 관덕정 광장에서 문제의 천주교도들을 직접 처형했다.

이재수의 난 당시 관덕정 광장에서 살해된 천주교도들의 시신

하지만 6월이 되자 프랑스 군함이 들이닥쳤다. 대한제국의 군대도 파견되어 왔다. 결국 민군의 지도부는 체포되고 백성들은 흩어지게 되었다. 이재수가 처형된 건 1901년 10월 9일의 일이다.

동광 육거리

중산간 지대에 있는 육거리라는 점이 우선 범상치 않아 보인다. 게다가 제주도 민란의 진원지라고 불리는 대정 지역에 있어서 더욱 그렇다. 육거리는 말 그대로 사통팔달한 도로망이 만나는 접점이다. 민란 당시 이 지역이 민군의 중간 집결지가 되었던 건 당연한 일이다.

그런데 발달한 교통망 하나만으로 이곳이 주목받는 건 아니다. 강제 검 난과 방성칠 난의 핵심 세력이 바로 이곳 출신이었다는 게 더욱 눈길을 끈다. 두 민란은 모두 중산간 지역의 화전세 과다 징수가 문제가 되어 일어난 사건이다. 이곳 동광 일대는 당시 중요한 화전촌이었다. 화전세 폐단이 집중됐던 곳이라는 말이다. 따라서 이곳 화전촌 사람들이 민란의 주축으로 나섰던 건 어쩌면 자연스러운 일이다.

먼저 제주 임술민란의 주역 강제검은 동광리 무등이왓 출신이다. 이 지역 노인들은 강제검을 강 형방(刑房)으로 기억하고 있다. 아마 이 호칭은 그가 화전촌 출신이면서도 한때 향리직에 있었기 때문인 것으로 보인다. 그리고 이곳 노인들은 얼마 전까지도 무등이왓 위쪽에 강제검의 집터와 무덤이 있었다고 증언한다. 김두일도 이곳 광청리 출신이다. 김두일은 제주 임술민란의 또 다른 주역인 김석구 형제가 처음 포섭했던 사람이다.

찾아가는 길

제주시에서 서부관광도로를 타고 약 30분쯤 가다가 파라디아스 골프장을 바로 지나 동광 방면 표지판을 따라 내려와야 한다. 이 육거리는 한림, 대정, 창천, 제주시 등 주요 방향으로 빠지는 도로가 교차하는 지점이다. 현재 이곳에는 김문소와 주유소가 있다.

1898년 방성칠 난의 주역이던 남학당 사람들도 대부분 이곳 출신이다. 그들은 이곳 동광 무등이왓 근처에서 집단적으로 거주하고 있었다. 본래는 전라도 일대에서 살던 사람들이다. 그런 그들이 동학농민전쟁 실패 후 탄압을 피해 이곳으로 밀려들어왔던 것이다. 이곳에 잠입해 온 그들은 아무것도 가진 것이 없었기 때문에 화전 경작에 매달릴 수밖에 없었다. 그때 마침 동광 일대는 화전 개발이 활발히 이뤄지던 중이었다. 쫓겨온 그들에게 동광의 화전은 적당한 정착지가 되었을 것이다.

저항의 전통은 그 뒤로도 이어졌다. 1936년 일제의 식민지배를 정면 거부하는 무극대도교가 창도되었던 곳도 여기 광청이다. 해방정국에서 미군정의 잘못된 미곡정책을 강력히 규탄하며 저항했던 곳 역시 이곳 광청 일대이다.

하지만 그 대가로 4·3 당시 이 마을 사람들은 군경토벌대에 의해 극심한 탄압을 받아야만 했다. '큰넓궤'로 피했다가 결국 잡혀 정방폭포 일대에서 죽임을 당했던 사람들도 바로 이곳 사람들이다. 그들이 살았던 무등이왓, 조수궤, 사장밧, 삼밧구석 등의 마을 역시 4·3 때 불에 타 모두 없어졌다. 그리고 여태껏 복원되지 않고 있다. 마을이 사라질 당시 무등이왓만 해도 약 130가구였다고 하니 그 피해를 능히 짐작할 만하다.

대정현성

조선시대 대부분 기간 동안 제주도의 행정 구역은 제주목, 정의현, 대정현으로 나뉘어 있었다. 각각에는 지방행

찾아가는 길
동광 육거리에서 계속 대정 방면으로 가면서 추사적거지 표지판을 찾으면 된다. 추사적거지가 바로 대정현성 안에 있다. 지금은 읍성의 일부만 남아 있을 뿐 현청과 관계된 건물은 찾아볼 수 없다.

정을 책임지는 지방관, 즉 서울에서 파견된 수령이 있었다. 읍성(邑城)은 그들 수령이 근무하던 지방행정의 중심지였다. 현재 제주시 관덕정 일대, 관광지로 유명한 남제주군 성읍 민속마을, 그리고 추사적거지와 보성초등학교가 있는 이곳이 각각 제주목, 정의현, 대정현의 읍성이 있던 장소이다.

한편 이재수의 난 당시에는 대정현이 아니라 대정군으로 명명되고 있었다. 1895년 이래 몇 차례 있었던 행정개편을 반영한 명칭이다. 영화 〈이재수의 난〉에서 배우 명계남이 대정 군수로 나오는 것도 이 때문이다.

이곳에 읍성이 처음 축조된 것은 1418년(태종 18년)의 일이다. 대정현이 설치된 지 2년 만에 성이 축조된 것이다. 그후 대정현성은 여러 차례 수리 보완되었다. 시기마다 조금씩 차이는 있지만 성 둘레는 대략 1,260m이다. 형태는 평지의 보편적인 읍성처럼 직사각형에 가깝다. 최근엔 북문 터에서 옹성 흔적이 발견되어 복원에 중요한 근거를 제공해 주기도 했다.

19세기 제주 민란과 관련지어 볼 때 대정현성은 매우 중요하다. 무엇보다 이재수 난의 진원지라서 그렇다. 실제 상무사의 핵심 멤버인 대정 군수 채구석, 대정 향장 오대현, 그리고 대정현 관노 출신 이재수가 모두 이곳 대정현성을 주무대로 활약했던 사람들이다.

그런 만큼 천주교도들도 이곳 대정을 주목했다. 민란의 초기 단계인 1901년 5월 14일, 프랑스 선교사의 직접 지휘 아래 한림 민회를 습격했던 천주교도들은 곧바로 이곳 대정현성을 공격했다. 초기에 민란의 기운을 눌러버리겠다는 의도였다. 대정현으로 쳐들어 온 그들은 군기고를 부수어 무기를 탈취했고 이어 주민을 살상하기까지 했다. 대정

지역을 민회 세력의 근거지로 보았기 때문이다.

이재수 난 뿐만 아니라 그보다 앞서 있었던 제주 임술민란도, 또 1898년의 방성칠 난도 모두 넓게 보면 그 진원지가 대정 지역이었다. 가히 대정은 제주 민란의 근원지라고 할 만하다. 그런데 왜 하필이면 대정 지역일까?

척박한 자연환경을 그 원인으로 드는 사람들이 있다. 겨울철 이곳 대정에서 그 매서운 칼바람을 단 한 번만이라도 겪어본 사람이라면 고개를 끄덕일 것이다. 오죽했으면 대정 '모슬포'를 '못살포'라고 불렀을까.

혹자는 이곳에 왔던 유배인들의 영향 때문이라고도 한다. 대정은 3천리 밖으로 내쳐져야 할 중죄인급 유배객들이 많이 살았던 땅이다. 조선의 법전 『경국대전』은 중죄인인 경우 3천리 밖으로 내쫓으라고 규정했다. 하지만 실제 서울에서 3천리 밖 거리는 한반도 내 그 어디에도 없다. 명나라의 『대명률』을 따라 규정을 만들다보니 터무니없이 3천리 밖이 나온 것이다. 그래도 법은 법인만큼 '3천리 밖' 흉내를 내다보니 서울에서 가장 먼 제주도, 그 중에서도 가장 남쪽인 이곳 대정이 중죄인들의 유배처가 되었다.

여기서 '중죄인'이라고 하면 무슨 큰 범죄를 저지른 사람으로 오해하기 쉽다. 그러나 그렇지 않다. 사실 이곳에 온 중죄인들은 잔인무도한 범죄자가 아니라 대부분 사회 비판의식이 강한 정치범들이었다. 입바른 소리를 하다가 이곳까지 밀려온 경우가 많았다. '반골

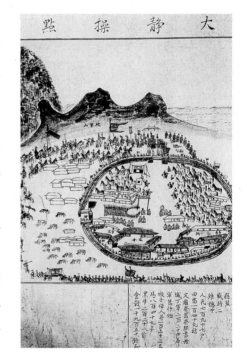

『탐라순력도』「대정조점」
대정현성과 현감의 집무처, 홍살문이 잘 표현되어 있다.

216

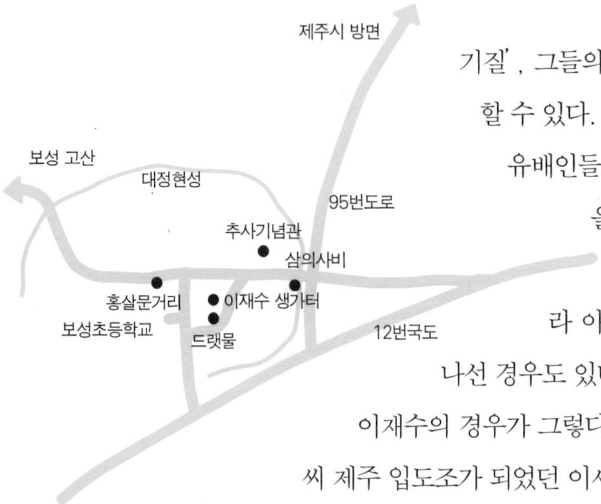
제주시 방면
보성 고산
대정현성
95번도로
추사기념관
삼의사비
홍살문거리
이재수 생가터
보성초등학교
드랫물
12번국도

대정현성 주변
이재수의 난 유적지

기질', 그들의 특성을 한마디로 말한다면 이렇게 표현할 수 있다.

유배인들의 그 반골기질이 대정 사람들에게 영향을 미쳐 민란의 배경이 되었다는 분석이다. 단순히 영향을 끼친 정도가 아니라 아예 유배인의 후손이 민란의 장두로 직접 나선 경우도 있다고 한다.

이재수의 경우가 그렇다. 그는 중종 때 이곳에 유배 와서 고부 이씨 제주 입도조가 되었던 이세번의 12대 후손이라는 설이 있다. 또 4·3 당시 재산 무장대 사령관이었던 이승진(일명 김달삼) 역시 유배객 이세번의 후손이라고 한다. 정확한 근거는 없으나 가능성은 충분히 있는 주장이다.

풍수지리로 설명하는 사람도 있다. 평지돌출형 산이 있는 지역은 왕이 나거나 아니면 역적이 나는 땅이라고 한다. 한국의 대표적인 평지돌출형 지세로는 임꺽정으로 유명한 황해도 구월산, 미륵신앙의 메카 금산사가 있는 전북 김제 모악산, 그리고 바로 이곳 제주도 대정의 산방산을 들 수 있다. 모두 민란이 잦았던 지역이다.

산방산 앞에는 관광지로 유명한 용머리 해안이 있다. 본래 용머리는 왕이 출현할 산방산의 맥이 바다로 뻗어나가 만들어진 지형이라고 한다. 하지만 고려 예종 때 술사 호종단이 이곳에 와서 산방산과 용머리 해안 사이의 맥을 끊어버렸다고 한다. 그때부터 대정 지역은 왕은 나오지 않고 민란만 빈번한 역향이 되었다는 설명이다.

물론 황당한 이야기이긴 하다. 하지만 풍수지리적 설명도 그럴듯한 구석이 없는 건 아니다. 매일 평지돌출한 산을 바라보며 살다보면 억울한 일을 당했을 때 욱하는 심정과 함께 뭔가 일을 도모해 보려는 심사가 형성될 것도 같다.

대정 홍살문 거리

홍살문은 본래 신성한 제사 공간이 있는 곳이라면 반드시 설치되던 벽사(辟邪)의 문이다. 이곳에 홍살문이 있었던 건 신성한 공간인 객사 때문이다. 객사는 왕의 전궐패를 모신 곳으로 왕의 친정(親政)을 상징하는 건물이다. 따라서 지방의 모든 관아는 객사 건물을 먼저 마련해야 했으며 객사를 통해 지방관은 자신이 왕의 대행자임을 과시했다.

때문에 홍살문은 신성한 객사 건물이 멀지 않았음을 알리는 경계 표시의 문으로 해석될 수도 있다. 이곳 대정현성도 지방관이 파견되어 통치가 이뤄졌던 읍성이므로 당연히 객사와 홍살문이 있었다. 물론 지금은 아무런 흔적도 남아 있지 않다.

도대체 무엇 때문에 홍살문 거리를 들먹이는 것인가? 한때 이곳에 이재수 난의 세 장두 이재수, 오대현, 강우백을 기리는 '제주대정군삼의사비'가 서 있었기 때문이다. 이재수 난 이후 정확히 60년이 지난 1961년, 대정 지역의 유지들과 이재수의 후손들은 60년 전의 의로운 항거를 기념하며 사람들이 가장 많이 다니던 이

찾아가는 길

추사적거지에서 서쪽으로 약 50m 가면 보성식당 앞 삼거리가 나온다. 과거 동문, 서문, 남문에서 시작된 도로가 교차하던 읍성의 중간지점이다. 조선시대 읍성의 가장 보편적 도로체계인 T자형 도로인 것이다. 바로 이 중심지점에 홍살문이 있었다. 그래서 붙은 이름이 홍살문 거리이다. 물론 지금은 아무 흔적도 남아 있지 않다. 특이한 건 이 좁은 삼거리를 경계로 보성리, 인성리, 안성리가 나눠져 있다는 점이다.

제주대정군삼의사비
이재수 난의 세 장두를 기리는 이 비석은 새로 세운 비석 곁에 묻혀 있다.

곳 홍살문 거리에 비석을 세웠다.

현재 그 비석은 새로 만들어 세운 비석 곁에 묻혀 있어 사진으로만 확인될 뿐이다. 하지만 역사를 공부하는 사람들은 다시 그 비석을 세워놓으라고 말한다. 역사 유물로서 가치가 있기 때문이다.

무엇보다 그 비문의 내용이 현재의 것보다 더욱 강한 어조로 이재수난의 실상을 묘사하고 있어 주목된다. 특히 "제주의 무뢰배들이 천주교에 입교하여 그 위세를 믿고 탐학을 마음대로 하고 부녀를 겁간하여" 등의 표현은 당시 천주교도들의 폐해를 아주 직설적으로 드러낸 것이다. 지금의 비석엔 이러한 내용들이 빠져 있다. 과거의 비석이 천주교의 폐해를 이처럼 노골적으로 표현할 수 있었던 건, 비를 세우던 1961년 당시의 천주교 교세가 오늘날만큼 강하지 않았기에 가능한 일이었다.

드랫물 앞 삼의사비 기단

홍살문 거리에 있었던 '제주대정군삼의사비'가 한때는 이곳 드랫물 앞에 서 있었다. 앞서 말했지만 지금은 땅속에 묻혀 있어 확인할 순 없다. 이 비가 홍살문 거리에서 이곳으로 이사를 온 것은 1980년대의 일이다. 홍살문 거리 주변 도로 확장 공사로 인해 이곳으로 밀려났던 것이다. 그러니까 그 비석이 이곳에 서 있던 시기는 1980년대부터 새 비석을 세우며 묻어버린 1997년까지 대략 10여 년 정도다.

그런데 왜 하필이면 인적이 드문 외진 이곳으로 옮겨졌던 것일까? 과거에는 사람들이 가장 많이 다니던 홍살문 거리에 있던 비석인데

찾아가는 길
홍살문 거리에서 남쪽으로 약 15m 가서 다시 동쪽으로 난 좁은 골목으로 접어들면 지금은 쓰지 않아 조금 지저분해진 샘물 터를 볼 수 있다. 이곳이 드랫물 자리이다. 그리고 그 물터 앞에는 예전에 '제주대정군삼의사비'가 서 있었던 콘크리트 기단이 남아 있다.

말이다. 속 시원히 이유를 말해 주는 사람
은 만날 수 없었다. 다만 천주교측의 압력
때문일 거라고 귀뜸하는 사람들은 있었다.
이재수 난을 천주교 박해로 해석하는 교회
측의 입장을 생각해 본다면 그럴듯한 말이
기도 하다. 만약 그렇다면 이것은 1961년
처음 비석을 세우던 때와는 달리 1980년대
에는 제주지역에 천주교의 교세가 매우 커
졌다는 말이 된다.

삼의사비 기단
역사의 뒤안길로 사라져 가는 버려진
기단이다.

　어쨌든 현재 이곳에서 확인할 수 있는 건 비의 몸체를 빼고 남은 콘
크리트 기단밖에 없다. 버려진 물터, 버려진 기단, 역사의 뒤안길로 사
라져 가는 현장이다.

이재수 생가 터

　　　　　이재수뿐 아니라 오대현과 강우백도 같은
장두였다. 그래서 삼의사비가 세워진 것이다. 그럼에도 불구하고 '이
재수 난'이라는 명칭에서 보듯이 유독 이재수만이 지금껏 제주 사람들
에게 회자되는 건 무슨 까닭에서일까? 아마 그가 당시 제주 사람들의
속을 후련하게 풀어줬기 때문일 것이다. 그렇다면 오대현, 강우백은
그 역할을 제대로 못했다는 건가? 아무래도 이재수만큼은 못했던 모
양이다.

찾아가는 길
드랫물 바로 맞은편이 과거 이재수가
살았던 집의 터이다. 물론 지금은 그
흔적을 찾아볼 수 없다. 대신 현대식
민가만이 자리하고 있을 뿐이다.

　항쟁의 전개과정에서 오대현과 강우백은 시종 소극적인 자세를 취
했다. 제주성 입성과 천주교도 처형 때에는 더욱 그랬다. 상당히 기회

주의적인 모습이었다. 반면 이재수는 단호하게 일을 처리했다. 그러다 보니 제주성 입성 이후에는 이재수의 서진과 오대현의 동진이 사사건 건 충돌을 일으킬 정도였다. 비타협적 투쟁노선과 온건한 타협노선 간의 대립이었다. 그것은 정부군과의 협상 과정에서도 마찬가지였다. 이러한 과정을 지켜보면서 민중은 사회모순의 철저한 척결을 내세웠던 이재수를 진정한 장두로 생각했던 것 같다.

오대현과 이재수의 노선 차이는 그들의 계급적 입장에서 비롯된 것일 수도 있다. 오대현은 대정 지역의 좌수로서 향촌의 지배층인데 반해, 이재수는 반대로 민중적인 인물이다. 이재수의 신분은 관노, 사령, 하인, 심부름꾼, 천민, 마부, 통인 등으로 기록되어 있다. 아무래도 향촌의 기득권 세력은 철저한 투쟁노선을 견지하기 어렵다. 그런 만큼 민중의 요구를 진정 해결해 줄 수 있는 사람은 좌수 출신 장두 오대현이 아니라 관노 출신 장두 이재수였을 것이다.

게다가 사람들은 귀족적 영웅보다 민중적 영웅을 선호한다. 한국 근현대사에서 '노블리스 오블리제'의 경우가 흔치 않았기 때문에 민중 영웅을 더욱 선호하는 것 같다.

현재 이곳엔 이재수와 관련된 어떠한 안내문도 없다. "서양 사람을 쳐 없애서 제주성을 회복하였다"라고 외치던 이재수, 재판정에서 "우리가 죽인 것은 양민이 아니라 역적일 뿐"이라고 일갈했던 이재수. 하지만 정작 그의 생가 터에는 그 의로운 삶을 기리는 최소한의 표식마저도 없다. 의로운 역사가 망각되고 있는 중이다.

삼의사비

　　1997년 이곳에는 새로운 '제주대
정삼의사비'가 세워졌다. 옛 비석이 낡고 초라하다고 해서 새
로 만든 것이다. 1961년 홍살문 거리에 처음 세워졌다가 드랫
물로 옮겨갔던 옛 비석은 현재 새 비석 앞에 묻혀 있다. 인적
이 드문 외진 드랫물과는 달리 큰 도로변에 세워져 그 뜻을 기
리게 되었으니 정말 좋은 일이다.

대정 삼의사비 뒷면
한때 비문 내용을 보지 못하게 가려
놓았다.

　　그런데 이 비석을 세우는 과정이 순탄치만은 않았던 모양이
다. 비문 내용을 문제삼아 천주교측이 적극 저지하러 나섰던
것이다. 비문의 첫 문장은 "무릇 종교가 본연의 역할을 저버리
고 권세를 등에 업었을 때 그 폐단이 어떠한가를 보여주는 교
훈적 표석이 될 것이다"라고 되어 있다. 천주교측은 이 문장을 상당히
못마땅하게 생각했다. 삼의사를 기리는 것보다 천주교 비방에 초점이
맞춰져 있다는 논리다. 수긍이 가는 지적이다.

　　그리고 비문의 끝 쪽에는 "대정은……1801년 황사영 백서 사건으
로 그의 아내 정난주가 유배되어 온 후 딱 1백년 만에"라는 문구가 있
다. 이 부분에 대해서도 역시 천주교측은 문제를 제기하였다. 이재수
난과 관계도 없는 황사영 사건을 끌어들여 천주교를 비방하고 있다는
주장이다. 이것 역시 타당한 지적이다.

　　그러나 사실 문제의 핵심은 비문 몇 글자가 아닌 것 같다. 그보다 근
본적으로 비석을 세우는 행위 자체가 싫었던 것이다. 최근까지도 천주
교측은 이재수 난을 천주교 박해로 규정하고 있다. 그렇기 때문에 박
해를 가한 장본인들을 기념한다는 게 영 마뜩치 않았던 것이다. 예전

찾아가는 길
대정현성 동문지 밖 큰 도로에 있다.
추사적거지에서 니와 왼쪽 큰 도로를
찾으면 된다.

222

에도 남제주군에서는 삼의사비 건립 예산을 편성한 적이 있었다. 그런데 천주교측의 항의로 예산 자체가 사라져버렸다는 말이 있다. 이 숨은 이야기도 이재수 난에 대한 천주교측의 시각을 보여준다.

그러다 보니 1997년 4월 20일로 예정되었던 제막식은 차일피일 미뤄졌다. 그리고 비석 뒷면을 둘러싸고 해괴한 사건이 몇 달 동안 계속되었다. 낮에는 천주교측이 비문을 가리기 위해 종이를 붙였고, 밤이 되면 마을 사람들이 그 종이를 찢어버리던, 괴상한 숨바꼭질이 이어졌던 것이다. 하지만 약 4개월 뒤에 천주교측이 뒤로 물러섰다. 더 이상의 신경전에서 득이 될 게 없다고 판단했던 것이다. 결국 1997년 8월 13일 늦게나마 제막식은 거행될 수 있었다.

이곳에 가서 문제가 된 비문을 직접 읽어보는 것도 좋겠다. 그런데 재미있는 건 비문에 잘못된 글자가 적지 않다는 점이다. '역활(역할)', '象武會(商務會)', '二鎭(二陳)', '察理衛使(察理御使)' 등이다. 괄호 안의 글자가 바른 것이다. 최근에는 지적을 받고 글자를 고쳐놓았다고 하는데 여전히 남은 게 있다. 한번 잘 찾아보길 바란다.

명월진성

조선시대 제주도의 전략적 요충지에는 진성(鎭城)이 있었다. 모두 아홉 곳에 진성을 쌓았는데 그 중 이곳 한림읍 명월리에 있는 명월진성이 가장 으뜸이다. 비옥한 토지와 풍족한 어장이 주변에 있어서 모든 구색을 갖춘 진성으로 평가되었다.

이곳에 처음 성을 축조한 것은 조선 중종 5년(1510년)의 일이다. 제주 목사 장림(張琳)은 바로 앞의 비양도가 왜구의 거점이 될 수 있다고

찾아가는 길

대정에서 동광 육거리로 돌아 나온 후 그곳에서 한림 방면의 길을 택하여 직진하면 곳곳에서 표지판을 만날 수 있다. 제주시에서 출발할 경우는 서회선 일주도로를 따라 한림 방면으로 가면 된다.

판단했다. 이곳에 성을 쌓은 건 바로 그 때문이다. 그런데 엄격히 말하면 이때는 성을 쌓은 게 아니다. 처음엔 목성(木城)에 불과했다.

석성(石城)으로 개축된 것은 임진왜란이 발발한 선조 25년(1592년) 이경록 목사 때였다. 그 뒤에도 명월진성은 여러 차례 수리를 거듭했다. 그리고 지금은 복원 공사가 한창이다. 2002년 2월에는 남문 옹성 기단석의 원형이 발굴되어 관심을 끌었다. 제주도 내 모든 복원 성 중에 옹성이 제대로 복원된 곳은 몇 없다. 명월진성은 그 중 하나인데 원형이 남아 있었기에 가능했던 일이다.

제주 민란과 관련하여 이곳을 찾는 이유는 이재수 난의 성격 변화를 가져온 장소이기 때문이다. 본래 이재수 난은 평화적인 등소(等訴)운동으로 시작되었다. 평화적 등소운동이 무력항쟁으로 바뀐 건 바로 이곳 명월에서의 사건 때문이다.

명월진성
천주교측의 명월진성 습격사건은 이재수 난의 성격을 바꿔놓는 계기가 되었다.

대정 상무사는 각종 세폐의 시정을 요구하는 민회(民會)를 개최하고 그 요구를 관철하기 위해 제주 읍성을 방문하기로 했다. 이에 오대현과 강우백을 장두로 세우고 대정을 출발하여 제주읍을 향했다. 이곳 한림 명월성은 제주읍을 향하던 민군이 중간에 묵었던 장소이다. 이때까지만 해도 민회 세력은 비무장이었으며 평화적으로 세폐 시정을 하소연하고자 했다.

　그러나 지레 겁을 먹은 천주교측이 사건을 확대시켰다. 천주교도들이 이곳을 급습했던 것이다. 과잉 공포가 낳은 과잉 대응이었다. 프랑스 선교사의 직접 지휘 아래 이곳을 덮친 800여 명의 천주교도들은 민회소의 주민들에게 발포를 하고, 장두 오대현 등 여섯 명을 납치해갔다. 머리 잘린 뱀이 힘을 쓰지 못하는 것처럼 장두만 제거해 버리면 민중은 곧 오합지졸로 해체되리라 판단했던 것이다. 딴에는 기선을 제압한다고 그랬을 것이다. 때는 1901년 5월 14일이었다.

　그러나 그 판단은 오류였다. 한림 명월진성 습격은 오히려 성난 민중을 더욱 자극했다. 그 결과 더 많은 민중의 결집을 불러왔다. 게다가 이때부터 이재수 난은 근본적으로 달라지게 되었다. 성격이 완전히 바뀐 것이다. '평화적 등소운동'에서 '무력항쟁'으로의 변화가 그것이다.

　이재수가 항쟁의 장두로 나서게 된 것도 바로 이곳 명월 기습 사건이 계기가 되었다. 오대현이 빠진 자리를 그가 채웠던 것이다. 그러면서 항쟁의 주도권도 토호의 손에서 민중의 손으로 자연스레 넘어왔다. 이때부터 항쟁은 더욱 적극성을 띠었다. 새롭게 장두가 된 이재수의 비타협적 투쟁노선이 이전의 항쟁과는 크게 달라진 양상을 보였던 것이다. 그리고 보면 이재수 난은 이곳 한림의 명월진성에서부터 본격적으로 시작되었다고 말할 수 있다.

황사평 천주교 공동묘지

황사평은 참으로 역사의 아이러니를 보여주는 공간이다. 지금은 천주교 공동묘지로 사용되고 있지만 이재수 난 당시에는 천주교도들을 치기 위해 모여든 민군(民軍)이 주둔했던 장소다. 민군의 주둔 터에 거꾸로 그들에게 살해된 천주교인들이 묻힌 것이다.

『증보탐라지』(1954년)에 의하면 황사평은 광활한 평탄지로서 본래 군병을 교련하던 장소라고 한다. 그래서인가 이재수의 민군은 제주성 공격을 앞두고 일단 이곳에 진을 쳤다. 산포수의 무기로 무장한 민군이 황사평에 포진함으로써 제주성을 장악한 교민들과 성을 경계로 대치했던 것이다.

황사평에 주둔한 민군은 여러 차례 제주성을 공격했다. 그러나 민군 측의 사상자만 늘어날 뿐 성은 쉽사리 함락되지 않았다. 그래도 결국 5월 28일 성문은 열렸다. 10여 일 간의 공방전 끝에 민군이 승리했던 것이다. 그런데 성문을 열어젖힌 건 민군이 아니었다. 성 안에 살던 비천주교도들이 나섰던 것이다. 성문을 여는 데는 부녀자들이 앞장을 섰다. 특히 천주교측으로부터 부도덕하다고 멸시받던 기생과 무녀의 활약이 두드러졌다.

성문이 열리자 드디어 민군은 제주성으로 입성했다. 제주성에 입성한 민군은 먼저 천주교도들을 색출하여 처형하기 시작했다. 관덕정 광장은 그 살육의 현장이었다. 살육은 주로 이재수의 서진에 의해 이뤄졌다. 몇이나 죽었을까? 기록에 따라 그 수가 다르다. 기록 주체의 입장이 투영된 결과이다. 어쨌거나 수백 명에 이르렀던 것만은 사실이다.

찾아가는 길

제주시 남동쪽에 위치해 있다. 시내 중심지에서 제1횡단도로 방면으로 가다가 제주여고 사거리에서 아라중학교 쪽으로 좌회전해야 한다. 좌회전 방향에 2.3㎞ 남았음을 알리는 표지판이 있다. 한마음 병원 쪽이나 제주상고 쪽에서도 접근할 수 있다.

관덕정 앞에 방치된 시신들은 처음엔 지금의 제주교육대학교 근처인 사라봉 밑 언덕에 가매장되어 있었다. 그 시신들이 황사평으로 옮겨진 건 프랑스가 외교 압력을 가한 결과였다. 프랑스의 요구를 수용해 이 일을 처리한 사람은 당시 제주 목사인 홍종우였다. 그는 갑신정변의 주역 김옥균을 암살한 일로 우리에게 익숙한 사람이다. 그가 그 무렵에는 제주도에 있었다.

난리중에 죽은 천주교도들이 황사평에 묻히긴 했지만 지금처럼 황사평이 천주교 공동묘지로 쓰였던 것은 아니다. 처음엔 민란 과정에서 죽은 교민들만이 이곳 황사평에 묘를 쓸 수 있게끔 약조가 되어 있었다. 그러던 것이 현재에는 일반 천주교 신자들도 묻히는 천주교 공동묘지로 탈바꿈한 것이다.

그러면서 천주교측에서는 이곳을 성역화하였다. 지금은 천주교인들만의 공간이 되어버린 것이다. 물론 이해 못할 바는 아니다. 그러나 민군의 주둔지였던 점도 함께 강조되는 게 진정한 역사의 복원일 것이다.

황사평 순교자 묘역
민군 주둔지가 거꾸로 그들에게 살해된 천주교민의 묘역이 되었다.

황사평 답사에서 마지막으로 놓치지 말아야 할
재미있는 건수 하나. 황사평 순교자 묘역 비문을
꼼꼼히 읽어보길 바란다. '홍종우'를 '홍종수'로
잘못 표기한 것은 그리 재미있는 건수가 못된다.
압권은 "1901년 신축교난(辛丑教亂) 당시"라는
부분이다. 한자 표기 부분을 자세히 보라. 감이
안 잡히는가? 교인들이 '수난(難)'을 겪었다는

게 아니라 '난(亂)동'을 부렸다는 말이 되어 버렸다. 맹목적 신앙인이
아니라 그래도 역사의식을 갖춘, 어떤 양심적인 천주교인이 저렇게 슬
쩍 바꿔치기를 한 것인가? 그랬을 거라고 믿고 싶다.

황사평 순교자 묘역 비문
천주교인들이 수난(受難)을 겪은 게
아니라 난(亂)동을 부렸다는 의미가
되어버렸다.

관덕정 광장

　　　　　　　　　관덕정 앞 광장은 역사 이래 제주도 정치 1
번지의 역할을 담당해 온 공간이다. 탐라국 시대부터 현대사에 이르기
까지 핵심 행정관청은 모두 이 자리에 있었다. 지금은 관덕정 북쪽 공
간에만 조선시대의 동헌을 재현해 놓았다.

　하지만 조선시대에는 관덕정을 중심에 놓고 남북으로 관아 건물이
배치되어 있었다. 북쪽엔 제주 목사가 근무하던 상아(上衙)가, 남쪽엔
제주 판관이 근무하던 이아(二衙)가 있었고, 서쪽엔 동향 건물인 관덕
정이 있었다. 동쪽만이 유일하게 트인 형상이다. 바로 그 동쪽 공간이
관덕정 앞 광장이다.

　물론 이것은 의도적인 건물 배치이다. 관의 위엄을 과시하기 위해
관아 건물로 둘러싸인 정치광장을 만든 것이다. 이 광장에서 관과 민

찾아가는 길
제주시 한복판. 중앙로 서쪽에 있다.
너무 유명한 관광지라 지나가는 사람
아무나 붙잡고 물어봐도 찾아갈 수
있다.

은 직접 만났다. 그런 만큼 정치행사는 동헌 뜰보다 이곳 관덕정 광장이 주로 활용되었다. 관덕정이 관청 배치의 보편적인 방위와는 다르게 동쪽을 향하고 있는 건 바로 이 때문이다. 조선시대 관청 건물 중 이런 경우는 드물다.

하지만 명목상의 건립 목적은 이와 다르다. 세종 30년인 1448년에 신숙청 목사가 병사들의 활쏘기 훈련 장소로 만들었다고 한다. 그러나 이건 극히 일부의 측면만이 강조된 이야기다. 동헌 바로 앞에서 활쏘기 훈련을 한다는 것은 상식적으로 납득하기 어렵다. 군사훈련은 오히려 황사평과 같은 외곽지가 적격이다. 열병, 사열, 활쏘기 시합 등 군대의 의식행사를 위한 건물이라면 또 모를까. 물론 이런 행사 역시 관이 직접 주민을 만나면서 관의 위엄을 과시하는 기회가 된다.

『예기』에 나오는 "활을 쏘는 것은 높고 훌륭한 덕을 쌓는 것이다(射者所以觀盛德也)"라는 구절에서 '관덕'이라는 이름이 지어졌다는 말은 맞다. 그러나 그렇다고 해서 이곳을 단순히 활터로만 생각한다면 조선시대 이 공간이 가졌던 진정한 역할은 가려져 버린다.

현대적 공간 감각으로는 관덕정 광장이 어쩌면 비좁게만 느껴질 것이다. 하지만 넓지 않은 이 광장이 격동의 제주 역사를 담아냈던 공간이다. 이재수가 제주성에 입성하여 천주교도들을 처단했던 장소도 바로 이곳 관덕정 광장이다. 이재수는 자신이 직접 천주교도들을 처형하기도 했다. 말을 탄 채 한 사람의 목을 베고는 피 묻은 칼을 자신의 짚신에 한 번 쓰윽 닦고 다시 또 칼을 내리치더라고 어릴 적에 나의 할머니는 실감나게 이야기해 주셨다. 할머니는 관덕정 광장에서 그 장면을 직접 목격하셨던 모양이다.

이재수가 성 안으로 들어올 수 있었던 것은 민군 자체의 힘 때문이 아니다. 바로 이곳 관덕정 광장에 모인 민중들의 힘이 있었기에 가능했던 일이다. 아직 이재수의 입성 이전, 즉 제주성을 경계로 민군과 천주교도들이 대치하고 있었을 때, 성문 폐쇄로 곤란을 겪던 성내 사람들은 서서히 천주교측에 불만을 제기하며 저항하기 시작했다. 무엇보다 바닥난 식량이 문제였다. 게다가 민군의 협박 편지도 그들을 불안하게 만들었다.

5월 25일 퇴기 만성춘, 기녀 만성월 등 여성 장두들은 관덕정 광장으로 사람들을 불러모았다. 관덕정 광장에 사람들이 모여들자 그들은 프랑스 신부에게 성문을 열라고 요구했다. 그러다가 결국 5월 28일 이들은 자신들의 힘으로 성문을 열어젖혔다. 민군의 입성은 이곳 관덕정 광장에 모인 그들이 있었기에 가능한 일이었다.

해방정국에서도 이곳 관덕정 광장은 격동의 제주 역사를 담아내던 공간이다. 4·3항쟁의 도화선이 되었던 1947년 3·1사건도 이곳 관덕정 마당에서 시작되었다. 3·1사건은 3·1절 기념식을 마치고 나오는 해산 군중을 향해 미군정 경찰이 발포한 사건을 말한다. 이 발포로 젖먹이 어린애를 업은 아낙과 초등학생을 포함해 여섯 명이 숨졌다. 그러면서 갈등은 본격화되었다. 그리고 4·3 유격대 사령관 이덕구의 사살된 시신이 십자(十字)나무에 묶인 채 전시되었던 곳도 바로 이곳 관덕정 광장이다. 1949년 6월의 일이다.

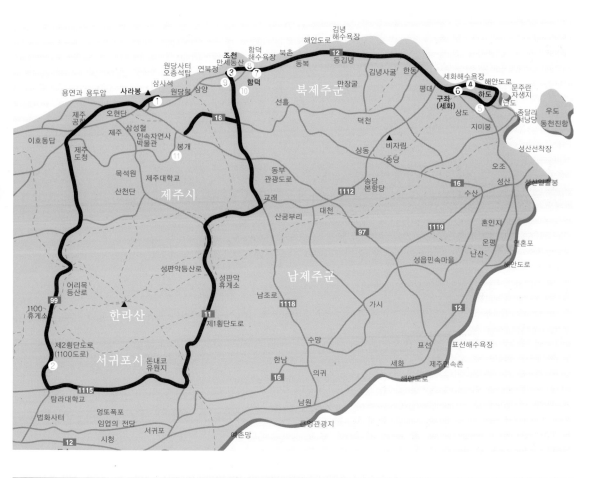

10 제주 항일운동의 붉은 혼

❶ 사라봉 모충사
❷ 법정사
❸ 조천 만세동산
❹ 세화 · 하도 해안도로
❺ 제주해녀항일동운 기념탑
❻ 세화주재소 터
❼ 함덕 애도동지비
❽ 옥사 부생종 묘비
❾ 제주항일기념관
❿ 조천 공동묘지
⓫ 강창보 추모비

사라봉 모충사에서 강창보 추모비까지

1930년대 정세가 더욱 엄혹해지던 시절, 제주도에서는 1만 7천 명 규모의 제주해녀항일투쟁이 있었다. 이러한 제주의 항일운동이 알려지지 않은 이유는 중앙집권적 역사교육과 레드 콤플렉스 때문이다.

제주의 항일운동이 알려지지 않은 까닭은?

제주인의 항일운동은 대단했다. 들뜬 애향심으로 하는 말이 아니다. 창간 당시 〈동아일보〉 주필이던 김명식이나 여운형의 오른팔이던 고경흠 등의 걸출한 인물들뿐만 아니라 제주 여성의 강인함을 보여주었던 1932년 제주해녀 항일투쟁은 항일운동사의 어느 페이지에 놓아도 손색이 없다.

그럼에도 불구하고 일반인에게 널리 알려지지 않은 까닭은 무엇인가? 중앙집권적 역사교육 때문이다. 모든 것이 서울에 몰려 있는 한국에선 오직 서울 중심의 역사만 주목을 받는다. 나머지는 당연히 찬밥이다. 그러니 전국 인구의 1퍼센트에 불과한 제주도의 항일운동사야 어디 명함이나 내밀 수 있겠는가.

결국 제주도 안에서만 이야기될 뿐이다. 하지만 그러기엔 너무 아쉽다. 서슬 퍼런 무단통치 시기, 그리하여 한반도 어느 지역에서도 함부로 일제에 항거하지 못하던 때에도 제주에선 무장투쟁이 있었을 정도다. 1918년 법정사 항일투쟁이 그것이다. 1919년 만세운동이야 전국적 현상이니 굳이 자랑하진 않겠다. 그래도 이런 투쟁들이 제주도 안에만 갇혀 있다는 건 정말 안타까운 일이다. 그러고 보면 지방화 시대라는 말도 아직까지는 허구다.

근데 그것만은 아니다. 제주도 사람들도 제주의 항일운동사를 잘 모른다. 특히 1919년 만세운동 이후로는 캄캄하다. 왜 그럴까? 단지 약한 도세(道勢) 때문만이 아니다. 한국사회의 금기 때문이다. 레드 콤플렉스 말이다. 그래도 최근엔 이게 조금씩 극복되고 있다. 부족하지만 그나마 다행스런 일이다.

실제로 1920년 이후 한국 항일운동의 주역은 좌파였다. 이젠 제법 이런 이야기들을 통설처럼 하고 있다. 그런데 제주의 경우는 그게 절대적이었다. 단순하게 말하면 좌파 일색의 항일운동이었다는 뜻이다. 그러니 대중적으로 알려질 수 없었던 것이다.

왜 그랬을까? 왜 제주도에는 좌파가 그리 강했을까? 척박한 자연환경이 우선 거론된다. 제주사회의 강한 공동체 전통도 중요한 원인이다. 게다가 한때 인구의 4분의 1이 일본으로 돈 벌러 나갔던 경험도 한 요인이 된다. 많은 사람들이 넓은 세계를 보고 노동운동을 경험했기 때문이다.

제주 최초의 사회주의 운동조직은 1925년에 결성된 신인회다. 차후의 운동은 대부분 이 조직을 바탕으로 전개되었다. 1만 7천 명 이상이 참여한 최대의 항일운동 즉 1932년 해녀항일투쟁도 사실은 이들의 영향력 속에서 준비된 사건이었다.

그땐 그랬다. 좌파가 자연스레 받아들여졌다. 우리 사회에서 좌파가

추방된 건 해방 후 한국전쟁을 거치면서부터이다. 그 전에 좌우파가
서로 손잡고 일한 경우도 많았다. 대표적인 게 1927년에 결성된 신간
회이다. 오늘의 시각으로 그 날을 재단하면 안된다. 색깔론이나 들이
대면 제주의 항일운동은 다시 수면 아래로 잠길 수밖에 없다. 이젠 제
주 항일운동의 색깔을 복원할 때도 되었다.

사라봉 모충사

'모충사'는 말 그대로 충절을 추모하는 사
당이다. 따라서 이 안에 조성된 3기의 기념탑은 그 어떤 충의를 기리
기 위해 만들어진 조형물임을 짐작할 수 있다.

그런데 '충의'라는 공통점에도 불구하고 셋 중 하나는 조금 이질적
이다. 둘은 항일운동과 관련된 조형물인 반면, 나머지 하나는 자기 돈
을 털어 굶주린 도민을 구제했던 자선가 김만덕을 기린 탑이다. 김만
덕은 조선 정조 때의 여인이다.

의로운 선조들을 기리자는 뜻에 대해 시비 걸 생각은 없다. 하지만
아무래도 어색하다. 항일운동가와 자선사업가의 기념탑을 굳이 하나
의 공간에 모아 놓을 수밖에 없는 어떤 피치 못할 사정이 있었던 걸까?
뭔가 급조된 느낌이다.

이곳 모충사가 조성된 건 1977년이다. 1977년이라면 박정희 정권
말기다. 이때는 유난히도 '충(忠)'이 강조되었다. 거세져 가는 국민저
항을 무마하기 위해 '충효 이데올로기'를 동원해야만 했기 때문이다.
우리 역사 속의 훌륭한 군인들이 특별히 강조된 건 이때이다. 덕분에
이순신도 영웅에서 성웅(聖雄)으로 뛰었다. '성웅'이 뭔가? 성스러운

찾아가는 길

제주시 어디서나 사라봉을 볼 수 있
어 쉽게 찾을 수 있다. 모충사는 사라
봉 남쪽 기슭에 있는데 이 모충사 안
에는 기념탑 3기가 있다.

영웅이다. 본래 성스러움과 영웅이란 단어는 어울리는 말이 아니다. 그 부조화를 조화롭게 세뇌한 것도 박정희 군사정권이다.

삼별초가 뜬 것 역시 이때다. 그 덕에 항파두리 삼별초 항몽유적지는 기초적인 발굴 절차마저 생략한 채 성급하게 복원되었다. 모충사가 조성되던 때와 같은 1977~1978년의 일이다. 한국정신문화원이 출범한 것도 이때다. 물론 지금은 그 성격이 완전히 달라졌지만 출범 당시만 해도 한국정신문화원은 정권 정당성 연구 홍보기구에 불과했다. '정신문화원'이 아니라 '정신병원'이라는 조롱마저 받았을 정도였다.

박정희는 말년에 상당히 불안했다. 그래서 충효 이데올로기 강조에 더욱 매달렸던 것이다. 모충사 조성도 이런 혐의와 관련 있는 건 아닐까? 직접적인 연관은 없다하더라도 시대 분위기만은 공유했던 게 틀림없다.

셋 중 가운데 있는 기념탑은 '1909년 제주 의병'을 기린 조형물이다. 정면에 큰 글씨로 '의병항쟁기념탑'이라고 쓰여 있다. 그런데 특이한 건 바로 그 밑에 '휘호 대통령 박정희'라는 팻말이 박혀 있다는 점이다. 박정희가 직접 '의병항쟁기념탑'이라는 글씨를 썼다는 말이다. 아무래도 충(忠) 이데올로기 강화를 위해 애쓰던 정권 말기의 흔적으로 여겨진다.

가운데 솟은 탑 몸뚱이의 좌우에는 총과 칼, 몽둥이와 태극기를 든 사람들의 동상이

236

놓여져 있다. 아마 영웅적으로 항쟁하는 의병을 형상화한 것 같다. 하지만 기념탑의 동상은 조금은 억지다. 불행히도 1909년 제주 의병은 총칼로 무장한 수준도 아니었고, 제대로 싸움도 한번 해보지 못했다. 준비 단계에서 적발되어 끝났던 것이다.

그렇다고 해서 준비가 치밀했던 것도 아니다. 통문을 돌리고 사람들을 징발하고 하던 모습이 마치 조선시대 민란의 준비 과정을 보는 것 같다. 무기는 대부분 몽둥이 정도였으며 총을 든 사람은 없었다. 조선시대 민란 수준으로 현대 장비로 무장한 일제와 싸우기에는 애당초 역부족이었다. 급변하던 세계 정세에는 눈을 감은 채 그저 꼿꼿한 기개만을 내세우던 유림세력이 주도했으니 결과는 어쩌면 당연한 것인지도 모른다.

기념탑만 보다가 나중에 의병의 이런 부실함을 자세히 알게 되면 괜히 김이 빠진다. 물론 1909년 의병을 폄하하려는 게 아니다. 의병장 고사훈과 김만석이 총에 맞아 숨지기까지 했을 정도이니 탑 앞에서 숙연해지기도 한다. 하지만 그래도 의구심은 남는다. 이보다 더 치열한 항일운동이 많았음에도 불구하고, 어째서 국가기관은 1909년 의병의 기념탑을 가장 먼저 만들었던 걸까? 거병조차 못했던 의병인데도 말이다.

국가의 공식 역사는 현재 권력자의 이해관계에 따라 쓰여진다. 또한 역사 기념물은 현재 권력의 정당화를 위해 조성되는 경우가 많다. 유림의 권력은 오늘날에도 계속되고 있다. 넓은 의미에서 그때 유림의 후손들이 오늘날에도 여전히 제주사회의 기득권층을 이루고 있다. 준비단계에서 좌절한 의병이었음에도 불구하고 가장 먼저 조명을 받았던 건 아마 유림의 활동을 긍정적으로 평가하려는 기득권층의 의도 때문이 아닐까.

다음으로 '순국지사 조봉호 기념비'를 보자. 정문에서 왼쪽에 있는 조형물이다. 생긴 건 탑 모양인데 한자로 '비(碑)'라고 쓰여 있다. 아마 어디에서도 이만한 크기의 '비(碑)'를 보기는 쉽지 않을 것이다.

조봉호는 상해 임정의 자금모금 단체인 '독립희생회' 활동을 하다가 체포된 후 옥사한 항일투사이다. 본래 조봉호는 독립운동보다 제주도 최초의 개신교 교회 설립자로 더 유명하다. 흔히 제주의 개신교 전파는 1908년 이기풍 목사가 제주에 들어오면서부터 시작된 것으로 알려져 있는데, 이는 잘못된 상식이다. 사실은 이기풍 이전에 조봉호가 외부 지원 없이 먼저 교회를 세웠다.

교회활동에 열심이던 그가 1919년 상해 임정이 조직된 후에는 이를 지원하는 활동을 했다. 그의 독립운동은 제주에 잠입해 온 독립희생회 연락원 김창규의 요청으로부터 시작되었다.

'휘호 대통령 박정희'

그는 김창규의 요청에 따라 독립희생회를 조직하고 4,500명으로부터 독립자금 1만원을 모아 상해 임정으로 넘겼다. 하지만 곧 여러 동지들과 함께 일제 경찰에 의해 검거되고 말았다. 더욱 불행한 것은 1년 형을 확정받고 대구형무소에서 복역하던 중 그만 숨을 거두었다는 점이다. 때는 1920년 4월이었다.

자꾸 이런 말을 하려니까 마치 선조들의 훌륭한 기개를 깎아 내리려는 것 같아 찜찜하긴 하지만, 사실 조봉호 이상으로 항일운동을 펼친 사람들도 많았다. 거듭 말하지만 조봉호의 항일투쟁을 폄하하려는 게 아니다. 그 이외의 항일투사들은 왜 찬밥 신세가 되었느냐 하는 문제 제기일 뿐이다. 왜 조봉호만 유난히 일찍부터 조명을 받은 걸까?

혹시 개신교의 위세 때문은 아닐까? 우리사회에서 제법 큰 권력 중 하나는 개신교다. 역사 조형물이 현실 세력관계의 충실한 반영이라는 점을 떠올린다면 그런 의문을 품어봄직도 하다.

법정사

　　　"머지않아 불무황제(佛務皇帝)가 출현하여 국권을 회복하게 될 것이니, 우선 제주도에 사는 일본인 관리를 죽이고 상인들을 도외로 쫓아내야 한다."

1918년 '법정사 항일투쟁'을 주도했던 김연일에 대한 경찰 수사자료 중 일부이다. '불무황제 출현'이라는 황당한 대목이 있긴 하지만, 일제 관리와 상인을 투쟁의 대상으로 명확히 설정하고 있는 점은 주목할 만하다. 그만큼 일제 관리의 횡포와 상인들의 경제 수탈이 극에 달했음을 보여주는 대목일 것이다.

법정사 항일투쟁은 제주의 3대 항일운동 중에서 가장 먼저 일어난 사건이다. 3·1운동 이전, 즉 엄혹한 무단통치기에 전개된 투쟁이다. 따라서 더욱 높이 평가될 필요가 있다.

하지만 시점만 중요한 게 아니다. 규모나 강도도 만만치 않았다. 400여 명의 주민이 중문주재소를 습격, 파괴하고 그 여파로 66명이 검거되어 2명이 옥중에서 목숨을 잃었을 정도였다. 형량도 최고 10년까지 나왔다. 이런 것만 봐도 법정사 항쟁이 대단한 사건이었음을 쉽게 짐작할 수 있다. 그런 만큼 제주항일운동사 나아가 한국항일운동사에서 이 사건은 다시 평가될 필요가 있다.

그런데 왜 지금까지는 크게 주목을 받지 못했던 걸까? 무엇보다 실체가 명확히 드러나지 않았기 때문이다. 투쟁 주체의 성격부터가 아직

찾아가는 길

서귀포시 중문동 지경 내의 한라산 자락에 있다. 제주시에서 1100도로를 타고 중문 방면으로 가다가 거린사슴 전망대를 900m 지나면 왼쪽으로 아스팔트길이 나 있다. 이 길을 따라 1.5㎞ 들어가면 법정사를 만나게 된다. 제2산록도로(1115번 도로)를 이용할 경우에는 제2산록도로와 1100도로가 만나는 탐라대 사거리에서 산쪽으로 2㎞ 올라간 후 우회전하여 1.5㎞ 더 들어가면 된다.

은 불분명한 상태다. 얼른 보면 이 투쟁은 불교계 주도의 항일운동처럼 보인다. 항쟁의 근거지 법정사가 불교 사찰이며 검속자 66명 중 13명이 김연일, 방동화, 정구룡 같은 승려였던 점을 보면 그렇다.

그러나 문제가 그리 간단하지 않은 모양이다. 한동안 '보천교의 난' 혹은 '보천교 항일운동'으로 불려진 것은 이 항쟁의 복잡한 성격을 암시한다. 단순히 불교계 주도의 항쟁만은 아니라는 이야기다.

제주도에서 불교는 조선 후기에 완전히 초토화된 상태였다. 그러다가 겨우 1908년에야 다시 사찰이 세워질 정도로 교세가 미미했다. 반면 토속종교를 바탕으로 유·불·선을 결합한 증산교파의 보천교는 이때 이미 상당한 교세를 과시하고 있었다. 1922년 〈동아일보〉는 당시 제주의 보천교도가 2만 명이라고 보도했을 정도다. 김연일 다음 가는 주모자인 박주석이 선도교(보천교의 옛

방동화 스님
법정사 항일운동의 주역이다.

이름) 수령이었던 점도 보천교와의 연관성을 강하게 보여준다. 어쨌거나 이 항쟁이 단순히 불교항쟁만은 아닌 게 분명하다.

그런데 우리가 여기서 3·1운동의 주도세력에 주목한다면 힌트를 얻을 수도 있다. 민족대표 33인은 모두 종교계 대표이며, 3·1운동을 실행에 옮긴 세력은 학생들이었다. 즉 종교계와 학생집단만이 무단통치기간 중에 조직적으로 움직일 수 있었다는 말이다. 지난 군사독재정권 때에도 이것은 마찬가지였다. 억압 속에서도 그나마 소리를 내고 조직을 동원할 수 있었던 건 종교계와 학생들뿐이었다. 특히 종교계는 폭압적 상황 아래서도 일정 정도 활동 공간이 보장되는 게 보편적인

현상이다.

하지만 모든 종교가 그런 건 아니다. 시민권을 얻지 못한 소위 사이비 종교는 배척받기 십상이다. 일제는 이런 점을 이용했다. 즉 일제는 일본의 신도와 불교 그리고 기독교만을 종교로 인정하고 나머지는 모두 불법으로 간주했다. 특히 민족성이 강한 토속종교는 모두 미신으로 규정하고 탄압을 가했다.

이것이 법정사 항쟁의 숨겨진 코드가 아닐까? 즉 강한 반일사상을 내재한 보천교(당시에는 선도교)로서는 항쟁을 확대하기 어려웠기 때문에 합법 불교의 외피를 썼던 건 아닐까? 만약 그렇다면 주동자 김연일 등은 분명 불교 승려이지만 그 이전에 보천교 사상을 몸에 간직한 항일운동가였을 수도 있겠다.

어쨌거나 이들은 1918년 10월 6일 거사를 단행했다. 법정사 주지 김연일은 스스로를 불무황제라고 칭하고 박주석을 도대장에 임명한 뒤 봉기군 400여 명을 2개 대열로 편성하여 제주도지청 서귀포지소를 향해 진격했다. 봉기군의 무기는 호미, 낫 등이 대부분이었지만 그 중엔 이춘삼처럼 엽총을 가진 사람도 있었다.

진격하던 이들은 곧 서귀포 서호리에서 경찰과 대치하게 되었다. 그러자 봉기군은 두 패로 나누어 일부는 중문주재소를 습격했고 나머지는 계속 그곳에서 경찰과 대치했다. 중문주재소 습격은 성공이었다. 일본 경찰 3명을 포박하고 구금자 13명을 석방시켰으며 주재소 건물을 파괴했을 정도다.

하지만 서호리에서 대치중이던 부대는 점차 경찰에 밀려 퇴각하다가 박주석 등 주동자 12명이 체포되면서 흩어져 버렸다. 그리고 나중엔 중문주재소를 습격했던 김연일마저 천제연 폭포 근처에서 체포되었다. 주동자가 체포되자 봉기군은 순식간에 붕괴되었다. 그리하여 이 항쟁은 결국 이틀 만에 막을 내리고 말았다.

현재 이곳 법정사는 80여 년 전 그 격렬했던 항쟁을 기억하기 어려울 만큼 소박하고 고요하다. 규모도 아담한데다 한라산 깊숙이 있어 그저 좋은 느낌만을 전할 뿐이다. 불교 사찰이 아니라 토속종교의 성소 같은 느낌도 든다. 실제 뒤쪽 건물에는 오토제신(五土諸神)과 북두칠성 등 토속신앙의 신위도 모셔져 있다. 이런 모습을 보다보면 자연스레 법정사 항쟁의 주도세력을 다시금 생각하게 된다. 많은 사람의 주장처럼 외피만 불교일 뿐 반일적 토속신앙인 보천교가 실제 주도세력이었을 것만 같다.

그런데 혹자는 이 항쟁에서 불교나 보천교 등 종교를 필요 이상으로 강조하는 것은 잘못이라고 말한다. 무엇보다 400여 명의 주민 참여를 중시해야 한다는 주장이다. 그야말로 종교는 진짜 외피일 뿐, 실제 항쟁의 동인은 일제 침탈에 대한 주민들의 분노라는 논리이다. 그래서 그들은 이름도 '법정사 항쟁'이 아니라 '무오 중문지역 항일운동'이라고 붙인다. '무오'는 1918년을 말한다.

실제 싸움도 법정사가 아닌 중문주재소 등 중문 지역 일대에서 행해졌다. 10월 6일 밤에는 법정사를 출발하여 중문 지역으로 들어오면서 전선을 절단했고, 10월 7일에는 중문주재소를 습격하는 등 본격적인 투쟁을 벌였다. 그러므로 '법정사'를 빼고 '중문지역'을 이름에 집어넣은 위의 주장은 충분히 설득력과 타당성을 갖는다.

그러나 그렇다고 하여 법정사의 의미가 줄어드는 것은 아니다. 투쟁 준비는 모두 이곳 법정사에서 이뤄졌기 때문이다. 김연일, 강창규, 방동화가 형제의 의를 맺은 뒤 항일거사 성취를 위한 100일 기도에 들어갔던 곳도 바로 법정사다. 거사 하루 전날 도내 각처에 사람을 보내 신도 33인을 소집하고 스스로를 불무황제라 칭했던 것도 이곳 법정사에서였다.

따라서 이 항쟁이 어떤 이름으로 불려지건 항쟁 진원지로서의 법정사의 의미는 사라지지 않는다. 먼 거리임에도 불구하고 우리가 이곳을 찾는 까닭이 바로 여기에 있다.

다만 아쉬운 점이 하나 있다. 최근 이곳에 법정사 항쟁을 기린다며 여러 시설물이 들어서고 있다. 뜻은 물론 좋다. 그런데 그렇다고 하여 한라산 숲을 이렇게 마구 파괴해도 되는 것인가? 예정된 부지가 수만 평이라고 한다. 기념관이야 그렇다 하더라도 산림 훼손을 감수하며 청소년 수련관까지 그곳에 꼭 있어야 하는 걸까? 신앙심은 안중에도 없고 첨탑만 높아가는 대형교회를 보는 것만 같아 마음이 편치 않다. 다시 역사는 박제화되고 있는 중이다.

조천 만세동산

1919년 3·1운동은 흔히 전민족적 항쟁이라고 한다. 당시 전국 220개 군 중 211개 군에서 전개되었다고 하니 전민족적 항쟁이란 말이 전혀 과장이 아니다.

찾아가는 길

제주시에서 동쪽 일주도로를 따라 약 20분쯤 가면 조천에 닿게 되는데, 조천을 거의 빠져나갈 즈음 만세동산이 있다. 아트막한 동산이지만 3·1운 동기념탑이 정상에 세워져 있고 일주도로변에 있어 쉽게 찾을 수 있다. 바로 곁에는 제주항일기념관이 있다.

당연히 제주도에서도 만세운동이 있었다. 제주의 만세운동은 3월 21일부터 3월 24일까지 4일 동안 진행되었는데 연일 수백 명이 모여 만세 시위를 벌일 정도로 대단한 규모였다. 규모도 규모지만 이 운동을 계기로 민족의식에 눈을 뜬 제주의 젊은이가 많아졌다는 점도 중요하다. 그런 까닭에 이 만세운동 역시 제주의 3대 항일운동 중 하나로 손꼽히고 있다.

만세시위가 시작된 게 3월 21일이니 서울보다는 딱 20일 뒤이다. 험한 바다 건너 먼 거리를 생각한다면 결코 늦은 게 아니다. 유관순의 아우내 장터 시위처럼 서울 유학중인 학생이 독립선언서를 품에 숨기고 귀향하면서부터 시작된 게 당시 지방의 보편적인 현상이었다. 제주도 역시 예외는 아니다.

제주에 만세운동의 불씨를 가지고 온 사람은 당시 휘문고등보통학교 4학년이던 김장환이다. 그는 제주 조천 출신 항일운동가 김시학의 아들이다. 아버지 김시학 역시 일본 유학중에 신익희와 함께 활동했고 이후에는 여운형과 더불어 '조선농인사'를 창립했던 것으로 잘 알려진 인물이다. 그런 아버지를 둔 김장환이 독립선언서를 들고 귀향했다. 귀향한 그가 처음 찾아간 사람은 당숙인 김시범과 김시은 등이었다. 이들을 만난 조카 김장환은 서울의 소식을 전하며 만세운동을 설득했다.

김시범과 김시은은 조카의 뜻을 수용하고 곧바로 동지 규합에 나섰다. 이에 14명의 동지가 모여 결의를 다졌고 거사일은 3월 21일로 잡았다. 보편적으로 거사일은 장날인 경우가 많다. 그런데 3월 21일은 장날이 아니었다. 명망 높던 유림 김시우의 기일이었다. 이는 14명 주동자의 성격과 관계가 있다. 주동자 대부분이 조천의 세력가 김해 김씨 집안과 관련 있는 사람들이라서 그 집안 어른의 기일에 맞춰 날을 잡았던 것이다.

3월 21일 시위는 현재 기념탑이 서 있는 미밋동산(지금은 만세동산이라고 부른다)에서 시작되었다. 처음엔 150명 정도에 불과했는데 김필원이 혈서로 '독립만세'를 쓰고 나서자 군중은 곧 500명 가량으로 불어났다. 오후 3시경 동산 위에 태극기를 꽂은 후 김시범은 독립선언서를 낭독했고, 김장환은 만세를 선창했다. 그리곤 곧 비석거리를 거쳐 제주성내를 향해 행진을 시작했다.

그러나 시위대가 신촌에 이르자 경찰이 이를 막고 나섰다. 여기서 13명이 연행되면서 이날 시위는 끝나고 말았다. 이후 3일 계속된 시위도 비슷한 양상으로 전개되었다. 주동자가 체포되면 일단락되는 형식이었다. 결국 3월 24일 14명의 거사 동지 모두가 체포되면서 제주의 만세운동은 막을 내렸다.

만세운동으로 고초를 겪은 사람은 몇 명이나 되었을까? 직접 처벌받은 사람은 모두 23명에 달했다. 최고형을 받은 사람은 김시범과 김시은으로 둘 다 1년형이었다. 어찌 보면 앞의 법정사 항쟁과는 대조적으로 작은 형량이다. 이는 3·1운동으로 놀란 일제가 유화적인 통치로 정책을 바꿨기 때문이다.

길지 않은 형량과 시위 지역의 협소함을 들어 이 사건의 의미를 축소하는 사람들이 종종 있다. 제주의 일부 지역 즉, 조천을 중심으로 일어났기 때문에 그 이름도 '조천 만세운동'이라는 것이다. 하지만 그렇지 않다. 조천 만세시위의 여파는 곧 서귀포 삼매봉 만세시위와 서귀포 해상 만세시위로 나타났다. 결코 조천이라는 좁은 지역에 국한된 게 아니었다. 따라서 '제주 기미년 만세운동'이라고 부르는 게 더 옳다.

그런데 어째서 제주의 중심지인 제주성내가 아니고 '조천'이 시발점이 되었을까? 조천은 조선시대 주요 포구로서 육지부와의 해상무역을 통해 부를 쌓은 지역이다. 조선 후기에 오면서 그 부를 바탕으로 양반이 된 사람들이 생겼다. 대표적인 가문이 바로 조천의 김씨 집안이다. 이들은 그 재력을 바탕으로 자식들을 일본이나 서울로 유학을 보낼 수 있었다. 이때 유학 갔던 자제들에 의해 새로운 사상이나 소식이 전해졌던 것이다. 〈동아일보〉 창간 당시 주필이었으며 제주도 최초의 사회주의자인 김명식의 활동도 이런 배경에서 나올 수 있었다. 만세운동 역시 마찬가지 맥락에서 가능했던 사건이다.

이들 조천의 김씨 집안 중 항일운동에 나섰던 사람들은 이 외에도 많다. 오사카의 일본 사회운동현창탑에 명패가 모셔져 있을 정도로 명성이 높았던 오사카 노동운동의 대부 김문준, 여성으로서 일본에서 노동운동을 전개했던 김시숙, 독립자금 모금운동에 나섰던 김운배, 광주항일학생운동에 참여했던 김시성과 김시황, 공산주의 항일운동을 벌인 김시용, 김명식의 아들 김갑환 등이 대표적인 인물들이다.

조천 만세동산 기념탑
조천 만세시위는 곧 서귀포 만세시위로 번져나갔다.

그런데 조선 말기 민란기에는 이들 조천의 김씨 집안이 민란을 진압하던 봉건세력으로 이름을 떨쳤다는 점이 흥미롭다. 1898년 '방성칠 난' 때 진압군을 조직한 김응빈이 가장 두드러진 경우이다. 그러던 그들이 일제 지배로 기득권을 상실하게 되자 항일세력으로 변모했던 것이다.

현재 이곳 조천 만세동산에는 '3·1독립운동기념탑'이 세워져 있다. 예전의 초라한 비석과 팔각정을 허물고 1991년에 새롭게 조성한 탑이다. 곁에 있는 '김봉각 선생 공덕비'의 주인공 김봉각이 선뜻 5억 원을 내놓으면서 이뤄진 사업이다.

김봉각, 그는 누구인가? 그는 참으로 험난한 인생역정을 살았던 사람이다. 조천 출신인 그는 일제시대에 일본에서 공부를 하고 항일운동을 했다. 비밀결사인 계림동지회 활동으로 2년 6개월 징역을 살았고, 해방 후에는 조국으로 돌아와 잠시 인민위원회와 민주청년동맹의 일도 했다. 그러나 해방 직후 제주의 정치정세가 험악했던 때문인지 1946년에 다시 일본으로 건너갔다. 이후 그는 오사카에서 조총련의 주요 간부직을 맡아 활동했고 동시에 사업가로 크게 성공했다. 그런 그가 1988년에는 조총련에서 탈퇴를 했다. 3·1만세운동기념탑 건립을 위해 기금을 낸 건 조총련을 탈퇴하고 2년이 지난 후 고향을 방문했던 때의 일이다.

그는 기금을 내면서 동시에 자신의 독립운동 경력을 인정하고 독립유공자로 포상해 달라고 대한민국 정부에 신청서를 냈다. 그러나 그는 여전히 독립유공자로 포상되지 않고 있다. 사회주의 운동의 전력 때문이라고 한다. 씁쓸한 일이다. 더욱 씁쓸한 건 대한민국 정부에 외면당한 채 1999년 도쿄에서 생을 마쳤다는 점이다.

세화·하도 해안도로

제주의 자연은 아름답다. 그 중에서도 이곳 해안도로에서의 경관은 가히 압권이다. 그런데 역사 속으로 들어가면 그 아름다움은 처절한 슬픔으로 바뀐다. 심한 역설이지만 현실이다.

본래 자연경관이 빼어난 곳은 농업 생산력이 가장 낮은 땅이다. 폭포나 모래사장, 기암절벽에서 무슨 농사가 가능했겠는가. 관광산업이 등장하기 전까지만 해도 이런 곳의 주민들은 대부분 절대 빈곤에 시달렸다.

찾아가는 길

제주시에서 동쪽 일주도로를 따라가다가 세화 지경에서 시작되는 해안도로로 빠지면 된다. 제주도에서 가장 아름다운 해안 풍경을 볼 수 있는 도로이다. 아름다운 바다에 넋을 잃다 보면 어느덧 성산 일출봉 앞에까지 가버리게 된다. 아쉽지만 이 테마기행을 위해선 하도까지만 가고 거기서 다시 일주도로로 올라와야 한다.

제주도에서는 동부지역 특히 김녕에서부터 성산까지가 대표적인 지역이다. 김녕부터는 온통 모래땅 농경지다. 모래땅에는 당근이나 땅콩을 제외하면 별로 심어볼 게 없다. 그 당근마저 1960년대 이후에야 재배되기 시작했다. 게다가 바람은 좀 센가. 평화로운 풍경을 연출하며 돌아가는 행원의 풍력발전기 바람개비는 사실 이 지역의 척박한 자연환경을 보여주는 물건이기도 하다. 다른 지역도 아니고 왜 하필 이 동네에 풍력발전기가 설치되었겠는가.

땅에서 건질 게 없었으니 이곳 사람들은 무엇에 의지했을까? 바다였다. 그들을 살린 건 해녀들의 바다노동 즉 '물질'이었다. '제주도 동촌 여자들이 앉았던 자리에는 풀도 안 난다'라는 말이나, '동촌 여자들은 서촌 여자보다 한 시간 일찍 일어나 밭으로 나간다'라는 말이 전해지는 것도 바로 이 때문이다. 척박한 자연환경과 그로 인해 형성된 동촌 여성의 강인한 생활력이 이렇게 표현된 것이다. 그 구체적 존재인 해녀가 이를 증명한다.

여기서 잠시 1932년 제주해녀 항일투쟁이 일어났던 지역을 떠올려

세화·하도 해안도로에서 본 바다
아름다운 바다를 보며 1932년 해녀들의 삶과 혁명가들의 열정을 가슴에 안아보자.

보자. 느낌이 오는가? 그 항쟁의 주역은 지금 우리가 서 있는 이 바닷가의 해녀들이었다. 세화와 하도, 종달, 오조, 시흥, 성산 그리고 바다 건너 우도, 즉 척박한 환경 때문에 억세게 바다로 나가야만 했던 제주도 동부지역 여성들이 바로 그들이다. 이처럼 항쟁 뒤에는 그럴 만한 사연이 있게 마련이다.

이곳 해안도로에서 보이는 바다가 바로 1932년 해녀항쟁의 주역들이 삶을 일궈갔던 현장이다. 지금 우리에겐 그저 평화롭고 아름다운 화폭이겠지만, 그들에게는 생존을 위한 투쟁의 공간이었다. 지독히도 큰 아름다움은 슬픔이라던가.

역사 속에서 이 공간은 해녀들만의 것은 아니었다. 야학을 통해 해녀들의 앞날을 비춰주던 청년들, 조국해방을 꿈꾸며 부지런히 오가던 혁명가들의 회합장소이기도 했다.

1930년 8월에 구좌면 세화리 해안에서 김순종, 김시곤, 오문규 등 혁우동맹원들이 집합하여 소년 교양에 관한 비밀협의를 하였다.

신재홍, 오문규, 김순종, 김시곤, 한향택은 모여 농촌청년 해녀의 획득운동과 방법에 대하여 협의하고 1930년 10월에 신재홍, 한향택, 채재오 등과 같이 한향택 방에서 집합하여 당시 문제중에 있던 성산포 해녀 사건에 대하여 비판하고 해녀 자신의 노력에 의해 문제를 해결하도록 선동할 것을 협의하고 동년 11월 초순에 구좌면 세화리 하도리 사이 모래밭에서 신재홍, 문도배, 강관순, 김순종, 김시곤 등이 모여 그후 주의 선전의 방법에 대해 협의하였다.

위 인용문들은 1932년 12월 14일자 〈동아일보〉에 실린 해녀항쟁 관련 검속자들에 대한 '예심종결서' 내용 중 일부이다. '세화리 해안' 혹은 '세화리 하도리 사이 모래밭'이 신문 기사에 간간이 등장한다. 지금 우리가 서 있는 해안도로로 어느 지점쯤이 그 현장일 게다.

이곳 해안도로를 달리다가 문득 느낌이 좋은 모래사장을 만나면 차를 세우고, 1932년 해녀들의 삶과 혁명가들의 열정과 그리고 비극적이리 만치 아름다운 바다를 함께 가슴에 안아보기 바란다.

제주해녀항일운동 기념탑

1932년 제주해녀항쟁의 절정은 1월 12일 전개된 2차 시위이다. 제주 도사 다구치의 차를 멈추게 하고 그를 굴복시켜 지정판매제 폐지 등의 약속을 받아냈던 시위이기 때문이다.

1월 12일은 신임 제주 도사 다구치가 순시차 세화를 통과하기로 예정된 날이며, 5일장이 서는 날이었다. 그리고 해녀들의 반발에도 아랑곳없이 해녀조합이 지정판매를 강행하기로 공고된 날이었다. 이래저래 그날 시위에는 모든 역량이 모아질 수밖에 없었다.

이 거대한 시위는 세화 5일장에서 이루어졌다. 현재 세화지서 옆 골목이 그 현장이다. 그런데 이날 시위대가 곧바로 세화 5일장에 모였던 건 아니다. 먼저 5일장보다 조금 동쪽에 있는 연두망 동산(연대 동산)에 모여 전열을 정비하고 결의를 다졌다.

그날 해녀들이 이곳에 모인 시간은 오전 11시 반 무렵이었다. 종달과 오조의 해녀 300명, 하도 해녀 300명, 세화 해녀 40명 등이 순식간에 모여들었다. 해녀 대표 김옥련이 결의를 드높이는 연설을 한 것도 이때다. 연설이 끝나자 해녀들은 호미와 비창을 휘두르고 만세를 외치

찾아가는 길
해안도로에서 하도 방면 일주도로로 올라와 다시 제주시 방향으로 되돌아오다가 도중에 세화 마을로 들어가야 한다. 세화 마을 동쪽 끝 지점에 있는데, 행정구역상으로는 구좌읍 상도리에 있다. 제주시 방향에서 출발한다면 일단 세화 마을에 들어온 뒤 동쪽으로 조금 더 가면 된다.

제주 해녀 항일운동 기념탑
이 자리가 해녀들의 1차 집결지였다.

며 세화 5일장을 향해 행진을 시작했다.

해녀들의 1차 집결지, 그 현장이 바로 이곳이다. 지금은 제주해녀항일운동기념탑이 서 있다. 1998년 북제주군이 군비 8억 원을 들여 조성한 것이다. 의병운동을 기념하는 모충사가 1977년에 조성된 것에 비하면 약 20년 늦었다. 그래도 어쨌든 좋은 일이다. 그렇지만 솔직히 마음이 편치는 않다. 제주 최대의 항일투쟁이라면서 어째서 이제 와서야 기념물을 조성했단 말인가. 봉기조차 못한 1909년 의병하고는 격이 다르지 않은가.

말 안해도 다 안다. 제주해녀항쟁의 배후에는 '조선공산당 제주 야체이카'라고 하는 빨갱이 조직이 있었기 때문이다. 하지만 역사는 있는 그대로 봐야 한다. 현재의 권력 관계를 가지고 장난치면 안된다. 어쨌거나 늦었지만 기쁜 일이다.

조형물을 보면 나름대로 애쓴 흔적을 느낄 수 있다. 기념탑의 받침은 제주 전통배인 덕판배 모양으로 만들어졌고, 높이 12m의 탑신은 그 배의 돛대로 형상화되었다. 가로로 뻗은 3개의 조형물은 제주의 3무정신을 상징하며 돛을 구성하고 있다. 3명의 해녀는 비창과 태극기를 들고 전진하는 형상이다. 당시 해녀들이 태극기를 들고 있었는지는 의문이다. 기록이나 증언에는 그런 내용이 없다. 그래도 민족의식을 드높이기 위해 반드시 동원되어야 할 소품이라고 우긴다면 할말은 없다. 어차피 상징 조형물은 '사실'보다 '의도'가 앞서는 법이니까.

세화주재소 터

세화주재소 역시 제주해녀항일운동이 절정을 이뤘던 1932년 1월 12일 시위와 관련된 역사의 현장이다. 이날 해녀들의 기세에 눌린 다구치는 해녀들의 요구를 수용할 수밖에 없었다. 세화주재소는 그때 해녀 대표들이 자신의 요구 관철을 위해 도사 다구치와 직접 담판을 벌였던 장소이다.

1차 집결지인 연두망 동산에 모였던 해녀들은 본격적인 시위를 위해 세화 5일장으로 행진해 나갔다. 당시 5일장은 지금의 세화지서 동쪽 골목길에 해당된다. 그러고 보면 제주해녀항일운동기념탑에서 이곳 세화지서까지 이어진 도로는 당시 해녀 시위대가 걸어왔던 길과 일치함을 알 수 있다.

세화 5일장에 도착한 해녀들은 시장에 모여든 군중과 함께 집회를 열었다. 각 리의 해녀 대표들이 나와 연설을 하며 투쟁의 의지를 높였다. 그런데 마침 집회 도중에 다구치의 승용차가 도착했다. 이에 해녀들은 집회를 중단하고 도사의 차가 도착한 주재소 앞으로 몰려갔다.

놀란 도사 일행은 순시를 포기하고 다시 차에 올라 돌아가려고 했다. 하지만 이미 해녀들에 의해 둘러싸인 뒤였다. 다급해진 경찰들이 칼을 휘둘렀다. 빠져나갈 길을 만들기 위해 무력을 행사했던 것이다. 하지만 해녀들은 "우리의 요구에 칼로써 대응하면 우리는 죽음으로 대응한다"라고 외치며 더욱 거세게 대들었다.

기세에 눌린 도사는 해녀들과의 대화에 응할 수밖에 없었다. 담판은

제주 야체이카 검거기사
1932년 〈동아일보〉

찾아가는 길
제주해녀항일운동기념탑에서 세화 마을 쪽으로 조금 가면 세화지서가 있다. 현재의 세화지서 자리에 그때는 세화주재소가 있었다.

세화주재소 안에서 이뤄졌다. 지금까지 시위를 주도했던 부춘화, 김옥련 등이 이 담판에도 나섰다. 이때 해녀들이 요구한 사항은 다음과 같다.

1. 일체의 지정판매 절대 반대
2. 일체의 계약보증금은 생산자가 보관
3. 미성년과 40세 이상 해녀는 해녀조합비 면제
4. 질병 등으로 물질을 못한 해녀에게도 조합비 면제
5. 출가증 무료 발급
6. 조합 중간간부인 총대는 마을별로 공개 선출
7. 조합재정 공개
8. 악덕상인을 옹호한 조합서기 즉시 파면

해녀들이 다구치와 단판을 벌인 세화주재소 터에 지금은 세화지서가 자리잡고 있다.

도사는 이 요구에 대해 5일 내에 해결하겠다고 약속했다. 해녀들이 승리한 것이다. 물론 모든 약속이 지켜진 것은 아니다. 또 이 사건으로 꽤 많은 사회운동가들이 검거되긴 했다. 하지만 종국에 가서 해녀들의 요구는 상당 부분 수용되었다. 승리한 싸움이라고 말하는 이유는 바로 이 때문이다.

화들짝 놀란 심정으로 해녀들에게 둘러싸인 제주 도사 다구치, 초조함 속에 잔머리를 빠르게 돌리며 담판에 나선 다구치, 세화지서 앞에서 그의 모습을 상상해 보는 것도 재미있겠다.

함덕 애도동지비

애도동지비(哀悼同志碑)가 있는 함덕 비석 거리에는 조선 후기에 세워진 이원팔 목사의 선정비에서부터 한 독지가를 기리기 위해 1985년에 세운 공덕기념비까지 다양한 비석들이 들어서 있다. 그래서 어떻게 보면 항일운동을 기리기 위한 애도동지비가 그 속에 끼어 있는 게 오히려 어색하기까지 하다.

애도동지비의 앞면에는 "애도동지 김재동 한영섭 송건호 부생종 군(哀悼同志 金才童 韓永燮 宋健浩 夫生鍾 君)", 뒷면에는 "차디찬 흰빛 밑에 늘니인 무리들아 고함쳐 싸워라고 피흘린 동지였다", 그리고 옆면에는 1945년 겨울에 리민 일동이 세웠음을 알리는 글이 적혀 있다.

빨간색의 앞면 글씨, 뒷면에 휘갈긴 한글 글씨가 특이하다. 여기서 주목할 건 옆면의 건립 시기이다. 1945년 겨울이면 해방 후이다. 해방 후에 만들어진 비석이라 조금은 기대에 못 미칠지도 모른다. 왜냐하면 역사 속의 '한영섭 기념비 사건'은 1931년의 일이기 때문이다. 즉 지금의 비석은 해방 후에 변형된 모습으로 다시 세워진 것이며, 본래 비석은 아니라는 말이다.

본래 비석은 한영섭 한 사람만을 대상으로 했던 비석이다. 김재동과 송건호, 부생종은 나중에 추가된 이름이다. 이들 역시 항일운동 과정에서 희생당했고 또 같은 함덕 출신이었기에 해방 후 비석을 다시 세우면서 이들의 이름도 집어넣은 것이다.

본래 비석의 앞면에는 "동지적광한영섭기념비(同志赤光韓永燮記念碑)", 뒷면에는 "차디찬 흰 빛 밑에 눌리인 무리들아 고함쳐 싸우라고 피뿌린 동지였다"라고 새겨져 있었다. '차디찬 흰 빛'은 백색테러, 즉

찾아가는 길

세화지서에서 일주도로를 타고 제주시 방향으로 오다가 북촌초등학교를 지나자마자 나오는 북촌삼거리에서 함덕 마을로 들어서야 한다. 북촌 삼거리에서 1.2㎞ 가면 해수사우나 맞은편에 함덕 마을복지회관이 나오는데, 이 회관 앞에 비석거리가 조성되어 있다. 애도동지비는 비석거리의 여러 비석 중 하나이다.

권력자가 민중에게 가하는 공공연한 테러를 상징한다. 그리고 현재 비석의 '늘니인'을 '눌린'으로, 또 '싸워라고'를 '싸우라고'로 읽으면 비문의 뜻은 선명하게 들어온다.

1931년 1월에 발생했던 '한영섭 추모비 사건'은 당시 함덕 지역 사회주의 청년운동의 일면을 보여준다. 한영섭은 일본에서 공산주의 활동을 하던 청년이다. 그런데 무슨 이유인지 그가 죽었다. 객지에서 사망하면 시신이나마 고향으로 돌려보내지는 게 지금까지의 관습이다. 그의 시신 역시 고향 함덕으로 돌아왔다. 1931년 1월 19일 무렵의 일이다.

막상 시신이 도착하자 고향에 있던 그의 친구들은 크게 슬퍼했다. 청년 혁명가의 죽음이 안타까웠던 것이다. 제주청년동맹 함덕지부 맹원들이 앞장을 섰다. 동지장(同志葬)으로 그의 장례식을 치르기 위해서였다.

1월 21일 한윤섭의 집에 모인 맹원들은 장례식에 쓰일 깃발을 만들었다. 그때 만들어진 기에는 "추도 적혁(赤革) 한영섭의 영", "불평등한 사회를 타도하고 무산계급의 자유를 건설하려고 그대는 죽었지만 그대의 주의 정신은 동지인 우리들에게 계승되어 분투할 것이니 고이고이 진좌하라" 등의 문구가 쓰여 있었다. 맹원들의 성향이 그대로 드러나는 대목이다.

장례식은 다음날인 1월 22일이었다. 장례식이 치러지던 대흘리 공동묘지에서 맹원들은 장례식에 참석한 사람들에게 '적기가(赤旗歌)'와 같은 혁명가를 제창토록 했다. 하지만 이때까지는 일제 경찰이 상황을 파악하지 못했는지 큰 문제가 발생하진 않았다.

일이 터진 건 바로 비석이 세워지면서부터였다. 한영섭 추모비는 함

함덕 애도동지비
본래 비석은 한영섭 한 사람만을 추모하기 위한 것이었다.

덕의 청년동맹원 중 선배격인 송건호가 중심이 되어 세웠다. 그것도 사람이 아주 많이 드나드는 공동우물 곁에 세웠던 것이다. 3월 17일의 일이다. 비문에는 계급의식과 항일사상을 또렷이 드러내는 문구가 들어 있었다.

일제 경찰이 움직인 건 3월 말부터였다. 순식간에 20여 명이 체포되었다. 이후 5월 6일에는 증거를 확보한다며 한영섭의 무덤까지 파헤쳤다. 그리곤 비석을 뽑아 압수해 갔다. 이때 압수된 본래의 그 비석은 지금까지 행방이 알려지지 않고 있다.

현재의 비석에 추가로 등장한 송건호는 한영섭 비 건립의 주역이었으며, 김재동은 이 사건으로 구속된 후 옥사한 사람이다. 부생종 역시 이때 검거된 사람이다. 집행유예로 풀려나긴 했지만 그후 부생종 역시 옥사하고 말았다. 혁명적 농민조합 건설을 위해 힘쓰다가 검거되어 1936년 감옥에서 최후를 맞았던 것이다.

허술해 보이기도 하는 애도동지비 속에는, 청년혁명가들의 열정과 비탄이 절절이 담겨 있다.

옥사 부생종 묘비

1932년 제주해녀항일운동 이후 사실상 큰 규모의 투쟁은 전개되지 못했다. 해녀항쟁의 배후로 지목된 제주 야체이카의 붕괴와 전시체제 돌입에 따른 일제의 강압정책 때문이었다.

하지만 그렇다고 해서 투쟁의 맥이 완전히 끊긴 건 아니었다. 야체이카 운동의 비대중성을 비판하면서 새롭게 대중 속으로 들어가고자 하던 운동이 있었다. 1933년 1월 28일 제주도 적색농민조합 창립준비

찾아가는 길

애도동지비에서 800m 정도 제주시 방향으로 오면 LG주유소 맞은편에 바다 쪽으로 난 작은 길을 볼 수 있다. 아스팔트 길말고 시멘트 길로 들어서야 한다. 이 시멘트 길을 따라 50m 가량 내려가면 왼쪽에 무덤과 비석이 보인다.

위원회 결성이 대표적인 경우이다. 물론 엄혹한 정세 때문에 겉으로는 합법적 관제조직에 가입한 뒤 활동을 전개했다. 하지만 합법공간에서나마 면장 부정행위 폭로운동, 관제 조합비 거부운동, 독서회 운동 등을 벌여나갔다.

이 운동은 대중과 밀접한 운동이 되기 위해서 특히 지역별 활동이 강조되었다. 신좌면, 그러니까 지금의 조천, 함덕, 북촌 지역의 경우는 비교적 활동이 왕성했던 편으로, 그 주역은 김일준, 부병준, 부생종 등이었다. 김일준과 부생종은 '한영섭 기념비 사건'으로 체포되었던 경험이 있는 사람들이다. 그들은 1933년 2월에 신좌 적색농민조합 준비위원회를 구성하고 지역을 나누어 맡았다. 신촌·조천·함덕·신흥은 김일준이, 선흘·와흘·대흘·교래는 부생종이, 북촌·동복·김녕·월정은 부병준이 책임을 지기로 했다.

그후 3월에는 하부조직으로 함덕리 적색농민조합 협의회를 구성했다. 부생종은 이때 조직의 선전부를 맡기도 했다. 그리고 1934년 4월에는 독서회를 조직하며 활동범위를 더욱 넓혀 나갔다.

그러나 엉뚱하게도 1934년 10월 구우면(현재 한림읍) 일대에서 조직이 적발되면서 다시금 전도적인 검거 선풍이 일었다. 제주도 적색농민조합은 출범하지도 못하고 준비위원회 단계에서 와해되고 만 것이다. 부생종도 이때 다시 체포되었다. 불행히도 그는 취조를 받던 중 1936년 6월 옥에서 최후를 맞고 말았다.

당시 이를 분하게 여긴 동지들이 그의 무덤 앞에 '옥사 부생종의 묘(獄死夫生鍾之墓)'라는 비석을 세우려고 하였다. 하지만 '옥사'라는 글귀를 문제삼은 일제 경찰에 의해 동지들은 다시 끌려가고 비석은 조천주재소 창고에 처박히게 되었다. 할수없이 '옥사'를 뺀 작은 비석을

부생종의 본래 묘비
'옥사'를 문제삼은 일제 경찰이 비석을 창고에 처박아버렸다.

세울 수밖에 없었다. 그러나 해방이 되자 곧바로 본래의 비석을 찾아다가 다시 세워 놓았다.

그러나 지금은 그 비석을 볼 수가 없다. 1984년 '순국선열 부생종의 묘(殉國先烈夫生鍾之墓)'라고 쓰인 큰 비석으로 북제주 군수가 폼나게 교체했기 때문이다. '옥사'가 '순국선열'로 바뀐 것이다.

예전에는 일제가 강제로 '옥사'라는 문구를 빼더니 이제는 우리 정부가 자발적으로 삭제해 버렸다. '옥사'는 부당한 죽음임을 말하고자 했던 항의의 표현이다. 때문에 항일의식이 생생하게 느껴진다. 반면 '순국선열'은 이미 화석화한 관제품 느낌이 난다.

'옥사'가 쓰인 옛 비석은 제주의 관습에 따라 새 비석 앞에 묻혀 있다고 한다. 중요한 역사 유물이니 꺼내서 공개하고 보존했으면 싶다. 허망한 바람인가? 어쩌다가 '옥사'가 불온 단어로 전락했는지 안타깝기만 하다.

'옥사'만 그런 게 아니다. 새 비석의 비문을 보면 상당히 '사상적으로' 신경 썼음을 알 수 있다. '적색 농민조합'을 '제주도농민회'로, '적기가'를 '독립혁명가'로 고쳐 쓴 점이 그렇다. 물론 사회주의운동을 했다는 말은 전혀 실려 있지 않다. 1982년 건국공로 대통령 표창을 받을 수 있었던 것은 후손들이 이와 같이 세심하게 노력했기 때문이리라. 돈 세탁이 아니라 역사 세탁이다.

'순국선열 부생종'의 묘비
'옥사'가 '순국선열'로 바뀌었다.

제주항일기념관

먼 길을 돌아왔다. 앞서 들렀던 조천 만세동산과 한 곳에 있는데도 이제야 이곳을 찾은 건 그럴 만한 이유가 있어서이다. 1909년 의병에서부터 1933년 혁명적 농민조합운동에 이르기까지 시대순으로 동선을 짜느라 그랬다. 사실상 여기가 이번 답사의 마지막 장소다. 뒤에 남은 조천 공동묘지와 강창보 추모비는 심화학습용이다. 동선과 시간을 고려하다 보니 뒤로 넘길 수밖에 없었다. 하지만 시간이 허락한다면 꼭 들러보길 바란다. 매우 뜻깊은 성지(聖地)이다. 어쨌거나 제주항일기념관을 마지막에 배치한 건 이번 답사를 총복습하자는 의미에서이다. 본래 박물관이나 기념관은 답사의 맨 첫자리나 혹은 마지막 순서에 배치하는 게 좋다. 사전학습용 혹은 총정리용으로 활용하자는 말이다.

제주항일기념관은 이런 목적을 위해선 아주 훌륭하다. 쓸데없이 규모가 크지 않아 관람자의 부담을 덜어준다. 그렇다고 해서 내용이 부실한 것도 아니다. 아주 알차다. 게다가 디오라마 등 세련된 전시기법도 칭찬할 만하다.

하지만 '사상적 세심함(?)'이라는 면에서는 조금 답답하다. '제주도 적색농민조합'을 '제주농민조합'으로 둔갑시켜 색깔을 뺀 점이나, '재건 제주 야체이카' 관련 신문기사를 전시해 놓고도 그에 대한 설명을 전혀 하지 않은 점 등이 그렇다. 물론 이해한다. 분단 상황에서, 특히 친일파가 득세한 세상에서 왼손을 드는 것이 쉽지 않음을 충분히 안다. 하지만 역사는 사실 그대로 후세에 전해져야 한다.

오류도 있다. 1930년대 혁명적 농민조합운동을 설명한 코너에서 김일준의 출신지를 '한림'으로 표기한 것은 잘못이다. 한림이 아니라 '신좌면 함덕'이다. 바로 잡았으면 좋겠다.

차분하게 오늘의 답사를 정리하는 기분으로 둘러보길 바란다. 굵직한 흐름으로는 제주 3대 항일운동을 확인하는 것도 좋겠다. 여기서 주

찾아가는 길

함덕에서 제주시 방향으로 가면 곧 조천이 나온다. 조천 마을의 동쪽 끝에 제주항일기념관이 있다. 앞서 찾아갔던 조천 만세동산 바로 옆이다.

의할 점은 시대 배경이다. 세계 경제의 활황과 공황, 일제 통치정책의 변화, 이런 것들을 염두에 두면서 보아야 한다.

이번 답사에서 생략할 수밖에 없었던 학생운동, 그리고 해외에서의 항일운동에도 관심을 기울이길 바란다. 그 중 김문준과 고순흠은 꼭 기억해야 할 인물이다. 두 사람은 오사카의 제주 사람들을 위해 청춘을 바친 혁명가이다. 김문준은 오사카 공장에서 비참하게 살아가던 제주 사람들을 위해 노동운동을 전개했던 사회주의자이며, 고순흠은 아나키스트다.

기념관을 나오며, 또 답사를 마치며 김명식, 강창보, 김문준, 고순흠의 삶에 대해서만이라도 조금 알게 된다면 큰 성공이다. 언제 우리가 이런 사람들의 이름을 한번 들어보기나 했나.

그런데 써놓고 보니 위의 네 사람 중 강창보만 제주성내 용담 출신이고 나머지는 모두 조천 사람이다. 조천, 도대체 어떤 동네이기에 이처럼 굵직한 항일운동가가 많이 나온 것인가? 내친 김에 그들 조천 출신 항일운동가가 여럿 묻혀 있다는 조천 공동묘지까지 찾아가 보자.

조천 공동묘지

조천은 조선 후기 제주의 대표적인 포구였던 까닭에 무역을 통해 부를 이룬 양반들이 더러 있었다. 대표적인 경우가 김해 김씨 복파(福派) 집안이다. 이들은 20세기 초의 급변하는 정세에 뒤떨어지지 않기 위해 자식들을 서울이나 일본 등 선진지역으로 유학을 보냈다. 물론 이를 뒷받침한 것은 조천의 재력이었다.

서울이나 일본으로 간 조천 양반의 자제들이 새로운 세계를 접한 뒤

청년 특유의 정의감과 어우러져 곧바로 항일투사로 변신, 기미년 만세운동의 선봉에 섰다는 얘기 등은 앞에서도 했다.

이곳 조천 공동묘지는 평범한 공동묘지일 뿐이다. 특별히 항일운동가들을 모셔놓은 곳이 아니다. 그런데 이곳에 항일운동가의 묘소가 몇 있다. 결코 넓지 않은 공간인데 확인된 항일운동가의 묘소만 해도 4기가 있다. 그만큼 조천에는 항일운동가가 많았다는 말이 된다.

그 중 가장 이름을 날린 사람은 아무래도 김문준(金文準)이다. 그는 경기도 수원에 있던 농림학교를 졸업한 뒤 처음엔 고향에서 야학운동을 했다. 그가 세운 야학만도 5~6개에 달할 정도였다. 그런데 정작 그의 명성은 고향 조천보다 일본 오사카에서 빛났다. 그가 일본으로 건너간 건 1927년이었으니 그 이후의 활동이 더욱 주목을 받았던 셈이다. 그는 오사카에서 재일본 조선노동총동맹의 중앙집행위원을 맡았다. 일본에선 야학보다 노동운동이 더 절박했기 때문이다.

1930년 동아통항조합이 처음 시작될 때에는 이 일을 잠시 맡기도 했다. 1935년에는 일본공산당 재건운동과 함께 한글신문 〈민중시보〉를 발간하며 재일본 조선인의 권익 향상을 위해 싸웠다. 그러나 1936년 일제의 탄압과 과로 때문에 폐결핵으로 쓰러져 43세의 나이로 삶을 마감하고 말았다.

항일노동운동의 거목 김문준이 쓰러지자 일본인 노동운동가들까지도 함께 슬퍼했다. 그의 장례식이 오사카 시 노동장(勞動葬)으로 치러질 정도였다. 오사카전기노조에서는 대리석으로 된 돌기둥 비석을 기증해 줬다. 이 대리석 비석에 비문 글씨를 쓴 건 같은 조천 출신의 아나키스트 고순흠이었다.

김문준의 시신이 화장되어 제주에 도착하자 처음엔 도민장(島民葬)

찾아가는 길

항일기념관을 나와 조천과 남원을 잇는 남조로를 타야 한다. 양천동 버스 표지판이 세워진 지점에서 좌회전하여 1.3㎞ 직진하면 양천상동 표지판과 팽나무를 볼 수 있다. 여기서 다시 아스팔트 길로 좌회전하여 700m 가면 공동묘지 버스 표지판을 볼 수 있다. 이 표지판에 서서 소나무 숲 아래를 보면 일반적인 비석과는 다르게 생긴 김문준의 비석을 찾을 수 있다.

이 추진되었다. 하지만 일제의 방해로 결국은
조천리민장으로 축소되어 치러졌다. 죽은 후
에도 일제가 감시의 눈길을 늦추지 못할 정도
로 그의 영향력은 대단했다. 지금도 오사카의
일본사회운동현창탑에는 그의 명패가 걸려 있
다.

항일운동가 김문준
재 일본 조선인을 위해 싸웠던 항일
노동운동가.

　김문준 비석에서 서쪽에 있는 소나무 앞에는 김시숙(金時淑)의 묘
가 있다. 김시숙은 제주도의 대표적인 초기 여성운동가이다. 1880년생
이니 여느 항일운동가보다 나이가 많았다. 그런 그녀가 운동에 나선
건 40세가 넘으면서부터였다. 40이라는 늦은 나이에야 글을 배웠고 그
후 그녀는 불평등한 결혼생활마저 과감히 청산했다.

　그녀 역시 처음에는 야학운동부터 시작했다. 그녀가 조직한 제주여
자청년회의 주활동도 야학이었다. 그런데 그녀 역시 나중에는 일본으
로 건너가 노동운동에 전념했다. 김문준과 마찬가지로 1927년에 오사
카로 갔던 것이다. 거기서 그녀는 '재일여공(在日女工)보호회'를 조직
하고 조선인 여성 노동자의 고통을 덜기 위한 활동에 매달렸다. 그리
고 아나키스트 고순흠이 조직한 신진회(新進會)에 가입해 여성부 책
임자의 역할을 해냈다.

　그러다가 1933년 여름 오사카에서 54세의 일기로 생을 마감했다.
시신은 제주도로 옮겨져 와 조천 공동묘지에 안장되었다. 그때 고순흠
이 그녀의 무덤에 바친 묘지명은 지금까지도 유명하다.

　재래의 불합리한 도덕과 윤리는 특히 여자의 개성과 인권을 무시했다. 그
　결과 약자는 거기에 순종하였으나, 강자는 반역케 되었다. …… 이러한

항일운동가 김문준의 묘비
오사카 전기노조에서 기증한 대리석 기둥에 조천 출신 아나키스트 고순흠이 비문 글씨를 썼다.

모순된 사회에 있어 진정한 열부라면 충실한 반역자 무리일 것이며 동시에 비참한 시대적 희생계급이다. …… 어찌 부권(夫權) 전체주의의 맹목적 현모양처주의에 긍종(肯從)할 수 있었으리요. …… 철저한 시대적 희생자이며 충실한 여명 운동가여! 님의 몸은 비록 구학(溝壑)의 진흙이 되었으나 님의 피와 땀은 광명의 천지에 만인의 생명으로 나타날 날이 있으리라!

"진정한 열부라면 충실한 반역자 무리일 것", 강렬한 표현이다. 오늘날 페미니스트들도 감탄할 내용이다.

김시숙 무덤의 뒤쪽 돌담 안에는 김시성(金時成)과 김운배(金沄培)의 묘가 있다. 김시성은 광주학생항일운동의 주도 조직인 성진회의 멤버로 활약하다가 옥고를 치렀고, 김운배는 상해 임정 군자금 모금활동과 만주 정의부 중앙집행위원 활동을 했다. 김시성의 비문 역시 고순흠이 지은 것인데 끝에 단기 연호를 씀으로 해서 일제에 대한 저항의사를 표시했다. 김운배 묘의 비문은 조천의 독립운동가 안세훈이 지은 것이다. 비문을 지은 안세훈은 해방 후 남로당 제주도위원회 위원장 안세훈과 동일 인물이다.

강창보 추모비

1932년 제주해녀항일운동이 끝나자 3월부터 전도적으로 검거 바람이 불었다. 해녀항쟁의 배후에 청년공산주의자들이 있다고 일제가 판단했던 것이다. 100여 명이 체포되었다. 이 중 40명이 재판에 회부되었으며 결국 22명이 실형을 받았다. 형기는

최고 5년이었다. 소위 재건 제주 야체이카의
붕괴였다.

강창보
해녀 사건의 배후로 체포된 그는 경
찰서 유치장을 극적으로 탈출했다.

그때 강창보는 이 조직의 실질적인 최고 책
임자였다. 단순화시켜 말하면, 강창보는 제주
해녀항쟁 당시 가장 뒤에 있는 배후 인물이었
다는 말이다. 물론 그의 지시 하나로 해녀항
쟁이 일어났다는 이야기는 아니다. 해녀항쟁은 그것이 일어날 만큼 모
순이 심각했기 때문에 폭발했다. 다만 강창보는 이 폭발하는 힘을 보
다 내실 있게 조직하기 위해 뛰어다니던 청년운동가들의 중심이었다
는 말이다.

강창보가 당시 운동의 핵심으로 부상한 건 1차 야체이카 사건으로
투옥되었다가 석방되어 제주에 들어오면서부터이다. 1931년 1월의 일
이다. 후배들이 그의 투쟁 경력을 인정하고 따랐던 것이다. 그래서
1931년 5월 16일에 재건(2차) 야체이카가 조직될 수 있었다.

물론 그의 활동은 1925년 제주도 최초의 사회주의 단체인 '신인회'
조직 때부터 두드러졌다. 신인회 멤버는 1927년에 조선공산당 제주 야
체이카를 결성했다. 이것이 1차 야체이카이다. 이들은 제주청년연합
회를 제주청년동맹으로 변화시키면서 실질적으로 제주의 청년운동을
배후에서 지도했다. 그런데 사실 이때까지는 강창보보다 송종현이 더
주도적으로 야체이카를 이끌었다. 송종현은 당시 민립대학설립기성회
의 서기이자 교사였다.

이후 강창보가 책임자 역할을 맡게 된 건 어쩌면 우연이었다. 그가
석방되어 제주에 다시 들어온 1931년 1월은 세계 대공황 이후 사회모
순이 증폭된 때였다. 이미 일년 전인 1930년에 성산포 해녀사건이 발

찾아가는 길
제주시 용강동 진주 강씨 문중 묘지
내에 있다. 제주상업고등학교 정문에
서 동쪽으로 1㎞ 가면 오른쪽에 '용
강 계류장'이라는 표지판이 있는 시
멘트 골목을 보게 된다. 이 골목길로
다시 2㎞ 남쪽으로 가면 '국립수의과
학검역원 제주지원 용강 계류장'이
나온다. 여기서 계속 200m 시멘트
길을 가면 흙길이 나오는데 흙길로
30m 가서 오른쪽을 보면 문중 묘지
철문을 찾을 수 있다.

생했고, 그 외에도 민중의 불만은 한없이 커져만 가고 있었다. 쌓여만 가는 민중의 불만과 투쟁 열기를 제대로 지도해 줄 누군가가 필요한 시점이었다. 하지만 1차 야체이카의 책임자 송종현은 여전히 감옥 안에 있었다. 강창보보다 높은 형을 받아 풀려나지 못했기 때문이다. 강창보가 나서게 된 건 바로 이런 맥락에서였다.

어쨌거나 강창보는 제주의 항일투쟁이 가장 고양되던 시기, 즉 1920년대 말에서 1930년대 초까지 제주 항일운동의 가장 핵심적인 위치에 있었다. 그를 기억하고자 하는 것은 이 때문이다.

강창보는 귀신 같은 탈옥 때문에 또 한번 세인을 놀라게 했다. 해녀 사건의 배후로 체포된 후 그는 경찰서 유치장을 극적으로 탈출했다. 그 후 신분이 노출된 강창보는 일본으로 건너가 활동할 수밖에 없었다. 완전히 드러난 상태라 더 이상 제주에서는 활동할 수 없었던 것이다.

일본에서 일본공산당과 연계하여 전일본노동조합 전국협의회에 참가하면서 〈조선신문〉 발간을 지도했다. 그후 1943년 국내 잠입을 기도했다. 흥남의 조선질소비료공장을 활동거점으로 삼으려던 생각에서였다. 물론 이 모든 구상은 조선공산당 재건운동의 일환이었다. 하지만 국내 잠입을 기도하던 중, 도쿄의 일본 경찰에게 체포되고 말았다. 그리하여 7년형을 받아 대전형무소에서 복역하던 중 1945년 1월에 43세의 나이로 세상을 떠났다.

하지만 최근까지 한국 정부는 그의 삶과 죽음을 철저히 외면해 왔다. 정부는 그를 독립유공자로 인정조차 하고 있지 않다. 역시 같은 논리다. 빨갱이라는 것이다. 언제까지 눈과 귀를 가리고 역사를 은폐하려는 건지 답답하기만 하다.

그의 무덤은 가족묘지 안에서도 구석진 곳에 초라하게 자리잡고 있

강창보 추모비
정부는 조국해방을 위해 한 시대를 폭풍처럼 살다간 그를 독립유공자로 인정조차하지 않았다.

다. 조국해방을 위해 한 시대를 폭풍처럼 살았던 그의 행적을 생각하니 가슴이 답답해 온다. 그러던 그의 무덤에 최근 변화가 생겼다. 강창보선생추모기념비 건립추진위원회의 이름으로 추모비가 세워진 것이다. 2002년 9월 9일의 일이다. 아직은 부족하지만 그래도 잘된 일이다.

　가족묘지 중앙 앞쪽에는 가족묘지임을 알리는 비석이 있다. 그 비의 뒷면에는 강창거라는 이름이 있는데 강창거는 강창보의 동생이다. 강창거 역시 1926년에 제주농업학교에서 항일투쟁을 하다가 퇴학을 맞았던 사람이다. 퇴학 후 그는 서울의 중앙고등보통학교를 다녔다. 졸업 후에는 고려공산청년회 활동을 하다가 2년 6개월의 징역을 살기도 했다. 그 뒤 지금까지 계속 일본에서 거주하고 있다.

　2002년 9월 9일 강창보 추모비 제막식에는 강창거의 사위 고병택이 참여했다. 고령의 강창거가 거동할 수 없었기 때문에 사위가 일본에서 건너왔던 것이다. 더 이상 가족에게 맡길 게 아니라 국가가 직접 나서야 할 때가 아닐까.

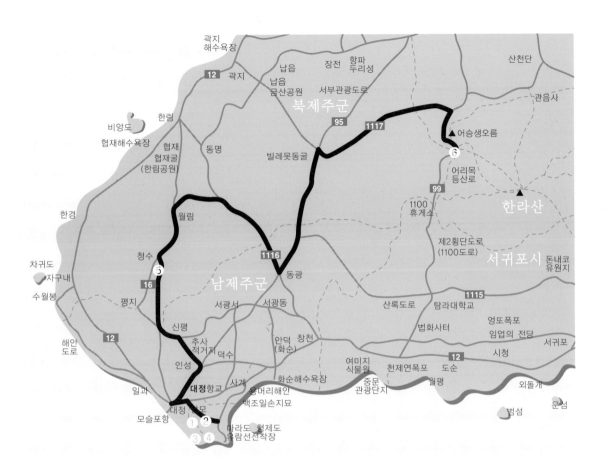

곽지
해수욕장

곽지
12

납읍
납읍
금산공원

장전   항파
두리성

산천단

서부관광도로

북제주군

관음사

비양도
협재해수욕장

한림

95   1117

어승생오름

협재
협재굴
(한림공원)

동명

빌레못동굴

6
어리목
등산로

한경

월림

99

한라산

1100
휴게소

월림

청수

5

16

남제주군

동광

1116

제2횡단도로
(1100도로)

서귀포시

돈내코
유원지

차귀도
자구내

수월봉

평지

신평

서광서   서광동

산록도로   탐라대학교

1115

법화사터

엉또폭포
임업의 전당

서귀포

해안
도로

추사
적거지

덕수

12

인성

안덕
(화순)   창천

여미지
식물원

천제연폭포

시청

도순

외돌개

일과

대정향교

사계

화순해수욕장

중문
관광단지

월평

12

문섬

모슬포항

대정

1
2

범섬

3   4

마라도   형제도
유람선선착장

11 일제가 남긴 군사 유적을 따라

1 대정 알뜨르 비행장
2 탄약고 터
3 섯알오름 대공포 진지
4 송악산 해안동굴
5 가마오름 동굴진지
6 어승생오름

대정 알뜨르 비행장에서 가마오름 동굴진지까지

결7호 작전은 미군이 제주도와 규슈 북부를 거쳐 도쿄로 밀고 들어온다는 시나리오 위에서 짜여진 본토방어작전이다. 일본군은 최후저지선이 된 제주도에 병력을 증강하고, 제주 전역을 옥쇄형 요새로 만들기 시작했다.

'결7호 작전'이란 무엇인가

"오는 봄, 벚꽃이 피면 이 몸도 오키나와의 방패가 되어 옥으로 부서지리라."

1945년 오키나와에 살고 있던 일본 여성 아다라 유키코가 미군이 상륙할 무렵에 남긴 시의 일부이다.

"옥으로 부서지리라." 이는 옥쇄(玉碎)의 각오를 표현한 것이다. 최후의 일인까지 싸우다 전사하든지, 아니면 동반자결로 저항하는 것, 이것이 소위 '옥쇄'다. 파시스트들의 숭고한(?) 정신자세가 적나라하게 드러나는 죽음이다.

그런데 오키나와의 파시스트들이 벌인 옥쇄가 제주도와 무슨 관계가 있단 말인가?

1944년 8월 10일 괌 함락.

1944년 10월 26일 필리핀 함락.

태평양전쟁 말기, 일본은 필리핀이 함락되자 패전이 눈앞에 다가왔음을 실감했다. 그리하여 어떻게든 유리한 조건에서 전쟁을 끝내는 게 최선이라고 생각했다. 유리한 조건이란 최소한 천황제를 유지하자는 것이다. 이를 위해선 무엇보다 연합군의 일본 본토 상륙을 저지해야만 했다.

1945년 2월 9일 일본 방위총사령관은 미군의 일본 본토 상륙을 대비해 그 길목을 차단하기 위한 작전을 수립하고 이를 시달했다. 이것이 바로 소위 '결호(決號) 작전'이다. 일본군이 설정한 미군의 진격 가능 루트는 총 7개였다. 각 루트마다 그들은 결1호, 결2호, 결3호……, 결7호라는 작전 암호명을 부여한 뒤 각각 그에 대한 대비책을 마련해 나갔던 것이다.

제주도가 주목받기 시작한 건 이로부터 약 한달 뒤인 3월 12일에 열린 대본영회의에서부터였다. 여기서 일본군은 홋카이도와 제주도를 미국의 가장 유력한 상륙지점으로 판단했다. '결1호 작전(홋가이도)'과 '결7호 작전(제주도)'이 보다 무게 있게 다뤄지기 시작한 것이다.

비중이 높았던 건 그 중에서도 제주도였다. 애초에 일본군은 미군이 규슈 남부로 상륙해 규슈 섬을 통과하여 도쿄로 진격할 것이라 예상했었다. 그러나 이 회의에서는 규슈 북부로 상륙해 곧바로 도쿄로 올라갈 가능성에 더욱 주목했다. 그런데 미군이 규슈 북부에 상륙하기 위해서는 제주도를 발판으로 삼아야 했다. 대본영도 이 점을 잘 알고 있었다. 이제 제주도는 일본군의 최후 저지선이 된 셈이다.

이것이 결7호 작전이다. 즉 결7호 작전은 미군이 제주도와 규슈 북부를 거쳐 도쿄로 밀고 들어온다는 시나리오 위에서 짜여진 본토방어 작전이다. 물론 이 작전은 옥쇄를 전제로 수립된 것임은 두말할 나위도 없다. 무고한 제주 사람들이 볼모가 될 판이었다.

결7호 작전이 구체화된 3월 12일, 대본영 회의는 오키나와 남쪽 유황도 전투가 한창일 때 열렸다. 1945년 2월 19일, 미군이 상륙하면서 시작된 유황도 전투는 한달을 조금 넘긴 3월 25일에 끝났다. 미군에 의해 섬이 함락된 것이다. 이때 일본군 2만 3천 명 중 포로로 생존한 사람은 단지 212명에 불과했다. 변태적 유미주의를 바탕으로 한 파시스트들의 죽음의 미학 덕분에 생긴 통계이다.

유황도 전투가 끝나자 곧바로 오키나와 전투가 이어졌다. 이 전투는 1945년 4월 1일 시작되어 약 3개월 뒤인 6월 25일에 끝이 났다. 이 전투에선 미군 1만 5천 명, 일본군 6만 5천 명, 오키나와 민간인 약 12만 명 등 약 20만 명이 전사했다. 양쪽의 군인 전사자보다 민간인 희생자가 더 많았다.

연합군은 제주 상륙시점을 9월 무렵으로 잡고 있었다. 만약 전쟁이 한달 만 더 지속되었더라면 제주도는 어찌 되었을까. 대다수의 제주도민 역시 유황도나 오키나와에서처럼 천황제 유지를 위해 개죽음으로 내몰려야 하지 않았을까. 참으로 끔찍한 가정이다.

연합군의 제주 상륙이 임박해 옴에 따라 일본군은 그들의 정예부대를 속속들이 제주도로 불러모았다. 1945년 1월 무렵 1천 명을 넘지 않던 제주도 주둔군이 8월엔 7만 명으로 늘어났다. 무려 70배가 증가했던 것이다. 이것은 한반도에 배치된 전체 일본군 36만 1,481명과 비교해 볼 때 5분의 1에 이르는 숫자다.

1945년 4월 15일에는 제주도 방비 강화를 위해 나가쓰[永津佐比重] 중장을 사령관으로 하는 제58군 사령부가 신설 편성되었다. 58군 사령부는 조선의 총사령부격인 제17방면군으로부터 분리된 독자적인 부대였다. '독력(獨力)으로 제주도를 사수한다'를 목적으로 내세운 최후의 격전부대인 셈이다. 그만큼 제주도 방어에 신경을 썼다는 말이다. 하얼빈에서 명성을 날리던 관동군 제121사단까지 58군에 가담하게 된 것도 그 때문이다.

일본군은 병력 증가와 함께 제주도 전역을 옥쇄형 요새로 만들기 시작했다. 해안과 산악지대를 막론하고 제주도 전체를 진지로 만들었다. 그 수가 워낙 많아 현재까지도 그들이 만든 군사시설의 숫자를 정확히 파악하지 못할 정도이다. 대표적인 현장으로는 성산 일출봉, 대정 송악산, 서귀포 삼매봉, 한경면 청수리 가마오름, 제주시 사라봉과 별도봉, 어승생 오름 등을 들 수 있다.

최근까지의 조사 결과에 의하면 대략 80여 곳에 700여 개의 진지동굴이 남아 있는 것으로 추정되고 있는데, 그 중 가장 긴 동굴은 약 1.2 km 길이의 가마오름 진지이며, 최대 진지동굴은 23개를 가진 북촌 서우봉 진지로 조사되었다.

대정 알뜨르 비행장

알뜨르는 '아래쪽에 있는 드르' 즉 모슬포 마을보다 낮은 지대에 위치한 들판이라는 뜻이다. 이곳에 비행장이 만들어지기 시작한 것은 1926년부터이다. 1930년대 중반까지 약 10년 동안 공사를 벌인 끝에 대략 20만 평 규모의 비행장이 완성되었다. 이 비행장이 전쟁에 처음 활용된 것은 1937년 중일전쟁이 터졌을 때이다. 이곳에서 발진한 폭격기가 바다를 건너 상하이까지 날아가 작전을 수행했다.

찾아가는 길
먼저 제주시에서 서부관광도로를 타고 남제주군 대정읍으로 가야 한다. 대정읍 모슬포에 가서는 백조일손양민학살터를 찾아가면 된다. 최근 학살터 표지판이 여럿 설치되어 있어 어렵지 않게 찾을 수 있다. 학살터 앞의 광활한 평야가 알뜨르 비행장이다. 이곳에서는 견고하게 버티어 서 있는 비행기 격납고들을 볼 수 있다.

추사적거지

산방산

모슬포항

백조일손지묘

알뜨르비행장 ● 대공포진지 마라도 유람선 선착장

섯알오름

송악산 ● 해안동굴

전쟁이 계속되자 비행장의 쓰임새는 더 커졌다. 확장이 필요해진 것이다. 그렇게 2차 확장공사는 중일전쟁이 진행되던 1937년부터 시작되었다. 공사가 끝난 건 일제가 패망하던 1945년이다. 일제의 팽창 야욕에 따라 비행장의 규모도 커졌던 것이다. 이때의 규모는 80만 평에 이를 정도였다. 이때 확장된 공항시설 중 활주로는 지금도 군사보호구역으로 묶여 있다. 비상시에 활용하겠다는 의도다. 섯알오름 대공포 진지에 올라가서 북서 방향을 쳐다보면 일반 경작지와는 구별되는 긴 구간을 확인할 수 있다.

이곳에 비행장이 들어서기 전까지는 알오름동, 저근개, 골못, 광대원 등의 자연마을들이 있었다. 비행장 확장공사로 지금은 완전히 사라진 이름들이다. 물론 주민들도 다 내쫓겼다. 주민들 입장에서는 졸지에 생존 터전을 빼앗겼던 셈이다. 일제시대, 그 중에서도 전쟁시기였으니 억울한 사연들이 많았으리라.

그런데 더 큰 문제는 해방 이후의 조치다. 일본군이 물러갔는데도 이 땅을 되찾을 수가 없었다. 현재 이 땅은 대부분 국방부 소유로 되어 있다. 일본군에서 한국군으로 소유가 넘어간 것이다. 현재 주민들은 이 땅을 국방부로부터 임대하여 경작하고 있다. 본래 자기 땅을 말이다.

알뜨르 비행장 격납고
현재 약 20개의 전투기 격납고가 낮은 자세로 웅크린 채 입을 벌리고 있다.

분단이니 남북대치 상황이니 하는 말로 결코 정당
화될 수 없는 일이다.

이곳에 도착하면 무엇보다 낮은 자세로 웅크린
채 아가리를 벌리고 있는 전투기 격납고가 눈에 띈
다. 현재 약 20개가 남아 있다. 물론 일본군이 만들
어놓은 것이다. 생각보다 크지 않다. 가미가제 전
투기용이라고 한다.

알뜨르 비행장 활주로
(강정효 사진)

50년도 더 지났건만 여전히 견고하게 남아 있
다. 일부 격납고를 자세히 보면 철거하려고 중장비를 들이댔던 흔적을
확인할 수 있다. 포크레인 이빨 자국이다. 그런데 파괴된 격납고는 없
다. 다이너마이트 아닌 포크레인으로는 어림도 없다는 이야기다. 하긴
공중 폭격에도 견디며 전투기를 보호해야 하는 시설인 만큼 오죽이나
단단하게 만들었을까. 이걸 보며 삼풍 백화점이나 성수대교가 떠오르
는 건 웬 심사일까.

부근에는 정비고와 관제시설, 탄약고, 방공호, 통신시설 흔적들도
남아 있다.

이 비행장을 이용했던 일본군은 일본 규슈 사세보 항공대원 2,500명
이다. 그들은 오오무라[大村] 병사에서 머물렀다. 오오무라 병사는 현
재 모슬포 해병부대가 있는 곳이다. 과거 한국전쟁기에는 육군 제1훈
련소로 이용되기도 했다. 일본군 시설이 그대로 한국군에게 이어졌다
는 말이다. 사람만이 아니라 군 시설도 그렇게 이어진 셈이다.

대한민국 군대의 장군 승진자 중 해방 전에 군경력을 가진 사람은
총 302명이나 된다. 그런데 그 중 90퍼센트가 일본군 출신이다. 그러
다 보니 신생 대한민국 국군은 일본군의 그것을 그대로 답습했다. 오

로지 구타를 통해 기강을 세웠던 점이 특히 그렇다.

물론 군사 시설의 경우에는 친일 인사 청산 실패라는 인적 구성과는 달리 경제성과 능률을 먼저 고려한 결과일 것이다. 그러나 민족적 자존심을 고려한다면 장소 변경도 과감히 시도해 볼 필요가 있지 않았을까.

탄약고 터

찾아가는 길
알뜨르 비행장 흰복판에서 섯알오름 쪽으로 향하면 움푹 패인 곳을 볼 수 있다. 양민학살터 표지판을 찾아가면 된다.

섯알오름 탄약고 터
한국전쟁 당시 이곳에서 민간인 학살이 있었기 때문에 '백조일손양민학살터'로 더 유명하다

섯알오름 양민학살터가 일제강점기에는 탄약고였다. 아니 일제 탄약고 터에서 한국군이 양민을 학살했다고 말하는 게 순서겠다.

현장에 접근하기 전에 멀리서 이곳을 바라보면 섯알오름이 찌그러져 있음을 쉽게 눈치챌 수 있다. 패망해서 떠나는 일본군이 탄약고를 폭파하는 바람에 오름의 형상이 달라진 것이라고 한다. '섯알오름'은 서쪽에 있는 알오름, 즉 서쪽에 있는 나지막하고 둥그스레한 오름이라

는 뜻이다.

현장에 도착해서 아래쪽을 보면 콘크리트 흔적과 철근 따위를 찾아
볼 수 있다. 일제시대 탄약고 바닥이다. 바닥이 콘크리트였기 때문에
양민학살 후 5년 9개월 동안 방치된 시신들이 비를 맞고 썩어 마치 '멸
치 젓갈처럼' 엉겨붙어 있었다고 한다.

피의 흔적은 어쩔 수 없이 또다시 피를 부르는가. 우리는 이곳에서
일제의 광기와 4·3의 광기, 그리고 한국전쟁의 광기라는 한국현대사
의 가장 첨예한 사건들을 한꺼번에 느껴볼 수 있다.

공군 관사 근처에 있는 또 다른 탄약고는 비교적 잘 남아 있다. 그런
데 일부 기록이나 증언에 따르면 이곳은 원래 탄약고가 아니라 통신시
설이었다고 한다. 어느 주장이 맞는지 확인하지는 못했다. 하지만 해
방 후에는 분명 탄약고로 쓰였다고 한다. 지금은 주민들이 고구마 저
장창고로 쓰고 있다. 얼마 전까진 마을 공동 상여를 보관하는 장소로
쓰기도 했다.

섯알오름 대공포 진지

비행장 주변에는 반드시 대공포 진지가 위
치하게 마련이다. 비행기와 활주로를 노리는 적의 폭격기를 격추시켜
야만 하기 때문이다. 이곳 알뜨르 비행장의 주변에도 이런 대공포 진
지가 여럿 있다. 섯알오름 정상만이 아니라 맞은편 오름의 정상에서도
확인할 수 있다.

모양은 둥그런 원형이다. 360도 회전하면서 공중의 폭격기를 맞추
기 위한 고려이다. 물론 지금은 둥그런 콘크리트 시설만 있을 뿐 포는

찾아가는 길
섯알오름 학살터 즉 탄약고 터 너머
의 섯알오름 정상에 도착하면 2기의
대공포 진지를 확인할 수 있다. 도중
에 철조망을 하나 넘어야 한다.

없다.

　그리고 이곳에 올라서면 반드시 활주로 흔적을 찾아보길 바란다. 북서쪽을 바라보면 경작지와는 달리 띠가 자란 넓고 길다란 공간을 확인할 수 있을 것이다. 물론 현재의 활주로와 같은 아스콘 시설은 아니다. 겨울철이라면 누렇게 물든 긴 구간을 찾으면 된다. 가파도를 12시 방향으로 설정하면 2시 방향에 있다. 거기서부터 오른쪽으로 긴 구간이 이어진다. 이게 지금도 군사지역으로 묶여 있는 옛 활주로이다.

　이곳에 올라선 김에 남쪽에 떠 있는 가파도와 마라도도 감상하길 바란다. 큰 파도가 일면 금방이라도 잠겨버릴 듯한 가파도와 멀리 희미하게나마 확인할 수 있는 마라도의 풍광도 이곳 답사의 별미다.

　또 가까이 남동쪽에 있는 송악산도 주의 깊게 살펴보길 바란다. 그리 흔치 않은 이중분화구임을 확인해 볼 수 있다. 넓게 퍼진 송악산의

섯알오름 대공포진지

외륜 분화구와 내륜의 높은 분화구가 동시에 눈에 들어온다.

송악산 해안동굴

　　　　　　제주도 해안 곳곳에서 인공 동굴을 보는 것은 그리 어렵지 않다. 성산 일출봉 밑에서도 확인할 수 있지만 이곳 대정 송악산 바닷가에서는 더 쉽게 찾아볼 수 있다.

이 동굴들은 1945년 초에 본격적으로 만들어졌다. 결7호 작전이 구체화되면서부터는 더 급하게 동굴을 파야 했다. 물론 미군의 상륙을 저지하기 위해 만들어진 일제의 군사 시설들이다. 그렇다면 이 동굴들은 구체적으로 무엇을 위해 만들어졌고, 또 어떻게 만들어졌던 걸까?

'태평양전쟁 당시 일본군' 하면 먼저 가미가제[神風] 자살 특공대를 떠올릴 사람이 많을 것이다. 맞다. 그런데 제주도에는 하늘을 나는 또라이뿐만 아니라 바다를 질주하는 또 다른 또라이들인 가이텐[回天] 자살특공대도 있었다. 소위 '인간어뢰'이다. 모슬포 알뜨르 비행장 전투기 격납고가 하늘 또라이들의 흔적을 보여준다면, 해안 곳곳에 뚫린 인공동굴은 바다 또라이들의 흔적을 보여주는 장소이다.

가이텐 특공대는 어떤 방법으로 그 또라이 정신을 실천하고자 했는가? 당시 곳곳에 뚫린 해안동굴 속에는 어뢰와 폭탄을 실은 소형 보트들이 숨겨져 있었다. 동굴 속에 폭탄 보트와 함께 숨어 있다가 미군 함대가 나타나면 그대로 바다를 향해 질주하여 미군 군함에 부딪쳐 자폭한다는 작전이다. 장하다. 그 정신이라면 일본 군국주의 체제에 도전이나 해 볼 것이지.

찾아가는 길

모슬포 동남쪽, 혹은 산방산 서남쪽으로 향하면 송악산 안내 표지판이 여럿 있다. 특히 이곳은 마라도로 가는 선착장이 있어서 쉽게 찾을 수 있다. 이 선착장에서 송악산 해안을 보면 몇 개의 인공동굴을 찾을 수 있다. 섯알오름 대공포 진지에서 출발한다면 동쪽으로 난 소로를 따라 가야 한다. 100m 가량만 가도 바다가 눈에 들어올 것이다. 그 바닷가에 해안동굴이 있다. 이때 눈앞에 펼쳐지는 바다와 형제섬의 풍광은 놓치기 아까운 장면이다.

어쨌든 1945년 초기에는 이처럼 해안선을 주 방어선으로 설정하여 미군의 상륙을 막고자 했다. 물론 실제 전투에까지는 이르지 않아서 큰 참화는 없었지만, 해안 동굴을 파느라 강제 동원된 한국인들의 고초는 이루 말할 수 없었다.

'국민직업능력신고령'에 의해 동원된 노무자의 나이는 원래 16세에서 50세 사이로 규정되었다. 하지만 이 원칙은 제대로 지켜지지 않았다. 마을별로 인원이 할당되면 칠순 노인도 동원될 수밖에 없었다. 게다가 굶주림과 매질은 견디기 어려울 정도였다고 한다. 작업도구도 열악했다. 단지 삽과 곡괭이뿐이었다고 한다. 해안 동굴을 답사할 때면

송악산 해안 진지동굴
제주도 전 지역에 걸쳐 대략 80여 곳에 700여 개의 인공동굴이 남아 있다.

천황주의의 또라이들을 떠올려야겠지만 더불어 노역에 끌려갔던 우리 할아버지들도 반드시 기억하길 바란다.

해안 진지동굴 안에
숨겨 있던 어뢰

이곳 송악산에는 현재 15개의 인공동굴이 남아 있다. '일오동굴'이라고 부르는 것은 그 때문이다. 바닷가에 내려가면 동굴 안으로 직접 들어가 볼 수도 있다. 그런데 이 동굴 진지는 송악산에만 단독으로 조성된 게 아니다. 송악산부터 사계리, 화순항, 월라봉에 이르기까지 해안선을 따라 구축된 것이다. 이 해안선을 따라가다 보면 곳곳에서 포대, 토치카, 벙커의 흔적을 만날 수 있다.

또 송악산에는 바닷가에만 동굴이 있는 게 아니다. 송악산에서 섯알오름으로 이어지는 주변의 작은 오름에도 5개의 인공동굴이 있는 것으로 조사되었다. 현재 이 동굴들은 매몰되었거나 마을 주민들이 창고나 축사로 활용하고 있어서 접근하기 어렵다. 관심을 끄는 것은 이곳 동굴의 규모다. 동굴 안으로 군용 차량이 들어가 돌아서 나올 정도였다고 한다. 서로 미로처럼 연결되었음은 물론이다. 군수물자 보관과 공습시의 대피용이었다.

물론 이런 시설들이 이곳 제주도 서남부 지역에만 국한된 건 아니다. 제주도 전 지역에 걸쳐서 산재해 있다. 대략 80여 곳에 700여 개의 인공동굴이 남아 있는 것으로 조사되었다. 결코 작은 숫자는 아니다. 태평양전쟁 말기 제주도 전체가 옥쇄를 위한 군사진지로 전락했었음을 웅변해 주는 흔적들이다.

가마오름 동굴진지

엎어놓은 가마솥 모양이라 해서 '가마오름'이라고 한다는 설이 있다. 그러나 '가마'를 '신성한'의 뜻을 갖는 '고마', '곰', '검' 등의 옛 말로 해석하는 사람들도 있다. 즉 '신성한 오름'을 의미한다는 것이다.

이곳에 일본군 진지동굴이 있다는 사실은 예전부터 전해져 왔다. 하지만 본격적인 조사가 이루어진 것은 비교적 최근의 일이다. 손인석 박사가 소장으로 있는 제주도 동굴연구소에서 2000년에 조사를 마치고 2001년에 조사연구 보고서를 발간했다.

조사 결과에 따르면 총 길이는 1179.7m에 달한다. 제주도 내 진지동굴 중 최대 길이인 셈이다. 모양은 사방팔방으로 연결된 미로형 동굴로서 일부 구간은 2층 구조로 되어 있다. 오름은 크지도 높지도 않은 반면 동굴진지는 제주도 내 최대인 셈이다. 이 때문에 제주도 동굴연구소는 이곳을 일본군 58군사령부가 주둔했던 최고 통치구역으로 판단했다.

하지만 이는 좀더 검증이 필요하다. 1945년 8월에 작성된 「제주도병력기초배치요도」를 잘못 읽은 것 같다. 제주도 동굴연구소는 군단사령부로 보이는 표시가 있는 곳을 가마오름으로 판단한 반면, 다른 연구자들은 어승생 오름으로 추정하고 있다. 복곽(複郭)진지로 표시된 점, 또 해안선을 포기하고 중산간으로 저항선을 옮긴 8월에 작성된 지도인 점을 생각할 때, 군단사령부 표시는 어승생 오름을 가리키는 게 맞는 것 같다.

가마오름에 있는 동굴은 입구가 총 10개다. 어느 입구로 들어가든

찾아가는 길

북제주군 한경면 청수리에 있다. 제주시에서 서부중산간도로(16번 국도)를 따라 50분 가량 달리면 저지 마을을 만날 수 있다. 여기서 조금 더 가면 저청초등학교 근처에 삼거리가 나온다. 여기서 16번 국도를 벗어나 왼쪽 길로 약 2㎞를 더 가면 왼쪽에 표고 143m의 아트막한 가마오름을 만나게 된다. 송악산에서 출발하면 모슬포 시가지를 거쳐 북쪽으로 동일, 신평, 산양을 지나야 한다. 추사적거지에서, 보성, 신평, 산양을 지나도 된다.

대부분 연결되어 있다. 하지만 일부는 폐쇄되어 있고, 또 어떤 입구는 수직으로 내려가는 형태라 위험하다. 전문가의 안내를 받지 않고는 접근하기 어렵다. 랜턴과 안전모 그리고 동굴 약도가 필수다. 일부 구간에서는 동굴을 파면서 받쳤던 침목 흔적을 확인할 수 있고, 또 어떤 지점에서는 불청객에 놀란 박쥐들도 만날 수 있다.

어승생오름

1169m 정상에 오르면 제주도 북부 지대가 한눈에 들어온다. 비 갠 직후 아주 맑은 날씨에는 서쪽의 차귀도부터 동쪽의 일출봉까지 눈에 잡힌다. 그리고 정면으로는 남해안 다도해의 여러 섬들이 무섭도록 가까이 다가온다. 물론 이건 아주 맑은 날씨일 때의 광경이다. 한라산 깊숙이 들어와 우뚝 솟아 있는 덕분이다.

어승생오름은 오름 왕국의 맹주라고 불린다. 그만큼 제주도 여러 오름들 중에 가장 거대하고 당당한 풍모를 자랑한다. 북쪽 산 밑에서부터의 높이인 비고가 350m에 달할 정도이니 그 위용은 가히 짐작할 만하다. 그러나 등산로는 산중턱쯤에 해당되는 남쪽으로 나 있으니 그리 걱정할 바는 아니다.

이 오름 일대는 예로부터 명마의 산지로 알려져 왔다. 특히 임금이 타는 어승마(御乘馬)가 이 오름 밑에서 났다고 하여 '어승생악'이라 이름지어졌다고 한다. 이 이름 외에도 어스생이, 어시싱, 오스승 혹은 어스솜, 얼시심오름이라는 옛 이름도 있다. 석주명은 '어스솜'을 몽고식 지명으로 파악했고, 이은상은 '얼시심'을 신성(神聖)·광명(光明)을 뜻하는 '올'에서 나온 것이라 하였다.

찾아가는 길

제주시에서 제2횡단도로(1100도로)를 따라 자동차로 약 30분 가량 산 속으로 달리면 당당하게 우뚝 선 어승생 오름을 만날 수 있다. 한라산 등산로가 있는 곳이라 오름 앞 광장에는 주차장과 매점 등 여러 시설이 있다. 이곳 주차장에서 국립공원 관리사무소와 경찰구조대 건물 사이를 보면 어승생 오름으로 오르는 아담한 등산로를 찾을 수 있다. 이 등산로를 따라 약 20분 정도 오르면 정상에 있는 2기의 일본군 토치카를 만나게 된다.

282

어느 주장이 맞는지 아직은 알 수가 없다. 어쩌면 어승마 출산지에서 기원했다는 이야기는 나중에 생긴 것 같다. 그 이전부터 있었던 '어스솜', '올 시심'이라는 고유어 위에 비슷한 음을 가진 어승마 사연을 갖다붙인 듯하다.

제주도 북부지역이 한눈에 들어오는 이 오름을 일본군이 그냥 두었을 리 없다. 이 오름이 특히 중요해진 건 제주도 주변의 일본 해·공군이 완전히 괴멸되면서부터이다. 1945년 5월을 경과할 무렵이다. 일본 해·공군의 괴멸은 미군의 제주 해안 상륙을 기정사실화했다. 이제 해안 방어는 거의 불가능하다는 판단을 내렸던 것이다.

그리하여 1945년 8월 일본군은 주 저항선을 해안선에서 중산간 지대로 옮겼다. 산 속에 숨어살면서 장기간 전투를 벌이는 유격전을 계획했던 것이다. 이때부터 어승생오름은 이 유격전을 총지휘하는 본부 역할을 맡게 되었다. 이때 작성된 「제주도병력기초배치요도」를 보

어승생오름 토치카
이 토치카 안에 서면 제주도 북부 전체가 한 눈에 들어온다.

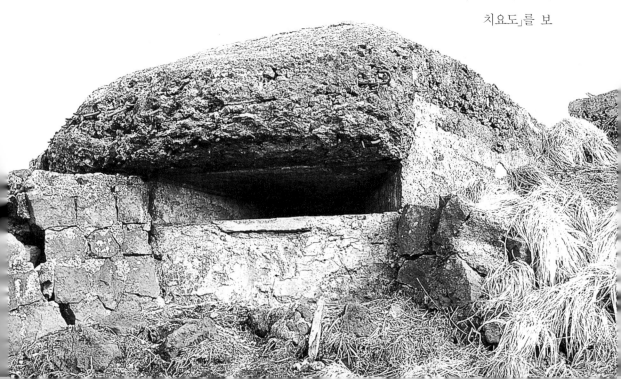

면 군단사령부 표시로 여겨지는 사각 깃발이 어승생오름에 그려져 있다. 또 그 일대는 복곽(複郭)으로 표기되어 있다.

이곳에는 정상부에 토치카 2기가 있고, 오름 허리에는 인공동굴이 남아 있다. 오름 허리의 인공동굴은 아직 정확한 규모가 파악되지 않았다. 진지 건설공사에 동원되었던 사람의 증언에 의하면 이 동굴은 서로 연결된 미로형으로 그 규모가 어마어마하다고 한다. 하지만 완전한 실체는 확인할 수 없었다. 몇 군데 확인한 곳은 끝이 붕괴되어 막혀 있었다. 이곳은 현재 국립공원 내 출입금지 구역이라 답사객이 직접 찾아갈 순 없다. 단지 정상부의 토치카 2기만을 확인할 수 있을 뿐이다. 본래 이 토치카와 오름 허리 미로 동굴이 연결되어 있었다고 한다. 그러나 현재로서는 그 흔적을 찾을 수 없다.

토치카 내부에 들어서면 그 견고함과 조망권에 놀라게 된다. 어쩌면 알뜨르 비행장 격납고보다도 더 단단할 것 같다. 30m 거리를 둔 2개의 토치카는 각각 제주도 동북쪽과 서북쪽을 감시하는 형태다. 내부 공간이 그리 넓진 않다. 5~6명이 함께 서 있을 수 있는 정도이다.

이곳 어승생 진지 건설 작업에 끌려와 등짐을 지어 나르다가 해방을 맞았다는 어느 노인의 증언에 따르면 당시 여기서 일하던 사람들은 대략 1천 명이 넘었다고 한다. 제주 사람들이 다수였지만 전남 등 외지에서 끌려온 사람들도 적지 않았다고 한다.

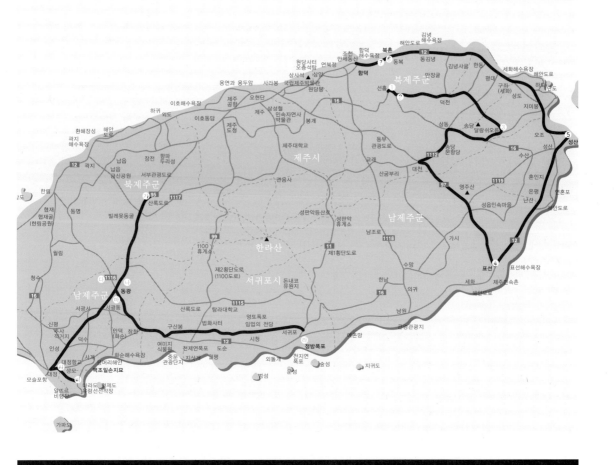

12

현대사의 비극,
제주 4·3 현장을 찾아

4 · 3 해원 방사탑에서 백조일손지묘까지

사람들은 이 시기를 '광기의 시대'라고 부른다. 현재로서는 도저히 상상도 할 수 없는 학살이 일어났던 것이다. 그것도 특정지역에 국한된 게 아니라 제주도 전역에서 학살이 자행되었다.

4 · 3의 광풍이 휩쓸고 간 제주도

기존의 4 · 3 기행은 주로 비극의 현장을 찾아가는 것에 국한된 경우가 많았다. 제주 사람들의 수난이 그만큼 컸기 때문이리라. 하지만 그러다 보니 사건의 전체 과정을 이해하는 데는 부족함이 있었다.

이런 사정을 고려하여 기행코스를 세 방향으로 잡았다. 이동거리를 염두에 둬야 했기 때문에 결과적으로 지역별 코스가 되긴 했지만, 무엇보다 테마를 중심에 놓고자 했다.

먼저 제주시 권역을 둘러보는 '코스 1'은 사건의 시작에서부터 끝까지 이해할 수 있도록 구성했다. 따라서 한번의 답사로 사건의 전개과정을 파악할 수 있다는 장점이 있다. 하지만 제주시 한복판을 계속해서 걸어다녀야 하는 수고가 따른다. 또 답사지도 많다보니 하루에 소화하기 힘들 수도 있다. 시간과 동선을 고려하며 몇 군데를 건너뛰는 것도 방법이다.

'코스2'와 '코스3'은 제주도 전역에 산재한 학살의 현장을 찾아가는 기행이다. 1948년 가을부터 전개된 초토화 작전의 구체적 실상을 만날 수 있다. 따라서 제주 사람들의 슬픔을 조금이라도 느껴보려면 이 코스를 선택하는 게 좋다.

　한라산 지역은 부득이 생략했다. 유격대와 토벌대가 서로 공방을 벌였던 장소, 혹은 그들이 주둔했던 장소이므로 어느 곳 못지않게 중요하지만 국립공원 안이라 출입할 수가 없거나 그렇지 않더라도 전문 안내자 없이 찾아가기 힘들다는 현실적 한계가 따른다. 아쉽지만 다음 기회로 미룬다.

신산공원 4·3 해원방사탑 解冤防邪塔

방사탑(防邪塔)이란 말 그대로 사악한 기운을 방어하는 탑이다. 제주 사람들은 오래 전부터 이와 같은 방사탑을 만들어왔다. 외부로부터 침입하는 살(煞)과 부정을 막기 위해서였다. 주로 마을 입구나 마을 안 지기(地氣)가 허한 곳에 세워졌다.

찾아가는 길

제주시 한복판 신산공원 안에 있다.
신산공원은 광양로터리 동쪽 제주경
찰서 맞은편에 있어서 길을 물으면
쉽게 찾을 수 있다.

신산공원 4·3해원방사탑

탑 꼭대기에 새 모양의 돌이 아니라
화합을 상징하는 둥근 돌을 얹었다.

물론 내륙에도 비슷한 기능을 하는 조형물이 있다. 솟대나 장승 혹은 성황당이 그것이다. 기능은 비슷하지만 제주의 경우 잔돌을 이용한다는 점이 다르다. 잔돌이 많은 화산섬 제주의 특징이다. 재질이 한반도의 것과 다르다 보니 모양도 다르다. 잔돌로는 돌무더기 형태로 쌓아올릴 수밖에 없다. 그래도 규모는 대부분 사람 키 이상이다.

그런데 그 돌무더기 안에는 무엇이 들어 있을까? 무쇠솥이나 밥주걱을 놓는 게 보편적이다. 무쇠솥은 그 어떤 불에도 견딘다는 상징성을 갖는다. 가장 무서운 재앙인 화재에 대항한다는 의미다. 그리고 밥주걱은 부(富)를 긁어온다는 의미에서 차용되었다.

꼭대기에는 신과 인간을 연결하는 메신저로서 새 모양의 돌을 얹는다. 이 점은 한반도의 솟대와 같다. 물론 제주도 안에서도 마을마다 조금씩 다르다. 새가 아니라 돌하르방이 얹어지는 경우도 있다.

마을마다 이름도 각기 다르다. '거욱대' 라고 부르는 곳이 있는가 하면, '하르방', '영등', '새' 등의 이름도 있다. 사실 본래 '방사탑' 이라는 이름은 없었다. 일본 학자가 그 기능을 보고 붙인 학명일 뿐이다. 그러나 그게 지금은 그냥 통용되고 있다. 그러고 보면 제주도에는 본래 방사탑이 없었던 셈이다.

어쨌거나 이곳 신산공원에 있는 건 분명 방사탑이다. 방사탑이라는 이름이 일반화된 최근에 만들어진 것이기 때문이다. 4·3사건 50주년이 되던 1998년에 만들어졌다. 50주년을 맞으면서 맺힌 억울함을 풀고 다시는 이런 일이 생기지 않기를 바라는 마음을 담아 그 이름을 '4·3 해원 방사탑'이라고 붙였다.

50주년을 기념하는 조형물로 방사탑이 조성된 것은 의미가 크다. 다시는 이 땅에 4·3과 같은 사악한 기운이 미치게 않게 해달라는 도민의 염원이 담겨 있어 그렇다. 제주의 전통문화를 활용했다는 점도 의미가 깊다. 외래의 대리석이나 청동이 아니라 제주 고유의 현무암을 활용한 전통 조형물이라 느낌이 좋다. 게다가 특정 시공업체가 일방적으로 만든 싸구려 상품이 아니라서 더욱 좋다. 제주 도민이 하나하나 가져다 모은 돌로 쌓은 탑이라 더욱 가치 있어 보인다.

4·3의 의미를 살리다 보니 과거의 형태를 그대로 답습진 않았다. 꼭대기에 올린 돌이 새 모양이 아니다. 둥근 돌을 얹었다. 둥근 돌은 화합을 상징한다. 4·3의 아픔을 넘어서자는 이야기다. 또 돌무더기 속에는 무쇠솥이 아니라 4·3 희생자 명단 등 4·3과 관련된 자료들을 묻었다.

이곳에서 4·3 기행을 시작하는 이유는 다른 데 있지 않다. 이런 비극이 다시는 발생하지 않기를 기원하자는 것이다. 잠시 마음을 가다듬고.

제주도인민위원회 터

제주목 관아지
제주대병원
오현단
국민금고 중앙R ⑧
중앙성당
남문R
칼호텔   삼성혈
전농로
⑭
⑤
③
④
⑩
⑪ ⑬
⑫
⑥
②⑨
⑮
사라봉
동문R
박석내
제주대학교
⑦
①

일제가 패망한 뒤 전국적으로 새 나라 건설을 위한 움직임이 활발했다. 중앙에서는 여운형 주도의 건국준비위원회가 총독부로부터 치안유지 권한을 넘겨받는 등 빠르게 활동을 전개했다. 제주도 역시 상황은 유사했다. 1945년 9월 10일 제주농업학교 강당에서 '제주도 건국준비위원회'가 결성된 것이다. 때문에 첫 답사지는 이곳 인민위원회 터가 아니라 건국준비위원회가 결성된 제주농업학교 터로 잡았어야 옳다. 하지만 걱정하지 마시라. 당시 농업학교는 건국준비위원회 결성 말고도 여러 사건이 일어났던 현장이기에 나중에 들를 것이다.

이때 결성된 건국준비위원회는 대략 열흘 뒤인 9월 22일에 인민위원회로 전환했다. 결국 건국준비위원회가 인민위원회다. 그래서 그 사무실이 있었던 현장을 찾는 것이다. 해방 직후 새 나라 건설을 준비하던 제주도 인민위원회는 1947년 3·1절 발포사건 전까지만 해도 제주 사회를 주도했던 사실상의 정부였다.

"제주도 인민위원회는 모든 면에서 제주도에서의 유일한 당이었고 유일한 정부였다."(E. 그랜트 미드)

"제주도는 1945년과 1946년 사이에 완전한 인민위원회의 지배를 보여주었다. …… 1946년에 제주도 인민위원회가 여전히 섬을 지배했음을 시사하는 여러 건의 보고들이 있었다."(브루스 커밍스)

"미군정은 자치행정기구인 인민위원회의 활동을 능가하지 못했으며 그 것을 제어하는 데도 역부족이었다. …… 제주도 인민위원회는 사실상 제주도 전역을 지배했던 자치기구로서 도민의 지지를 받았고 수적으로도 상당한 우위에 있었다."(김종배, 『도백열전』)

미군정 치하에서 제주도 인민위원회가 이런 평가를 받을 수 있었던 건 어떤 연유에서일까? 핵심 간부들의 면모를 보면 그 이유를 짐작할 수 있다. 괄호 안은 항일 경력이다.

위원장 : 오대진(야체이카 사건으로 4년 징역)
부위원장 : 최남식(일제 때 교사)
총무부장 : 김정노(조선공산당 사건으로 2년 징역)
치안부장 : 김한정(야체이카 사건으로 5년 징역)
산업부장 : 김용해(신간회 오사카 지부 활동)
집행위원 : 현호경(일본 공산당 활동으로 3년 징역), 김필원(3·1운동으로 징역 8월), 문도배(야체이카 사건으로 3년 징역), 조몽구(일본 전협 활동으로 4년 징역) 등.

집행부는 이런 사람들로 구성되어 있었다. 도민의 존경을 받던 항일 운동가들이 조직을 이끌었기에 힘이 있었던 것이다. 물론 제주도 특유의 공동체성은 이 조직의 든든한 버팀목이기도 했다.

인민위원회가 외연을 더욱 넓히며 조직을 개편한 것은 1947년 2월

찾아가는 길
제주시 한복판 중앙로터리에 있는 나사로 병원 동쪽 건물에 해당된다. 물론 지금은 현대식 건물이 들어서고 중앙로가 만들어지는 등 주변이 많이 변해서 4·3 당시의 흔적을 찾을 수는 없다.

23일이었다. 전국적 상황에 맞게 사회운동권의 총 결집체인 '민주주의 민족전선'으로 이름도 바꾸었다. 하지만 곧이어 3·1절 발포사건이 터지면서 미군정의 탄압은 본격화되었고, 민주주의민족전선은 서서히 힘을 잃어갔다.

조일구락부 터

현대사 관련 자료들을 읽다보면 가끔 '구락부'라는 단어가 나온다. 이게 뭘까? 영어의 CLUB(클럽)이다. 정치 서클 등 동호인(?)들의 모임을 위해 마련되었던 장소이다. 제주도에도 이런 게 있었나 보다.

조일구락부는 당시 '제주도 민주주의민족전선' 결성식이 거행되었던 장소이다. 그게 1947년 2월 23일의 일이니 중앙보다는 일년이 늦은 셈이다. 서울은 1946년 2월 15일에 조직되었다. 도대체 왜 이런 일이 생겨났던 걸까?

중앙의 경우는 우익 세력의 단결에 대항하기 위해 결성되었다. 1946년 2월 14일 미군정 자문기관 '민주의원'이 이승만을 의장으로 하여 결성되자, 좌파 진영에서도 이에 맞서기 위해 좌파 총연대조직을 만들었던 것이다.

하지만 제주도의 경우, 그때까지만 해도 우익 조직이라는 게 별볼일 없었고, 또 좌파는 단일 대오였기 때문에 군이 연대조직을 만들 이유가 없었다. 그래서 중앙보다 일년이 늦어진 것이다. 물론 과거 인민위원회 시절보다 외연이 넓혀지긴 했다. 의장단 구성만 보아도 이를 알 수 있다.

결성대회가 있었던 1947년 2월 23일, 그 자리에는 도내 읍면 대의원과 각 사회단체 대표 315명 그리고 방청객 200명 가량이 참석했다. 의장단에는 제주도 남로당 위원장 안세훈과 관음사 주지 이일선, 그리고 제주중학교 교장 현경호가 추대되었다.

특이한 점은 이 자리에서 박경훈 도지사가 축사를 했다는 점이다. 또 강인수 감찰청장과 패트리치 대위도 참석해 연설을 하였다. 제주도 좌파의 대중성과 영향력을 짐작케 하는 대목이다.

그러나 민주주의민족전선은 결성되자마자 시련을 맞았다. 곧바로 3·1절 발포사건이 터졌기 때문이다. 3·1절 발포에 대한 항의 과정에서 3·1절 기념집회를 주도했던 민주주의민족전선 간부들이 대거 검거되었던 것이다.

그러면서 의장단도 일부 교체되었다. 의장단 교체가 있던 그 해 7월, 뜻밖에도 새로 의장단에 선출된 사람은 박경훈이었다. 박경훈은 3·1절 발포사건 이후 이에 대한 항의성 사직서를 제출하고 나왔던 전직 도지사이다. 미군정하의 도지사가 좌파 연합체의 총수로 변신했던 것이다.

그는 4·3 이후 4·28 평화협상 때에도 그 협상의 성사를 위해 물밑에서 많은 노력을 기울였다. 그만큼 그는 제주 도민을 사랑했고 사태를 정확히 읽고 있었다. 일제시대 제주의 최고 갑부 박종실의 장남이었던 그가 현실에 안주하지 않고 이런 일을 했던 것을 보면 참으로 팬

강요배 작 '해방'
1947년 3·1절 기념집회도
이랬을 것이다.

찾은 인물이라는 생각이 든다. '노블리스 오블리제'라는 말이 쓰레기
통에 처박힌 오늘날의 현실에서는 더욱더 그가 크게 보인다.

그런데 민주주의민족전선만 이곳 조일구락부에서 창립대회를 치른
건 아니다. 민주주의민족전선의 사실상 산하단체인 '조선민주청년동
맹'도 이곳에서 창립대회를 가졌다. 아이러니하게도 4·3 당시 최고
의 악명을 떨쳤던 서북청년회 제주도 지부가 발족식을 가졌던 장소도
바로 이곳 조일구락부이다.

제주북국민학교

1947년 3·1절 기념집회가
열렸던 제주북국민학교
참석 인원이 3만 명에 이르는 대규모
집회였다.

　　　　　　탐라 개국 이래 최대 인파가 모여 28주기
3·1절 기념식을 거행했던 장소이다. 행사는 사실상 민주주의민족전선
이 준비했다. 준비위원장이 안세훈, 부위원장이 현경호와 오창흔이었
던 점만 봐도 알 수 있다.

　북국민학교 기념식에는 제주읍과 애월면, 조천면 주민들이 몰려와
참석했는데 그 숫자가 3만이었다. 3만이라면 지금 생각해도 대단한 집
회다. 그만큼 당시 상황이 절박했다는 이야기리라.

　해방이 되고 2년이 지났지만 실질적인 삶에 있어서는 별로 나아진
게 없었다. 오히려 악화되고 있었다. 일제 경찰이 다시 부활하여 설치
고, 일본과의 교역 금지로 경제상황은 최악으로 떨어지고, 전염병은
돌고, 미군정의 미곡 수집 정책은 갈팡질팡하여 극심한 인플레만 조성
해 놓았고,·부정부패는 만연했다. 무언가 돌파구가 필요했다.

　게다가 중앙의 정세는 더욱 가관이었다. 자칫하다간 남북 분단 정부

찾아가는 길
제주시 한복판 관덕정 옆 복원된 목관
아지 바로 북쪽에 있다. 물론 지금은
'국민학교'가 아니라 '초등학교'다.

가 들어설 판이었다. 동족상잔의 전쟁을 부를지도 모르는 한반도 영구 분단 말이다.

해결책은 하나였다. 모스크바 3상회의의 결정사항대로 빨리 미소공동위원회를 다시 열고, 한국인 임시정부를 만들어서 수년 내에 외세 간섭 없는 자주국가를 건설해야만 했다. 그래야만 도민들의 배고픔도 해결되고, 부패한 일제 경찰이 설치는 꼴도 안 볼 수 있을 터였다. 이날 기념식에선 이런 요구들이 제창되었다. 위원장 안세훈의 연설도 '3·1 혁명 정신을 계승하여 외세를 물리치고, 조국의 자주통일 민주국가를 세우자'라는 내용이었다. 기념식이 끝나자 군중들은 거리로 나와 관덕정 앞을 통과한 뒤 해산했다. 그러나 문제는 바로 그 다음에 터졌다.

관덕정 광장

4·3의 도화선인 1947년 3·1절 발포사건이 일어났던 현장이다. 당시 경찰은 과도하게 겁을 먹고 있었던 것 같다. 그리고 심한 편견이나 차별의식도 가졌던 것 같다. 말도 다르고 풍습도 다른 제주섬에 온 육지 경찰들은 '제주도민 90퍼센트가 빨갱이'라는 교육을 사전에 받았다. 게다가 경찰은 일년 전 대구를 중심으로 일어난 10월 폭동에서 민중의 위세를 경험한 바 있었다. 그런 그들이었기에 외딴 섬 제주에 와서 필요 이상으로 긴장하고 있었던 것도 무리는 아니다.

그러나 아무리 그렇다고 해도 이날 발포는 분명 과잉대응이었다. 시위대가 모두 해산하고 구경꾼들만 남아 있을 때, 무차별 총격을 가했

찾아가는 길

제주시 한복판에 있다. 더 정확히 말하자면 구제주의 중심에 있다. 탐라국 이래 1980년대 중반까지 제주도 행정의 중심지였다. 그런 까닭에 길가는 누구에게 물어봐도 찾을 수 있다.

던 것이다. 사망자 중에 젖먹이 어린애를
업은 아낙과 국민학교 학생이 있었던 점
만 봐도 그렇다. 6명의 사망자와 8명의
부상자 대부분이 등 뒤에 총을 맞았던 점
은 당시의 상황을 잘 설명해 준다.

기마 경관이 자신의 말에 깔린 어린애
를 제대로 보살피고 떠나기만 했어도 문
제는 일어나지 않았을 것이다. 칠성통 입
구에서 관덕정 앞 제주경찰서로 향해 가

던 기마 경관 임영관은 자신의 말에 깔린 어린애를 그대로 방치한 채
지나갔다. 이에 군중들은 분노했다. 그를 욕하며 돌팔매를 가했던 것
이다. 그러자 곧바로 총성이 울렸다.

총격은 관덕정 앞과 경찰서 망루에서 동시에 가해진 것으로 추정된
다. 현재 로베로 호텔과 국민금고 앞, 그리고 그 사이 골목길에 있던
사람들이 총에 맞았다. 로베로 호텔은 당시 제주차부와 경찰서 관사였
으며, 국민금고는 당시 식산은행이었다.

현재 관덕정 광장 주변은 완전히 새롭게 정비되었다. 조선시대 제주
목 관아가 있었던 자리이기 때문에 조선시대 건물이 복원되었다. 왜
하필이면 꼭 조선시대 건물로 복원하는 것일까? 전국 어느 유적지에
가도 가장 흔한 건축 형태일 텐데 말이다. 제주의 특성에 맞게 4·3 당
시의 현장으로 복원하면 안 되었을까? 그래야 제주의 특성이 더 살아
나지 않을까?

어쨌든 발포 경찰이 있었던 망루 자리는 현재 복원된 포정문 서쪽
담장 조금 안쪽에 해당된다. 미군정청과 도청은 포정문을 따라 조금

298

19.

깊숙이 들어간 곳에 있었고, 제주경찰서는 포정문과 그 옆 동쪽 담장에, 그리고 법원과 검찰 건물은 관덕정 바로 북쪽에 자리하고 있었다.

관덕정 광장은 1949년 6월 7일 전사한 유격대 사령관 이덕구의 시신이 전시됐던 곳으로도 유명하다. 망루 앞 그러니까 지금은 복원된 기간지주가 있는 자리쯤에 이덕구는 십자형 나무틀에 묶여 늘어져 있었다. 낡은 군복 위 호주머니에는 숟가락이 꽂혀 있고, 입 주위에는 핏

학생시절의 이덕구(왼쪽)

4.28 평화회담의 주역
김익렬 중령(가운데)

관덕정 광장에 전시된
유격대 사령관 이덕구의 시신
(오른쪽)

자국을 남긴 채.

거슬러 올라가면 관덕정 광장은 1901년 이재수의 난 당시 이재수의 민군이 제주성에 입성하여 원망의 상징이던 천주교도들을 처형했던 장소이기도 하다. 이래저래 관덕정 광장은 제주 역사의 중심지였다.

3·10 총파업 투쟁위원회 본부 터

3·1절 발포사건은 전 도민의 저항을 불러 일으켰다. 경찰이 자신들의 과오를 인정하고 그에 합당한 조치를 취하기만 했어도 도민의 저항은 그리 크지 않았을 것이다. 그러나 경찰은 끝까지 정당방위였다고 억지를 부렸다.

학생들의 동맹휴학에서 시작된 파업은 3월 10일이 되자 도민 총파업으로 발전했다. 제주도 행정의 최고 기관인 제주도청까지 파업에 돌입했던 것이다. 다음날에는 북군청과 제주읍사무소 등이 동참했다. 시간이 지나면서 파업 대열은 계속 확대되어 갔다. 민간 점포를 제외하고도 166개 기관 단체에 4만 1,211명이 참여했을 정도이다. 여기에는 일부 경찰까지 가세했다. 실로 세계 역사상 어디에서도 찾아보기 힘든 민관 총파업이었다.

이쯤 되자 파업을 효율적으로 이끌기 위해 공동투쟁위원회를 조직할 필요가 있었다. 먼저 제주읍 공동투쟁위원회가 3월 11일에 조직되었다. 위원장은 고예구, 부위원장은 이창수와 장기관이 맡았다.

이것이 곧 제주도 총파업 투쟁위원회로 발전했는데, 그 본부는 농산물 검사소 2층 건물에 두었다. 옛 아리랑백화점 바로 앞에 해당된다. 이곳을 투쟁위원회 본부로 쓰게 된 것은 농산물 검사소장 이창수가 투쟁위원회 부위원장이었기 때문이다. 그의 사무실이 투쟁위원회 본부로 임시 활용되었던 것이다.

하지만 3월 14일 경찰총수 조병옥이 제주에 와서 강경 방침을 천명하자 이 사무실은 풍비박살나고 말았다. 3·1절 기념식에서 사회를 보았던 금융조합 이사 고창무도 끌려갔고, 도청 총무국장 김두현의 동생이자 민주주의민족전선 재정부장이던 김두훈도 잡혀갔다.

그 외에도 많은 사람들이 끌려가 4·3이 일어나기 전까지 무려 2,500명이 검거되기에 이르렀다. 제주도에서 쓸 만한 젊은이들은 다 잡혀갔다는 말이 된다.

'앉아서 죽느니 일어서서 싸우자.' 결국 1948년 4월 3일 도민의 봉기는 시작되었다. 하지만 그때까지만 해도 이 봉기가 그렇게도 처참한

찾아가는 길
제주시 한복판 칠성통의 구(舊)아리랑백화점 바로 앞이다. 본래 그곳은 농산물 검사소였다.

살육을 초래할지는 그 누구도 몰랐다. 물론 남로당 안에서도 조몽구 등 노장파들은 봉기의 무모함을 지적하며 반대 입장을 취했다. 그러나 강한 투쟁을 주장하는 김달삼 등의 소장파가 주도권을 잡으면서 무장 항쟁은 강행되었다.

그후에도 기회가 없었던 건 아니다. 봉기가 일어난 후 채 한달도 지나지 않은 4월 28일 9연대장 김익렬 중령과 유격대 사령관 김달삼이 평화협상에 합의함으로써 비극은 이쯤에서 그칠 만도 했다.

하지만 평화를 바라지 않는 사람들이 있었다. 자신들의 죄과가 드러날 것을 염려한 친일 경찰들과 38선 이남의 한반도를 완전히 자신의 손아귀에 쥐고자 했던 미군정이 이를 방해하고 나선 것이다. 무슨 이유인지는 몰라도 평화회담 바로 다음날인 1948년 4월 29일 미군정 최고 책임자 딘 군정장관이 극비리에 제주를 방문했다. 그리고 나서 다시 이틀 뒤인 5월 1일 도대체 이해하기 힘든 사건이 벌어졌다. 소위 '오라리 방화사건'이 그것이다.

연미 마을

"오라리 방화사건은 단순한 사건이 아니다. 제주학살을 점화시킨 역사적인 계기가 된 사건이다."(당시 9연대 정보 참모 이윤락의 증언)

연미 마을은 이 역사적인 오라리 방화사건의 현장이다.

오라리 방화사건은 1948년 5월 1일 낮 12시경 서북청년회 등의 극우청년단원 30여 명이 오라리 연미 마을에 들어와 12채의 집에 불을 놓으면서부터 시작되었다. 제일 먼저 불에 탄 집은 연미 마을 서동네

찾아가는 길
제주시 오라동에 있다. 쉽게 찾아가려면 신제주에 있는 중앙중학교를 먼저 찾고 거기서 학교 담장 동쪽 너머에 있는 길을 따라 조금 들어가면 된다.

불타는 오라리
영화 〈May Day on Cheju-do〉 중
에서

허두경의 집이었다. 허두경이 유격대에 가담했기 때문에 선택된 것이다. 극우청년들은 그후 동네 한 바퀴를 돌면서 사정이 유사한 집들을 골라 불을 붙였다.

그때 마을 바로 앞 민오름에 있던 유격대원 20여 명은 이 광경을 보고 급히 내려와 불지른 청년들을 추격했다. 그러나 불을 지른 청년들은 이미 도망가고 없었다. 유격대원들이 내려와 사태가 진정되는 듯싶더니 오후 2시경에는 극우청년들의 신고를 받은 경찰들이 총을 난사하며 마을로 진입했다. 하지만 이번에는 유격대원들이 모두 사라진 뒤였다. 애꿎게도 무고한 주민들만 경찰의 횡포에 시달리게 된 셈이었다. 마침 유격대에 의해 경찰관 가족 1명이 살해된 것을 알게 되자, 경찰의 분풀이는 더욱 광포해졌다. 마을 사람 1명이 총에 맞아 숨지고 여러 사람이 호되게 맞아 다쳤다.

한창 경찰의 분풀이가 계속되던 4시 30분경, 이번에는 9연대의 지프와 스리쿼터가 도착했다. 9연대가 도착하는 것을 본 경찰은 부리나케 마을에서 빠져나갔다. 여기까지가 오라리 방화사건의 큰 줄거리이다.

그런데 왜 불을 질렀을까? 최근 연구에 의해 처음 불을 지른 사람들이 누구인지 밝혀졌지만 당시에는 서로 그 혐의를 떠넘기던 상황이었다. 경찰은 유격대가 한 짓이라고 주장했고, 반면 유격대는 경찰과 극우청년단의 행위라고 비난했다. 미군은 아예 연미 마을이 불타는 장면을 필름에 담아 소위 '폭도의 소행'이라고 조작했을 정도이다. 이 필름은 비행기와 지상에서 동시에 촬영된 것이다.

비행기와 지상에서 동시에 같은 장면이 촬영됐다는 점, 그리고 그것이 유격대에 의한 것으로 조작됐다는 점, 이런 점들은 무언가 의문을 갖게 한다. 아무래도 이 사건은 이틀 전 군정장관 딘의 방문과 무관하지 않아 보인다. 치밀하게 사전 준비된 미군의 각본이 있었던 것 같다.

왜 이런 각본이 필요했던 걸까? 왜 방화행위를 상대방에게 떠넘겼던 걸까? 이 점은 중요하다. 누가 평화협정을 깨려고 했는가를 보여주는 대목이기 때문이다. 4시 30분경에야 현장에 도착했던 9연대장 김익렬은 그것이 극우청년단과 경찰의 소행임을 알고 크게 화를 냈다.

하지만 사태는 점점 어려워져만 갔다. 5월 3일에는 평화협정에 따라 산에서 내려오는 민간인들에게 경찰이 총을 쏘아대는 일까지 발생했다. 물론 이때도 경찰은 자신들의 소행이 아니라고 우겨댔다.

평화를 바라는 사람의 입장에서라면 일련의 사건들이 도저히 납득가지 않을 것이다. 하지만 반대편 사람들의 입장에선 이런 꼼수를 써서라도 4·28 평화협정을 파탄시켜야만 했던 것이다.

평화는 깨졌다. 오라리 방화사건 이후 소집된 최고 수뇌회의에서 김익렬은 조병옥과 육탄전까지 벌이면서 평화적 해결을 위해 노력했지만 모든 게 수포로 돌아갔다. 오히려 그는 수뇌회의 다음날인 5월 6일에 전격 해임되고 말았다.

그의 후임자는 일본군 장교 출신 박진경이었다. 딘 장군의 총애를 받던 박진경은 미군정의 기대에 걸맞게 강경 토벌로 일관했다. 부하들마저 그의 토벌정책에 반발할 정도였다. 5월 20일 9연대 장병 41명이 총기를 탈취하고 부대를 빠져나가 유격대에 합류했던 것도 박진경의 무자비한 토벌정책 때문이었다.

충혼묘지 박진경 추도비

"우리나라 독립을 방해하는 제주도 폭동사건을 진압하기 위해서는 제주 도민 30만을 희생시켜도 무방하다."(박진경 중령의 9연대장 취임사 중에서)

박진경이 제주도에서 군사령관직을 수행했던 기간은 불과 한달 열흘에 불과하다. 평화론자 김익렬의 후임으로 부임한 날짜가 1948년 5월 6일이며 부하들의 총을 맞고 숨을 거둔 게 같은 해 6월 18일이다. 그럼에도 불구하고 4·3을 말할 때면 그의 이름이 빠지지 않는다. 그만큼 그의 행위가 4·3에 큰 흔적을 남겼기 때문이다.

하지만 그가 남긴 큰 흔적은 그리 긍정적인 게 못된다. 토벌 한달 만에 포로를 무려 6천 명이나 잡았다는 게 핵심이다. 훌륭한 업적인가? 아니다. 무차별 검거를 행했기 때문에 가능한 숫자다. 포로 대부분은 실제 유격대가 아닌 양민들이었다. 9연대 장병들의 탈영과 입산도 그의 무자비한 토벌 때문에 생겼던 일이다.

그래도 미군정은 그의 성과를 높이 샀다. 6월 1일자로 그를 대령으로 진급시킬 정도였다. 당시 군 인사상황을 보면 초고속 승진이었다. 하지만 그 진급이 오히려 그의 운명을 재촉한 결과가 되었다. 진급 축하 파티를 끝내고 숙소인 11연대 본부에 돌아와 깊이 잠들었다가 그만 부하들에게 암살되었기 때문이다.

자업자득일지도 모른다. 평화적 해결 방법을 버리고 강경 토벌을 택

찾아가는 길

한라산을 가로지는 제2횡단도로 (1100도로)를 타고 가다가 한밝 저수지 못미처 왼쪽으로 충혼묘지와 전왕사 가는 길을 볼 수 있다. 이 길을 따라가면 충혼묘지가 나오는데 묘역 입구 남쪽에 박진경 추도비가 있다.

한 것에 대한 대가일 수도 있다. 암살을 주도했던 문상길 중위가 법정에서 남긴 최후진술에서는 그를 '민족반역자'로 규정하고 있다. 그 진술을 들어보자.

이 법정은 미군정의 법정이며 미 군정장관 딘 장군의 총애를 받은 박진경 대령의 살해범을 재판하는 인간들로 구성된 법정이다. 우리가 군인으로서 자기 직속상관을 살해하고 살 수 있으리라고 생각하지는 않는다. 죽음을 결심하고 행동한 것이다. 재판장 이하 전 법관도 모두 우리 민족이기에 우리가 민족반역자를 처형한 것에 대하여서는 공감을 가질 줄 안다. 우리 3인에게 총살형의 선고를 내리는 데 대하여 민족적인 양심으로 대단히 고민할 것이다. 그러나 그런 고민을 할 필요는 없다. 이 법정의 성격상 당연히 총살형이 선고될 것이며 우리는 그 선고에 마음으로 복종하며 법정에 대하여 조금도 원한을 가지지 않는다. 안심하기 바란다. 박진경 연대장은 먼저 저 세상으로 갔고 수일 후에는 우리가 간다. 그리고 재판장 이하 전원과 김연대장도 장차 노령해지면 저 세상에 갈 것이다. 그러면 우리와 박진경 연대장과 이 자리에 참석한 모든 사람들이 저 세상 하나님 앞에서 만나게 될 것이다. 이 인간의 법정은 공평하지 못하여도 하나님의 법정은 절대적으로 공평하다. 그러니 재판장은 장차 하나님의 법정에서 다시 재판을 하여 주기를 부탁한다.

박진경 추도비
그는 토벌 한달 만에 포로를 무려 6천 명이나 잡았다.

그리고 형장에서 문상길은 "우리들의 영혼을 받아들이시고, 우리들이 뿌리는 피와 정신이 조국 대한민국의 독립을 위하여 밑거름이 되게 하소서"라고 기도를 드린 후 대한민국 만세삼창을 했다. 그리고는 '양양한 앞길을' 하는 군가를 부르면서 형을 받았다.

그러고 보면 문상길의 행위는 의거처럼 여겨지기도 한다. 그러나 역사는 지배자의 역사다. 아직까지도 공식 기록은 박진경은 애국자, 문상길은 반역자로 서술하고 있다. 지배자가 가진 기억의 주도권을 영구화하기 위해 만드는 상징조형물의 경우도 마찬가지다.

현재 이곳 충혼묘지 입구에 있는 '고 육군대령 밀양박공진경 추도비'가 이를 잘 보여준다. 비문 내용 중에 "제주도공비 소탕에 불철주야 守道爲民의 충정으로 선두에서 지휘하다가 불행하게도 장렬하게 산화하시다"라는 문구가 눈길을 끈다.

과연 그랬던가? 1952년에 '제주도민 및 군경원호회' 명의로 이 비를 세웠으니까 그때라면 그렇게 쓸 수밖에 없었을 것이다. 하지만 지금은 분명 아니다.

오늘날에도 기억을 둘러싼 싸움은 계속되고 있다. 1990년 4월 박진경의 고향 경남 남해군 이동면 무림리에는 그의 동상이 세워졌다. '창군 영웅'이자 '제주도에서 공비 소탕의 전과를 올렸기' 때문이란다.

기억을 둘러싼 싸움을 제대로 파악하려면 동상 건립의 주체가 누구인가를 보면 된다. 창군동우회다. 창군동우회가 죽은 박진경을 동원해 자신들의 입지를 강화하고 있는 것이다. 박진경 추모는 형식이다. 내용은 그들이 저지른 양민학살의 죄를 은폐하는 데 있다. 이를 위해 박진경 추모라는 형식이 동원되는 것이다.

최근 이 동상을 철거해야 한다는 움직임이 있었다.

박진경 동상 (경남 남해)
박진경 추모는 형식이다. 내용은 그들이 저지른 양민학살의 죄를 은폐하는 데 있다.

놀랍게도 남해군 주민들이 제기한 것이다. 그러면서 제주 사람들에게 연대를 요청해 왔다. 이에 호응해 일부 제주 사람들은 그의 비석부터 철거하자고 주장하였다. 하지만 아직도 둘 다 건재하다. 이게 4·3의 현주소다.

제주농업학교 터

강경 토벌책을 펴던 박진경 대령은 죽었지만, 초토화 작전을 요구하던 미군정의 입장은 바뀌지 않았다. 이건 박진경 이전에 애당초 김익렬 시절부터 그들이 주문했던 정책이다.

남북에 각각 정권이 들어서던 8월과 9월을 넘기면서 이 초토화 작전은 본격화되었다. 1948년 10월 17일 9연대장 송요찬이 발포한 "해안선에서 5㎞ 이상 지역에 출입하는 자는 무조건 사살한다"라는 포고문은 대학살의 시발점이었다. 이때부터 제주도 중산간 지역은 대부분 불에 탔고 그곳의 주민들은 해안마을로 소개(疏開)되어 내려와야만 했다. 그 과정에서 무차별 학살은 곳곳에서 자행되었다.

초토화 작전은 비단 중산간 마을에만 비극을 몰고왔던 건 아니다. 제주 읍내에서도 무차별 연행과 즉결처분이 꼬리를 물었다. 이때 연행된 사람들은 먼저 이곳 농업학교 운동장에 임시로 마련된 천막 안에 갇혀 있었다. 당시 농업학교는 9연대 본부로 사용되었는데, 북쪽 운동장은 연병장, 동쪽 운동장은 포로 수용소 역할을 했다.

'제주 읍내 유지 중에 농업학교 천막수용소에 안 갔다온 사람은 꼽기 어려울 정도'라는 말이 나올 정도로 검거는 무차별적이었다. 최원순 제주지방법원장, 김방순 검찰관대리, 송두현 법원서기장 등 법조인

찾아가는 길

제주시 KAL호텔 서쪽인 전농로 일대이다. '예전에 농업학교가 있던 길'이란 뜻으로 도로 이름이 전농로다. 지금은 한국통신, 삼성초등학교, 토지개발공사 등의 건물이 들어서 있다.

4·3 당시 농업학교 천막

지금도 제주의 어르신들 중에는 '농업학교 천막' 이라는 말만 들어도 움찔하는 분들이 계시다.

과 전현직 제주중학교 교장인 현경호와 이관석 등 교육계 인사, 박경훈 제주신보 사장, 신두방 제주신보 전무, 김호진 제주신보 편집국장, 이상희 서울신문 제주 지사장 등 언론계 인사가 대표적인 인물이다. 특히 관재처나 식량영단, 또는 도청의 보급 관련 직원들이 1순위로 잡혀 들어왔다. 평소 서북청년회가 부당하게 물품을 요구해 왔을 때 이를 거절했던 게 화근이었다.

일제 강점기 농업학교는 제주의 최고 교육기관이었던 까닭에, 제주의 유지 중에는 이 학교 출신들이 많았다. 끌려간 그들은 자신들이 공부했던 장소에서 '기가 막힌 동창회'를 열었던 셈이다. 하지만 이곳에선 서로 아는 체 하는 일은 드물었다. 괜히 다른 사람 때문에 엮여 들어갈지도 모른다는 불안감 때문이었다. 그들은 대부분 왜 이곳에 잡혀왔는지도 모르는 상태였기 때문에 처신을 신중하게 할 수밖에 없었다.

그러다가 '누구 누구 대석방' 이라는 말이 떨어지면 불려나갔는데, '대석방' 은 곧 처형을 뜻했다. 위의 인물 중에서도 김방순, 송두현, 현경호, 이관석, 김호진, 이상희가 이곳에 끌려와 있다가 '대석방' 을 맞았다. 이들은 제주 앞 바다에 수장되거나, 혹은 사라봉 동굴, 박석내 등에서 학살되었다. 현직 검사까지 즉결 처형되던 시절이었다. 소위 1948년 11, 12월의 유지학살사건이다. 지금도 제주의 어르신들 중에는 '농업학교 천막' 이라는 말만 들어도 움찔하는 분들이 계시다.

농업학교는 유지학살사건 전에도 4·3과 인연이 많다. 그 해 6월 18일 박진경이 암살 당한 곳도 여기 11연대(이후 다시 9연대) 본부였다.

그리고 그보다 훨씬 전인 1945년 9월 10일, 해방을 맞아 제주도 건국준비위원회가 결성된 곳도 여기 농업학교 강당이었다. 그러나 4·3의 한복판을 지켜봤던 역사의 현장임에도 불구하고 지금은 아무런 흔적도 찾아볼 수 없다.

박석내

본래 이 개천의 이름은 '소용내'였다. '박석내'로 이름이 바뀐 건 한말 제주에 유배왔던 개화파 박영효가 몇 해 동안 이 근처에서 살았던 데서 연유했다.

그런 박석내가 4·3 때에는 학살터로 이용되었다. 주로 농업학교에 수감된 사람들이 이곳에서 비밀리에 죽어갔다. 지금은 주변에 학교도 들어서고 사람의 왕래가 빈번해졌지만, 1980년대 초까지만 해도 제법 으슥한 변두리였다.

농업학교에 수감됐던 유지들 중 이곳에서 학살된 것으로 확인된 사람은 현경호(초대 제주중학교 교장, 민주주의민족전선 의장 역임), 김원중(제주북교 교장 역임), 배두봉(항일운동가), 이상희(서울신문 제주 지국장, 갑자옥 사장), 현두황(제주중학교 교사, 현경호의 아들) 등이 있다.

이들의 시신은 학살된 후 불에 태워졌기 때문에 가족들이 확인하는데 애를 먹었다. 엉뚱한 시신을 수습한 경우도 있었다. 이상희의 부인은 꿈에서 '지금 가져온 시신은 내가 아니다'라는 남편의 말을 듣고 다시 시신을 수습했다. 타다 남은 내복 조각이 있어서 겨우 시신을 수습

찾아가는 길
제주시내 남쪽, 제주여자고등학교와 이라중학교가 갈라지는 사거리에서 동쪽을 보면 '박석교'라는 다리가 있다. 그 다리 밑의 개천이 박석내 이다.

310

박석내
군인들의 실적 올리기 경쟁에 수많은 죄없는 사람들이 참혹하게 죽어갔다. 1948년 11, 12월에 일어난 유지학살사건의 현장이다.

할 수 있었다고 한다.

그런데 왜 시신에 불을 질렀던 것일까? 왜 비밀리에 처형했던 것일까? 때는 9연대가 2연대와의 교체를 6일 앞둔 1948년 12월 23일이었다. 다음 사건을 하나 더 보고 이 문제를 고민해 보자.

유지학살사건 이틀 전인 12월 21일에도 이곳에서 학살이 있었다. 조천면 관내의 소위 '자수사건' 관련자들이 이때 죽었다. 자수사건이란 토벌대가 "털끝만큼이라도 유격대에 협조한 일이 있는 사람은 자수하라. 자수하면 자유로울 것이며 만약 그렇지 않았다가 나중에 발각되면 처형을 면치 못할 것이다. 그리고 명단을 이미 확보하고 있다"라며 주민들을 설득해 자수한 사람들을 구금했던 사건을 말한다.

조천면 일대의 자수자들은 일단 함덕국민학교에 수감되었다. 그런데 이곳에 수감된 자수자 중에는 적극 협력했던 사람도 있었겠지만 강요에 못 이겨 협력했던 사람이 대부분이었다. 뿐만 아니라 자수자에게는 양민증을 준다고 했기 때문에 그것을 받기 위해 전혀 무관한 사람이 자수한 경우도 있었다.

수감된 지 보름 뒤인 12월 21일, 토벌간다며 트럭에 타라는 말을 듣고 이들은 대부분 그 지시를 따랐다. 한번 토벌을 갔다오면 결백이 증명될 테니 곧 집으로 돌아가겠지 하는 희망을 가지고 서둘러 트럭에 올랐던 것이다. 200명 중 동작이 느린 50명을 빼고 150명이 운명의 트럭에 올랐다.

트럭은 먼저 농업학교를 향했다. 그러나 농업학교에서 그들을 기다린 건 토벌 작전에 필요한 무기가 아니라 철사줄이었다. 철사줄에 묶인 그들은 곧 박석내로 옮겨져 사살됐다. 그들 역시 사살된 후 불에 태워졌다. 물론 비밀리에 진행된 학살이었다.

박석내에서의 학살은 공통점이 있다. 비밀리에 진행되었다는 점, 사살 후 시신을 모두 불태웠다는 점, 그리고 1948년 12월 말이었다는 점이다. 이 시점에서 미군정 보고서는 "수준 높은 작전을 펼치려는 욕망과 2연대 성공자들의 훌륭한 업적에 부응하려는 욕망 때문"이라는 의미심장한 기록을 남겼다. 9연대는 바로 며칠 뒤인 12월 29일에 2연대와 교체하기로 예정되어 있었다.

시신을 불태운 건 증거 인멸을 위해서다. 비밀리에 처형한 건 그 처형이 정당하지 못함을 말한다. 교체를 앞에 둔 9연대가 실적 올리기에 매달렸다는 말이다. 때문에 죄 없는 사람들이 죽어갔다. 박석내는 사람 목숨이 군인들의 실적 올리기 경쟁에 이용되었던 '믿어지지 않는' 역사의 현장이다.

서청 사무실 터

'서청' 즉 서북청년회는 제주 사람들에겐 지금까지도 악몽 같은 단어이다. 서청이 제주에 들어온 것은 1947년 3·1절 발포사건 이후인데, 그들의 횡포가 너무도 심했기 때문에 서청의 만행을 4·3의 한 원인으로 꼽을 정도이다.

서북청년회의 '서북'은 황해도, 평안도, 함경도를 일컫는 말이다. 이들은 김일성 정권이 무상몰수 무상분배의 토지개혁을 실시하고 친일파를 처단하는 등 강력한 조치를 취하자 이를 피하여 남으로 넘어왔던

찾아가는 길
제주시 한복판 중앙로와 칠성통이 교차하는 지점에 있다. 이 사거리의 서북쪽 건물 2층이 당시 서북청년회 사무실이 있던 자리다. 현재 2층에는 '5번 미장'이라는 미장원이, 1층엔 '트라이엄프'라는 가게가 자리하고 있다.

서북청년회
사무실 자리(2층)

사람들이다.

그런 만큼 그들은 공산주의에 대한 적개심이 강했다. '제주도 주민 90퍼센트 이상이 빨갱이'라는 악선전에 물든 이들에게 제주도는 그야말로 분풀이할 수 있는 최적의 장소였다.

미군정과 이승만 정부는 이들의 처지를 십분 활용했다. 사설단체에 경찰권까지 줬을 정도이다. 하지만 봉급은 없었다. 알아서 현지에서 조달하라는 방침이었다. 그래서 그들은 이승만 사진과 태극기를 강매하거나 각종 이권에 폭력적으로 개입해 생계 문제를 해결했다.

이 과정에서 그들에게 밉보인 사람은 나중에 큰 곤욕을 치러야 했다. 그들이 지목만 하면 누구라도 빨갱이가 되던 시절이었다.

서청 사무실 자리는 지금까지도 비교적 잘 남아 있다. 화려한 상업 간판들이 주위를 감싸고 있지만 자세히 보면 그 틀이 일본식 건물임을 알 수 있다. 본래 일제 때 함석그릇을 팔던 일본인 상점 건물이다. 이 건물은 일본인 소유였기 때문에 해방 후에는 적산가옥 규정에 따라 재산관리처에서 관리하고 있었다. 1층은 그 상점의 한국인 점원이던 강성옥에게 불하되었다. 2층은 비어 있었는데 나중에 서청이 이를 접수했다.

그런데 서청은 나중에 1층까지도 빼앗았다. 그것도 아주 막 돼먹은 방법을 동원했다. 1층에서 제사를 지낼 때 2층에서 바닥에 구멍을 뚫어 그 제삿상 위에 오줌을 싸면서 1층 주인을 몰아냈다. 이에 항의했던 1층 주인 강성옥은 피떡이 되도록 맞았다.

서청의 횡포는 힘없는 일반 도민에게만 국한된 게 아니었다. 북제주
군수 김영진이 서청 단장 김재능에게 맞아 팔이 부러질 정도였다. 특
히 물자 보급을 맡은 관리들은 서청의 주 타깃이 되었다. 도청 총무국
장 김두현도 이들에게 타살되었다. 도청 총무국장이라면 도지사 다음
인 도 행정의 2인자였다. 그런 그도 일개 사설단체에 잡혀가 매를 맞고
숨을 거뒀다. 서청은 구호 대상자가 아니면서도 억지를 쓰며 구호물품
지급을 총무국장에게 요구했다. 그러나 총무국장 김두현은 구호 대상
자에게 줄 것도 부족하다며 이를 거절했다. 그의 죽음은 그에 대한 대
가였다. 제주도 전체에서 초토화작전이 행해지던 1948년 11월 9일의
일이다. 그 시절엔 그랬다.

제주신보사 터

다른 분야도 그렇긴 하지만 특히 언론은 정
치 풍향에 영향을 많이 받는다. 해방 직후에는 제법 많은 언론들이 정
직한 목소리를 냈다. 하지만 곧 이어 닥친 분단과 한국전쟁으로 인해
대부분은 앵무새 언론이 될 수밖에 없었다.

제주의 경우도 상황은 비슷했다. 해방 후 거의 유일했던 〈제주신보〉
는 초기엔 상당히 진보적이었다. 남아 있는 신문자료를 보면 1947년까
지만 해도 민주주의민족전선 의장의 신년사가 실릴 정도였다. 철저한
어용신문으로 전락한 건 4·3 이후의 일이다.

그런 언론이었던 만큼 〈제주신보〉도 4·3을 비껴 가진 않았다. 특히
제주신보사에서 유격대측의 삐라가 인쇄된 사건이 일어나 충격을 주
었다. 다른 때도 아닌 1948년 10월 대토벌기에 그런 일이 일어났다.

찾아가는 길
서청 사무실에서 관덕정 방향으로 약
30m 떨어진 지점의 '로가디스' 건
물 근처가 제주신보사 자리이다.

〈제주신보〉 편집국장 김호진
그는 유격대 삐라를 제주신보사에서
인쇄했다.

물론 신문사 차원에서 삐라를 인쇄했던 건 아니다. 당시 편집국장이자 주필이었던 김호진의 단독 행동으로 알려져 있다. 그의 친구가 우연히 그 장면을 목격하고 만류하자 그는 "산군들의 부탁이야"라며 대담하게 인쇄를 계속했다고 한다. 서청 사무실이 불과 30m 거리 안에 있었는데도 말이다. 그후 김호진은 인쇄 사실이 발각될 기미를 알고 입산을 시도하다가 관음사 근처에서 잡혀 농업학교에 수감되었다. 그리고는 10월 말에 처형된 것으로 알려져 있다.

당시 사장이던 박경훈도 이 사건 때문에 위협을 받게 되었다. 안 그래도 민주주의민족전선 의장 경력 때문에 사찰당국의 주목을 받고 있던 터였는데, 이 사건으로 완전히 올가미에 들 처지였다. 그러나 제주도 최고 갑부인 그의 아버지 박종실이 미군을 매수하여 황급히 그를 도피시켰던 것으로 전해진다.

그 사건 이후 〈제주신보〉는 아예 서청이 접수해 버렸다. 물론 무상 강제 접수였다. 그리곤 서청 단장 김재능이 발행인 겸 편집인으로 인쇄된 〈제주신보〉가 약 일년 동안 만들어졌다.

찾아가는 길
제주신보사 자리에서·관덕정 방향으로 가다가 칠성통 길이 끝나는 지점의 좌우 점포들이 그 현장이다. 갑자옥은 대략 현재의 대산신회, 제주약방은 진금당, 중앙이발관은 한국투자신탁 정문 서쪽 점포쯤에 해당된다. 서북청년회 사무실 터와 제주신보사 터가 모두 100m 안에 있다.

갑자옥 터/제주약방 터 /중앙이발관 터

이 세 장소는 주로 민주주의민족전선 간부들이 어울리며 모임을 갖던 곳이다. 정보기관과 행정기관이 주변에 밀집해 있었는데도 시내 중심지 한복판에서 모임을 가졌다는 게 신기하다. 그때는 제주시가 넓지 않았다는 말이기도 하지만, 그보다 이들의 활동이 그만큼 도민의 적극적인 지지 속에 있었음을 말해 주는 것이기도 하다.

갑자옥은 모자 등 잡화를 팔던 가게였다. 유지학살 사건 때 희생된 서울신문 제주 지사장 이상희가 가게 주인이었다. 언론인으로서 비판적인 입장을 가졌기 때문에 학살되었지만 그 이전에 유격대 사령관 김달삼의 친척이라는 점도 그가 주목을 받았던 이유 중 하나이다.

제주약방을 경영하던 김두봉은 도립병원 약제과장을 겸하고 있었다. 서울서 약품을 구입해 올 때면 중앙 조직에서 내려보내는 비밀 문건을 함께 몰래 들여왔다는 이야기가 있다. 또 유격대를 치료하기 위해 이곳의 약품들이 몰래 산으로 옮겨졌다는 이야기도 있다. 물론 확인된 이야기는 아니다. 하지만 제주약방이 비밀 아지트 역할을 했던 건 사실인 모양이다. 약방 주인 김두봉이 나중엔 본격적으로 입산해서 유격대 활동을 했던 점을 보면 그렇다. 그도 역시 토벌대의 토벌과정에서 최후를 맞았다.

중앙이발관의 주인은 민주주의민족전선 선전부장 김행백이었다. 그런 만큼 이발소에는 사람들의 왕래가 잦을 수밖에 없었다. 다행히 그는 사태가 험악해지자 목포로 피신하여 목숨을 건졌다고 한다.

제주중학교 현경호 교장 비석

제주사회의 문제점을 진단할 때면 으레 '원로가 없다' 라는 말을 많이 듣는다. 이해관계에 따라 도민 분열과 갈등이 심해져도 이를 합리적으로 조정해 줄 만한 어르신이 없다는 이야기

찾아가는 길
제주시 관덕정에서 서쪽으로 조금 가면 제주창교 바로 못미처 제주중학교가 있다. 비석은 제주중학교 교정 내의 두 건물 사이에 있다.

다. 안타깝지만 그게 사실이다.

　그 원인으로 4·3을 드는 사람들이 많다. 그때 소위 어르신다운 어르신들이 다 죽었고 그 흐름이 지금까지 이어지다 보니 '존경받는 원로'가 없다는 말이다. 상당히 설득력 있는 이야기다. 입바른 소리를 하던 사람은 사실 그때 다 죽었다. 그런 현실이니 누가 나서서 도민의 이익을 위해 진정한 목소리를 냈겠는가? 그러니 유지라고 해봐야 진정 존경받는 유지는 오늘날 없다. 그저 돈이나 권세 앞에서 아첨하는 걸 존경으로 착각할 뿐이다.

　4·3은 제주의 많은 인재들을 앗아갔다. 특히 교육계의 피해는 극심했다. 그 중 제주중학교가 대표적이다. 1, 2대 교장이 모두 이때 희생되었을 정도이다.

　2대 교장 이관석 역시 훌륭한 인물이었지만 초대 교장 현경호는 진정한 의미에서 제주사회의 원로였다. 제주중학교 교장과 제주향교 이사장이었던 그는 단순히 자신의 활동을 교육계 안에 국한시켜 안주하지 않았다. 나라의 장래가 어두워져 가고 도민 생활이 점점 악화되어 가자 진정한 원로답게 사회활동의 전면에 나섰다. 양지만을 좇는 오늘날의 가짜 원로, 부도덕한 주류와는 대비되는 모습이다.

　1947년 2월 23일 '제주도 민주주의민족전선'이 결성될 때, 그는 남로당 제주도 위원장 안세훈, 관음사 주지 이일선과 함께 공동의장을 맡았다. 또 그보다 며칠 전인 2월 17일에는 '3·1절 기념투쟁 제주도 위원회'의 부위원장을 맡기도 했다.

　그의 삶은 진정 참여하는 지식인, 정의의 편에 선 지식인의 모습을 그대로 보여준다. 하지만 험악했던 그 시절, 그

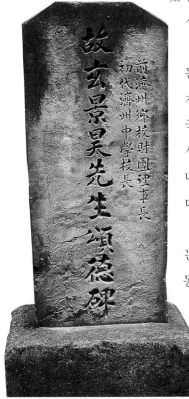

제주중학교
현경호 교장 비석
그의 삶은 진정 참여하는 지식인, 정의의 편에 선 지식인의 모습을 그대로 보여준다.

대가는 '학살'로 돌아왔다. 소위 '제주읍 유지학살사건' 중 하나로 기록되는 1948년 12월 23일 박석내 학살이 그것이다. 증거인멸을 위해 시신에 불까지 붙였던 그 사건, 연대 교체 시기를 앞두고 전과를 올리려고 자행했던 그 사건 때 희생되었다.

이곳 제주중학교 한 구석에 서 있는 그의 비석에는 다만 "1948년 12월 23일 애석하게도 작고"라고만 돼 있고 구체적인 실상을 기록하진 않았다. 비석을 세운 시기가 1969년이었으니 억울한 사연 이야기를 하고 싶어도 할 수 없었을 것이다. 아니 오히려 토벌대에게 죽은 소위 '빨갱이'의 비석을 세운 것만 해도 대단한 용기였으리라.

4·3을 이야기할 때면 현경호와 도지사 박경훈 등은 잊지 말고 기억해야 할 소중한 사람들이다.

주정공장 터

해방 후에도 가동되던 주정공장은 본래 일제 강점기 동양척식주식회사 제주 지사가 운영했던 시설이다. 제주에서 생산되는 고구마로 주정(酒精), 즉 알코올을 제조하고 이를 연료로 공급하기 위해 만든 것이라고 한다.

4·3이 발발하자 군대가 이를 접수하긴 했지만 처음부터 수용소로 썼던 건 아니다. 처음에는 무기를 제조하는 조병창 시설이었다. 수용소로는 농업학교 천막이 있었다. 하지만 1948년 가을 초토화 작전이 시작된 후부터 농업학교 천막만으로는 부족했다. 그래서 그 해 겨울부터 이곳도 수용소로 썼다. 고구마를 저장하던 언덕 위의 10여 개의 창고가 그 역할을 했다. 시설이 크다보니 나중엔 이곳이 제주도 내 최

찾아가는 길
제주항 여객선 터미널 맞은편 동쪽 언덕 위아래가 옛 주정공장이 있던 자리다. 부두 동쪽 현대아파트 단지와 그 아래 천마 SK 주유소 주변 일대가 모두 이에 해당된다. 공장은 언덕 밑에 있었고, 수용소로 쓰인 10여 개의 고구마 창고는 언덕 위 즉 지금의 현대아파트 단지에 있었다.

대의 수용소가 되었다. 특히 1949년 봄부터는 수용소 하면 이곳을 지칭할 정도였다.

1949년 5월 11일 이곳을 방문했던 국제연합한국위원회의 보고서에는 '약 2천 명의 수감자가 오래된 창고에 갇혀 있고, 수감자는 부인이 남자의 약 3배 이상이며, 그 중 많은 경우는 갓난애와 어린애들을 팔에 안고 있다'라고 쓰여 있다. 또 그 보고서에는 '이들 중 90퍼센트는 산에 숨어 있다가 귀순한 사람이며 나머지는 토벌대에 의해 포로가 된 사람들'이라는 내용도 있다.

2천 명이면 창고 하나에 약 200명이 수용되었다는 계산이 나온다. 부인들이 훨씬 많았다는 기록은 이때쯤이면 도피자 중 살아남은 남자들이 많지 않았음을 암시한다.

주정공장 전경
수감자가 약 2천 명에 이른 제주도 내 최대의 수용소였다.

90퍼센트가 귀순자라는 보고는 1949년 봄의 상황을 말해 준다. 1949년 3월 2일은 제주도지구전투사령부(사령관 유재홍 대령)가 설치된 날이다. 이 시점이면 초토화 작전으로 인해 산사람들이 많이 죽어서 실질적인 교전이 불가능한 상황이었다. 마무리 작전만이 필요한 시점이었다. 그래서 편성된 게 전투사령부였다.

마무리 작전은 토벌과 함께 선무공작으로 전개되었다. 비행기가 섬 전체를 돌며 귀순 권고 삐라를 뿌렸다. 죄가 없어도 걸리면 무조건 죽던 시절과는 달리, 산에서 내려가도 죽지 않는다는 말이 돌았다. 그래서 이때부터 하산자가 급격히 많아졌다. 물론 이들은 산에서 내려오면 일단은 감금되었다. 주정공장 고구마 창고가 필요했던 건 이 때문이다.

작전 수행 한달 만에 수감자는 1,500명이 늘었다. 3월 25일부터 4월 12일까지의 상황보고에는 사상 2,345명, 포로 3,600명으로 나와 있다. 이들 중 다수는 역시 중산간 마을의 비무장 주민들이었다. 무차별 학살이 무서워서 산으로 도망갔던 죄 없는 사람들이다. 그들이 대거 내려오면서 이곳에 수감됐던 것이다.

그런데 문제는 심각했다. 선무공작은 어쩌면 사기극이기도 했다. 목숨을 보장한다고 해놓곤 귀순자 중 300여 명을 사살해 버렸기 때문이다. 유격대 지지자라는 명분이면 족했다.

물론 초토화작전 때와는 달리 많은 사람들이 풀려나긴 했다. 그러나 엉터리 재판을 받고 사형되거나 육지의 형무소로 옮겨진 사람도 적지 않았다. 많은 경우 자신의 죄명이 무엇인지 또 몇 년 형인지조차 몰랐을 정도이다.

육지형무소로 끌려간 사람들의 운명도 기구했다. 한국전쟁이 터지자 인민군에 동조할 우려가 있다는 이유로 학살된 것이다. 서둘러 퇴각하느라 신경을 못 쓴 서대문, 마포, 인천 형무소에 수감되었던 사람들은 그나마 이 학살에서 벗어날 수 있었다. 그러나 평택 이남 형무소에 갇혔던 사람들은 대부분 죽음을 피할 수 없었다. 대전 골령골과 대구 가창골에서 최근 발굴된 유골들이 그 비극의 주인공들이다.

광기의 시대 1
(동부지역 비극의 현장을 중심으로)

4·3이 세인의 주목을 받는 건 무엇보다 엄청난 수의 사람들이 희생되었기 때문이다. 그런데 그 희생은 정작 1948년 4월 3일경이 아니라 그 해 가을부터 다음해 초까지의 시기에 집중되었다. 10월 17일 송요찬이 내린 초토화 명령이 학살의 시발점이었다. 유격대와의 연계를 차단한다는 명분으로 중산간 300여 마을을 모두 불지르고 닥치는 대로 주민을 학살했다. 사람들은 이 시기를 '광기의 시대'라고 부른다. 현재의 우리로서는 도저히 상상할 수 없는 학살이 일어났던 것이다. 그것도 특정 지역에 국한 된 게 아니었다. 제주도 전역에서 학살이 자행되었다. '코스 2'와 '코스 3'은 그 비극의 현장을 중심으로 구성했다.

낙선동 성터

어르신들을 만나 4·3 이야기를 나누다 보면 '소까이'라는 말을 듣게 된다. 재해지구의 주민이나 시설 등을 안전지대로 분산 이동시킨다는 뜻의 '소개(疏開)'를 일본식으로 읽은 것이다.

중산간 선흘 마을 사람들이 소개되어 해안마을인 함덕이나 북촌으로 옮겨간 건 1948년 11월 21일부터였다. 그런데 이 과정에서 많은 사람들이 죄 없이 죽어갔다. 단지 중산간에 산다는 이유만으로, 그리고 정든 삶의 터전인 마을을 버리고 떠나지 않았다는 이유만으로 희생된 것이다.

'소개'를 '소개'라 하지 않고 '소까이'라고 부르는 데서부터 비극은 예감할 수 있다. 일본군의 못된 범죄행위가 그대로 이곳 제주도에 적용된 것이다. 본래 소개는 손자병법에 나오는 '견벽청야(堅壁淸野)' 즉 꼭 지켜야 할 전략 거점은 벽을 쌓듯이 확보하며, 부득이 적에게 내

찾아가는 길

제주도 동부 중산간 마을인 선흘에 있다. 선흘에 가려면 동부 중산간도로(16번 국도)를 타거나 혹은 동부 일주도로로 함덕까지 간 후 중산간으로 올라가야 한다. 선흘 중에 낙선동은 아래쪽에 있는 마을이다. 낙선동 마을 표석에서 마을 안쪽으로 들어가면 팽나무가 보이는데, 이 팽나무 뒤편부터 옛 성터가 남아 있음을 확인할 수 있다. 가까이 접근하려면 여기서 왼쪽 길로 돌아가다가 과수원 속으로 들어가야 한다.

놓게 되는 지역은 인적·물적 자원을 이동하고 건물을 파괴해 적으로 하여금 이용하지 못하게 한다는 작전에서 차용된 것이다. 손자가 가르친 대로만 한다면 별 문제는 없다.

그러나 만주의 일본군은 손자의 가르침을 따르지 않았다. 작전지역 내의 주민들을 안전한 곳으로 이동시킨다는 기본 방침 대신 무차별 학살로 주민을 '정리' 해 버렸던 것이다. 아무리 전시라고 해도 허용될 수 없는 범죄이다. 하지만 이런 일이 해방 후 제주에서도 행해졌다. 초토화 명령을 내린 송요찬 등 당시 군 수뇌부의 대다수가 과거 일본군 장교였다는 사실이 '합법 소개' 가 아닌 '불법 소까이' 가 저질러진 이유를 잘 설명해 준다.

소까이 과정에서 선흘 사람들은 최소 120명이 희생되었다. 하지만 비극은 여기서 그치지 않았다. 아무런 생계 대책 없이 해안마을로 내려간 선흘 사람들은 굶주림 속에서 그 겨울을 보내야만 했다. 게다가 '입산자 가족' 이라는 낙인도 무서웠다.

낙선동 4·3 전락촌 성벽
성 안에는 짐승 우리 같은 함바집이 들어섰고, 선흘 사람들은 그곳에서 짐승처럼 살아야만 했다.

그들은 어떻게든 마을로 돌아가야만 했다. 당장 먹고사는 게 문제였다. 비록 집은 불에 타 없어졌다하더라도 먹고살려면 농사를 지어야 했고, 농사를 지으려면 농토가 있는 마을 곁으로 돌아가야만 했다.

1949년 봄 이곳에 성벽을 축조한 것은 이들을 수용하기 위해서였다. 불에 타버린 선흘 본동보다 아래쪽인 알(아래)선흘에 전략촌이 들어섰다. 성의 규모는 본래 동서 150m, 남북 100m의 길이와 높이 3m, 폭 1m 정도였다. 또 성 외벽 앞에는 가시덤불로 채워진 2m 깊이의 구덩이가 있었다. 물이 고이지 않는 제주도의 화산토양 때문에 정통적인 해자를 만들 수 없어서 물 대신 가시덤불을 활용했던 것이다. 그리고 성 안에는 짐승 우리와도 같은 '함바집'이 들어섰다. 선흘 사람들은 그곳에서 짐승처럼 살아야만 했다.

게다가 이 석성은 마을 주민들이 강제로 동원되어 쌓은 것이다. 이때 동원된 주민들은 대부분 노인과 어린이, 그리고 여성들이었다. 젊은 남자들은 이미 죽거나 도망갔기 때문이다. 밤마다 서는 보초 임무도 이들의 몫이었다.

유격대는 1950년 가을까지 식량 확보와 정치선전을 위해 이 성을 습격했다. 하지만 번번이 큰 피해만 입고 퇴각할 수밖에 없었다. 이미 그들을 반길 분위기가 아니었다.

통행제한이 풀리던 1956년, 선흘 사람들은 다시 이곳을 버리고 원래의 마을인 선흘 본동으로 이주해 갔다. 그러니 현재 이곳에 거주하는 사람들은 본래 선흘 사람들이 아니다. 성의 모습도 옛날과는 많이 다르다. 성 안에는 함바집도 없고 석성도 북쪽 벽과 동쪽 일부만 남아 있을 뿐이다. 해자 구실을 하던 구덩이도 모두 메워져 흔적을 찾기 어렵다. 하지만 제주도 전역에 걸쳐 이만큼 흔적이 남아 있는 전략촌 성벽은 없다. 그럼에도 불구하고 보존 대책이 마련되지 않아 해마다 조금씩 무너져 내리고 있다. 안타까운 일이다.

목시물굴

목시물굴은 초토화 작전이 본격적으로 시작되었을 때 선흘 마을 사람들이 숨어살다가 대거 희생된 장소이다. 사건 순서대로 답사지를 찾는다면 앞의 낙선동 성터를 찾기 전에 먼저 들러야 할 곳이다.

선흘지역은 1948년 11월 21일부터 소개가 시작되었다. 이때 주민들은 해안마을인 함덕과 북촌 등으로 내려갔다. 하지만 많은 경우는 그냥 마을 주변에 남아 있었다. 해안마을에 연고가 없다는 이유로 잔류한 경우도 있었지만, 그보다는 수확한 농산물을 그대로 두고 갈 수 없다는 안타까움과 잠시 피해 있으면 곧 사태가 진정되겠지 하고 낙관했던 사람들이 대부분이었다. 게다가 마을 주변에는 '선흘곶'이라는 대규모 밀림지대가 있어서 쉽게 생각했던 것 같다.

대량학살이 시작된 건 소개령 내려진 뒤 나흘째인 1948년 11월 25일부터였다. 함덕 주둔 군인들이 불타버린 마을 주변을 수색하다가 노인 한 사람을 발견하곤 그 노인에게 마을 사람들이 숨은 장소를 대라고 추궁했다. 살해 협박에 못이긴 노인이 먼

찾아가는 길

낙선동 성터에서 나와 산쪽으로 조금 가면 선흘 본동이 나온다. 이곳에서 16번 국도를 따라 500m 가면 왼쪽으로 덕천 가는 길이 있다. 이 삼거리에서 1㎞ 가면 동백가든이 있는데 그 앞에 도틀굴이 있으며, 또 여기서 직진하여 1㎞ 가면 도로 왼쪽에 커다란 대섭이굴이 있다. 목시물굴은 대섭이굴 조금 못미쳐 나있는 소로를 따라 약 50m 들어간 곳에 있다. 굴은 빌통이 있는 곳 뒤쪽 담 너머의 잡목 사이에 있다. 전문 안내자를 따라가지 않으면 찾기 어렵다.

**선흘, 북촌 일대
4·3 유적지 약도**

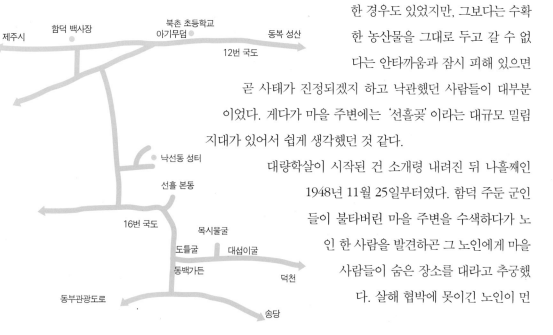

제주시

함덕 백사장

북촌 초등학교
아기무덤

동복 성산

12번 국도

낙선동 성터

선흘 본동

16번 국도

목시물굴

도틀굴

대섭이굴

동백가든

덕천

동부관광도로

송당

저 안내한 곳은 도틀굴이었다. 도틀굴은 지금의 동백가든 맞은편에 있는데 숲이 우거져 접근하기 힘들다. 군인들은 도틀굴에 수류탄을 까넣고 진입하여 피난생활을 하던 마을 주민들을 끌어냈다. 그리고는 현장에서 15명 이상을 처형한 후 나머지는 함덕에 있는 군 주둔지로 연행했다.

연행된 마을 주민들은 밤새도록 혹독한 고문에 시달렸다. 마을 사람들이 숨어 있는 장소를 대라는 추궁은 살인적이었다. 매에 못이긴 마을 사람들이 다음날(11월 26일) 새벽에 안내한 곳이 바로 목시물굴이다. 목시물굴은 도틀굴에서 동쪽으로 채 1㎞안 된 곳에 있다.

목시물굴은 길이가 약 150m 정도 되고 입구가 둘이어서 은신과 도피에 유리한 곳이다. 하지만 토벌 군인들이 양쪽 입구를 차단하고 사람들을 끌어냈기 때문에 이곳에 숨었던 주민 모두가 체포되었다. 군인들은 주민들을 끌어내자마자 곧바로 젊은 사람만 추려내어 그 자리에서 사살했다. 이때 현장에서 학살된 사람만 최소 70명은 넘을 것이라고 생존자들은 증언한다.

또 다음날인 11월 27일엔 근처 웃밤오름 남쪽 사면의 밴뱅디굴에 숨은 사람들을 찾아내 학살했다. 그리고 11월 28일엔 함덕 수용소에 갇혀 있던 주민들을 끌어내어 억수동에서 무차별 집단학살을 벌였다. 그리하여 선흘 마을 사람들은 11월 25일부터 28일까지 나흘에 걸쳐 죽어갔다. 아직까지 정확한 희생자 숫자는 밝혀지지 않았지만 확인된 죽음만도 120명이 넘는다. 단지 해안마을로 소개하지 않았다는 이유 하나만으로 그렇게 된 것이다.

다랑쉬 마을 터/동굴/오름

다랑쉬 마을은 1948년 늦가을 소개령에 따라 태워져 없어진 후 지금까지 회복되지 않은 '잃어버린 마을'이다. 마을 규모는 그리 크지 않았다. 밭농사와 목축을 하던 10여 가구가 있었던 것으로 전해진다.

규모가 작아서 그랬는지 다행히 이들은 4·3때 목숨을 잃진 않았다. 소개령에 따라 바로 해안마을로 내려갔기 때문이다. 물론 해안마을에서 이들이 겪은 고초는 이루 말할 수 없었다. 그래도 무차별 학살을 피했다는 것만으로도 중산간 다른 마을에 비하면 행운이다.

다랑쉬 마을은 이처럼 큰 불행을 겪지 않았지만 그래도 4·3을 이야기할 때 빼놓을 수 없다. 바로 마을 곁에 있는 다랑쉬 동굴 때문이다.

다랑쉬 동굴이 세상 사람들의 주목을 끈 건 1992년에 그곳에서 4·3 희생자 유골 11구가 발굴되면서부터이다. 이 사건은 무차별 민간인 학살이라는 4·3의 실상을 그대로 보여주었다. 희생자 중에는 여성 3명과 어린이 1명이 포함되어 있었다. 뿐만 아니라 동굴 안에 남은 유품 역시 군사 무기가 아니라 모두 생활용품들이었다.

이 학살사건은 1948년 12월 18일 함덕 주둔 9연대 2대대가 저지른 일이다. 동굴 입구에다 불을 피워 그 안에 있는 사람들을 모두 질식시켜 죽였다. 학살 유형만 조금 다를 뿐 앞서의 박석내 학살 사건과 동기는 유사하다. 연대 교체 시기를 앞두고 무리한 전과 올리기로 민간인들을 학살한 경우다.

학살 다음날 이 동굴에 들어가 시신을 정리했던 채 아무개 씨의 증언에 의하면 이곳에 숨었다가 희생된 피난민들은 모두 바닥에 코를 박

찾아가는 길
제주도 동부 중산간 지대에 있다. 오름이 워낙 우뚝하여 다랑쉬 오름을 나침반으로 삼고 가면 좋다. 혹은 비자림 청소년 수련장을 먼저 찾아간 후 그곳에서 문의하면 쉽다. 동부관광도로를 타고 가다가 대천동, 송당을 지나는 방법과 일주도로로 가다가 평대나 세화 지경에서 올라붙는 방법이 있다.
목시물굴에서 출발한다면 계속 동쪽으로 가야 한다. 오름 남쪽 옛 다랑쉬 마을이 있던 곳에는 현재 괴상한 모양의 짓다만 방갈로가 있다.
옛 마을의 중심지엔 현재 큰 팽나무만 남아 있다. 최근에는 그 나무 아래 '잃어버린 마을' 표석이 세워졌다. 동굴은 여기서 동쪽으로 난 밭길을 따라가야 한다. 하지만 전문 안내자 없이 찾긴 힘들다. 오름은 북쪽이나 남쪽에서 오르면 좋다.

고 피를 흘리며 쓰러져 있었다고 한다. 또 1992년 발굴 때처럼 11명이
아니라 본래는 20명 이상이 희생되었다고 한다. 험악했던 시기였지만
일부 가족들은 그래도 몰래 시신을 수습해 왔던 것이다.

그런데 불행하게도 1992년 다랑쉬 동굴 발굴은 끝이 좋지 않았다.
노태우 정권기라 아직도 극우세력의 파워가 막강할 때였다. 정권은 이
유골들이 양지바른 곳에 묻히는 걸 허락하지 않았다. 권력에 포섭된
유족 대표 몇 사람이 억지를 써가며 유골을 모두 화장하여 바다에 뿌
려버렸다.

그리고 동굴 입구는 콘크리트로 폐쇄해 놓았다. 망각을 강요하는 것
이다. 뒤틀린 현대사를 바로 세우려는 사람들의 순례지가 되는 걸 막

으려는 의도이다. 그럼에도 불구하고 이곳을 찾는
발길은 끊이질 않는다. 2002년엔 발굴 10주년을 기
념하며 그곳에서 큰 굿도 벌이고 표석도 세워놓았
다. 안타까운 건 행사가 끝나고 얼마 지나지 않아 그
표석이 다시 깨졌다는 점이다. 누군가가 의도적으로
파괴한 것이다. 4·3은 아직 끝나지 않았다는 게 빈
말이 아니다.

마을 터와 동굴 순례가 끝나면 반드시 다랑쉬 오
름에 오를 것을 권한다. 남쪽 사면에 앉아서 마을 터
와 동굴 자리를 가만가만 헤아려 보라. 그 날의 화약
냄새, 피냄새도 맡아보시라. 그러다가 못내 역사가
버거우면 툴툴 털고 자연과 함께 하는 것도 좋겠다.
분화구 위를 한 바퀴 빙 돌며 제주도 동부지역에 펼
쳐진 원초적 생명력을 느껴보라. 근데 이 오름 주변

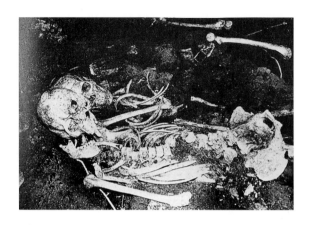

**다랑쉬 동굴에서
발견된 유골**
뒤틀린 현대사를 바로 세우려는 사람
들의 순례지가 되는 걸 막기 위해 동
굴 입구를 폐쇄해 버렸다.
(김기삼 사진)

에 대규모 골프장이 들어설 예정이란다. 정말 미칠 노릇이다.

이곳을 떠나기 전에 마을의 중심지였던 폭낭(팽나무) 밑에서 잠시 눈길을 주기 바란다. 이곳에도 '잃어버린 마을' 표석이 서 있다. 2001년에 세운 것이다. 노형 드르구릉 마을의 표석처럼 '언제 누가 왜' 불질렀다는 게 쓰여지지 않은 이상한 표석이다. 역사의식이 실종되면 이처럼 어정쩡한 상징물이나 만들게 된다.

표선 백사장

제주의 아름다움은 아무래도 규모가 큰 것보다 아담한 게 제격이다. 하얀 모래밭의 해변가도 마찬가지다. 섬 전체를 돌아가며 잊을 만하면 백사장이 하나씩 나타나는데 올망졸망 소박한 모습이 마치 제주 사람들의 착한 심성을 닮은 것만 같다.

그런데 이곳 표선 백사장은 다르다. 한여름 뭍에 텐트를 쳐놓고 파도 있는 곳까지 걸어가려면 강렬한 햇빛에 꽤나 고생할 만큼 상당히 넓다. 그렇다고 해서 아름다움이 반감되는 건 아니다. 넓게 펼쳐진 시원한 느낌이 좋다.

하지만 이처럼 아름다운 표선 백사장도 4·3의 광풍을 피해갈 수는 없었다. 아니 오히려 이토록 아름다운 곳에서 벌어진 피의 역사는 4·3의 슬픔을 배가시키는지도 모른다. 이곳 외에도 절경을 자랑하는 정방

찾아가는 길
동부관광도로 종착점인 표선에 있다.
표선 해수욕장 백사장은 제주도에서
가장 면적이 넓어 유명하다. 또 옆에
는 제주민속촌이 있어 찾기 수월하
다.

폭포, 일출봉 등이 모두 학살터로 쓰였던 것을 보면 그렇다.

표선 백사장 역시 1948년 초토화 작전 이후 많은 사람이 죽어갔던 장소이다. 이곳에서 희생된 사람들은 주로 표선면 관내의 중산간 마을 출신들이었다. 죄명은 단지 중산간 마을에 살았다는 것, 그거 하나뿐이다. 소개령이 내려진 줄도 모르고 마을에 남아 있다가, 혹은 내려가도 도피자 가족이라고 하여 어차피 살 수 없다는 이야기 때문에, 아니면 밭과 집을 그대로 두고 갈 수가 없어서, 또 죄 지은 것도 없는데 설마 죽이기야 하겠냐는 생각으로 남아 있다가 군경 토벌대에게 잡혀와 이곳 표선 백사장에서 학살됐던 것이다.

그 중 가시리와 토산리는 특히 희생이 컸다. 가시리는 당시 350여 호의 마을이었는데 최소 501명이 목숨을 잃었고, 토산1리는 4·3을 겪은 세대의 남자가 단 한 명만 생존해 있을 정도로 피해가 심했다. 조성봉 감독이 만든 영화 〈레드 헌트〉의 끝장면은 바로 토산1리 노인당에서 촬영되었다. "한밤의 꿈은 아니리……"라는 노래를 배경으로 화면에는 온통 할머니들뿐이다. 눈썰미가 있는 관객이라면 감독의 의도를 재빨리 알아챌 수 있을 것이다.

표선 백사장
아름다운 풍광을 자랑하는 이곳도
4·3의 광풍을 피해갈 수 없었다.

학살은 1948년 11월부터 다음해인 1949년 초까지 계속되었다. 이미 광기가 지배하던 시대라 지금으로서는 도저히 상상할 수 없는 만행들이 속출했다. 아버지를 죽이면서 그 자식들을 불러모아 그 앞에서 만세를 부르게 하거나, 군중들 앞에서 시아버지와 며느리를 발가벗겨 놓고 말도 안 되는 짓을 강요하는 등 군경 토벌대는 이미 인간이기를 포기한 채 학살 이상의 범죄를 저질렀던 것이다. 한 증언자는 이렇게 말한다.

"나는 너무 끔찍해 차마 눈뜨고 볼 수도 없었지만 무서워 벌벌 떨면서도 박수를 쳤습니다."

하지만 지금은 평화롭고 아름답기만 한 백사장이다. 당시의 학살은 상상하기조차 어렵다. 자연은 그래서 위대한 것인가? 하지만 그 위대한 자연도 역사의 망각이 아니라 상처의 치유와 연결될 때, 진정 아름다울 수 있을 것 같다.

성산 일출봉 터진목

지금은 자동차로 일출봉 코 밑에까지 가지만 예전에는 그렇게 할 수가 없었다. 본래 성산 일출봉은 독립된 화산체로서 제주의 본섬과 떨어져 있었기 때문이다. 그렇다고 해서 아주 멀리 떨어졌던 것은 아니고 썰물 때 이어졌다가 밀물 때 끊기는 정도였다.

학술 용어로 사주(沙柱), 즉 모래기둥이라는 말인데, 본래 떨어져 있던 두 독립체가 수많은 시간이 흐르면서 모래가 쌓여 마치 다리처럼 두 섬을 연결하게 된 것이다. 불완전하게 연결되었던 것을 지금처럼

찾아가는 길

일출봉은 워낙 유명한 관광지라 별도의 설명이 필요 없을 것 같다. 제주도 동쪽 끝 지점에 있다. 그 일출봉으로 진입하는 길목의 마지막 부분이 터진목이다.

완전히 이어놓은 건 1940년대 초의 일이다.

지금도 자세히 보면 인공적으로 이어놓은 부분을 찾을 수 있다. 일출봉에 거의 다 와서 좁아지는 길목, 이곳을 '터진목' 즉 터진 길목이라고 부르는 이유가 바로 그 때문이다. 이곳에서 일출봉과 바다를 함께 감상해 보는 것도 운치 있는 일이다.

그런데 아름다움이 극에 달하면 슬픔이 된다는 것이 헛말은 아닌가 보다. 제주의 제1경치인 '성산 일출'의 현장도 한국 근현대사의 슬픔을 고스란히 간직하고 있다.

이곳 수마포 해안에는 일제가 뚫어놓은 인공동굴 24개가 있다. 일제가 망해가던 태평양전쟁 말기, 일본 본토 방어의 최후 저항선으로 제주도를 설정한 그들은 이곳에도 전쟁 준비의 흔적을 남겼다. 근접해오는 미군 군함을 향해 돌진할 자살공격용 보트를 숨겼던 동굴이 바로 그것이다. 지금은 그 동굴들이 해녀 탈의장으로 쓰이고 있다. 한마디로 '전쟁과 평화'다.

일제 때보다 더 슬픈 역사는 아무래도 4·3 때의 일이다. 이곳 터진목은 성산지역의 청년들, 구체적으로는 고성리, 오조리, 시흥리 청년들이 서북청년회에 의해 무참히 학살되었던 장소이다. 서북청년회의 부당한 요구에 이곳 청년들이 협조하지 않았던 게 화근이었다.

광기의 시대, 오후만 되면 터진목 쪽에서 한동안 총소리가 그치지 않았다고 한다. 서북청년회의 잔혹
행위가 어찌나 심했던

성산 일출봉 터진목
오후만 되면 터진목 쪽에서 한동안
총소리가 그치지 않았다고 한다.

지 터진목에서 보초를 서던 경찰관 한 사람이 충격을 받고 입이 비뚤어진 사건이 생겼을 정도이다.

반대편 쪽 '우묵개'도 오조리 청년 20여 명이 학살된 장소이다. 지금은 그곳에서 해녀들이 금방 잡아 올린 해산물을 회로 쳐서 팔고 있다. 아름다운 제주의 자연에는 왜 그렇게도 진한 아픔이 배어 있는지, 지독한 역설이다.

북촌 옴팡밭

섬 전체 어디라고 해서 4·3의 비극이 비켜 간 곳이 있겠는가마는 이곳 북촌 마을만큼 심했던 곳은 찾기 어렵다. 단 이틀 만에 400여 명이 학살되었고 그 뒤 '무남촌(無男村)'이라는 이름까지 얻었을 정도이다. 현기영의 소설집 『순이삼촌』이 북촌학살을 배경으로 삼았던 것도 그만큼 북촌 마을의 비극이 컸기 때문일 것이다.

북촌학살 사건은 1949년 1월 17일(음력 1948년 12월 19일) 오전 구좌면 월정리에 주둔했던 2연대 3대대 11중대 일부 병력이 대대 본부가 있는 함덕으로 이동하던 중 북촌 마을 어귀에서 유격대의 기습을 받아 군인 2명이 전사하면서 시작되었다. 비상을 건 군인들은 북촌초등학교 운동장에 주민들을 모아놓고 우선 마을 전체를 불질렀다. 순식간에 300여 채의 가옥들이 잿더미로 변했다. 그리고는 운동장에 모인 주민 700~800명 중 군경 가족만을 분리시킨 뒤, 먼저 민보단 책임자를 불러 마을 보초를 잘못 섰다는 이유로 현장에서 즉결 총살했다.

주민들이 동요하며 군경 가족이 모인 쪽으로 달려가자 또다시 총성

찾아가는 길

제주시와 성산 일출봉 중간쯤에 북촌 마을이 있다. 동부 일주도로를 타고 가면 찾을 수 있다. 학살이 있었던 현장은 현재의 북촌초등학교와 그 주변의 움푹 패인 밭, 그리고 학교 서쪽 언덕의 작은 공원 등이다.

이 이어졌다. 여기서도 몇 사람이 죽었는데 그때의 희생자 중에는 젖먹이 어린애를 안은 여인도 있었다. 그 여인의 최후는 너무도 비극적이었다. 피를 흘린 채 싸늘하게 식어가던 그녀 위에서 그녀의 굶주린 어린애가 옷고름 속을 파고들며 젖을 빨아대던 장면은 지금 들어도 눈물겹기만 하다. 증언하는 생존자들은 그때 그 젖먹이 어린애를 떼어놓지도, 죽은 어머니의 눈을 가려주지도 못한 걸 안타까워한다. 모두 다 죽음의 공포 앞에 서 있었기 때문에 어쩔 수 없었다는 것이다.

북촌 옴팡밭 옆 아기 무덤
더욱 충격적인 것은 이 학살이 실전 경험이 없는 사병들의 사격연습용이었다는 점이다.

　그후 군경 가족을 제외한 나머지 주민들은 대략 20명 단위로 묶여 근처 옴팡밭(움푹 패인 밭)으로 끌려가 차례로 학살되었다. 젊은 남자만 죽었던 게 아니다. 어린이나 노인, 여성이라고 해서 예외는 아니었다. 총성이 멎은 건 한참이 지나서였다.

　이것은 명백한 불법 학살이다. 그런데 더욱 충격적인 건 이 학살이 실전 경험이 없는 사병들의 사격 연습용으로 이뤄졌다는 점이다. 최근(2002년) 당시 현장에 있었던 경찰 출신 김병석 씨(73세)는 다음과 같이 증언했다.

　나는 북촌사건 당시 3대대장을 태운 앰뷸런스를 운전했다. 대대장을 태우고 월정에 있는 11중대를 돌아보고 오는 길에 우리보다 먼저 함덕으로 돌아오던 자동차가 기습을 당했다. 대대 출동명령이 차 속에서 무전으로 내려졌다. 북촌에 다다라서 보니까 마을에서 연기가 났다. 대대장이 학교로 들어가자고 해서 정문 동쪽에 차를 세웠다.

학교 안으로 들어오니까, 부락민들이 전부 모여 있었다. 한 줄에 80~100명씩 8줄 정도가 있었던 것으로 기억한다. 차에 앉아 있었는데, 장교 7~8명이 안으로 들어와서 회의를 하는 내용을 들었다. 장교 한 사람은 기관총이나 박격포를 이용해서 죽이자고 얘기했다. 여러 얘기가 나왔는데, 한 장교가 하는 말이 '우리 대원 가운데 적을 사살해 본 경험이 없는 군인이 태반이다. 그러니까 1개 분대가 몇 명씩 끌고 나가서 총살을 하는 게 낫지 않느냐'고 하자, 그것으로 결정이 났다.

학살을 중지한 군인들은 다음날까지 대대본부가 있는 함덕으로 오라고 명령하고 마을을 떠났다. 그런데 군인들의 지시에 따라 다음날 함덕으로 갔던 주민들 중에도 적지 않은 사람이 죽어갔다. 유격대에 의해 죽은 군인 2명의 시신을 수습해 갔던 마을 유지들도 경찰가족 1명만을 제외하곤 8명 전원이 함덕리 해변 서우봉 기슭에서 학살되었다.

한바탕 학살극이 자행되고 난 후, 북촌 마을은 그야말로 아비규환이었다. 해는 지고 살을 에는 동지섣달 추위 속에 가족들을 찾는 울부짖음과 집에 매어둔 가축들이 불에 타면서 지르는 비명 소리, 웽웽거리는 제주 특유의 칼바람 소리가 이들을 더욱 공포에 떨게 했다. 살아남은 사람들은 타나 남은 집구석에서 밤을 새웠고, 다음날에야 정신을 차려 죽은 가족의 시신을 찾아 나섰다.

워낙 많은 사람이 죽은데다 시신 수습마저 제대로 할 수 없는 상황이었고, 또 마을에 남은 사람은 대부분 아녀자들이라 시신은 이들에 의해 임시로 매장될 수밖에 없었다. 사태가 진정된 후 그래도 연고가 남은 사람들의 시신은 다시 제대로 수습될 수 있었다. 하지만 그대로 오랫동안 방치된 경우도 적지 않았다.

학교 서쪽 언덕 작은 공원인 너븐숭이에는 지금도 어린애 무덤들이 남아 있다. 아이들 영혼은 저승에 가지 않고 까마귀가 갖고 간다 하여 정식 무덤을 쓰지 않는 게 제주도의 풍습이다. 이 풍습에 따라 그때 죽은 아기들이 그냥 그 자리에 묻힌 것이다.

지금도 북촌은 해마다 음력 12월 18일이 되면 온 동네가 제사를 지낸다. 미증유의 집단 학살로 북촌리는 한때 마을이 텅 비고 한 세대의 남자가 거의 없어져 버렸지만, 살아남은 사람들에 의해 진상규명 운동이 질기게 이어져 왔다. 1993년 북촌리 원로회가 피해 실태를 잠정 조사한 결과 4·3 희생자는 412명이며, 그 가운데 유격대에 의해 희생된 주민은 3명이고 나머지 409명은 군경 토벌대에 의해 희생된 것으로 정리하기도 했다. 이후 도의회에서 발간한 4·3피해조사보고서는 이 마을의 희생자를 총 479명으로 정리했다.

4·3은 엄청난 학살 그 자체도 비극이지만, 이 억울한 죽음에 대해 어디 가서 하소연 한마디 할 수 없었던 것도 큰 비극이다. 이 학살이 있고 난 후 얼마 뒤에 일어난 속칭 '북촌리 아이고 사건'은 금기의 영역 속에 있던 4·3의 처지를 잘 보여준다.

1954년 '북촌 아이고 사건'은 초등학교를 재건하기 위해 걸궁(농악놀이)을 하던 주민들이 마지막으로 북촌국민학교 운동장에 모였을 때 일어났다. 이 자리에서 한 주민이 "이곳은 4·3 때 우리 부모형제들이 죽은 곳인데 억울한 영혼들에게 잔이라도 올립시다"라고 한 게 발단이었다. 그동안 4·3에 대해 한마디 말도 할 수 없다가 이날 예기치 않은 잔을 올리며 슬픔이 복받쳐 오르자 모두가 그 자리에 퍼져 앉아 "아이고, 아이고" 하는 피울음을 토해냈던 것이다.

그러나 이 일은 즉각 경찰에 보고되었고 주민 대표 10여 명은 다시금 공포 속에서 조사를 받아야만 했다. 그리고 다시는 이와 같은 행동을 절대 하지 않겠다는 각서를 쓰고서야 풀려날 수 있었다. 이후 주민들은 오랫동안 벙어리처럼 살아야만 했다.

함덕 백사장

함덕 백사장은 주로 조천면 관내 사람들이 희생됐던 현장이다. 학살은 동쪽 서우봉 절벽과 그 아래 백사장에서 이뤄졌다. 앞의 북촌학살 때 함덕에 있던 대대본부를 찾아간 마을 유지들이 학살된 장소도 이곳이며, 중산간 선흘 사람들이 소개령 이후 마을에서 배회하다가 잡혀와 수용됐던 장소도 이곳 함덕 백사장이다.

조천면 신촌 출신의 유격대 사령관 이덕구의 부인이 잡혀 죽은 것도 선흘 주민 학살이 이뤄지던 1948년 11월 26일로 전해진다. 그녀는 여러 사람들 속에 섞여 있다가 서우봉 절벽에서 학살되어 바다에 던져졌다고 한다.

이곳에서 민간인 학살이 많이 자행된 건 여기가 군 주둔지였기 때문이다. 처음에는 9연대 2대대 군인들이 주둔했다. 그러다가 1948년 12월 29일 연대 교체 이후에는 2연대 3대대 병력이 주둔했다. 군 주둔 덕분에 함덕 마을 자체에는 큰 피해가 없었다. 하지만 함덕 사람들은 주변 북촌과 중산간 마을 사람들이 끌려와서 희생되는 끔찍한 광경들을 계속 보며 살아야만 했다.

함덕 백사장은 또한 고려시대 대몽항쟁기에 삼별초를 토벌하러 왔던 여몽연합군의 상륙지이기도 하다.

찾아가는 길

제주시에서 일주도로를 타고 동쪽으로 조금만 나가면 함덕 백사장을 만나게 된다. 유명한 해수욕장이라 쉽게 찾을 수 있다. 북촌에서 출발하면 제주시 방향의 첫 마을이 함덕이다.

코스 **3**

광기의 시대2
(서부지역 비극의 현장을
중심으로)

원동마을

서부관광도로는 본래 조선시대 제주목에서 대정현을 잇는 행정도로가 현대에 와서 변용 확장된 것이다. 이 도로의 중간지점에 위치했던 것이 원(院) 마을이다. 본래 원은 공적 임무를 띤 관리나 상인에게 숙식과 편의를 제공하는 시설이었는데 세월이 지나면서 일반인들도 함께 이용하곤 했다. 그러다 보니 주변에는 원을 끼고 조그마한 마을도 형성되었다.

해방 후에도 이곳 원동 마을은 제주와 대정을 오가는 사람들의 쉼터 역할을 해왔다. 4·3 직전에는 대략 16가구 60여 명의 주민들이 주막 외에 목축과 밭농사를 하면서 살고 있었다.

이곳 사람들이 억울하게 죽은 건 역시 초토화 작전이 진행되던 1948년 11월 13일의 일이다. 토벌대가 들이닥친 건 새벽이었는데, 학살을 시작된 건 해가 질 무렵이었다. 토벌대 역시 이들이 죄 없는 양민임을 알고 있었기에 처리를 놓고 약간의 고민을 했던 모양이다.

하지만 산에 있는 유격대에 협조할 우려가 있다는 이유로 결국 어린애와 노약자를 남겨놓고는 모조리 몰살시켜 버렸다. 살아남은 사람들은 군인들의 위협 속에 해안마을인 곽지와 애월, 고내로 연고를 찾아 떠날 수밖에 없었다. 대부분이 어린애들이었다.

이때 마을의 희생자는 대략 30명 가량이다. 하지만 그 현장에는 그 두 배 이상의 시체가 널브러져 있었다. 원 마을에 잠시 머물렀던 행인들도 함께 죽은 것이다. 희생자 중에는 제주읍의 도립병원에 입원하기

찾아가는 길

제주시에서 서부관광도로를 타고 가다가 제주면허시험장을 지나면 바로 입체 교차로 아래쪽으로 내려와야 한다. 교차로에서 한라산 방향의 작은 길을 따라 올라가면 왼쪽에 원지(院址) 표식이 있다. 여기가 조선시대 원(院)이 있었던 마을이다. 물론 지금은 어느 고급민박집을 향하는 길로 이용되고 있을 뿐 마을은 사라지고 없다.

위해 대정에서 출발했던 환자와 그 가족도 포함되어 있었다.

학살이 이뤄졌던 장소는 원지 표석에서 서북쪽에 있던 주막인데 지금은 흔적을 찾을 수 없다. 그 자리엔 새로 뚫린 서부관광도로가 놓여 있고 그 위로는 자동차들만 거칠게 지나가고 있을 뿐이다.

희생자 수는 60~80명쯤 된다. 이 정도라면 중산간 어느 마을에서나 있었던 비극이다. 그런데 왜 이 원동 마을이 주목을 받는 것일까? 역사는 단절이 아니라 연속임을 보여주는 사건이 일어났기 때문이다.

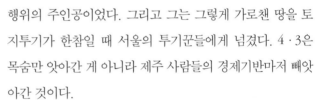

세상에는 어려울 때 이웃을 돕는 사람이 있는가 하면, 반대로 그걸 이용해 부를 늘려 가는 못된 사람들도 있다. 원동 학살 당시의 생존자가 어린애들뿐이라는 걸 알고 그 마을의 토지재산을 가로챈 사람이 등장했던 것이다. 근처 마을의 이장과 면의원을 지낸 세도가가 그 못된 행위의 주인공이었다. 그리고 그는 그렇게 가로챈 땅을 토지투기가 한참일 때 서울의 투기꾼들에게 넘겼다. 4·3은 목숨만 앗아간 게 아니라 제주 사람들의 경제기반마저 빼앗아간 것이다.

하지만 유족 중 일부가 이 사실을 알고 1980년대 말부터 소송을 제기했다. 부당하게 땅을 빼앗겼음이 드러나자 승소의 가능성은 컸다. 하지만 법리에는 공소시효라는 게 있는 모양이다. 재산권 침해라는 이유 때문에 이미 제3자에게 팔아버린 땅은 돌려받을 수가 없었다.

1970년대 이후 외지인들에 의해 계속된 제주의 땅 투기는 4·3 못지않게 제주 사람들에게 상처를 남겼다. 그런데 그때 팔려나간 제주의 땅들이 대부분 이와 같은 경로를 밟은 것으로 추정되고 있다. 조상의 땅은 함부로 팔지 않는다.

원동의 원지(院址) 표석
마을에 잠시 머물던 행인들도 함께 죽어 현장에는 마을 희생자의 두 배 이상의 시체가 널브러져 있었다.

하지만 사기로 빼앗은 땅이기에 이처럼 쉽게 외지의 투기꾼들에게 넘길 수 있었던 것이다. 비극의 역사가 오늘날까지도 계속되고 있다.

무등이왓

군이 '잃어버린 마을' 표석을 보지 않더라도 과거 이곳에 마을이 있었음을 짐작하는 건 어렵지 않다. 군데군데 모여 있는 대나무는 그 앞이 집터였음을 말해 준다. 돌담들과 골목길도 마을의 흔적을 그대로 전해준다.

지금은 폐허가 된 마을이지만 4·3 때까지만 해도 무려 130가구가 모여 살던 동네이다. 그 정도 가구수면 동광 일대뿐만 아니라 중산간 어느 마을과 비교해도 결코 세가 작은 편이 아니었다. 그러나 4·3은 이 마을을 지도 위에서 지워버렸고 그것이 오늘날까지 이어지고 있다.

어린 아이가 춤추는 모습과 닮은 지형이라고 해서 '무동동(舞童洞)'이라는 이름이 붙었고, 그것이 무등이왓으로 변화되었다고 하지만 그런 것 같지는 않다. 오히려 무등이왓을 한자어로 적는 과정에서 억지 해석이 붙었을 가능성이 더 크다. 어쨌거나 해석은 정겹다.

하지만 그 정겨운 해석과는 달리 이 지역의 역사는 험하다. 1862년 임술민란(강제검의 난), 1898년 방성칠의 난의 거친 숨결이 모두 이 마을 주변에서 시작되었다는 것을 안다면 춤추는 어린애와는 다른 이미지를 갖게 될 것이다.

그래서인가. 거친 역사는 4·3까지 이어졌다. 하긴 유격대의 안덕면당, 대정면당보다 더 위쪽에 위치했으니 4·3의 광풍이 그대로 지나가기를 기대하기는 애당초 무리다.

찾아가는 길
원동에서 나와 다시 서부관광도로를 타고 가다가 금악 방면으로 빠지는 입체 교차로로 내려와야 한다. 그러면 곧 동광 육거리에 있는 검문소가 나온다. 이곳의 여섯 갈래 길 중 주유 휴게소 옆길로 1㎞ 조금 못 가면 오른쪽에 있는 '무등이왓 잃어버린 마을' 표석을 만날 수 있다.

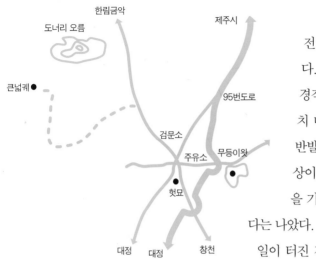

동광 육거리 약도
(무등이왓, 큰넓궤, 헛묘)

무등이왓을 폐촌시킨 건 4·3 발발 일년 전인 1947년 여름 공출 문제에서 시작되었다. 미군정의 잘못된 수곡정책이 문제였다. 경작면적만을 기준으로 삼는 획일적 수납조치 때문에 척박한 땅을 가진 중산간 사람들의 반발이 심했다. 사람들은 일제 때만도 못한 세상이라고 한탄했다. 일제 때는 그래도 수확량을 기준으로 식량을 털어갔기 때문에 미군정보다는 나았다.

일이 터진 건 1947년 8월 8일 보리 수매를 독려하기 위해 군청 직원 4~5명이 이 마을을 찾았을 때였다. 이들은 주민 의견은 무시하고 오만하게 굴다가 그만 마을 청년들에게 집단구타를 당했다. 이 사건으로 마을 청년들이 연행되기 시작했다. 하지만 경찰의 강경탄압은 오히려 입산자만을 낳았을 뿐이다. 이 마을에 4·3은 이렇게 다가오고 있었다.

본격적인 탄압은 1948년 11월 15일부터였다. 섬 전체에 초토화의 공포가 드리워질 때였다. 소개령이 제대로 전달되지 않은 상태에서 마을 유지 10명이 이유 없이 학살되었다. 그후에도 여러 차례 토벌대는 이 마을로 올라왔고, 그때마다 마을 사람들은 피해 다니기 급급했다. 소개를 해서 해안마을로 내려간다고 해도 산다는 보장이 없었다. 이미 '도피자 가족'이었기 때문이다.

4·3 전 과정에 걸쳐 무등이왓 사람들 중 희생자는 최소 100명 이상이다. 그 중 끔찍한 사건은 12월 12일에 있었던 잠복학살 사건이다. 잠복했던 토벌대가 시신을 수습하러 몰래 마을로 돌아온 사람들을 붙잡

아 산 채로 화장시켰던 것이다. 그 뒤로는 시신을 수습하는 자가 없었다. 그래서 시신들은 이곳저곳 널려져 있었고 굶주린 돼지가 그 시신들을 뜯어먹기까지 했다. 그리고 그 돼지는 토벌대의 눈에 띄어 그들의 먹이가 됐다. 사람이 죽고, 그 죽은 사람을 돼지가 먹고, 사람 잡아먹은 돼지를 다시 군인들이 먹고……, 광기의 시대였다.

동광 큰넓궤

'궤'는 자그마한 자연동굴을 의미하는 제주말이다. 이 일대에는 용암이 흐르다가 속이 빈 채 굳어져 형성된 궤가 많다. 그 중 몇은 어려운 시기에 몸을 숨기기에 안성맞춤인 규모이다. 그 중 크고 넓은 궤라는 뜻의 '큰넓궤'는 4·3 때 주변 마을 사람들의 피난처로 이용되었다. 특히 이곳에는 해안으로 소개할 수도, 그렇다고 마을에 그냥 남아 있을 수도 없었던 무등이왓 사람들이 많이 숨어들었다. 토벌대의 총뿐만 아니라 매서운 겨울바람도 두려운 존재였기 때문이다.

이 궤는 들어가는 입구가 상당히 좁다. 겨우 한 사람이 기어서 들어가야 한다. 그렇게 약 10m를 들어가면 이번에 2~3m 높이의 절벽이 나타난다. 절벽을 내려가면 작은 광장이 있고 앞쪽으로 동굴이 수십 미터 계속 이어진다. 이어지는 동굴 입구에는 돌로 쌓은 바리케이드와 깨진 항아리가 있어 당시의 생활모습을 짐작케 한다.

이곳에서의 피난 생활은 약 60일 정도, 그리고 가장 사람이 많았을 때는 120명 가량이었다. 상황이 좋아지기를 기다리며 칠흑 같은 어둠 속에서 하루하루를 견뎠지만 결국 이 은신처는 토벌대에게 발각되고

찾아가는 길
동광 육거리로 나와 금악 방면 도로를 타고 약 2.5㎞ 간 다음 왼쪽에 있는 마을공동 목장 안으로 들어가야 한다. 앞에 보이는 도너리 오름 못미처 풀숲이 우거진 벌판 가운데 입구가 작은 자연동굴이 있다. 하지만 표식이 없어 전문 안내자가 없으면 찾기 어렵다.

말았다. 보초를 서던 사람이 잡힌 것이다. 하지만 그는 재빨리 몸을 빼어 동굴로 들어와 상황을 전했다. 복잡한 동굴 구조 덕에 다리에 총상을 입으면서도 토벌대를 따돌릴 수 있었던 것이다.

토벌대는 함부로 들어올 수가 없었다. 몇 차례 진입을 시도하다가 여의치 않자 일단은 큰 돌로 굴 입구를 봉쇄하고 철수했다. 그들이 철수하자 주변 도너리 오름에서 망을 보던 청년들이 내려와 돌을 치웠다. 하지만 이미 굴이 발각된 이상 이곳에 더 있을 순 없었다.

동광 큰넓궤 굴 입구
동굴 안에는 돌로 쌓은 바리케이드와 깨진 항아리가 있어 당시의 생활모습을 짐작케 한다.

더 깊은 산으로 옮겨가야만 했다. 이젠 추위가 문제였다. 추위도 추위였지만 내린 눈은 더 큰 문제였다. 발자국이 그대로 남기 때문이다. 그들은 결국 한라산 영실 부근 볼래오름까지 도피해야만 했다. 그러나 볼래오름도 그들의 피신처가 되어주지 못했다. 1949년 1월 결국 그들은 대부분 체포됐다. 한림 토벌대에게 잡혀간 일부는 까마귀빌레에서, 대정 토벌대에게 잡혀간 일부는 모슬봉 동쪽 편에서, 그리고 안덕 토벌대에게 체포된 일부는 서귀포 정방폭포에서 죄 없이 죽어갔다.

그동안 큰넓궤는 4·3 순례의 필수 답사지로 손꼽혀 왔다. 4·3 난민의 처지를 가장 실감나게 체험할 수 있는 장소이기 때문이다. 랜턴을 끈 동굴 속은 옆 사람의 존재조차 전혀 느끼지 못할 만큼 암흑 그 자체다. 그 속에서 당시 사람들의 삶을 떠올리는 건 더 없이 소중한 역사공부다.

하지만 요즘엔 이곳을 추천하기가 겁난다. 주변 채석장의 발파 진동이 굴의 안전을 위협하기 때문이다. 게다가 최근에 굴 바로 옆으로 도로까지 개설해 놓았다. 역사를 기억하지 못하는 민족에겐 미래가 없다고 하는데, 이처럼 완벽한 역사 체험장을 망가지도록 방치하는 우리에게 과연 미래가 있을까? 개탄할 노릇이다.

정방폭포 소남머리

아름다운 표선 백사장이나 함덕 백사장, 그리고 성산 일출봉이 그랬듯이 제주의 빼어난 절경에는 역설적으로 진한 아픔이 배어 있다. 정방폭포도 마찬가지다. 바다로 직접 떨어지는 28m의 물줄기는 결코 어느 절경에도 뒤지지 않건만 그 물줄기에 담긴 슬픈 사연도 또한 그러하다.

4·3 때 이곳은 서귀포 일대의 최대 학살터였다. 폭포 물줄기가 떨어지는 기암절벽과 부근 소남머리가 바로 그 현장이다. 제주도의회의 보고서에는 1948년 11월 24일 이래 최소한 여섯 차례 이상 이곳에서 대학살이 자행됐던 것으로 나와 있다. 경악케 하는 건 살인 경험이 없는 사병들의 실습용으로 양민들을 이용했다는 점이다.

이곳에서 저질러진 여러 학살 중 1949년 1월 22일의 그것은 바로 한라산 깊은 곳 볼래오름까지 피해갔던 무등이왓 사람들을 처형했던 학살이다. 한꺼번에 86명이 죽었는데 그 중 20여 명이 무등이왓 사람들이었다. 학살 전에 일부 어린애는 살려주겠다는 아량(?)을 보이기도 했지만 무등이왓 사람들은 대부분 가족이 함께 죽기를 택했다. 한 살배기에서 70대 노인까지 그들은 그렇게 죽어갔다.

찾아가는 길

서귀포시 정방동에 있다. 관광지로 유명한 정방폭포의 절벽 위 지점이라 찾기는 어렵지 않다. 다만 밑에서 본 폭포의 거대한 물줄기만 생각하다간 놓치기 쉽다. 개천에 흐르는 물의 양이 생각보다 많지 않기 때문이다. 전체 코스 중 이곳만 멀리 떨어져 있으므로 시간이 부족하면 생략하고 다음 답사지로 이동하는 게 좋겠다.

344

동광 헛묘

조상 묘를 벌초하는 풍습은 타지역보다 제주가 유난스럽다. 음력 8월 초하루면 일가 친척들이 다 모여서 모듬(합동) 벌초를 하는데, 아예 이 날은 제주도 내 모든 학교가 '벌초방학'을 할 정도다.

그 정도로 정성스레 조상의 시신을 모시는 제주 사람들이건만 조상의 묘를 갖지 못한 사람들도 있다. 4·3 희생자 중에는 온전히 시신이나마 남긴 경우가 많지 않기 때문이다. 큰 돌을 다리에 묶어 바다에 던져 죽이는 수장처럼 흔적을 없애버린 경우도 있었지만, 시신 수습을 못하게 군인들이 협박해서 그대로 방치되어 훼손된 경우도 많았다.

동광 헛묘
봉분 안에는 물론 시신이 없다.

찾아가는 길
다시 동광 육거리 검문소에서 길을 찾아야 한다. 육거리에서 창전 가는 길과 대정 가는 길 사이에 있는 밭을 보면 산담 안에 있는 무덤 7기를 확인할 수 있다. 이 무덤들이 바로 시신 없는 무덤 즉 헛묘들이다. 시간을 고려해 앞의 정방폭포를 생략한다면 큰넓궤에서 나온 후 곧바로 이곳을 찾으면 된다.

이런 경우 살아남은 유족은 괜히 죄스럽다. 그리고 왠지 허전하다. 그래서 만드는 게 헛봉분이다. 봉분 안에는 물론 시신이 없다. 다만 망자가 생전에 입었던 옷가지 등을 묻을 뿐이다. 그것만으로도 위안이 되긴 했던 모양이다.

정방폭포에서 죽은 무등이왓 사람들도 비슷한 경우였다. 유족들이 시신 수습에 나선 건 사태가 어느 정도 진정된 이후였다. 이때 유독 희생자가 많았던 임씨 일가에서는 일년 뒤 칠성판을 만들어 들고 정방폭포 위를 찾아갔다. 하지만 포기하고 그대로 돌아올 수밖에 없었다. 조그마한 구덩이에 뼈들만 엉켜 있어 구분이 불가능했기 때문이다.

돌아온 그들은 심방(제주의 무당)을 불러 굿을 하고 희생자가 입었던 옷가지로 원혼을 불러 마을 근처에 무덤을 만들어 놓았다. 동광 육거리의 헛묘가 바로 그것이다.

9명의 헛묘(2기는 합묘)를 조성한 유족 임문숙 씨는 이렇게 말한다.

"혼이라도 불러와야 했습니다. 마을을 잃고 사람도 잃었지만, 그들이 쉴 곳을 만드는 것은 살아 있는 사람들의 몫이겠지요. 섭섭해서 만들었어요. 하지만 허망한 일입니다."

섯알오름 학살터

이곳에서 있었던 학살은 4·3이 다 끝나고 아픔을 치유해 가던 과정에서 일어난 일이다. 6·25 한국전쟁이 발발하자 인민군에게 협조할 가능성이 있다는 명분으로 또다시 무고한 양민들을 학살했던 것이다. 소위 '예비 검속'이다. 4·3 때 이미 3만 이상을 죽여놓고도 무어 그리 죽여야 할 소위 '빨갱이'가 남아 있었다는 건지 이해할 수 없다. 중앙정부로부터 할당된 인원수가 하달되었다는 주장이 설득력을 갖는다.

학살은 1950년 8월 20일에 자행되었다. 수도를 부산으로 옮긴 뒤 이틀 만의 일이다. 음력으로는 견우와 직녀가 만나 눈물을 흘린다는 7월 7일이어서 살아남은 사람들의 슬픔을 더해 준다. 희생된 사람의 수는 한림지역에서 이송되어 온 63명, 대정지역에서 끌려온 191명으로 알려져 있다.

학살은 비단 이곳에서만 있었던 건 아니다. 경찰서가 있던 제주시, 서귀포, 성산에서도 학살은 자행됐다. 아직까지 그 전모가 밝혀지진

찾아가는 길

남제주군 모슬포 알뜨르 비행장에 있다. 동광 육거리에서 대정 방면으로 가면 추사적거지가 나온다. 추사적거지를 바로 지나 우회전하여 모슬포 방면으로 가다가 모슬포 시가지가 막 시작되는 지점에서 좌회전한다. 여기서 송악산 표지판을 따라가다 보면 백조일손학살터 표지판을 보게 된다. 이 표지판을 따라 내려가면 알뜨르 비행장에 도착하게 되고, 비행장 벌판에서 왼쪽을 보면 조그마한 오름을 찾을 수 있다. 오름에 접근하면 섯알오름 학살터 현장에 닿게 된다. 표지판이 많아 어렵지 않게 찾을 수 있다.

섯알오름 학살터
6·25가 발발하자 인민군에게 협조할 가능성이 있다는 명분으로 또다시 무고한 양민을 학살했다.

않았지만 대략 제주시 500명, 서귀, 성산, 모슬포 각각 250명 정도의 숫자가 할당되어 내려온 것으로 추정되고 있다.

명령은 그대로 집행되었다. 하지만 예외는 있었다. 성산포 경찰서에서는 단지 6명만을 처형했던 것이다. 그것은 친일 경찰이 아닌 독립운동가 출신 문형순이 서장으로 있었기에 가능한 일이었다. 그는 분명 학살 명령이 부당한 것임을 알고 있었던 것이다.

이때의 학살은 흔히 한반도에선 '보도연맹' 사건이라고 부른다. 보도연맹은 전향한 좌익 전력자들의 관제 조직이다. 과거를 반성하고 회개하여 나라를 '보' 위하고 새 조국 건설을 인 '도' 하겠다는 명분으로 만들어졌다. 물론 강제 편성이다. 때문에 전쟁이 나자 이들을 몰살시켜 버린 것이다. 희생자의 수가 무려 30만 명에 이른다. 단지 '가능성' 하나가 죄명이었다.

섯알오름에서 학살된 사람들의 시신은 한동안 그대로 방치되어 있었다. 군에서 시신 수습을 금지했기 때문이다. 그러다가 겨우 시신을 수습할 수 있었던 건 사건 발생 5년 9개월 만인 1956년 5월의 일이었다. 이미 시신은 구분할 수가 없었다. 본래 그곳은 일제의 탄약고였기 때문에 바닥이 콘크리트였다. 그 콘크리트 바닥 위로 비가 내리고 그 빗물이 고여 시신과 함께 썩어가자 시신은 마치 "멸치 젓갈 썩어가듯"

하여 도저히 분간할 수 없는 지경이 되어 버렸다. 지금도 현장에선 콘크리트 덩어리와 휘어진 철근 조각을 볼 수 있다.

백조일손지묘

　　　　　　　백조일손지묘(百祖一孫之墓), 백 할아버지의 한 자손이 묻힌 무덤이라는 뜻이다. 이름부터가 범상치 않다. 제주 사람들의 공동체성을 잘 보여주는 명명이다. 조상은 각기 다르더라도 같은 날 같은 시각에 죽어갔던 사람들은 모두 한 자손이라는 생각에서 나온 이름이다. 물론 여러 시신을 구분할 수 없었기에 이처럼 함께 묻은 것이긴 하다.

　바로 섯알오름에서 학살된 시신들이 이 무덤의 주인들이다. 5년 9개월이라는 세월은 정상적인 무덤 조성을 불가능하게 했다. 누구의 시신인지 알 수 없었기에 칠성판 위에 척추뼈 하나와 두개골 하나를 맞추곤 하나의 무덤을 조성했다. 그렇게 만들어진 무덤이 132기였다. 물론 신원이 정확하다고 판단되는 사람의 경우는 개별적으로 무덤을 조성하기도 했다.

　억울한 죽음을 신원하려는 유족회의 노력은 공동묘역 조성만으로 끝난 건 아니다. 오늘날에는 제법 번듯한 추모공간도 생기고 위령비도 세워졌지만, 주의 깊게 관찰하면 기억을 둘러싼 싸움은 여전히 지속되고 있음을 알 수 있다.

　중앙에는 번듯한 위령비가 보인다. 그리고 그 옆에는 깨진 비석이 놓여져 있다. 정확히 말하면 새 위령비가 아니라 깨진 비석이 놓인 곳이 묘역의 중앙이다. 두 비석은 현재 정통성을 가지고 투쟁하고 있는

찾아가는 길

섯알오름 학살터에서 다시 아스콘 길로 나와서 왼쪽으로 가면 삼거리가 나온다. 여기서 우회전하여 약 1.7㎞를 가면 백조일손지묘가 나온다. 주의할 점은 도로 가까이에 있는 것은 사계리 공동묘지이므로 그 묘지를 지나 들어가야 한다는 것이다. 곳곳에 표지판이 있어 찾기 쉽다.

중이다.

꼼꼼하게 살핀다면 새 비석에 뭔가 문제가 있음을 알 수 있을 것이다. 촌스럽고 조잡하게 새긴 무궁화에선 관제 이데올로기 냄새가, 비문 내용에선 갈등을 서둘러 봉합하고 진실을 은폐하려는 음모의 악취가 솔솔 풍겨난다. 4·3 진상규명이 활발히 전개되던 1993년, 극우세력들은 진실이 확산되는 걸 막기 위해 선심 쓰는 척하면서 먼저 비석을 세워줬다. 진실이 새겨진 비석이 들어서기 전에 말이다. 이건 기억을 둘러싼 싸움에서 우위를 점하기 위해 선수를 치는 고도의 전술이다.

묘역 입구의 작고 까만 표지석의 문안을 보면 더욱 어정쩡하다. 이 역시 물타기 전술로 선수를 치려는 꼼수이다. 때문에 이를 간파한 어떤 답사객들은 돌을 들고 이 비문에 흠집을 낸다. 역사 선생인 나는 그 장면을 보면서도 말리지 못한다. 왜냐고? 글쎄.

반면 정 중앙의 깨진 비석과 그 안내문에서 유족들의 힘겨운 싸움을 읽을 수 있다. 본래 비석은 1959년에 건립되었다. 하지만 1961년 5·16 군사 쿠데타가 일어나면서 비석은 박살나고 강제 철거되었다. 그래도 유족들의 기지로 깨진 비석이나마 잘 보존해 올 수 있었다. 이것을 1999년에 다시 꺼내 지금 전시하기에 이른 것이다. 그것도 묘역의 정 중앙 자리를 빼앗기지 않고 제자리를 찾았으니 다행스러운 일이다.

5·16 쿠데타는 비석만을 파괴한 게 아니었다. 쿠데타 군사정부는 공동묘역 해체명령까지 내렸다. 5·16의 군 수뇌부가 사실상 학살의 주역들이었기 때문에 묘역까지 없애면서 그들의 범죄행위를 은폐하려고 했던 것이다. 이 압력을 견디지 못한 일부 유족은 아무 무덤이나 파서 옮겨갔다. 그렇게 이장된 묘만도 23기였다. 하지만 2002년 4월 5일엔 옮겨갔던 23기 중 7기가 다시 제자리로 돌아왔다. 세상이 그래도

조금은 변한 것이다.

5·16 군사정부의 이런 행위는 오히려 5·16 쿠데타의 원인이 무엇이었는가를 생각하게 한다. 쿠데타 발발 후 단 이틀 만인 5월 18일에 전국의 양민학살 유족회장들이 잡혀갔던 것도 같은 의문을 던진다. 이때 대구의 유족회장 이원식은 목숨까지 잃었다.

왜 그랬을까? 학살을 자행한 군인들은 1960년 4·19 민주혁명의 흐름이 두려웠던 것이다. 4·19는 전국적으로 유족회를 결성하게 하고 양민학살 진상규명운동에 불을 붙여 주었다. 불과 10년 전의 일이라 유족들에겐 생생한 현실이었다. 하지만 자신의 죄과를 반성하지 못한 군인들에겐 4·19의 흐름이 자신의 목을 죄는 형국처럼 다가왔을 것이다. 혹자는 이것을 5·16 쿠데타의 주요 원인 중 하나라고 말한다.

백조일손지묘
정중앙의 깨진 비석과 그 안내문에서 유족들의 힘겨운 싸움을 읽을 수 있다.

ㄱ

· 『개정판 한국사통론』, 변태섭, 삼영사, 1986.
· '결7호 작전의 비밀: 1945년의 제주',
  SBS, 〈그것이 알고 싶다〉, 1992. 4. 21 방영.
· 「고대 탐라의 교역과 '國' 형성 고」, 진영일,
  『제주도사연구』3, 1994.
· 『고려사』, 정인지 등, 1451.
· 『고려시대 탐라사 연구』, 김일우, 신서원, 2000.
· 『고종실록』
· 『관아 이야기』, 안길정, 사계절, 2000.
· 『광복제주30년』, 부만근, 문조사, 1975.
· 『광해군』, 한명기, 역사비평사, 2000.
· 「그 섬에 유배된 사람들」, 양진건, 문학과지성사, 1999.
· 『그곳에 가면 마음이 열린다』, 남성숙, 성하출판, 2001.
· 『근대제주불교를 읽는다』, 제주불교사연구회, 2002.
· 『근대제주불교사 자료집』, 제주불교사연구회, 2002.
· 『김추사 연구초』, 최완수, 지식산업사, 1976.

ㄴ

· 『나는 조선사람을 이렇게 잡아갔다』, 요시다 세이지,
  청계연구소, 1989.
· 『나의 문화유산 답사기』, 유홍준, 창작과비평사, 1993.
· 『나의 비망록』, 고성화, 한울사, 2001.
· 『남사록』, 김상헌, 1601.
· 『남제주군의 문화유적』, 남제주군, 1996.
· 『남환박물』, 이형상, 1704.
· 『네 무덤에 침을 뱉으마!』 1, 진중권, 개마고원, 1998.
· 「농촌진흥운동기 제주지방 혁명적 농민조합운동」,
  염인호, 『제주도사연구』 창간호, 1991.

ㄷ

· 「당 본풀이에 나타난 갈등과 대립」, 고광민,
  『탐라문화』2, 1983.
· 『당신 기자 맞아?: 오동명 기자가 작심하고 발가벗긴
  한국언론』, 오동명, 새움.
· 『당신들의 대한민국』, 박노자, 한겨레신문사, 2001.
· 『대하실록 제주백년』, 강용삼 편저, 태광문화사, 1984.

· 『돌과 바람의 섬, 신들의 나라 제주』, 제주도, 2000.
· 『동아시아의 평화와 인권』, 제주 4·3연구소 엮음,
  역사비평사, 1999.

ㅁ

· 『마을로 간 미륵』 1, 주강현, 대원정사, 1995.
· 『만뱅디사건의 진상과 증언』, 7·7만뱅디유족회,
  온누리인쇄문화사, 2002.
· 『명종실록』
· 『명찰순례』 2, 최완수, 대원사, 1994.
· 『무덤에서 살아나온 4·3 '수형자'들』, 제주4·3연구소,
  역사비평사, 2002.
· 「무오년 제주법정사 항일무장봉기 연구」, 안후상,
  학술토론회 발표문, 1995.
· 『문답으로 읽는 일본교과서 역사왜곡』,
  일본교과서바로잡기운동본부, 역사비평사, 2001.
· 「문화전사 유홍준의 미덕과 해악」, 성낙주// 강준만 외,
  『인물과사상』 2권, 개마고원, 1997.
· 『민란의 시대』, 고성훈 외, 가람, 2000.

ㅂ

· 『바람타는 섬』, 현기영, 창작과비평사, 1989.
· 『박물관전시도록』, 제주교육박물관, 1995.
· 『법화사지』, 제주대학교박물관, 1992.
· 「벽파가문 출생의 추사 김정희」, 강주진,
  『탐라문화』 6호, 1987.
· 『변방에 우짖는 새』, 현기영, 창작과비평사, 1983.
· 「복신미륵은 과연 고려시대 석불인가?」, 이영권,
  『참세상 만드는 사람들』, 제주참여환경연대,
  2002년 1·2월 합본호.
· 『북제주군 비석총람』, 북제주군, 2001.
· 『북제주군의 문화유적』 1,2, 북제주군, 1998.
· 『북제주군지』, 북제주군, 2000.
· 『불교사 100장면』, 임혜봉, 가람, 1994.
· 『비변사등록』
· 『빼앗긴 조국 끌려간 사람들』, 한일문제연구원,
  아세아문화사, 1995.

ㅅ

· 『삼국사기』, 김부식, 1145.
· 『선조실록』
· 『세종실록』
· 『속음청사』, 김윤식.
· 『송시열과 그들의 나라』, 이덕일, 김영사, 2000.
· 『수원성』, 김동욱, 대원사, 1989.
· 『수정사 · 원당사 지표조사보고』, 제주대학교박물관, 1988.
· 『순이 삼촌』, 현기영, 창작과비평사, 1979.
· 『승정원일기』
· 『신들의 나라』, 고대경, 중명, 1997.
· 『신증동국여지승람』, 1530.
· 『신축교안과 제주천주교회』, 천주교 제주교구, 1997.

ㅇ

· 『알몸 박정희』, 최상천, 사람나라, 2001.
· 『어승생 오름 테마 트레킹』, 제주4 · 3연구소, 1999.
· 「언간에 투영된 추사의 인간론」, 김일근,
  『탐라문화』 6호, 1987.
· 『역사문화수첩』, 한국역사연구회 편, 역민사, 2000.
· 「역사적 사실과 문학적 인식-이형상 목사의 신당 철폐에
  대한 설화적 인식」, 현길언, 『탐라문화』2, 1983.
· 『연표 한국현대사』, 김천영, 한울림, 1985.
· 「영원한 우리들의 아픔 4 · 3」, 박서동,
  월간관광제주, 1990.
· 『영주지』
· 『영화처럼 읽는 한국사』, 젊은역사연구모임,
  명지출판, 1999.
· 『옛 그림 읽기의 즐거움』, 오주석, 솔, 1999.
· 『옛 사람들의 등한라산기』, 제주문화원, 2000.
· 「옛 제주관문인 화북포구 일대 학술조사」, 고창석 외,
  『탐라문화』 8호, 1989.
· 「오늘에 남아있는 일제의 흔적들」, 제주도, 1995.
· 『오름 나그네』 2, 김종철, 높은오름, 1995.
· 『오름 나그네』 3, 김종철, 높은오름, 1995.
· 『오성찬이 만난 20세기 제주사람들』, 오성찬, 반석, 2000.
· 『완당평전』 1, 2, 3, 유홍준, 학고재, 2002.
· 「왜구의 침입과 방어체제」, 김동전,

〈제민일보〉 2000년 8월 21일자.
· 『우리는 지난 100년 동안 어떻게 살았을까』
  1,2,3, 한국역사연구회, 역사비평사, 1998.
· 『우리민족은 어떻게 형성되었나』, 이이화, 한길사, 1998.
· 「을묘왜변고」, 김병하, 『탐라문화』 8호, 1989.
· 『이런 디 알암수과』, 공군 제8546부대, 1996.
· 『이제사 말햄수다』 1~2, 제주4 · 3연구소, 한울, 1989.
· 「인종주의 또 하나의 얼굴」, 박노자,
  『월간 인물과 사상』, 2002. 2월호.
· 『일성록』
· 「일본 '천황제' 와 오키나와」, 강만길,
  〈한겨레신문〉 1999. 12. 13.
· 「일본군 최대 진지동굴 확인」, 이태경,
  〈제민일보〉, 2001. 8. 14.
· 「일제하 제주도 농촌경제의 변동에 관한 연구」,
  진관훈, 동국대 박사논문, 1999.
· 「일제하 제주도 민족해방운동 주도세력의 성격」,
  박찬식, 『제주항쟁』 창간호, 1991.
· 「일제하 제주도에서 전개된 아나키즘운동」, 염인호,
  『한국근현대지역운동사2 호남편』, 여강출판사, 1993.
· 「일제하 제주도의 사회주의 운동의 방향전환과 제주
  야체이카 사건」, 염인호, 『한국사연구』70, 1990.
· 「일제하 제주도의 인구변동과 경제사회구조(하)」,
  이영훈, 『4 · 3장정』 4, 1991.
· 「일제하 제주도의 인구변동과 경제사회구조」, 이영훈,
  『제주항쟁』 창간호, 1991.
· 「일제하 제주지역의 청년운동」, 박찬식,
  『제주도사연구』 4, 1995.
· 『잃어버린 마을을 찾아서』, 제주 4 · 3 제 50주년
  학술문화사업추진위원회, 학민사, 1998.
· 「임진왜란기의 제주」, 김동전,
  〈제민일보〉 2000년 8월 28일자.

ㅈ

· 『자청비 가문장 아기 백주또-제주섬,
  신화 그리고 여성』, 김정숙, 각, 2002.
· 『잠들지 않는 남도』, 노민영 엮음, 온누리, 1998.
· 「재일 제주인과 동아통항조합운동」, 김창후,
  『제주도사연구』 4, 1995.

· 「제임스 팔레의 조선왕조사 인식」, 김성우,
  『역사비평』 2002년 여름호.
· 「제주 고산리 유적」, 이청규 외,
  북제주군·제주대학교 박물관, 1998.
· 「제주 법화사의 창건과 그 변천」, 김동전,
  탐라문화연구소, 『탐라문화』 20호, 1999.
· 「제주 삼양동 유적」, 강창화 외,
  제주시·제주대학교 박물관, 2001.
· 『제주 오현(五賢) 조사』, 제주시, 2000.
· 『제주 제1의 성지 문화현장 법화사』, 법화사, 2001.
· 『제주 4·3사건의 쟁점과 진실』, 조남현, 돌담, 1993.
· 『제주 4·3사건자료집』 1~6,
  제주4·3사건진상규명및희생자명예회복위원회, 2002.
· 『제주 4·3연구』, 역사문제연구소 외 편,
  역사비평사, 1999.
· 『제주 4·3자료집-미군정보고서』, 제주도의회, 2000.
· 『제주 4·3자료집』 2, 제주 4·3연구소 편, 각, 2001.
· 「제주 4·3학살사건의 사회학적 연구」, 강성현,
  서울대 석사논문, 2002.
· 「제주 4·3항쟁에 관한 연구-남로당 제주도위원회를
  중심으로」, 양정심, 성균관대 석사논문, 1995.
· 「제주경찰의 성격과 활동 연구-제주 4·3을 중심으로」,
  양봉철, 성균관대 교육대학원, 2002.
· 『제주경찰사』, 제주도경찰국, 1990.
· 『제주고고자료』, 제주고고미술연구학회, 1993.
· 「제주교안에 대한 일검토」, 박찬식, 『제주도연구』,
  제8집, 1991.
· 『제주대정정의읍지』, 1793.
· 「제주도 4·3민중항쟁에 관한 연구」, 박명림,
  고려대 석사논문, 1988.
· 「제주도 4·3사건의 정치적 배경에 관한 연구」,
  김대근, 동의대 석사논문, 1996.
· 「제주도 4·3폭동의 배경에 관한 연구」, 양한권,
  서울대 석사논문, 1988.
· 『제주도 4·3피해조사보고서』 2차 수정·보완판,
  제주도의회4·3특별위원회, 2000.
· 「제주도 4·3항쟁 연구-배경 및 성격을 중심으로」,
  박진순, 성신여대 교육대학원 논문, 1996.
· 「제주도 개벽신화의 계통」, 현용준, 『제주도연구』5, 1988.
· 『제주도 고고학 연구』, 이청규, 학연문화사, 1995.
· 「제주도 고고학의 재조명」, 이청규, 전국문화원연합회
  제주도지회, 『향토사 학술세미나』, 2001.
· 「제주도 당신앙 연구」, 문무병,
  제주대학교 박사학위 논문, 1993.
· 「제주도 당신앙의 구조와 의미」, 장주근,
  『제주도연구』3, 1986.
· 『濟州道 磨崖銘』, 제주도, 1999.
· 『제주도 무가본풀이사전』, 진성기, 민속원, 1991.
· 『제주도 무속과 서사무가』, 장주근, 영락, 2001.
· 「제주도 무속과 신화연구」, 이수자,
  이화여대 박사학위 논문, 1989.
· 『제주도 무속연구』, 현용준, 집문당, 1986.
· 『제주도 무속자료사전』, 현용준, 신구문화사, 1980.
· 「제주도 무신의 형성」, 현용준, 『탐라문화』 창간호, 1982.
· 「제주도 법정사 스님들의 항일투쟁」, 임해봉,
  학술토론회 발표문, 1995.
· 「제주도 사신(蛇神)숭배의 생태학」, 이기욱,
  『제주도연구』6, 1989.
· 「제주도 신석기 토기의 변천에 대한 연구」, 오연숙,
  한양대학교 석사논문, 2000.
· 『제주도 오름과 마을이름』, 오창명,
  제주대학교출판부, 1998.
· 『제주도 전설』, 진성기, 백록, 1993.
· 「제주도 천주교 수용 전개과정」, 김옥희,
  『탐라문화』 6호, 1987.
· 「제주도 철기시대에 있어서 계급사회의 발생」,
  최몽룡, 제주사정립추진협의회 2차학술대회 발표요지.
· 『제주도사논고』, 김태능, 세기문화사, 1982.
· 『제주도신축교난사』, 김옥희, 태화출판사, 1980.
· 『제주도신화』, 현용준, 서문당, 1976.
· 『제주도일대 구축된 일본군 진지동굴 및
  진지 조사연구보고서』, 제주도동굴연구소, 2001.
· 『제주도전설』, 현용준, 서문당, 1976.
· 『제주도지』, 제주도, 1993.
· 『濟州牧官衙址』, 제주시, 1998.
· 「제주마을의 고고학적 연구1」,
  강창화, 서귀포문화원, 『서귀포문화』1, 1998.
· 「제주무속의 전통과 변화」, 제주도연구회,
  『제주도연구』6, 1989.
· 『제주문화』7집, 제주문화원, 2001.

· 『제주문화론』, 현길언, 탐라목석원, 2001.
· 『제주민중항쟁』, 1~3, 아라리 연구원 편, 소나무, 1988.
· 『제주시의 문화유산』, 제주시, 1992.
· 『제주시의 옛지명』, 제주시, 1996.
· 『제주시의 옛터』, 제주시, 1996.
· 『제주시의 향토민속』, 제주시, 1992.
· 『제주어사전』, 제주도, 1995.
· 『제주여인상』, 제주문화원, 1998.
· 『제주유배문학연구』, 양순필, 제주문화, 1992.
· 제주읍지』(정조 연간)
· 『제주의 문화재』, 제주도, 1998.
· 『제주의 방어유적』, 제주도, 1996.
· 「제주의 불적」, 강창언, 탐라문화연구소,
  『탐라문화』 12호, 1992.
· 『제주의 역사와 문화』, 국립제주박물관, 2001.
· 『제주의 오름』, 제주도, 1997.
· 『제주의 해녀』, 김영돈, 민속원, 1999.
· 「제주인의 3·1운동과 그 영향」, 김동전,
  『탐라문화』 16호, 1996.
· 「제주지방의 3·1운동과 그 후 전개된 항일운동」,
  송광배, 국민대 석사논문, 1984.
· 『제주통사』, 김봉옥, 제주문화 1987.
· 『제주풍토록』, 김정, 1521.
· 『제주항일독립운동사』, 제주도, 1996.
· 『제주해녀항일투쟁실록』,
  제주해녀항일투쟁기념사업추진위원회, 1995.
· 「조선시대 제주도 관방시설 연구」, 김명철,
  『제주도사연구』 9집, 2000.
· 『조선왕조실록』
· 「조선후기 제주지방의 군사제도」, 김상옥·강창용 외,
  『19세기 제주사회 연구』, 일지사, 1997.
· 「조선후기 제주지역의 지배체제와 주민의 신앙」,
  조성윤·박찬식, 『탐라문화』19, 1998.
· 『존자암지』, 제주대학교박물관, 1993.
· 『죽음의 예비검속』, 이도영, 월간 말, 2000.
· 『중종실록』
· 『증보 제주통사』, 김봉옥, 세림, 2000.
· 증보문헌비고』(1903~1908)
· 『증보탐라지』, 담수계, 1954.
· 『지영록』, 이익태, 1696.

· 『진실과 화해』,
  1901년 제주항쟁 100주년 기념사업추진위원회, 2001.

ㅊ

· 「철종조 제주민란의 검토」, 권인혁,
  『변태섭박사 회갑기념사학논총』, 삼영사, 1985.
· 「철종조의 제주민란에 대하여」,
  김진봉, 『사학연구』21, 1968.
· 『초기 본당과 성직자들의 서한』
  1·2, 천주교 제주교구, 1997.
· 「추사 김정희」, 유홍준, 『역사비평』
  1998년 봄호~1999년 겨울호.
· 「추사 김정희의 제주 유배기 언간과 그 문학적 성격」,
  한창훈, 『제주도연구』 18집, 2000.
· 「추사 김정희의 한문서한고」, 양순필,
  『탐라문화』 9호, 1989.
· 「추사의 제주 교학활동 연구」, 양순필·양진건,
  『탐라문화』 6호, 1987.
· 『추사집』, 최완수, 현암사, 1976.
· 『친일파 100인 100문』, 김삼웅 편저, 돌베개, 1995.

ㅌ

· 「탐라, 역사와 문화」, 제주사정립추진협의회, 1998.
· 「탐라 이전의 사회와 탐라국 형성」, 강창화,
  제주도·(사)제주민예총, 『제주의 역사와 문화』2, 2001.
· 「탐라국 형성 발전과정 연구」, 박원실,
  서강대학교 석사논문, 1993.
· 『탐라기년』, 김석익, 1918.
· 『탐라문화』 8호, 11호, 14호, 20호,
  제주대학교 탐라문화연구소.
· 탐라방영총람』(1760~70년대)
· 『탐라사 연구자료집』1, 2, 3, 제주사정립추진협의회.
· 『탐라순력도 산책』, 김오순, 제주문화, 2002.
· 『탐라순력도』, 이형상, 1703.
· 『탐라순력도연구논총』, 제주시·탐라순력도연구회, 2000.
· 「탐라의 학예·언어·종교의 연구」, 진원일 외,
  제주대학교, 『논문집』 제3집, 1971.
· 『탐라지』, 이원진, 1653.

· 『탐라지초본』, 이원조, 1842~3.
· 『태종실록』

ㅎ

· 『한국 근현대사 사전』, 한국사사전편찬회, 가람기획, 1990.
· 『한국군과 식민유산』, 민족문제연구소, 1999.
· 『한국근대사』, 강만길, 창작과비평사, 1984.
· 『한국무교의 역사와 구조』, 유동식,
  연세대학교 출판부, 1975.
· 『한국민족문화대백과사전』
· 『한국불교통사』, 정의행, 한마당, 1991.
· 『한국사강의』, 한국역사연구회, 한울, 1989.
· 『한국의 미 17호, 추사 김정희』, 중앙일보사, 1981.
· 『한국의 종교, 문화로 읽는다』 1, 최준식, 사계절, 1998.
· 『한국인의 일상문화』, 일상문화연구회, 한울, 1996.
· 『한국전쟁의 기원』, 브루스 커밍스,
  김자동 역, 일월서각, 1986.
· 『한국전쟁의 발발과 기원』, 박명림, 나남, 1996.
· 『한국현대민족운동연구』 1 · 2, 서중석, 역사비평사, 1996.
· 『한라의 통곡소리』, 오성찬, 소나무, 1988.
· 『한려수도와 제주도』, 한국문화유산답사회, 돌베개, 1998.
· 「한말 천주교회와 향촌사회- '교안' 의
  사례분석을 중심으로」, 박찬식, 1995.
· 『한반도의 외국군 주둔사』, 이재범 외, 중심, 2001.
· 『향토사교육자료』, 제주도교육연구원, 1996.
· 『화산섬, 돌 이야기』, 강정효, 도서출판 각, 2000.

· 「17, 18세기 제주도 목자의 실태」,
  박찬식, 『제주문화연구』, 1993.
· 「1898년 제주도 민란의 구조와 성격-남학당의 활동과
  관련하여」, 조성윤, 『한국전통사회의 구조와 변동』,
  문학과지성사, 1986.
· 「18세기 초 제주인의 신앙생활과 신당파괴사건」,
  하순애, 제주시, 『탐라순력도연구논총』, 2000.
· 「1901년 제주민란의 재검토」, 김양식,
  『제주도연구』 제6집, 1989.
· 「1901년의 제주도민 항쟁에 대하여」, 강창일,
  『제주도사연구』 창간호, 1991.
· 「1918년 제주지역의 항일운동」, 김동전,

  제주 4 · 3연구소, 『제주역사의 쟁점』, 1996.
· 「1932년 제주도 잠녀투쟁」, 김영범,
  제주 4 · 3연구소, 『제주역사의 쟁점』, 1996.
· 「1932년 제주도 해녀투쟁」, 후지나가 다케시,
  제주 4 · 3연구소, 『4 · 3장정』 2, 1990.
· 「19세기 제주도의 국가제사」, 조성윤 · 강창용 외,
  『19세기 제주사회 연구』, 일지사, 1997.
· 「19세기 제주읍성」, 오수정 · 강창용 외,
  『19세기 제주사회 연구』, 일지사, 1997.
· 「19세기초 양제해의 모변실상과 그 성격」, 권인혁,
  『탐라문화』 7, 1988.
· 「4 · 3의 격전지 관음사」, 김동만,
  『월간제주』 1992년 11월호.
· 『20세기 제주인명사전』, 김찬흡, 제주문화원, 2000.
· 『20세기 한국의 야만』, 이병천, 조현연 편, 일빛, 2001.
· 『4 · 3과 역사』 창간호, 제주 4 · 3연구소, 각, 2001.
· 『4 · 3과 역사』, 제주 4 · 3연구소,
  통권 31호까지, 1998까지.
· 『4 · 3은 말한다』 1~5, 제민일보 4 · 3취재반,
  전예원, 1994~1998.
· 『4 · 3장정』 1~6, 제주4 · 3연구소

제주 역사 기행

ⓒ 이영권 2004

초판　1쇄 발행 2004년 4월 7일
초판　11쇄 발행 2020년 11월 5일
개정판 2쇄 발행 2024년 9월 5일

지은이 이영권
펴낸이 이상훈
인문사회팀 최진우 김지하
마케팅 김한성 조재성 박신영 김효진 김애린 오민정

펴낸곳 (주)한겨레엔 www.hanibook.co.kr
등록 2006년 1월 4일 제313-2006-00003호
주소 서울시 마포구 창전로 70(신수동) 화수목빌딩 5층
전화 02-6383-1602~3 **팩스** 02-6383-1610
대표메일 book@hanien.co.kr

ISBN 979-11-6040-991-8 03890